Tracy Rees

Diplômée de Cambridge, Tracy Rees a travaillé dans l'édition pendant huit ans avant de se tourner vers la psychologie. *L'Oiseau des neiges* est son premier roman (Presses de la Cité, 2017 ; Pocket, 2018), suivi par *Le Manoir aux roses* (Charleston, 2022 ; Pocket, 2013) et *Les Secrets de Silvermoor* (Charleston, 2023). Elle partage aujourd'hui sa vie entre Londres et le sud du pays de Galles où elle est née.

LE MANOIR
AUX ROSES

ÉGALEMENT CHEZ POCKET

L'Oiseau des neiges
Le Manoir aux roses

TRACY REES

LE MANOIR AUX ROSES

Traduit de l'anglais
par Jessica Shapiro

CHARLESTON

Titre original :
The Rose Garden

Première publication en 2021 par Pan, une marque de Pan Macmillan,
un département de Macmillan Publishers International Limited

ISBN : 978-2-266-32912-5
Dépôt légal : avril 2023

Pour Marjorie, Beverley, Gill et toutes mes autres roses

MABS

Londres, 1895

L'échelle métallique fixée au mur du puits à glace trembla lorsque Mabs la descendit, le cœur un peu plus lourd à chaque nouveau barreau. À douze mètres sous terre, elle sauta et se retrouva plongée dans l'obscurité jusqu'aux genoux. Le froid, vert piquant et acéré, traversait sans pitié la chemise et la veste dans lesquelles elle s'était enveloppée et même l'écharpe en laine qu'un des garçons du quai lui avait prêtée. Elle l'avait enroulée plusieurs fois autour de son cou et du bas de son visage, mais cela n'empêchait pas le froid de s'y infiltrer.

Elle fut très vite rejointe par trois autres manœuvres, des garçons bien sûr qui, d'un bref hochement de tête, saluèrent à la cantonade. C'était un étrange monde crépusculaire. Les cris et les fracas des quais du canal au-dessus d'eux leur parvenaient étouffés et lointains. Les piles de glace se dressaient, hautes et silencieuses, et Mabs ne pouvait s'empêcher de penser qu'elles l'observaient. Elle avait l'impression d'être en plein cauchemar. En toute logique, elle devrait se réveiller en sursaut, profondément soulagée de constater que ça n'avait rien de réel. Mais c'était réel.

À son arrivée au travail ce matin-là, elle avait eu la désagréable surprise d'apprendre qu'elle serait envoyée dans les puits à glace – les ombres, comme on les surnommait. Pour couronner le tout, ce n'était même pas la saison. La glace arrivait de Norvège en hiver, par montagnes scintillantes attachées aux barges à l'aide de cordes, avant d'être descendue dans les ombres. En été, elle était remontée de nouveau, chargée sur des charrettes et livrée chez les riches. D'habitude, en octobre, on ne risquait pas de s'y coller. Mais cette semaine il faisait chaud et ensoleillé, avec un ciel bleu d'azur. En raison de cette explosion estivale tardive, les propriétaires des grandes demeures souhaitaient servir des sorbets à leurs invités, et les vendeurs de crème glacée avaient décidé de garder leurs stands ouverts un peu plus longtemps. Mabs et les autres devaient donc aller chercher ce qui restait au fond du puits.

Ils regardèrent autour d'eux pour savoir par où commencer. Leur tâche consistait à rapprocher les énormes blocs verdâtres des pinces géantes suspendues au bout d'une grosse chaîne fixée une douzaine de mètres plus haut. Ils se mirent à l'ouvrage, Mabs et deux des garçons poussant l'amas de glace récalcitrant de toutes leurs forces tandis que le troisième, un grand gars à la tignasse couleur paille, les guidait et tirait la chaîne aussi près d'eux que possible. Une fois le bloc bien positionné, ils y accrochaient solidement les pinces avant de crier à Louis le Suisse de le hisser. Pendant qu'un bloc était emporté, ils concentraient aussitôt leur attention sur le suivant.

La plupart des ouvriers qui s'occupaient habituellement des glacières avaient rejoint leur pays natal – la Suisse, l'Italie, la France. Ceux qui n'avaient pas vraiment d'attaches travaillaient sur les canaux à l'année. On leur donnait toutes sortes de surnoms : Frenchie, Tête d'Ail, Rital, sans tenir compte de leur véritable nationalité. Hormis cela, ils s'intégraient plutôt bien. Mabs, elle, aurait du mal à trouver sa place si jamais les autres apprenaient son secret.

Déjà chétive en temps normal, elle n'avait pas l'étoffe d'un manœuvre ; or la nourriture était peu abondante en ce moment. Mais p'pa s'était effondré de chagrin quand m'man était morte près d'un an plus tôt, et Mabs avait six petits frères et sœurs. Il fallait bien que quelqu'un gagne de l'argent, alors elle s'habillait en garçon, cachait ses cheveux sous une casquette et se faisait appeler Mark.

Au travail, elle gardait ses distances. Elle ne profitait par conséquent pas du badinage joyeux qui apportait un peu de réconfort aux ouvriers, tant elle craignait d'être découverte. Elle évitait donc de se faire remarquer, poussait les blocs de glace, et gardait le silence pendant que les garçons brisaient la monotonie de leurs rires et de leurs plaisanteries. Ses collègues ce jour-là s'appelaient Big et Mikey, et l'autre, Kipper, comme le hareng fumé. Dans son intérêt, elle espérait qu'il s'agissait d'un surnom. De toute façon, se faire des amis n'avait pas grand intérêt. Les ouvriers se voyaient assigner leur poste par roulement, de cargaison en cargaison, en fonction des besoins. On ne faisait jamais partie bien longtemps de la même équipe.

Toutes sortes de marchandises empruntaient le Regent's Canal – bois de charpente, céréales, arsenic, fumier –, mais la glace était celle que Mabs abhorrait par-dessus tout : elle était glissante quand il fallait qu'elle soit stable, collante quand il fallait qu'elle glisse, et globalement déplaisante.

Quelques heures plus tard, ses bras et ses jambes tremblaient ; ses pieds, à l'intérieur de ses bottes usées, étaient complètement engourdis. Ses forces négligeables ne l'aidaient même plus. L'épuisement, le froid et la pénombre émoussaient ses sens. Tandis qu'un énième bloc de glace se faisait hisser et emporter loin d'eux, Mabs s'adossa contre le tas restant avec un grognement, le visage levé vers le ciel lointain. Elle ferma les yeux, exténuée.

Venant de là-haut, un bruit métallique soudain et un cri horrifié tirèrent Mabs de sa torpeur ; lorsqu'elle ouvrit les paupières, elle vit un bloc d'un quintal et demi tomber comme un rocher. Les garçons, plus vifs qu'elle, s'écartèrent d'un bond, mais elle ne parvenait pas à bouger. Sa stupéfaction face à cette masse énorme qui fonçait droit sur elle était bien trop grande. L'instant d'après, elle fut poussée sur le côté et se retrouva à plat ventre, coincée entre la glace froide et un corps chaud. Elle sentit ce corps tressaillir lorsque le bloc s'écrasa avec fracas au sol, projetant des poignards de glace dans toutes les directions. Puis tout s'arrêta. Le puits retomba dans un silence inquiétant, et Mabs fut libérée du poids qui pesait sur elle. Elle se tourna sur le dos. Puis elle se leva. Elle avait les jambes en coton, mais elle ne pouvait pas rester allongée là ; elle gèlerait.

L'un des garçons – Kipper – l'avait sauvée en la jetant à bas. À présent, il se tenait devant elle, l'air incrédule, ses cheveux couleur paille dressés sur la tête.

« Tu bougeais pas ! s'écria-t-il.

— J'en étais incapable », répondit-elle.

Louis le Suisse descendit précipitamment l'échelle, bredouillant des excuses, terrifié à l'idée d'avoir tué quelqu'un. Les autres se montrèrent ; tous allaient bien sauf Big. L'un des poignards de glace s'était planté dans sa jambe, et Louis le Suisse dut l'aider à sortir du puits. Mabs le regarda disparaître par l'ouverture, aperçut la traînée de sang qui dégoulinait de l'échelle. Elle se sentit mal.

« Hé ! »

Un mugissement furieux retentit là-haut : le contremaître, venu leur jeter un regard noir et voir ce qui se passait.

« Je ferais mieux d'employer des foutus singes ! cria-t-il en crachant au fond du puits. Rangez-moi ça, réglez le problème. On va pas gâcher. Foutez-la dans des seaux et remontez-la. Magnez-vous !

— Allez, fit Kipper. On y retourne.

— Attends ! s'écria Mabs. Tu m'as sauvée ! Merci.

— Pas la peine de me remercier, faut bien s'entraider comme on peut par ici », lança-t-il par-dessus son épaule avant de sauter au niveau inférieur et de commencer à ramasser des éclats de glace.

Mabs tremblait comme une feuille, sous le choc. Mais que pouvait-elle faire d'autre que de l'imiter ?

Bien plus tard, Mabs se traîna jusque chez elle ; ses pieds éraflèrent le sol dur du chemin de halage puis les pavés de Clerkenwell et enfin les rues sordides de

Saffron Hill. Une pluie fine commençait à tomber, et la nuit violacée se referma autour d'elle pendant qu'elle marchait. Dans les embrasures de portes, des silhouettes sombres se tortillèrent soudain et prirent forme humaine, tendant les mains pour réclamer une pièce ou lançant des remarques déplacées. Mabs garda la tête baissée et son manteau serré contre elle, soulagée de porter des vêtements de garçon. Bien qu'elle ait vécu toute sa vie dans ce quartier moins mal famé qu'avant, elle n'y était pas attachée.

Les hommes de la famille Daley travaillaient dans les canaux de Londres depuis plus de cent ans. Son arrière-arrière-grand-père, Jack Daley, et ses fils faisaient partie de l'équipe qui les avait construits, et tous les descendants mâles qui avaient suivi avaient besogné aux quais, à charger et décharger les barges. Quand Mabs était petite, elle trouvait les canaux passionnants. Quand il rentrait, p'pa les régalait avec ses histoires sur la vie au centre de l'univers, où les voies navigables ressemblaient à des routes de grande aventure. Il pensait qu'il s'agissait pour les Daley d'un bel héritage. Mais Mabs croyait savoir à présent ce qu'était l'enfer : non pas un lieu rouge et brûlant plein de gens en train de rôtir mais gris-vert, vide, envahi d'ombres, où d'énormes barges grinçaient sous le poids de cargaisons contre-nature que de puissants chevaux aux muscles bandés s'évertuaient à tirer ; un cadavre flottait même parfois, pâle, dans l'eau épaisse et indifférente.

Elle l'avait échappé belle aujourd'hui, pour sûr. Ils avaient appris par la suite que les pinces avaient tout simplement rompu ; elles s'étaient ouvertes d'un coup avant d'avoir atteint l'ouverture du puits. Des vies dépendaient de situations aussi fragiles que celle-ci.

Si le garçon aux cheveux couleur paille n'avait pas poussé Mabs, elle serait morte écrasée, c'était aussi simple que cela. Elle aurait voulu le remercier convenablement. L'accident l'avait abasourdie à tel point qu'elle avait été la dernière à grimper l'échelle éclaboussée de sang une fois le travail terminé. Le temps d'arriver en haut, il n'y avait plus aucune trace de son sauveur.

Il était bien trop facile d'imaginer la tournure qu'aurait pu prendre cette soirée : ses frères et sœurs à la maison, un coup frappé à la porte, l'annonce de la mort de Mabs. Leur sœur bien-aimée disparue, plus personne pour s'occuper d'eux. Elle avait toujours eu conscience de la précarité de cette vie, mais les événements de la journée l'avaient obligée à voir les choses sous un autre angle. Le problème étant qu'il n'existait aucune alternative. Pas pour les gens comme elle.

Mabs quitta Shirley Street et emprunta le passage couvert qui menait autrefois aux écuries. Les Daley vivaient de l'autre côté, dans une des vieilles cours. Dans le coin, on l'appelait Mushroom Court, la cour aux Champignons. Mabs ignorait s'il s'agissait de son nom officiel et même si elle en avait un. Sombre et exiguë, elle était bordée de toutes parts de maisons décrépies. Mabs entra dans l'une d'elles et gravit les marches écaillées qui menaient au deuxième étage. Elle haïssait Saffron Hill. Elle haïssait Mushroom Court. Elle haïssait le canal. Mais, lorsqu'elle ouvrit la porte du logis des Daley, elle oublia tout ce qu'elle haïssait et ne vit que les visages qu'elle aimait.

« Mabs ! » cria Jenny, sa première sœur, en levant la tête, ravie.

Mabs fronça les sourcils. Jen se fatiguait encore les yeux, occupée qu'elle était à raccommoder pour quelques pence à la lueur faible d'une lampe vacillante. Malgré ses quinze ans, elle plissait des yeux quand elle regardait autour d'elle. Mais ils avaient besoin de cet argent.

Peg, douze ans, posait le dîner sur la table : du pain, du fromage et quelques pommes. Elle décocha un grand sourire à Mabs, révélant ses dents du bonheur.

Après trois filles, p'pa avait tenu à avoir un fils. Âgé de onze ans, Nicky, qui portait le prénom de leur père, était né juste après Peg. Après Nicky il y avait Jem, neuf ans, et Matthew, sept ans. Nicholas et Maureen avaient décidé que six enfants suffisaient amplement. Pourtant, trois ans plus tard, une autre fille était née. Maureen l'avait appelée Angeline.

Angeline s'approcha de Mabs, les bras tendus pour réclamer un câlin. Mabs la prit dans ses bras endoloris et alla ouvrir la fenêtre ; la pièce sentait fort la sueur et les cheveux sales. Mais la fenêtre ne laissant entrer que les odeurs de pot de chambre et de chou, elle la referma. Mieux valait sentir leurs propres odeurs que celles des autres.

Mabs se retourna pour les regarder. Comme elle aurait aimé leur apporter plus. Elle ne savait même pas ce qu'il y avait d'autre à leur offrir, mais ils lui étaient précieux, et elle désirait ardemment qu'il leur arrive de bonnes choses. *Donnez-moi juste une chance*, pensa-t-elle avec ardeur. *Peu importe ce que vous me donnerez. Je le prendrai.*

« P'pa ? » s'enquit-elle.

Nicky secoua la tête :

« Je l'ai pas vu de la journée. »

Le cœur de Mabs se serra. Elle se contenta de hocher la tête. Puis elle posa Angie avec un baiser retentissant sur le sommet de son crâne et retira sa veste et sa casquette. Ses cheveux tombèrent autour de son visage ; aussitôt, elle se sentit davantage elle-même.

Ça pourrait être pire, se dit-elle en balayant le logement du regard. À huit dans une seule pièce, ils étaient certes un peu à l'étroit, mais elle connaissait des familles de même taille, voire plus nombreuses, qui partageaient la leur avec deux ou trois autres familles. Au moins cette pièce-là n'était-elle qu'à eux. Au moins vivaient-ils tous ensemble. Au moins dormaient-ils chaque nuit au même endroit. La cour n'était pas belle, pourtant derrière elle se cachaient des immeubles plus laids encore. Avant la mort de m'man, ils avaient occupé deux pièces dans une cour un peu plus lumineuse ; mais ils pouvaient toujours tomber plus bas, et Mabs était bien décidée à ce que cela ne se produise pas. Néanmoins, si m'man pouvait les voir, elle en aurait sans le moindre doute le cœur brisé.

« Tu te débrouilles à merveille, Mabs, dit Jenny d'une voix douce, lisant dans ses pensées. On va bien, pas vrai les mioches ? »

Les enfants hochèrent la tête avec enthousiasme, comme si la vie à la cour des Champignons n'était qu'un long divertissement.

« J'ai gagné une bataille de marrons, aujourd'hui ! s'exclama le petit Matt, dont le visage était constellé de taches de rousseur.

— Ah oui ? fit Mabs. Mon Dieu, c'est déjà la saison des marrons !

— Ils étaient pas très beaux, poursuivit Matt, les sourcils froncés. Un peu trop petits. Mais dans quelques semaines je crois qu'ils seront énormes.

— Je le crois aussi. »

Quels anges : si jeunes, ils comprenaient déjà la situation au point de vouloir lui remonter le moral et lui faire croire que leur monde tournait parfaitement rond. Elle les aimait de tout son cœur, voilà pourquoi elle continuait de se rendre au quai encore et encore, même quand elle se sentait prête à tomber. La survie de sept personnes pesait sur ses frêles épaules de jeune fille de dix-huit ans, d'autant plus qu'elle faisait un travail qu'elle n'avait pas légalement le droit d'effectuer. Si seulement p'pa pouvait surmonter son chagrin et retrouver son poste, cela lui faciliterait la tâche. Mais, pour l'heure, seule la paye qu'elle touchait au canal empêchait la situation d'empirer de façon dramatique.

OLIVE

Toute la soirée, il a régné une drôle d'ambiance dans notre joyeuse petite maisonnée. Bien sûr, quand je dis « petite », je parle de notre famille – mes parents et moi –, pas de la taille de notre maison, qui est vaste au point d'en être embarrassante. Nous sommes assis tous les trois après dîner, comme d'habitude, et la tension est si palpable qu'on pourrait en tartiner une tranche de pain.

« J'aimerais vraiment que tu y réfléchisses à deux fois, Olive », déclare papa d'un ton mélancolique.

À l'entendre, on croirait que j'ai l'intention de me sacrifier au bûcher.

« Ce n'est pas parce que tu l'as dit que tu es obligée de le faire, murmure maman, qui s'efforce de se montrer persuasive. Tu pourrais tout à fait attendre encore un an, ma chérie. »

Mais j'ai pris ma décision. Demain, je vais adopter.

Je suis vieille fille. Bien des femmes se dérobent au monde, mais pas Olive Westallen ! Je suis l'enfant unique du capitaine Westallen, ancien héros de la marine marchande, dont Londres a longtemps acclamé les exploits. Je suis privilégiée, instruite et, pour être franche, riche. Je n'ai nul besoin d'un mari. Et, malgré ma fortune, je ne suis pas un bon parti. J'ai un physique plutôt quelconque ; il n'a absolument rien d'effroyable – si vous me voyiez dans la rue, vous ne prendriez pas vos jambes à votre cou –, il est juste quelconque. Par ailleurs, je suis trop indépendante, trop érudite. Même en ce XIXe siècle à l'agonie, je demeure une mariée peu plausible.

Certes, pendant quelques années – deux ou trois –, cette situation m'a arraché des larmes. Mais j'ai su la surmonter. Je resterai toute ma vie dans la maison de mes parents à Hampstead, et alors ? Après tout, c'est une belle demeure, confortable et enviable, faudrait-il que je pleure sur mon sort ? Certainement pas. En réalité, m'occuper d'une maisonnée – employer des domestiques, organiser des dîners, vérifier la qualité du linge deux fois par an – ne m'intéresse pas le moins du monde. Si j'étais obligée de le faire, je ne doute pas une seconde que mon cerveau exploserait.

Quant au mariage, eh bien, je n'y suis pas opposée. L'exemple de mes parents est encourageant. Hélas, toutes les unions ne s'avèrent pas aussi harmonieuses. Je ne verrais pas d'inconvénient à épouser quelqu'un de bon et de sensible qui me considérerait comme son égale et ne chercherait pas à m'imposer les sottises des hommes. Mais où trouverais-je un tel individu ? Certainement pas à Hampstead ! Car j'ai vécu ici très longtemps et, vieille fille que je suis, je m'intéresse aux affaires de mes voisins. S'il existait un seul homme à quinze kilomètres à la ronde capable de rendre Olive Westallen heureuse, je le connaîtrais – or, ce n'est pas le cas.

Je caresse en revanche des rêves de maternité étonnamment tenaces : folâtrer sur la moquette de la nursery à vivre des aventures imaginaires débridées, sauter dans les flaques en janvier, ramasser des feuilles aux couleurs de flammes en octobre. Comme je le disais, notre maison est grande. Mais nous ne sommes que trois Westallen à utiliser les chambres à l'étage. Quel gâchis.

Au début, je ne voyais aucune solution. Je n'allais tout de même pas me balader sur les quais pour offrir mon corps à un matelot ; je suis progressiste, pas dépravée. Et puis, il y a trois ans, dans le cadre de mes efforts charitables, j'ai commencé à rendre visite au foyer pour filles de Belsize Park. Là, on pourvoit à leurs besoins matériels, du moins au strict minimum. Mais qu'en est-il de l'amour ? Qu'en est-il de la certitude d'avoir toujours un chez-soi, le genre de certitude qui ne peut que croître dans une maison où l'on est voulu et aimé ? Je me suis rendu compte que cela, j'étais en mesure de le leur apporter. J'ai donc décidé que, si je n'étais toujours pas mariée à vingt-huit ans, j'adopterais. J'aurai vingt-huit ans demain.

Mes parents ont d'abord été contre. Ils pensent que je vais saboter pour de bon mes chances de trouver un mari si je choisis de vivre en femme célibataire avec une enfant.

« Je n'aurai qu'à expliquer qu'elle est adoptée ! ai-je contré, fâchée qu'ils n'aient pas accepté mon projet sur-le-champ.

— C'est ce que nous dirions si elle ne l'était pas », a souligné maman.

Papa en est revenu au fait :

« Les gens ne penseront pas que l'enfant est de toi, Olive. L'orphelinat se situe non loin d'ici, tout le monde saura donc d'où elle vient. Mais beaucoup auront du mal à accepter une petite fille comme elle, sans connaître ses origines, ses racines. Cela ne nous pose pas de problème, à nous, mais à d'autres, si. Et nous nous inquiétons pour toi, ma chérie. Une célibataire avec une enfant à charge ? Tu affirmes que tu ne te marieras jamais, je le sais, mais tu as reçu une éducation impeccable et tu viens d'une famille fortunée. Les hommes peuvent encore s'intéresser à toi, Olive, mais avec une fille adoptive j'en doute. Qui voudrait d'une femme qui s'encombrerait d'un tel fardeau ? C'est trop peu conventionnel.

— Sans compter les idées mal placées, renchérit maman en frissonnant. Malgré toutes tes excentricités, Olive, tu es bonne et pourvue de sens moral. Je ne supporterais pas que nos voisins te croient capable d'actes… peu ragoûtants. Le scandale des Brixton a beau avoir éclaté avant ta naissance, ma chérie, notre génération s'en souvient comme si c'était hier. »

En effet, l'adoption n'est pas une pratique vue d'un très bon œil. On a découvert, il y a quelques dizaines d'années, que certaines personnes peu scrupuleuses rétribuées pour s'occuper de petits orphelins prenaient l'argent puis les laissaient mourir ! À présent, ceux qui veulent adopter sont souvent mis dans le même panier. Je n'aime bien sûr pas l'idée que l'adoption ne possède aucun statut légal ni que tout le monde fasse la grimace en entendant ce mot. J'aime l'ordre et l'honneur. Mais devrais-je refuser, à moi-même comme à un enfant, la chance de connaître le bonheur simplement à cause de ce que peuvent penser les autres ? Je ne suis pas si faible que cela.

Par ailleurs, je n'ai jamais avoué à mes parents combien je redoute mon existence une fois qu'ils seront morts. Je me satisfais parfaitement de ma vie de célibataire, pourtant cette satisfaction n'est possible que grâce à eux. Nous avons toujours ri ensemble et nous nous sommes toujours serré les coudes dans les moments les plus difficiles. Leur simple présence signifie que, bien que je ne sois pas mariée, je ne me sens jamais seule. Je sais qu'il est dans l'ordre des choses de perdre ses parents un jour et je suis certaine que ce jour ne viendra pas de sitôt. Néanmoins, la nuit, il m'arrive de faire de terribles cauchemars dans lesquels ils ne sont plus de ce monde. Lorsque cela deviendra réalité, j'aurai besoin d'une raison de continuer et d'amour pour emplir ma vie.

Je ne leur en ai pas parlé, car je ne souhaite pas causer leur désarroi. Ils n'ont jamais rien voulu d'autre que mon bonheur. C'est pourquoi maman me supplie d'attendre encore un an ; ils espèrent encore que la version victorienne d'un chevalier sur un cheval blanc apparaîtra et me sauvera. Apparemment, ils espèrent encore avoir un petit-enfant de leur propre sang.

« Ce n'est pas que nous ne voulons pas d'une petite-fille adoptive », affirme maman.

À mon grand malaise, je remarque qu'elle a les larmes aux yeux.

« Mais ce serait tellement formidable d'avoir une nouvelle petite Westallen. Tu m'as donné tant de joie, Olive. Ne désires-tu pas un enfant à toi ? Contempler cet adorable petit être au creux de tes bras et voir le nez de ton père, ou mes yeux ?

— J'espère bien qu'il n'aurait pas le nez de papa, plaisanté-je pour cacher ma profonde déception.

Je suis navrée, maman, je sais que ce n'est pas là que tu veux en venir. Mais franchement, non. Je ne pense pas à tout cela. Je veux juste une enfant à aimer. Lorsqu'elle sera là, vous l'aimerez aussi. »

Je l'ai déjà choisie. Elle a dix ans et se prénomme Gert. Ses parents sont bel et bien morts, ce qui a son importance, car les parents adoptifs n'ont aucun droit. Je ne supporterais pas qu'une mère se présente dans quelques années et emmène ma fille. J'ai appris que les enfants les plus âgés sont compliqués à placer, parce que la plupart des gens préfèrent en priorité les bébés puis les adorables bambins de deux ou trois ans.

Mrs Jacey, qui dirige le foyer pour filles, a expliqué que les grands peuvent s'avérer très difficiles à différents égards. Ils ont déjà leur personnalité, façonnée par les problèmes familiaux puis renforcée au foyer, à force d'être rejetés, négligés encore et encore au profit des plus jeunes. Cela me fend le cœur de penser à ces enfants silencieux qui attendent leur chance d'avoir une famille, sachant qu'ils ne seront jamais que de simples spectateurs. J'avais cru qu'ils n'en seraient que plus reconnaissants lorsque leur tour viendrait enfin, mais Mrs Jacey m'assure que ce n'est pas le cas.

« Y se lézardent, vous comprenez, a-t-elle expliqué. Entre quatre et sept ans, c'est l'âge des lézardes, j'ai vu ça des centaines de fois. De temps en temps, je tombe sur les familles et je leur demande comment que ça se passe, et j'entends des histoires de crises et de tourments, d'autres mômes qui se font pincer, et même de fugueurs. On pourrait croire qu'y sont contents d'avoir un vrai chez-eux mais c'est pas si facile pour eux, voyez, une fois que les lézardes se pointent. »

Malgré sa phraséologie grossière, je respecte sa sagesse, qui résulte de sa grande expérience. Si lézardes il y a, je suis persuadée qu'assez d'amour, assez de luxe, peuvent les lisser jusqu'à les faire disparaître. Cela fait six ans que Gert est dans ce foyer et, apparemment, personne n'a montré le moindre intérêt à son égard. Elle est peu engageante, certes, à la fois par son apparence et par son comportement, mais je ne cherche pas les qualités d'une poupée chez une petite fille. Je me demande pourtant si elle serait d'accord pour changer de prénom… Un visage quelconque ne me dérange pas ; un prénom quelconque, si ! Un travers idiot, je sais, mais je ne conçois pas de l'appeler « Gert Westallen ».

« Je ne peux pas attendre, maman, assuré-je d'un ton sincère et passionné. Je suis bien décidée à ramener une enfant à la maison demain et je ne peux pas attendre un an de plus dans l'espoir qu'un homme tombera du ciel et que le reste de ma vie pourra enfin commencer. Je compte poursuivre ma démarche, même si un bel inconnu apparaissait et me demandait ma main ce soir. »

Nous sommes assis dans le salon. La lumière tamisée des lampes à huile est complétée par celle de bougies, dont nous préférons la lueur douce et respectueuse. Au moment où je termine mon plaidoyer, quelqu'un frappe violemment à la porte d'entrée. Les flammes des bougies sautent le long des mèches, et mes parents et moi nous regardons, surpris. Nous sommes des gens raisonnables, pourtant il semble, l'espace d'un instant, que mes paroles aient invoqué un prétendant.

Mais lorsque Agatha, notre femme de chambre, fait entrer le visiteur, ce n'est que Mr Miles, un des aînés de l'Église quaker. Il nous rend souvent visite. Comme il a quarante-sept ans et qu'il est aussi attaché à sa foi qu'à son épouse, Faith, je peux affirmer sans hésitation que ce n'est pas lui qui me délivrera de ma désolation sentimentale. Mes parents se décomposent en le voyant ! Il n'a certainement jamais reçu un tel accueil chez nous.

Mr Miles s'enflamme toujours au sujet de torts à réparer. Ce soir, son indignation porte sur les femmes prises au piège du « plus vieux métier du monde », celles qui travaillent sur les quais à rendre les marins heureux. Je le félicite de sa compassion mais demain est un grand jour pour moi, je prends donc congé et monte me coucher.

Je m'assois sur mon lit, balayant du regard la chambre si familière et chère à mon cœur d'enfant qui, au fil du temps, est devenue la chambre si familière et chère à mon cœur de femme. Je me sens troublée, pourquoi ? Parce qu'au moment où j'ai entendu frapper à la porte mon cœur a bondi dans ma poitrine ! Quel étrange caprice féminin est-ce donc là ? J'ai balayé tout espoir d'une histoire d'amour ; je suis mon propre chemin. Pourtant, à cet instant, lorsque j'ai évoqué l'idée qu'un homme puisse en fin de compte entrer dans ma vie et que Mr Miles a tambouriné à notre porte, quelque chose en moi avait encore espoir. *Ah, Olive.*

Mes parents ont-ils raison ? Si j'attendais un peu plus longtemps, me trouverais-je un mari, aurais-je des enfants à moi ? Mais je ne crois pas qu'il soit bon de se dérober à une étape importante quand celle-ci est imminente. Cela ne peut que mener à une vie timide et incertaine. Avancer avec audace, avec franchise, voilà comment mener une vie de solitaire, combattre son sentiment de solitude à la source, créer du sens et se donner un but. J'en suis certaine.

Je me dirige vers la commode et glisse la main sous les sous-vêtements de soie et de mousseline pour retirer un sac en velours. Je retourne à mon lit. À l'intérieur du sac se trouvent mes cartes divinatoires, maintenues ensemble par un ruban vert émeraude. Maman ne les voit pas d'un bon œil ; elle dit que la Bible est le seul guide dont nous ayons besoin. Et pourtant, je les utilise quand je suis seule, dans les moments difficiles. La Bible est source de sagesse, mais ces cartes, elles, me parlent.

Je tire sur le ruban et les cartes glissent ; je les rattrape. Elles sont grandes et soyeuses à force d'avoir servi. Quelques-unes ont des coins émoussés, et l'une d'entre elles, la Tourterelle, est un peu froissée. C'est pourquoi je ferme les yeux quand je les utilise, afin de ne pas voir ces indices, car ces cartes me sont aussi familières que mon propre visage. Je les bats d'une main experte, et leur odeur monte, un peu renfermée, un peu corsée par le doux arôme de l'encre. Il m'arrive parfois d'enfouir mon visage dans ces cartes. Il n'y a parfois rien de plus réconfortant que leur senteur.

Je n'ai nul besoin de formuler une question ; les cartes savent à quoi je pense. Je bats et coupe, bats et coupe, bats et coupe, jusqu'à obtenir devant moi trois cartes, face cachée. Sur leur dos bordé de fioritures, des lignes rouges délavées s'entrecroisent, formant des losanges. Le fond ivoire, assombri par le temps, a pris une couleur jaune pâle.

Je mets de côté le paquet et examine les trois cartes. J'ignore ce que je m'attends à voir ; je ne suis même pas sûre de ce que j'espère découvrir. Si quelque chose venait à détourner mon attention, ce serait fort inopportun. Je les retourne pour regarder ce que j'ai distribué.

La Rose. L'Étoile. La Femme. Qui de manière respective représentent les caprices du destin, la bonne fortune au sens général et, purement et simplement, une femme !

Je hoche la tête. C'est bien ce que je pensais. Pas la moindre trace d'une histoire d'amour. Pas d'indication d'un mariage à venir. Pas d'inconnu à l'horizon ni de lettre, ni de bague, ni quoi que ce soit qui suggère, même de façon ténue, qu'une idylle et un mariage feront partie de ma vie. Cela confirme mes doutes et me réconforte. Je range les cartes et me prépare à aller au lit. Demain j'irai rendre visite à Gert et je lui demanderai si elle aimerait avoir une nouvelle maman.

MABS

Les anges gardiens apparaissent parfois sous les formes les plus inattendues. Pour Mabs, le salut prit celle de sa vieille amie Lou, venue la retrouver sur le quai. Lou avait sa soirée de libre et Mabs venait de finir son travail. Elle était si fatiguée qu'elle ne vit Lou que lorsque celle-ci se planta à un mètre devant elle en agitant les bras et cria :

« Mabs ! Mabs ! J'ai une bonne nouvelle ! »

Mabs regarda aussitôt autour d'elle pour s'assurer que personne ne l'avait entendue.

« Oh pardon, MARK ! » s'exclama Lou, qui avait oublié.

Mabs leva les yeux au ciel.

« J'ai entendu parler d'un boulot qui pourrait t'intéresser, poursuivit Lou d'une voix normale en prenant son amie par la main. D'employée de maison ! »

Employée de maison ? L'espace d'un instant très bref et scintillant, Mabs se laissa aller à imaginer cette possibilité, puis elle secoua la tête.

« On m'embaucherait jamais. Et si on m'embauchait, je ficherais tout en l'air. »

Mais Lou ne voulait rien savoir.

« Tu devrais te présenter, insista-t-elle. Ce poste-là a l'air un peu différent. »

Lou travaillait depuis deux ans au service de Mr Blythe, le banquier, dans sa majestueuse demeure de Highgate. Elle aurait aimé que Mabs la rejoigne là-bas, mais les Blythe tenaient à ce que leurs domestiques possèdent certains attributs dont Mabs était dépourvue : la propreté, une éducation basique et une taille minimale d'un mètre soixante-dix pour les femmes (un mètre quatre-vingt-cinq pour les hommes).

Mabs avait entendu maintes fois Lou parler de ce travail éreintant, debout chaque matin à cinq heures pour nettoyer les âtres et allumer le feu avant que la famille ne se réveille, à frapper quotidiennement le pas de la porte avec une pierre à récurer pour qu'il reste poli et brillant. Mais Mabs songea que, la rude besogne, ça la connaissait, et que puisque de toute façon elle était claquée en permanence elle préférait de loin être claquée vêtue d'une robe propre, dans une jolie maison, pour un salaire correct.

« La cuisinière nous a lu l'annonce hier soir, ajouta Lou. Y sont à Hampstead. "Une domestique efficace et consciencieuse", qu'y veulent. Même pas besoin d'avoir de l'expérience ni rien, faut juste leur donner une lettre de quelqu'un qui te connaît et qui dit que t'es sage, tu vois. Un certificat de moralité, ça s'appelle. Tu pourrais t'en dégoter un, Mabs.

— Une domestique efficace ? Qu'est-ce que c'est que ça ? »

Mabs avait entendu parler des bonnes, des filles de cuisine et des dames de compagnie. N'étaient-elles pas toutes efficaces ? N'était-ce pas justement leur rôle ?

« C'est entre les deux. Entre la femme de chambre et la dame de compagnie. Un peu des deux.

— Mais c'est un bon travail, ça, Lou, un vrai travail. Tout le monde va vouloir le décrocher. Ils voudront pas de moi. J'ai jamais fait un boulot pareil. »

Elle se souvenait avoir juré de saisir la moindre opportunité qui s'offrirait à elle. Seulement, elle craignait de se faire des illusions.

Mabs s'affala au sol ; elle atterrit aux pieds de Lou sur le chemin de halage, où elle manqua de peu un tas de crottin de cheval fumant. Le brouhaha des quais commençait à s'estomper tandis que la nuit tombait et que les manœuvres rentraient chez eux, mais l'air dense et grenu puait encore les plantes aquatiques et la sueur. La dernière barge de la journée s'éloignait tout juste.

« Oh allez, Mabs ! la réprimanda Lou en s'asseyant avec précaution sur une borne frontière estampée des plumes du prince de Galles. Qu'est-ce que t'as à perdre ? Ce sera peut-être marrant, comme boulot, et qui sait, même s'ils payent pas très bien, ça vaudra toujours mieux que le tien. »

Lou avait raison, bien sûr. Un peu plus tôt, Mabs était tombée dans les pommes. Elle avait perdu connaissance comme une dame ! Elle traînait des sacs de fumier jusqu'au bord de l'eau afin qu'ils soient chargés à bord des barges. Ce n'était pas à cause de l'odeur ni même de l'idée de leur contenu ; c'était par épuisement pur et simple. Elle s'en était tirée impunément, cette fois-ci : elle travaillait seule et personne n'avait remarqué. Elle s'était relevée à la hâte et avait poursuivi sa tâche de son mieux. Mais cela lui avait servi d'avertissement.

« Ben ça, ma pauvre, t'as mauvaise mine, remarqua Lou en se penchant en avant pour la dévisager. Désolée d'avoir insisté, j'avais pas vu. »

Mabs sourit avec effort.

« Je vais bien, merci. J'irai me renseigner sur ce poste, je te promets. Je peux pas continuer à faire ça bien longtemps.

— Pour être honnête, on dirait que tu vas pas finir la journée, répondit Lou en lui tendant un paquet. C'est ma robe de rechange, Mabs. Prends-en soin, je t'en supplie. Y tiennent à tout prix à ce qu'on soit propres et bien habillées. Si je salis celle-là et que j'ai pas de quoi me changer, je risque de me faire virer. Mais tu peux pas te présenter dans cette tenue.

— Merci, murmura Mabs.

— Et là… »

Lou lui tendit un shilling que Mabs lui rendit aussitôt. On n'acceptait pas d'argent des amis.

« Pas de panique, grogna Lou avant de le lui tendre de nouveau. C'est qu'un prêt. Tu me rembourseras quand t'auras décroché le poste. T'as pas le choix, Mabs, regarde-toi un peu. Tu tiens pas debout. Si tu manges pas, t'arriveras pas à leur parler convenablement. Achète-toi à manger et en file pas aux gosses ni à ton vieux. Réfléchis : aide-toi d'abord si tu veux pouvoir les aider, eux. »

Lou se leva et se frotta le derrière d'un air contrit. Les bornes frontières n'étaient pas des sièges confortables.

Mabs enfouit son visage dans ses bras. Sa casquette tomba et ses cheveux clairs s'échappèrent. Elle s'empressa de la remettre, y enfouissant sa longue chevelure. Elle se sentait complètement dépassée, mais Lou avait raison : il lui faudrait suivre les conseils de son amie si elle voulait avoir une chance, aussi impossible soit-elle.

Après que Lou eut aidé Mabs à se relever, elle l'entraîna au marché de Gray's Inn Road, où elle la regarda engloutir des saucisses et des pommes de terre rôties. Puis elles allèrent à Mushroom Court pour rendre Mabs un peu plus présentable. Lou y avait grandi, mais elle avait réussi à rester à l'école plus longtemps que Mabs et elle était têtue comme une mule, c'était d'ailleurs ainsi qu'elle avait obtenu son poste chez les Blythe. Mabs se lava et se brossa les cheveux, puis enfila la robe de rechange de Lou sous les yeux étonnés des enfants.

« C'est rien », fit Mabs.

Elle ne voulait pas non plus leur donner de faux espoirs.

Une fois qu'elles eurent quitté les ruelles étroites de Saffron Hill, Lou héla une calèche. Mabs déplorait que son amie dépense pour elle son argent durement gagné, mais Lou insista. Elle affirma que, si Mabs devait parcourir à pied les six kilomètres qui la séparaient de Hampstead après une journée sur les canaux, elle n'arriverait jamais à destination. Mabs se retrouva donc, avant même de réaliser ce qu'elle était en train de faire, devant la maison de cette famille qui venait d'arriver en ville et qui avait besoin d'une domestique efficace.

« Juste en face de chez les Blythe, de l'autre côté de la lande, se réjouit Lou. On serait presque voisines, comme au bon vieux temps ! Promets-moi que tu m'avertiras dès que t'auras des nouvelles. Et rends-moi ma robe dès que t'auras fini. Allez, faut que je file. »

Le cœur serré, Mabs la regarda s'éloigner d'un pas pressé. Sans Lou pour l'encourager, sa présence ici semblait ridicule. Ils se moqueraient d'elle, la chasseraient comme un chat errant. Contrairement à celle des Blythe, la maison n'était pas énorme, blanche et reluisante, mais elle ne manquait pas d'élégance. Briques brunes, avec une porte bleu clair, des colonnes blanches de chaque côté et un seuil blanc brillant. Des feuilles et des tiges grimpaient le long d'une voûte en fer forgé qui surmontait un petit portail bien entretenu. Un court sentier traversait les arbustes et les arbres pimpants du jardin. Mabs soupira. C'était si joli.

Remue-toi, cocotte, se dit-elle. *Tu as dix-huit ans, pas cinq.*

Une fois qu'elle eut rassemblé son courage, sa visite fut bouclée en un clin d'œil. Une gouvernante à l'air sérieux lui expliqua sur le pas de la porte qu'il s'agissait d'un poste de dame de compagnie à domicile pour la maîtresse de maison, complété par un peu de ménage et de tâches diverses. Mr Finch, le maître, recevrait les candidates mercredi et jeudi. Si Mabs était intéressée, elle pouvait se présenter à onze heures jeudi matin avec une lettre de recommandation.

« Je viendrai volontiers, madame », répondit Mabs d'un ton docile.

Intéressée ? Je me couperais le bras droit pour ce poste ! se dit-elle.

Elle sortit par le petit portail et s'imprégna un instant de l'élégant silence de cette rue de Hampstead. Mabs vivait dans un monde bruyant : au travail, les machines grinçaient, les chevaux hennissaient et frappaient le sol de leurs sabots, et les hommes criaient toute la journée ; à la maison, les portes claquaient, les bébés pleuraient et les gros mots, les rires débridés et les menaces gueulées emplissaient l'air telle la pluie. Le silence, songea Mabs, était signe de richesse. Elle poussa un soupir et se mit en route.

OLIVE

Lorsque je m'éveille le jour de mon anniversaire, la pluie d'octobre fouette la vitre et le vent déferle entre les arbres avec un vacarme de tous les diables. Un temps inhospitalier, surtout juste après notre été indien ! Je prie que le soleil revienne un peu avant que Gert ne rejoigne son nouveau foyer.

Je me redresse pour lire au lit. Qu'y a-t-il de plus agréable ou de plus délicieux quand le vent et la pluie entonnent leur chant de tempête alors que vous êtes bien au chaud à l'intérieur ? Pourtant, je suis trop impatiente pour me concentrer, et mes pensées se tournent vers mes cartes divinatoires. Je vais les chercher, non pas pour les tirer de nouveau mais pour réfléchir à celles que j'ai tirées hier : la Rose, l'Étoile et la Femme.

Sur la carte de la Rose est indiquée cette légende : *Tu joues avec la chance, mais ce que les cartes refusent sera largement compensé par ton bon sens, tes compétences et tes connaissances*. À mes yeux, cela confirme que, malgré l'audace de ma décision, je suis une personne sensée et instruite et qu'on peut se fier à mon jugement. Que ce qui me fait défaut – l'amour, la passion, le mariage – sera compensé par d'autres choses – la famille, les amis, un but. Cela reflète exactement ma façon de voir la situation.

La légende de l'Étoile annonce : *Ajoute ta pierre à l'édifice et tu ne tarderas pas à en ressentir les effets bénéfiques.* C'est précisément mon impression. Je possède tant et Gert possède si peu. J'ajouterai ma pierre à l'édifice en lui donnant un toit et tout ira bien. L'étoile en tant que symbole a toujours revêtu une importance particulière à mes yeux ; je suis passionnée d'astronomie. Comment pourrait-il en être autrement ? Mon père était marin, et les étoiles l'ont toujours guidé jusque chez nous. Chaque fois que je tire l'Étoile, je la ressens sous forme d'un message particulièrement positif.

Quant à la Femme, eh bien, la formulation s'adresse de toute évidence à un utilisateur masculin : *Satisfais ta préférence pour le sexe faible, mais sans jamais offenser la décence.* Bien que ce message soit hors de propos, l'image en elle-même me dit tout ce que j'ai besoin de savoir. Une femme vêtue d'une robe et d'une charlotte à la mode d'autrefois, des fleurs sauvages à la main, devant un horizon désert. Pas de pendant masculin, pas d'amant, elle a cueilli ses propres fleurs. Cette femme pourrait être moi.

Je m'habille et sonne la cloche pour demander du thé.

« Joyeux anniversaire, miss Westallen, dit Anne, qui m'apporte la théière et me tend un petit paquet.

— Oh, merci, très chère, vous n'auriez pas dû vous donner la peine ! » m'exclamé-je, sachant parfaitement bien qu'il n'y a rien de plus exaspérant aux oreilles de ceux qui doivent s'en donner la peine.

Les bonnes manières avant tout !

« C'est de la part de tout le personnel, explique-t-elle. Nous vous souhaitons une très belle journée, miss. Nous savons à quel point elle est importante. »

Une petite carte carrée illustrée d'une mésange bleue rondelette accompagne le cadeau. À l'intérieur est écrit :

Joyeux anniversaire à miss Olive Westallen. Puissiez-vous briller.

Chaque domestique a signé son nom d'une écriture méticuleuse ou maladroite : Anne ; Agatha ; Mrs Prowse, la gouvernante ; Mrs Brody, la cuisinière ; Johnson, le valet de pied ; Brown, le jardinier ; et même Nell, la fille qui vient s'occuper des tâches physiques deux fois par semaine.

« Merci à tous ! dis-je. Quelle charmante façon de commencer la journée. Vous transmettrez mes remerciements aux autres ? »

Sans réfléchir, je l'embrasse sur la joue, et elle s'éloigne, l'air à la fois ravi et gêné.

Quelle folie que de vivre sous le même toit que quelqu'un, de le voir chaque jour sans exception, mais de ne lui montrer ni chaleur ni affection car les convenances l'imposent. Je m'en étonne souvent, tout comme je m'étonne du fait qu'il faille sept personnes pour s'occuper d'une famille de trois. Il y a bien des choses que je ne comprends pas en ce bas monde, pourtant ce n'est pas aujourd'hui, jour de mon anniversaire, que je vais les résoudre. Je sirote donc mon thé et ouvre mon cadeau : un petit médaillon orné d'une rose rouge peinte sur un fond crème. Il est accroché à une chaîne dorée qui se ternira sans doute très vite. Bon marché, mais sélectionné avec soin et, aux yeux d'un public non averti, joli. Je le passe aussitôt autour de mon cou. Il met en valeur le tissu vert foncé de ma tenue – ma plus belle tenue automnale, que j'ai bien entendu choisie en l'honneur de cette occasion.

J'ose jeter un coup d'œil dans le miroir. *Puissiez-vous briller*. Quel charmant souhait. Je n'ai jamais été une de ces jeunes femmes qui brillent, comme Rowena Blythe ou Verity Crawford. Chaque fois que nos chemins se croisent, je fais pâle figure à côté de leur beauté souriante et scintillante. Malgré tout, je m'imagine aujourd'hui que la maternité imminente réchauffe mon teint et égaye mon regard. Anne a très méticuleusement coiffé mes cheveux châtains. J'ai l'air riche, bien mise. Je me demande ce que Gert va penser de moi en tant que future mère.

Je termine mon thé et m'empresse de rejoindre la salle à manger, où je reçois présents et baisers de la part de mes parents et œufs brouillés à foison. Puis, de là, en route pour l'orphelinat !

Le foyer pour filles ne se trouve qu'à quinze minutes à pied, mais j'ai l'impression que le trajet dure une heure. Je suis impatiente, et la matinée est froide et humide. À mon arrivée, Mrs Jacey me fait entrer avec un sourire, soulagée que je vienne la délester ne serait-ce que d'un petit enfant.

Son bureau est une pièce agréable où se sont tenues toutes nos discussions sérieuses ; je m'attendais à ce qu'on m'y amène Gert. J'ai si souvent répété le bref discours que je lui adresserai et imaginé sa réponse. Ce scénario me tient à cœur depuis si longtemps, il me paraît si réel, que je suis tout à fait déstabilisée lorsque nous passons devant le bureau de Mrs Jacey sans nous arrêter. Par la porte entrouverte, j'aperçois une domestique qui frotte le sol. Un enfant a vomi copieusement il y a moins de dix minutes, explique Mrs Jacey. Chose qui m'est confirmée quand j'inspire au mauvais moment.

On me fait entrer dans la salle de jeu, où une vingtaine de filles de tailles diverses et plus ou moins ébouriffées jouent avec des poupées cassées ou des cubes de construction abîmés. Gert aux cheveux noirs est seule, comme d'habitude. Aujourd'hui, elle est assise par terre, les mains enserrant ses genoux, l'air renfrogné.

« Gert, ma puce, t'as de la visite, annonce Mrs Jacey d'un ton las. Miss Westallen est venue te parler d'un truc important. C'est pas gentil, ça ? »

Gert s'abstient de lever la tête et de répondre.

« Hé oh ! Ma p'tite demoiselle ! Sois polie avec la gentille dame ou elle va changer d'avis et t'entendras jamais c'qu'elle a à te dire !

— Ce n'est pas grave, Mrs Jacey, interviens-je d'une voix qui se veut plus confiante que je ne le suis. Si Gert n'est pas d'humeur bavarde, je comprends parfaitement. Moi aussi, j'apprécie le calme et la tranquillité, le matin. »

Mrs Jacey renifle. Elle a déjà tenté des douzaines de fois de me convaincre de renoncer à Gert.

« Alors je vous laisse, miss. Vous me direz comment ça se sera terminé. »

Je lui en fais la promesse, mais Gert va rentrer avec moi, voilà comment ça va se terminer, non ? Malgré tous les efforts de Mrs Jacey, cet endroit n'a rien d'exaltant. Je regarde les murs ternes et éraflés, les vieux jouets cassés. Je suis impatiente de la sortir d'ici, de lui montrer l'amour, la grâce et la beauté et de laisser sa nouvelle vie commencer.

« Gert, ma chérie, commencé-je d'une voix douce, cherchant à engendrer un sentiment d'intimité dans une pièce pleine d'enfants qui psalmodient des inepties, frappent sur des tambours et grondent des poupées. Je sais que tu n'as aucune raison d'être contente de me voir. Après tout, tu ne me connais pas vraiment. Mais… j'ai une idée dont je voudrais te parler. Je crois que… tu serais très heureuse de l'entendre. Tu vois, j'aimerais changer les choses pour toi. Pour le meilleur », m'empressé-je d'ajouter lorsque je réalise que, prise isolément, l'idée de changer peut paraître intimidante.

Gert continue de fixer le plancher, les sourcils froncés. Penchée comme je le suis, les mains sur les genoux, je sens mon dos se révolter. Je me redresse et balaye la pièce du regard. La plupart des enfants sont absorbés par leur jeu, mais quelques-uns me regardent sans détour avec envie. Je suppose que c'est à cause de ma tenue, de mes bagues et de ma pelisse à col en fourrure. Ou peut-être est-ce à cause du symbole que je représente, celui d'une femme d'âge maternel et d'un monde qu'une grande majorité d'entre eux ne verra jamais. Je songe un instant que n'importe lequel de ces enfants se montrerait sans doute plus réactif que Gert, avant de chasser de mon esprit cette pensée indigne. Je ne cherche pas à obtenir la gratitude.

Des jumelles d'environ six ans me dévisagent d'un air presque vorace ; elles n'ont que la peau sur les os, et leurs yeux sombres sont creusés. Comme je rêverais de les remplumer. Une enfant de trois ans incroyablement jolie, à la tignasse dorée, fait mine de ne pas me regarder, bien que je la voie me jeter un coup d'œil à plusieurs reprises et détourner timidement les yeux. Mon cœur s'emballe puis reprend son rythme régulier. Je ne serai pas de ceux qui cèdent à la facilité, captivés par un adorable chérubin. Je méprise les adorables chérubins ! Ces enfants sont plus jeunes, plus attirants, ils ont toutes les chances de trouver un foyer. Gert, en revanche… Gert et son regard furieux… voilà une enfant qui a besoin de moi.

Je m'assois par terre à côté d'elle. Cela me demande un certain effort, entre la longueur de ma jupe, l'étroitesse de mon corsage et le fait qu'une dame qui se respecte n'a pas l'habitude de s'asseoir par terre. Mais je ne peux pas continuer à me pencher au-dessus d'elle telle l'ombre du Destin.

« Gert, reprends-je une fois au sol. Que dirais-tu de venir vivre avec moi ? Tu comprends, je n'ai pas d'enfants. Je t'aimerai de tout mon cœur, ma chérie, et nous nous amuserons comme des folles. Des promenades dans la lande, des livres, des jouets, des fêtes de Noël et… eh bien, tout ce que tu peux désirer, ma chérie. »

Gert se lève d'un bond comme si elle s'était piquée avec une épingle et s'enfuit en courant. Je préférerais croire qu'elle est submergée par l'émotion, mais ce que j'aperçois dans ses yeux sombres qui lancent des éclairs suggère qu'elle a attendu que je sois bien installée avant de déguerpir. Je me retrouve seule, assise au milieu de la pièce, les jambes tendues devant moi. Pourvu que Mrs Jacey ne me voie pas dans cette posture !

Gert se précipite vers la fenêtre et grimpe sur le rebord. Elle ne regarde pas dehors, elle ne fait que se percher là, l'air maussade, et fixe le mur. J'éprouve un agacement subit. Mais je le réprime et me remets tant bien que mal d'aplomb, une opération encore moins élégante que le procédé inverse, faux-cul en l'air. Le talon de ma botte glisse un peu sur le parquet. Je prends une profonde inspiration et traverse la pièce.

« Gert, dis-je d'un ton toujours aimable mais plus ferme à présent. Je n'ai peut-être pas été assez claire. Et je comprends que c'est beaucoup à digérer. Si tu as besoin de temps pour y réfléchir, je ne te presserai pas. Je voudrais adopter une enfant. Je voudrais que cette enfant soit ma fille. Et je voudrais que cette fille, ce soit toi. »

Du coin de l'œil, je m'aperçois que plusieurs petites têtes nous observent, que plusieurs petites bouches béent.

Gert finit par me regarder. L'espoir enfle dans ma poitrine. Ici, enfin, arrive le moment dont j'ai rêvé. Mais elle me fixe avec un mépris si cinglant que je me sens toute penaude.

« Foutez-le camp, laissez-moi tranquille », exige-t-elle d'une voix qui n'a rien d'assourdie.

Elle pivote pour faire face à la fenêtre. Quelque chose me dit qu'elle n'est pas en train d'admirer les couleurs automnales.

« Gert ! m'écrié-je, choquée. Si tu ne veux pas de moi, j'arrêterai de t'ennuyer. Mais je ne suis pas sûre que tu comprennes ce qui est en jeu ! Je vis avec ma mère et mon père, et nous sommes tous prêts à t'aimer. Nous te donnerions une éducation, des vêtements, une belle vie heureuse. Nous sommes… Disons, Gert, que nous avons beaucoup d'argent. Tu ne préfères tout de même pas rester ici, où tu n'as personne, si ? »

Les frêles épaules restent voûtées et immobiles en signe de rejet. Tous mes projets s'envolent. Si Gert ne veut pas venir avec moi… que faire ? Il y a certes beaucoup d'autres petits dans le besoin, mais c'est sur Gert que j'ai jeté mon dévolu ! Je lui ai préparé une chambre à coucher, je lui ai trouvé un nouveau nom, et on n'échange pas un enfant pour un autre au dernier moment ! Quant à Gert, verra-t-elle jamais pareille opportunité se présenter de nouveau ?

Je suis, encore une fois, consciente des regards sur moi. Ceux des nombreux enfants qui donneraient n'importe quoi pour être à sa place. Je regrette le bureau de Mrs Jacey et la confidentialité qu'il nous aurait offerte. Je baisse la voix, n'ayant aucune envie de les attrister davantage.

« Ma chère Gert. Je sais que ce doit être très difficile pour toi. Je n'ose imaginer ce que tu as traversé. En revanche, je sais ceci : tu mérites mieux. Je ne peux pas te forcer à venir avec moi. Je n'en ai pas envie. Mais je t'en prie, ma puce, donne-toi cette chance. Elle s'offre à toi, et nous te traiterons avec la plus grande gentillesse, je te le promets. Alors dis-moi, Gert, n'aimerais-tu pas avoir une magnifique maison et une nouvelle maman ? »

Un ange passe. Le silence est absolu. Puis Gert saute enfin du rebord de la fenêtre.

« Non ! crie-t-elle. Je veux pas de vous. Allez-vous-en ! »

Elle me pousse brutalement d'un air sauvage ; je recule de quelques pas. Après quoi elle s'enfuit, claquant la porte de la salle de jeu derrière elle.

Je reste là sans bouger, étrangement gênée, blessée et déstabilisée. *Non ?*

Je n'accepte pas l'idée de devoir la laisser ici. Pourtant, sa réponse n'avait rien d'ambigu. Et vous ne pouvez pas obliger un enfant à vouloir de vous. Vous ne pouvez pas forcer quelqu'un à être heureux. Mais alors… que faire ?

Confuse, je sens que l'on tire sur ma jupe. Je me retourne d'un coup ; ici, les pickpockets abondent. Je m'attends à voir quelque grande fille s'écarter à la hâte, l'air innocent, mais non. C'est la jolie petite que j'ai remarquée tout à l'heure. Elle paraît pensive et sa main n'est pas enfoncée dans ma poche : elle agrippe fermement le tissu de ma robe. Elle lève vers moi ses sombres yeux plaintifs couleur noisette. La définition même d'une gamine adorable. La plus adorable des gamines, à vrai dire.

« J'aimerais que tu sois ma maman à moi », chuchote-t-elle.

MABS

Le jeudi, Mabs s'éveilla avec l'estomac noué et des vagues brûlantes et mordantes qui lui montaient à la gorge. Était-elle malade ? Ce n'était que de la peur. Rien que de la peur. Depuis trois jours, elle ne pensait à rien d'autre qu'à ce poste qu'elle désirait tant ! Jamais une telle occasion ne se représenterait. L'espoir de l'obtenir l'avait aidée à tenir le coup. Elle avait mangé sa part à chaque repas afin de préserver ses forces et, pendant qu'elle travaillait, elle s'imaginait à quoi ressemblerait sa vie là-bas.

Peg se rendit au quai pour informer le contremaître que son frère Mark était souffrant mais qu'il serait de retour le lendemain. Elle revint avec les quelques pièces dues à Mabs et un message : inutile de se donner la peine, son travail avait été confié à quelqu'un d'autre.

« C'est une plaisanterie ? » s'exclama Mabs, horrifiée.

Mais bien sûr, ça n'en était pas une.

Ses mains tremblaient tant qu'elle dut demander à Jenny de l'aider. Grave et silencieuse, Jenny examina la robe de Lou à la recherche de taches ou de salissures, brossa les cheveux de Mabs et les lui noua en arrière. Voilà pourquoi Mabs, malgré sa peur, n'avait d'autre choix que d'y aller – pour Jenny et les autres.

Elle arriva devant la maison brune de Willoughby Walk avec beaucoup d'avance. Lorsque l'horloge de la ville sonna 11 heures, elle frappa à la jolie porte bleue, les aisselles et les paumes moites de sueur. Que diable dirait-elle au gentleman qui vivait dans une demeure pareille ? N'ayant encore jamais eu l'occasion de parler à quelqu'un comme lui, elle n'avait aucune idée de ce qu'il penserait d'elle.

La gouvernante la fit entrer dans un vestibule carré au dallage noir et blanc d'où un escalier s'élevait vers les inimaginables régions supérieures de la maison. Les cloisons étaient peintes en bleu turquoise. Une énorme cruche de fleurs sphériques d'un bleu intense trônait sur une petite table, et le portrait d'une femme magnifique aux cheveux noirs vêtue d'une robe lilas ornait un mur. Sur le mur opposé pendait un miroir au cadre doré dans lequel Mabs aperçut son reflet. Elle grimaça. La robe de Lou était plus propre qu'aucun des vêtements en sa possession, mais elle nageait dedans. Ses yeux marron clair étaient creusés et cernés, et ses cheveux blonds s'échappaient de sa tresse. Elle paraissait… désespérée.

« Mr Finch est dans le petit salon, l'informa la gouvernante. Suivez-moi. »

Aucune mention de Mrs Finch, ni le moindre signe de sa présence.

Le petit salon, calme et ordonné, avait lui aussi beaucoup de charme. Mabs admira, à mi-chemin entre la joie et la terreur, les lampes, les tapis et la vaisselle en porcelaine dans cette pièce dénuée du moindre grain de poussière. Mr Finch était plutôt grand ; il avait des cheveux châtains qui se faisaient rares et le teint rougeaud. Il l'accueillit avec gentillesse :

« Miss Mabel Daley, n'est-ce pas ? »

Mabs essuya ses paumes sur sa robe. S'il remarqua sa poignée de main moite ou en fut rebuté, il n'en montra rien.

« Je vous en prie, asseyez-vous. Je vois que vous avez apporté votre lettre de recommandation. Permettez ? »

Le lundi soir, profitant d'avoir le ventre plein et les jambes solides, Mabs était allée rendre visite à Mr Miles. Il était haut placé dans l'Église quaker, mais, avant de rejoindre la société religieuse des Amis, il avait été le pasteur de l'église que fréquentait la mère de Mabs le dimanche. Bien qu'elle ne l'ait pas vu depuis des mois, elle avait la certitude qu'il lui donnerait une lettre si elle lui expliquait la situation. Et c'est ce qu'il avait fait.

Elle la tendit sans un mot. Mr Finch en entama la lecture et Mabs se réjouit d'avoir quelques minutes pour se calmer. Il leva la tête et lui sourit.

« Voilà une recommandation élogieuse, miss Daley. J'ai déjà l'impression de vous connaître. Je vous propose de commencer par quelques questions élémentaires.

— Oui, m'sieur, parvint à articuler Mabs, si soulagée d'avoir réussi à prendre un bon départ qu'elle en eut le vertige.

— Savez-vous lire, miss Daley ? »

Un bon départ de courte durée. Mabs secoua la tête.

« Je connais les lettres, je les ai toutes apprises, mais je suis pas restée longtemps à l'école, m'sieur, alors j'ai jamais su les combiner.

— Et je suppose que vous ne savez pas écrire ? »

Elle secoua de nouveau la tête, morte de honte. Quelle idée ! Pourquoi était-elle venue ? D'une minute à l'autre, il allait l'interroger sur les coiffures ou des techniques de couture sophistiquées, et qu'y connaissait-elle ? D'une minute à l'autre, l'entretien serait terminé et elle aurait perdu son travail à cause de ça.

Au lieu de quoi, il l'interrogea sur sa famille. Mabs s'efforça de répondre avec franchise sans pour autant donner l'impression de vouloir lui faire pitié. Puis il s'enquit de ses valeurs et de ses croyances. Mabs en fut déstabilisée ; sa vie ne lui laissait pas beaucoup de temps pour papoter du bien et du mal. Mr Finch dut l'amener à parler, lui posant des questions sur la discrétion, la confidentialité, l'intégrité et autres, mais Mabs ne connaissait pas ces mots.

Comme elle se sentait stupide ! Certaines personnes, comme Mr Finch, étaient intelligentes et raffinées, tandis que d'autres, comme elle, n'étaient pas fichues de répondre à une simple question. Quelle idiote. Voilà ce qui arrivait quand on cherchait à obtenir une chose hors de sa portée. On se vautrait la tête la première !

C'est alors qu'elle se sentit submergée par l'indignation. En quoi cela était-il sa faute ? Si elle était restée à l'école, elle aurait peut-être appris à lire, mais elle avait dû rester à la maison pour s'occuper des petits pendant que m'man allait travailler comme lessiveuse à King's Cross. Et il y avait toujours un nouveau bébé. Dans leur monde à eux, en revanche, ils n'avaient pas besoin de mots savants ni d'apprendre dans les livres. Avec deux salaires, ils avaient tout juste de quoi s'habiller et se nourrir, et ils connaissaient de brefs moments de joie volée rien que par le fait d'être ensemble. Sauf qu'ils ne l'étaient plus, à présent. M'man était morte et p'pa, tout comme, et Mabs devait tenter de se frayer un chemin dans un monde dont elle ne savait rien. Sa colère la poussa à parler.

« Je suis vraiment désolée, m'sieur, mais je comprends rien à ces mots. Est-ce que vous pouvez m'expliquer ce qu'ils veulent dire pour que je vous réponde, s'il vous plaît ? »

Et c'est ce qu'il fit ! Apparemment, la discrétion signifiait ne pas se mêler de ce qui ne vous regardait pas, la confidentialité signifiait ne pas colporter des ragots, et l'intégrité voulait dire bien agir. Une fois que Mabs eut compris, elle n'eut aucun mal à répondre ! Ils avaient beau être fauchés comme les blés, ils avaient été bien élevés. M'man et p'pa leur avaient appris à discerner le bien du mal et à s'attendre à un savon si jamais ils leur désobéissaient. Cela sembla plaire à Mr Finch. Mabs commença à se détendre. Elle se défendait bien, finalement.

« Laissez-moi vous en dire un peu plus sur ce poste », proposa Mr Finch.

Mabs se redressa sur son siège.

« Mon épouse est une femme d'une grande bonté, une femme adorable. Par malheur, ses nerfs lui causent des soucis depuis quelques années. Elle a de bons et de mauvais jours. Ses humeurs l'embêtent terriblement, vous savez. »

Mabs hocha la tête. Les femmes de sa connaissance n'avaient pas le temps de se préoccuper de leurs humeurs ni de leurs nerfs. Puis elle songea à son père. Tous pleuraient la perte de Maureen, mais, pour lui, cela allait bien au-delà. Quelque chose semblait s'être cassé dans son esprit, si bien qu'il lui arrivait d'oublier qu'il avait des responsabilités, que la vie continuait, même sans une personne qui lui était chère. Alors peut-être savait-elle bel et bien de quoi il parlait.

« Est-ce que Mrs Finch a perdu quelqu'un ? demanda-t-elle d'une voix douce.

— Perdu ? Ah, vous voulez dire un deuil. Non, miss Daley, il n'en est rien. Ses problèmes sont intrinsèques et, au premier abord, plutôt inexplicables. Mais je ne voudrais pas que vous pensiez du mal d'elle.

— La vie peut être dure à bien des égards, m'sieur. J'irai pas penser du mal d'elle.

— Je m'en doutais. Par ailleurs, elle a parfois les idées légèrement confuses. Ne vous inquiétez pas, miss Daley ; elle n'est pas folle, je tiens à ce que ce soit parfaitement clair. Elle est juste… fragile. Elle trouve la vie un peu plus difficile que la plupart des gens.

— Oui, m'sieur.

— Par conséquent, vous n'aurez pas à la préparer à des fêtes ou des bals. J'espère que cela ne vous déçoit pas trop. Elle a besoin qu'une personne douce lui tienne compagnie et s'occupe un peu d'elle. Il faudra aussi l'accompagner les rares fois où elle se laissera convaincre de prendre l'air, et veiller à ce que ses appartements restent propres. Je crois qu'il vaut mieux qu'elle ait une seule domestique de confiance plutôt qu'une pour l'habiller, une autre pour allumer le feu dans les cheminées, et cætera. Cela vous semble-t-il trop contraignant ? Trop pénible ? ajouta-t-il lorsqu'il s'aperçut qu'elle ne saisissait pas.

— Non, m'sieur, s'écria Mabs. Pas du tout. Je comprends. Quand m'man était malade, elle disait toujours qu'avoir tous ses enfants dans les pattes lui donnait mal à la tête, même si elle nous aimait beaucoup, alors elle nous envoyait chez la voisine. Moi, elle me gardait parce que je suis calme et que je devinais de quoi elle avait besoin.

— Vous avez, bien sûr, déjà pris soin d'une personne de santé fragile.

— Oui, m'sieur. Si m'dame est malade, ça me semble être une bonne méthode.

— C'est aussi mon avis, miss Daley. Alors, avez-vous des questions à me poser ? »

Mabs parvenait à peine à réfléchir tant la petite voix dans sa tête criait : *Embauchez-moi, je vous en prie, je vous en supplie !*

Elle sentit la chaleur lui monter aux joues.

« Je crois pas, m'sieur. C'était très aimable à vous de m'en parler. Enfin si, il y a une chose que je voulais vous demander. Est-ce que Mrs Finch voudra rencontrer la fille avant qu'elle soit engagée ? Vu que ce sera pour lui tenir compagnie.

— Non. Je cerne très bien les gens. Et rencontrer de nouvelles personnes est épuisant pour ma femme. Je le lui épargne autant que possible.

— Je vois, m'sieur. Eh bien… »

Mabs s'interrompit. Elle savait ce qu'elle avait envie de dire, mais oserait-elle le faire ? Elle ignorait les usages. Elle prit une profonde inspiration.

« J'aimerais beaucoup obtenir ce poste, m'sieur, si je peux me permettre.

— Je suis ravi de l'entendre ! Il ne me restait plus qu'une jeune fille à recevoir, mais je vais demander à Mrs Webb de l'informer que le poste a été pourvu. Vous êtes exactement celle que nous espérions, miss Daley.

— Vraiment, m'sieur ? Moi ? C'est moi que vous embauchez ? »

Il sourit.

« Ne soyez pas si surprise, miss Daley. Dans une situation comme celle-ci, les qualités personnelles sont bien plus importantes que la formation ou que l'expérience professionnelle. Nous cherchons quelqu'un capable de s'occuper de mon épouse avec délicatesse, quelqu'un qui aura la discrétion de ne discuter de son état qu'avec moi. Sans compter que votre lettre de recommandation est exceptionnelle – et fournie par un homme d'Église, par-dessus le marché ! Je suis plus que satisfait. Oh mais quel sot ! Je ne vous ai pas parlé du salaire. »

Il cita alors un montant qui lui fit tourner la tête. C'était plus que ce que gagnait Lou ! Même au bout de deux ans, même au service d'un banquier. C'était le double de ce que Mabs avait imaginé dans ses rêves les plus fous. Abasourdie, elle eut du mal à revenir à la réalité. S'évanouir et lui donner l'impression qu'elle n'était pas à la hauteur serait inconvenant.

« Merci, m'sieur, dit-elle d'une toute petite voix. Quand aimeriez-vous que je commence ?

— Disons dimanche après-midi ? À 17 heures ? Ainsi Mrs Webb, la gouvernante, vous fera faire le tour du propriétaire, et vous vous installerez dans votre chambre. Lundi vous pourrez rencontrer mon épouse et commencer à travailler. Cela vous conviendrait-il ?

— Ce serait parfait, m'sieur.

— Fantastique. Je demanderai à Mrs Webb de vous trouver un uniforme ; nous avions une domestique qui devait faire votre taille, à Durham. »

Mabs avait de plus en plus le sentiment de rêver. Lou lui avait dit que les bonnes devaient généralement s'acheter leur uniforme avec leur paye. C'était le cas chez les Blythe, et Lou s'en plaignait abondamment. Mais Mabs n'avait même pas à s'en soucier ! Ce poste était parfait, bien mieux que tout ce qu'elle aurait pu espérer ou imaginer. Oh, quelle chance pour sa famille ! Elle avait hâte d'annoncer à p'pa et aux autres qu'à partir de maintenant ils auraient de quoi manger !

Mabs serra la main de Mr Finch et partit, sur un petit nuage, rayonnante d'espoir. Comme les choses pouvaient changer en moins d'une semaine, songea-t-elle en quittant la maison de ces inconnus, vêtue d'une robe empruntée, un jeudi matin. Tout cela grâce à Lou. Les anges gardiens prennent parfois des formes inattendues. Mais ils apparaissent toujours au bon moment.

OLIVE

En un clin d'œil, je tombe sous le charme. Sa tignasse est à mi-chemin entre le blond et le brun – la couleur du miel de prairie, pour être exact. Ses petites joues sont aussi lisses que la soie et pas aussi rondes qu'elles le devraient. Elle a une bouche rose en cul-de-poule, qui lui donne l'air extrêmement attachant.

« Oh ! m'exclamé-je. Ma chérie ! »

Je sens mon cœur se serrer comme si une ligne de pêche s'y était plantée, fermement accrochée à l'autre bout dans le sien. Ses yeux sont baignés de larmes. Oui, il y en aura d'autres – beaucoup d'autres – qui voudront adopter cette jolie petite créature. Mais seront-ils à la hauteur ? L'aimeront-ils autant que je l'aime déjà ? Pourront-ils lui offrir ce que je peux lui offrir ? Et Gert, alors ? Je sens déjà que je la trahis, comme si le simple fait d'y songer pendant quelques secondes lui portait un nouveau coup. J'ai la tête qui tourne ; la matinée a été mouvementée.

Je m'efforce de respirer calmement. Il serait déraisonnable de prendre une décision à la va-vite, je suis bien trop troublée. Je m'accroupis pour être à la hauteur de la petite fille.

« Tu souhaites venir avec moi ? »

Elle hoche la tête.

« Comment t'appelles-tu, ma chérie ? »

Elle hausse les épaules. Je fronce les sourcils :

« Tu ne connais pas ton prénom ? »

Elle secoue la tête ; ses boucles s'agitent. Bonté divine !

« Es-tu… En es-tu certaine, ma puce ? Nous ne nous sommes encore jamais vues. Je suis sûre que nous serons de très bonnes amies, mais ne préférerais-tu pas prendre le temps de me connaître ? Je pourrais revenir demain et après-demain aussi. »

Elle secoue encore une fois la tête, et une cascade de cheveux emmêlés tombe sur ses yeux. Avec un pincement au cœur, je les écarte de son visage.

« Veux que tu sois ma maman, chuchote-t-elle de nouveau. Veux habiter chez toi. »

Très bien. Une enfant adorable qui, à sa manière, sait clairement ce qu'elle veut. Quelle est la bonne chose à faire, la solution la plus raisonnable ? Je me retiens de la prendre dans mes bras et de la couvrir de baisers.

Je me relève et serre sa petite main dans la mienne.

« Ma chérie, je dois juste parler à Mrs Jacey un instant. Je reviens tout de suite, je te le promets. Tu veux bien m'attendre ici ? »

Elle hoche à nouveau sa tête blonde.

Je m'empresse de quitter la pièce, craignant ma réaction si je reste. Gert a disparu. Je m'adosse au mur et prie : *Mon Dieu, guidez-moi.* Mes intentions à l'égard de Gert étaient si pures, si sincères. Et pourtant, elle ne veut rien avoir à faire avec moi alors que ce petit chérubin sans nom a submergé mon cœur comme la marée haute. Je devrais rentrer et digérer tout cela ; je devrais y réfléchir de façon rationnelle avant d'agir. Je sais néanmoins que je ne partirai pas d'ici sans elle. Il en est parfois ainsi : une décision se présente toute prête à votre cœur. Inutile d'y réfléchir, car la réflexion n'y changera rien.

Je me hasarde dans le bureau de Mrs Jacey. La puanteur y règne toujours. Je la cherche et finis par la croiser.

« Qu'est-ce qui s'est passé ? demande-t-elle aussitôt.

— Eh bien, Mrs Jacey, je ne sais pas trop par où commencer. »

Je porte la main à mon cœur et elle me mène dans une salle de classe déserte où nous prenons place sur de petites chaises qui peinent à contenir mes jupes vertes ou les hanches volumineuses de la directrice. Là, je rapporte mot pour mot la conversation que j'ai eue avec Gert.

« Ai-je dit quelque chose qu'il ne fallait pas ? Était-ce trop pour elle ? J'ai fait montre de la plus grande douceur, mais… »

La brave femme secoue la tête avec fermeté.

« Non. C'est pas vous. C'est elle. La môme est fichue, irrécupérable.

— Oh, Mrs Jacey, ne dites pas une chose pareille. Je ne le supporte pas. Peut-être ne suis-je tout bonnement pas celle qui lui convient. Peut-être une personne différente obtiendra-t-elle une autre réaction de sa part. Je veux qu'elle soit heureuse.

— J'crois pas que ça soit possible, miss. Désolée de pas vous parler du bon côté des choses. C'est juste que, des situations comme celles-là, j'en ai déjà vu et je sais les reconnaître. Cette môme est en trop piteux état pour être heureuse. Personne d'autre voudra d'elle, et elle sera coincée ici jusqu'à ses quatorze ans, et quand elle sortira elle s'attirera des ennuis et elle finira par se faire tuer, ça fait aucun doute. Je veillerai à ce qu'elle soit en sécurité et qu'elle ait à manger aussi longtemps que possible, en espérant que ça change, mais à mon avis ce sera quand les poules auront des dents.

« C'est pas votre faute, miss Westallen. Vous êtes une gentille dame. Si elle est pas fichue de s'en rendre compte, alors tant pis ! Mais, dites-moi, vous vous décomposez. J'arrête de parler. Vous aurez essayé. J'espère que vous continuerez à nous rendre visite et que vous trouverez une autre petite qui vous plaira. »

Mrs Jacey inspire profondément après ce long monologue et prend mes mains dans ses grosses mains rougeaudes. Je ne peux qu'imaginer combien j'ai l'air malheureuse. Je la regarde, rongée par la culpabilité.

« Mais c'est bien ça le problème, Mrs Jacey. Je l'ai déjà trouvée ! Quand Gert s'est enfuie, une autre enfant, plus jeune, m'a abordée. Elle avait tout entendu et elle a dit… qu'elle voulait venir avec moi. Elle veut que je sois sa mère ! Oh, Mrs Jacey ! Elle est… enfin, elle est irrésistible. Je ne l'avais jamais vue avant. Une enfant aux cheveux blond doré, qui doit avoir dans les trois ans.

— Ah oui, je vois qui c'est. Elle est arrivée y a quelques jours seulement. Vous savez quoi ? C'est la fille qu'il vous faut. J'avoue que ça m'attriste pas. Gert aurait fait de votre vie un enfer, vous pouvez me croire ! Celle-là, elle est douce, gentille et jeune. Elle a quatre ans, miss, mais elle est petite pour son âge, comme la plupart d'entre elles. Prenez-la, miss Westallen, avant qu'elle passe trop de temps ici. Elle pleure comme une Madeleine tous les soirs. J'fais de mon mieux, vous savez, mais c'est pas un endroit pour un môme, surtout si y a une autre solution. Les autres filles lui filent des roustes. Prenez-la, avant que cet endroit lui colle à la mémoire et lui fasse des lézardes. »

Ce dernier argument me convainc. Elle ne restera pas ici une heure de plus.

« Mrs Jacey, quelle est son histoire ? Je vais la prendre, ah ça oui, mais renseignez-moi : a-t-elle une mère égarée qui risque de réapparaître et de la récupérer ? Je ne supporterais pas de l'adopter si c'est pour la perdre ensuite.

— Non, rien de tout ça. Elle a été amenée ici par une voisine. Sa mère s'est pendue. Elle avait dix enfants qu'elle avait pas les moyens d'élever, elle se crevait à la tâche. Pas de père, ou plutôt dix pères différents, et pas un dans les parages. Les aînés se sont éparpillés aux quat' vents, d'après la voisine. Elle les a vus faire les poubelles dans le quartier, y en a même un qu'est déjà en taule à Pentonville. Elle a trouvé la petite assise sur le pas de la porte un jour, à moitié morte de faim et qui sanglotait, alors elle l'a amenée ici. Donc aucun risque de voir les parents débarquer. Rien qu'un pauvre bout de chou qu'a besoin d'amour. »

Bien que tragique, ce récit concluant me rassure.

« Je la prends avec moi. Mais il me faut poser une dernière fois la question à Gert. Si elle changeait d'avis, je m'occuperais des deux ! »

Son visage s'assombrit.

« Je ferais pas ça si j'étais vous, miss Westallen. Vraiment, vraiment pas !

— Je sais. Je comprends. Pourtant j'aurais tant aimé aider une enfant plus âgée, pour qui d'autres occasions ne se présenteront pas.

— Et c'est vraiment admirable, mais oubliez ça, miss, et prenez la petiote.

— Je vous en prie, Mrs Jacey. Demandez-lui de ma part. Dites-lui que j'adopte une de ses camarades. Cela la rassurera sans doute.

— À votre avis, ricane Mrs Jacey, qui c'est qui lui file la plupart des raclées, à la petiote ? » rétorque-t-elle en appuyant ses mains sur ses cuisses afin de s'extirper de la chaise d'écolier.

Elle revient cinq minutes plus tard pour m'informer que Gert a gracieusement refusé mon offre. Je détecte une pointe de sarcasme.

Puis elle va chercher l'enfant qui n'a ni nom connu ni effets personnels. Elle et moi quittons le foyer main dans la main et, en effet, le soleil est apparu pour l'accueillir. C'est trait pour trait le tableau qui n'a cessé de me venir à l'esprit depuis le jour où j'ai décidé d'adopter, sauf que l'enfant à mon côté mesure une soixantaine de centimètres de moins que je ne l'avais imaginé.

OTTY

Je ne comprends absolument pas pourquoi tout le monde est si ronchon ! Nous devrions être heureux. Papa a saisi une occasion en or de gagner de l'argent, chose qu'il aime faire plus que tout. Il a acheté des parts du Regent's Canal et décroché un poste prestigieux au sein de la compagnie. Nous avons donc dû déménager à Londres, bien sûr – comment pouvait-il en être autrement ? Et pourtant, voilà que toute ma famille soupire et rumine comme si le gibet nous attendait.

Je conçois que maman soit morose ; elle souffre de ses problèmes depuis longtemps et, pour elle, la vie est un combat quotidien. Cela me rend si triste. Son état semble avoir fort empiré depuis notre arrivée, mais papa affirme que le déménagement a épuisé son organisme déjà fragile et qu'elle ira mieux bientôt. Il est persuadé qu'avec le temps le changement sera bénéfique à toute la famille.

« Je vais devenir très riche, m'a-t-il confié avec dans le regard cette étincelle que j'ai toujours adorée. Je vais pouvoir offrir à ta mère la vie qu'elle mérite, sans me soucier du coût. Quant à vous autres enfants, toutes les possibilités s'offriront à vous. »

Mais, hormis moi, nous autres enfants nous montrons étrangement ingrats ! Mon frère Charlie se languit de sa chérie à Durham. Il s'enferme chaque jour dans sa chambre pour lui écrire de longues lettres. Mes sœurs, Elfrida et Averil, arpentent la maison avec humeur, boudeuses, alors qu'un nouveau monde nous attend de l'autre côté de notre jolie porte bleue ! Durham leur manque. Certes, c'était notre chez-nous, et nous l'avons quitté très soudainement. Mais, moi, je crois qu'elles ont peur. À Durham, elles avaient de l'importance, elles étaient très appréciées et très prises. Ici, nous ne connaissons personne, si bien qu'elles craignent de ne pas être à la hauteur dans la capitale.

Donc, puisque papa est occupé à installer la maison et à se distinguer au bureau, que maman dépérit et que mes frères et sœurs ne sont pas drôles, je dois partir explorer seule ! Ça ne se fait pas, mais ils sont trop absorbés par leurs soucis pour s'apercevoir que je suis allée si loin et que j'ai vu tant de choses. À Durham, je leur racontais tout. J'aimerais encore le faire, mais… je commence l'école après Noël ; et je ne veux pas que ma liberté soit entravée d'ici là ! Au dîner, je prends garde à ce que je dis. Comme j'ai droit à de courtes promenades dans Hampstead, quartier qui d'après papa est sûr et respectable, je raconte que c'est là un charmant village au cœur de la ville, plein de maisons magnifiques qui enchanteraient Elfrida et de merveilleuses boutiques dans lesquelles Averil dépenserait une fortune. Je leur décris la lande splendide, la nature sauvage foisonnant d'oiseaux et d'animaux, de fleurs et d'arbres, de collines et d'étangs. Une fois qu'ils auront repris courage, ils adoreront la lande. Personnellement, je suis ravie de notre nouveau quartier.

Ce que je ne leur dis pas, c'est que je suis aussi allée plus loin. Comment résister ? Le zoo de Londres n'est qu'à trois kilomètres d'ici. J'aurais aimé m'y rendre avec mes sœurs, mais combien de temps encore durera leur réticence ? Combien de temps faudrait-il que j'attende ? Je n'avais jamais vu de lion. J'y suis donc allée ce matin. Papa serait furieux, pourtant je suis tout à fait capable de me débrouiller seule ! Mes sœurs seraient outrées si elles l'apprenaient, mais elles n'ont qu'à faire plus attention à moi, non ? Ah, j'aurais tant de choses formidables à dire sur le zoo, sur le lion ! Et puis il s'est passé quelque chose d'encore plus passionnant. Du zoo, il était logique que j'explore Regent's Park, après quoi je me suis retrouvée sur le canal – le royaume de papa !

Au début, cela m'a paru merveilleux – les routes aquatiques, les machines ingénieuses, les barges aussi plates et larges que des pistes de danse. D'énormes chevaux dont les poils recouvraient les pieds et la crinière tombait sur les yeux, qui chassaient d'un coup de queue des nuées de mouches. Et des hommes et des garçons par centaines, qui criaient des ordres, criaient des avertissements, criaient des plaisanteries, criaient sans cesse pour que le monde continue de tourner. *Les canaux peuvent aller partout où les fleuves sont absents !* m'a souvent confié papa. Ils sont le lien entre Londres et le reste du monde, et dire que c'est à une telle entreprise que papa participe ! Je suis si fière de lui.

J'ai marché, en transe, sans en perdre une miette. Je remarquais à peine que certains de ces cris m'étaient destinés et qu'ils n'étaient pas toujours très gentils.

Je suppose qu'il est plutôt rare de voir une fille de douze ans avec des boucles anglaises dans le coin. J'ai été tirée de ma rêverie par une main qui m'a prise par le bras et m'a écartée du bord de l'eau. J'ai baissé les yeux ; la main était brune. J'ai levé les yeux vers un visage maculé de poussière, un regard inquiet, une casquette plate : un garçon à la peau brune. Je n'avais jamais vu de Noir avant.

« T'es perdue, petite ? a-t-il demandé d'une voix douce. Ou alors t'es folle ? »

C'est alors que j'ai pris conscience qu'un certain nombre d'hommes m'observaient, tout près, avec des sourires déplaisants. L'atmosphère avait changé. Mes parents n'auraient pas voulu que je sois là.

« T'as besoin d'aide, mon cœur ? a lancé un homme. Ce moricaud t'embête ? Viens par ici, jolie jeune fille. »

J'ai eu très peur, et je me suis sentie très bête. J'ai regardé le garçon à mon côté et j'ai su en qui j'avais confiance.

« Non merci, ai-je répondu d'une voix que j'aurais préféré moins aiguë et raffinée. C'est mon ami. »

Une vague de rire a secoué l'assemblée.

« Les moricauds sont pas nos amis », a remarqué un homme.

Le garçon a tiré sur ma manche et je l'ai suivi. Nous nous sommes frayé un passage entre les curieux, nous éloignant du canal. Une fois arrivés à une route très fréquentée, à bonne distance de l'eau, nous nous sommes arrêtés. Me retrouver dans un endroit qui me paraissait sûr et ordinaire était rassurant.

« Merci », ai-je dit au garçon, qui a alors retiré sa casquette.

Une masse de cheveux noirs bouclés en a jailli, aussi douce que des nuages, et est retombée sur son visage. Visage qui, je le voyais à présent, était joli et lisse sous la poussière.

« Oh ! me suis-je exclamée. Tu es une fille !

— Bien vu, a-t-elle répondu avec un grand sourire. J'm'appelle Jill. Et vous, qui vous êtes, petite folle ? »

Je lui ai tendu la main.

« Ottilie Finch. Mais vous pouvez m'appeler Otty, comme tous mes amis. Ravie de faire votre connaissance, Jill. »

Elle m'a serré la main.

« Ottilie. C'est joli. Qu'est-ce que vous faites ici, Otty ? Vous avez besoin de quelque chose ? Vous êtes perdue ? »

J'ai secoué la tête.

« Non, je ne faisais qu'explorer.

— Toute seule ? s'est écriée Jill, incrédule. Habillée comme ça ? Vous savez pas que les canaux sont pas un endroit pour vous, mon cœur ?

— Je ne le savais pas. Maintenant, si. Est-ce que vous y travaillez ?

— Oui. Je dois faire semblant d'être un garçon, alors je leur dis que je m'appelle Jim. De toute façon, ils s'en fichent, de mon nom. Ils m'appellent "le môme", ou "le moricaud", quand ils prennent la peine de me parler. Bref, je suis pas là pour devenir leur amie. Je suis là parce que j'ai besoin d'un toit au-dessus de ma tête. »

Je me suis mordu la lèvre. J'avais envie de vider mon sac à main sur-le-champ et de lui donner tout mon argent, mais je me suis doutée que cela ne lui plairait pas. « Quel âge avez-vous ?

— Quinze ans. Je ferais mieux d'y retourner si je veux pas perdre ma paye. Ça va aller ? Vous saurez rentrer chez vous ? »

Je n'en avais aucune idée, mais je ne voulais pas qu'elle perde de l'argent à cause de moi.

« Oui, ai-je assuré. Merci encore.

— De rien. Promettez-moi de plus errer sur les canaux comme un mouton perdu, d'accord ? C'est dangereux.

— C'est promis. Mais, Jill, vous revoir me ferait plaisir. Pourrais-je revenir si nous nous donnons rendez-vous ? Ma famille vient de s'installer à Londres, et j'aimerais beaucoup avoir une amie. »

Elle a soudain paru bien plus vieille que son âge. J'ai vu dans ses yeux qu'elle avait vécu toutes sortes de choses que je ne pouvais imaginer.

« Vous voulez être amie avec moi ? a-t-elle fini par dire. Moi aussi, j'aimerais avoir une amie, mais je crois pas que ça plairait à votre famille, si ? »

J'y ai réfléchi. Je ne voyais pas pourquoi cela gênerait ma famille, et pourtant je me doutais qu'elle avait raison. Parce qu'elle avait la peau brune, sans doute. Personne parmi mes connaissances ne parle jamais des gens à la peau brune. Peut-être ne sont-ils pas très nombreux en Angleterre, mais cela voudrait dire qu'ils méritent d'autant plus un accueil chaleureux, n'est-ce pas ? Je mourais d'envie de l'inviter prendre le thé à Hampstead mais je savais que c'était impossible.

« Ils n'ont pas besoin d'être au courant, ai-je dit.

— Je suppose que non. Eh bien… »

Elle a réfléchi un instant. J'ai croisé les doigts.

« On pourrait se retrouver ici un jour où je travaille pas ? Un dimanche, peut-être. Vous vous souviendrez de cet endroit ? »

J'ai hoché la tête avec enthousiasme.

« Oui ! Pas ce dimanche, j'ai promis à papa de rester avec lui, mais le suivant, si vous êtes libre. Disons à 15 heures ? »

Elle a souri de nouveau.

« Alors à dimanche, Otty Finch. »

Je me suis retournée pour la saluer.

« Au revoir, Jill ! »

Maintenant, j'ai donc un secret encore plus grand que celui qui concerne ma sortie au zoo en solitaire. Je ne peux pas affirmer que ma famille y serait opposée. En toute honnêteté, je ne comprends pas pourquoi avoir une amie dont l'apparence est différente leur poserait un problème. De plus, elle m'a sauvée – ils devraient être reconnaissants. Néanmoins, je sais que je dois me taire. Cela me rend triste et mal à l'aise tout au fond de moi, mon état d'esprit n'est pas le même que ce matin, mais… j'ai une amie !

Si je devais un jour le dire à quelqu'un, ce serait à maman, mais il ne faut pas la déranger, elle doit se concentrer uniquement sur sa guérison. Jusqu'à présent, elle n'a pas quitté sa chambre et elle me manque beaucoup. Papa fait cependant passer des entretiens afin de lui trouver une jeune fille pour lui tenir compagnie. J'espère qu'il tombera sur quelqu'un de formidable et qu'elle pourra commencer très vite, car je suis certaine qu'une fois qu'elle sera parmi nous tout ira mieux.

MABS

Le dimanche, Mabs balaya une dernière fois du regard la chambre de Mushroom Court. La chambre et la cour ne lui manqueraient pas du tout. Elle avait en revanche l'impression qu'elle ne pourrait pas se passer de sa famille. Tous se pressèrent autour d'elle, leur cher visage baigné de larmes, pour lui souhaiter bonne chance et lui dire qu'elle allait leur manquer. P'pa lui-même était là. Lorsqu'elle lui avait parlé de l'accident évité de justesse au fond du puits à glace, cela avait semblé le secouer un peu ; il avait repris le travail, charriant des céréales pour un contremaître compatissant qui le connaissait de longue date. Mais, au bout d'une semaine, il avait fait une rechute et avait passé une journée entière à ruminer au Canard Criard… Néanmoins, quand il avait appris que Mabs avait décroché ce poste, il avait souri.

« Peut-être bien que la chance tourne enfin, ma fille, avait-il dit. J'suis fier de toi. J'vais suivre ton exemple et discuter avec Dennis. Il me donnera une nouvelle chance, à tous les coups. »

Mabs n'en était pas si sûre, pas plus qu'elle ne pensait que p'pa s'y tiendrait si Dennis le réembauchait. Au moins admettait-il à présent qu'il devrait travailler. Il y avait du mieux. Après tout, comment pouvait-elle lui en vouloir ? Perdre Maureen avait été un coup particulièrement dur. Mabs aurait voulu que sa mère puisse la voir.

Elle parvint enfin à se dégager de l'étreinte de ses frères et sœurs, leur promettant de leur rendre visite dès qu'elle aurait un jour de congé avant d'embrasser une dernière fois p'pa. Elle était morte de peur. Jamais encore elle n'avait passé la nuit loin de sa famille, jamais elle n'avait habité ailleurs qu'à Saffron Hill. Le quartier de Hampstead était si différent qu'il aurait pu s'agir de la lune. Mais elle avait dix-huit ans. Elle quittait le nid pour concrétiser une occasion en or qu'elle avait su saisir, et elle était surexcitée à cette idée.

Son sac était léger, heureusement – elle devait se rendre à Hampstead à pied. Elle ne possédait rien d'autre au monde que la robe, le manteau, le châle et les bottes qu'elle portait, ainsi que les sous-vêtements de rechange qui se trouvaient dans le sac. Elle emportait aussi ses vêtements de garçon, car elle n'en avait pas d'autres. Le jour de son embauche, elle avait ramené la robe de Lou à Highgate, la confiant à une gouvernante à la mine maussade.

Du tissu pour se confectionner une robe, voilà la première chose qu'elle s'achèterait lorsqu'elle toucherait son salaire, songea-t-elle en chemin. La façon dont cette gouvernante l'avait dévisagée lui en avait dit plus long qu'un miroir sur son apparence. Elle espérait qu'elle n'était pas disgracieuse au point que Mr Finch changerait d'avis s'il la voyait avant qu'elle n'enfile son uniforme.

Malgré un ciel gris acier menaçant, la pluie ne tombait pas. Mabs avait froid, ce qui n'avait rien d'inhabituel. Elle arriva à point nommé devant le numéro 6, et Mrs Webb la fit entrer aussitôt.

« Miss Daley, vous êtes gelée », observa-t-elle, la menant vers l'arrière de la maison et son propre petit domaine près de la cuisine.

Le salon de la gouvernante était minuscule, pas plus de trois mètres carrés. Pourtant, un feu dansait dans l'âtre et il y avait deux chaises, une pendule, une lampe et un tableau représentant des collines pastorales. Mabs trouvait cette petite pièce merveilleuse.

Faites qu'elle me trouve acceptable, pria-t-elle, muette. *Faites qu'elle dise du bien de moi à Mr Finch.*

Elles s'assirent près du feu, et Mrs Webb l'examina attentivement.

« Monsieur s'excuse de ne pas être là pour vous accueillir, déclara-t-elle. Il est au bureau à toute heure du jour et de la nuit. Vous semblez fatiguée et affamée, miss Daley. Aimeriez-vous dîner avant de visiter les lieux ? Puis vous pourrez vous coucher tôt. Madame vous verra à 8 heures demain. »

Mabs hocha la tête. Dieu merci, Mrs Webb paraissait plus compatissante que la gouvernante des Blythe !

« Je vous remercie. Et Mr Finch a eu la gentillesse de parler d'un uniforme…

— Oui, en effet. J'en ai déposé un sur votre lit et accroché un autre dans votre placard. »

Mabs se sentit flétrir de soulagement. Elle n'aurait pas supporté de rencontrer la maîtresse de maison dans cette tenue.

« Vous trouverez également une paire de chaussures noires. J'ignore si elles vous iront, elles appartenaient à la domestique de Durham. Apparemment, elle était petite, comme vous.

— Vous étiez pas à Durham avec la famille, Mrs Webb ? »

Mabs avait cru que toute la maisonnée s'était transportée ici, mais, à bien y réfléchir, Mrs Webb avait un accent londonien.

« Non. J'étais employée par Mrs Zenobia Lake à Belsize Park – la connaissez-vous ? »

Mabs ne la connaissait pas.

« Autrefois, sa maison était l'une des plus majestueuses et des plus fréquentées de tout le nord de Londres. Mais sa fortune s'est réduite comme peau de chagrin et elle a dû se séparer d'un domestique après l'autre. Il ne lui reste plus qu'une bonne, la pauvre. Moi, je n'aime pas la solitude. Mr Finch est arrivé au bon moment pour moi.

— Pour moi aussi, ajouta Mabs avec conviction.

— J'en suis sûre », répondit Mrs Webb.

Son regard rusé se posa un instant sur le minuscule bagage.

« Est-ce que vous avez une chemise de nuit ? »

Mabs sentit le rouge lui monter au visage.

« Euh non, je… n'en ai pas. »

À la maison, elle dormait en nuisette.

« Je vous en chercherai une dans le placard à linge quand nous monterons. Il y en a de toutes sortes, là-dedans. Maintenant, il faut manger, miss Daley. Restez ici vous réchauffer, d'accord ? »

Mrs Webb revint quelques minutes plus tard avec un bol de ragoût de bœuf et un morceau de pain.

C'était si inattendu que Mabs en aurait pleuré. Elle se jeta sur son plat ; elle n'avait jamais rien goûté d'aussi délicieux, le pain était moelleux, frais et beurré, le ragoût relevé d'herbes et d'oignons. Ce travail valait la peine rien que pour la nourriture !

Après quoi elles firent le tour de la maison. Mabs n'avait pas l'habitude de voir un intérieur aussi soigné et étudié. La façon dont les rideaux de la salle à manger soulignaient les rouges du tapis. La façon dont ceux du salon, retenus par des cordons soyeux, formaient des lignes gracieuses. Mrs Webb fit claquer sa langue en les voyant.

« Betsy a encore oublié », maugréa-t-elle, puis elle les détacha de sorte qu'ils reprirent leur place, cachant la nuit qui gagnait du terrain.

Mabs admira les vases de fleurs méticuleusement placés, les tableaux aux murs, les décorations en porcelaine fantaisistes. Mrs Webb passa le doigt sur l'une d'entre elles pour s'assurer qu'il n'y avait pas de poussière et parut satisfaite. Elle montra à Mabs le bureau de Mr Finch et, bien sûr, le salon qu'elle connaissait déjà. Comme les choses avaient changé pour elle depuis ce bref entretien !

Elles grimpèrent un escalier lustré au centre duquel courait une bande de moquette à motifs qui menait à un palier moquetté. Les rampes étaient lisses et polies. Les marches de Mushroom Court, elles, étaient éraflées et fendillées, et il manquait par endroits des barreaux que les gens avaient arrachés pour faire du feu. Mabs n'avait jamais marché sur de la moquette.

« La salle de bains, la chambre de Monsieur, celle de Mr Charlie, de miss Elfrida, de miss Averil », commenta Mrs Webb en indiquant d'un geste les cinq portes closes.

Il y avait tant de Finch ! Mabs ne s'en serait pas doutée.

Elles empruntèrent un autre escalier.

« Voici la chambre de miss Ottilie, la benjamine. Voici la suite de Madame, où vous passerez votre temps. Voici les toilettes, que vous pourrez utiliser. Miss Otty et Mrs Finch ont les leurs. Et voici l'armoire à linge. »

Fidèle à sa parole, Mrs Webb lui trouva une chemise de nuit avant de la guider en haut d'une dernière volée de marches jusqu'à une petite chambre isolée sous les combles.

« Elle est tout à vous, miss Daley. J'espère que vous y serez à votre aise. »

Mabs hésita.

« Les autres domestiques dorment où ?

— Aucun d'entre nous ne vit sur place. Nous dormons chez nous, miss Daley, et nous nous présentons au travail tous les matins à 6 heures précises. Vous ferez connaissance des autres demain. Il n'y a que Mrs Derring, la cuisinière, et deux bonnes.

— Ah ! »

Mabs savait qu'avoir une chambre à soi toute seule était un véritable luxe pour une domestique. Chez les Blythe, Lou devait partager la sienne avec Patricia la Potelée, dont les ronflements l'empêchaient de fermer l'œil. Mabs avait espéré en avoir une rien qu'à elle, mais elle avait imaginé que les autres membres du personnel coucheraient à côté. L'idée qu'elle serait seule la nuit la troublait.

Elle entra dans la pièce qui serait désormais son chez-elle. Il y avait un toit en pente et un tapis jaune tissé de la couleur du soleil posé sur un parquet astiqué.

Il y avait un vrai lit sur pieds, avec des draps blancs et une couverture jaune. La fenêtre était petite, dotée d'un simple rideau blanc. En plus de ces raffinements, Mabs remarqua un placard, une petite étagère et une lampe à huile. Elle n'en revenait pas.

« La salle de bains est par ici », poursuivit Mrs Webb en posant la chemise de nuit sur le lit.

Mabs regarda par la petite porte entrouverte : malgré la pénombre dans laquelle était plongée la pièce, elle distingua une baignoire en fer-blanc et une aiguière en porcelaine sur un support en bois. Lorsqu'elle vit un pain de savon et des serviettes, elle eut envie de pleurer. Il serait si simple de rester propre, ici ! Mushroom Court lui semblait vraiment très loin.

OLIVE

Je suis assise dans mon lit, bien éveillée, comme de coutume depuis quelques jours. Je suis mère ! Et cela diffère en tout de ce que j'imaginais. Ma fille dort, non pas dans la magnifique chambre que j'ai passé des semaines à préparer avec soin, mais dans un lit de fortune au pied du mien – la méridienne couleur rouille qui trône habituellement près de ma fenêtre. Agatha et Anne l'ont déplacée lorsqu'il est devenu évident que la chambre voisine ne ferait pas l'affaire.

Je pose les pieds par terre et m'approche en silence de ma fille pour veiller sur elle. J'ose à peine respirer tant je crains de la réveiller. Je ne discerne pas ses traits dans le noir, mais je vois la masse facilement reconnaissable d'un autre être vivant, sans défense, sous ma responsabilité. Soulagée de constater qu'elle n'a pas péri mystérieusement, je rejoins mon lit afin de revivre cette journée cruciale où je l'ai ramenée à la maison. Il me faudra sans doute du temps pour digérer les changements que j'ai opérés dans ma vie !

Pendant un moment, lorsque nous avons quitté le foyer pour enfants, nous n'avons pas parlé du tout.

Je me suis contentée de marcher, ralentissant l'allure pour me caler sur ses petits pas, agrippée à sa petite main comme si c'était elle, ma planche de salut, et non l'inverse.

J'ai emprunté mon chemin habituel, celui qui coupe à travers un coin des landes. Ses yeux se sont écarquillés devant l'étendue de terre sauvage, les couleurs automnales. Elle n'avait probablement jamais vu la campagne auparavant. Je ne peux qu'imaginer l'environnement qui lui est familier. Je demanderai à Mrs Jacey si elle sait de quel quartier elle vient et je m'y rendrai un jour. J'ai besoin d'avoir une idée de ses débuts.

J'ai essuyé de la manche les gouttes de pluie sur un banc afin que nous nous asseyions. Je commençais à reprendre mes esprits et j'ai remarqué combien elle était mal vêtue par ce froid. Je me suis donc hâtée de l'envelopper dans ma pelisse. Puis j'ai réalisé que les vêtements que j'avais achetés pour Gert ne lui iraient pas. Les jouets ne l'amuseraient pas. Les activités que j'avais prévues ne seraient pas appropriées. Il fallait que j'improvise, et vite. J'étais mère à présent.

« Ignores-tu vraiment comment tu t'appelles, ma puce ? » lui ai-je demandé.

Elle a secoué la tête. Je commençais à me dire que ses premières paroles, si claires, n'avaient été qu'un rêve.

« Eh bien, ma chérie, comment aimerais-tu être appelée ? Y a-t-il un prénom que tu aurais toujours voulu avoir ? Moi, j'aurais aimé m'appeler Francesca. »

Mais elle a de nouveau secoué la tête.

Je suppose qu'à quatre ans, si l'on n'a ni nourriture, ni père, ni mère, on rêve à autre chose qu'à un joli nom. Malgré tout, elle méritait d'en avoir un parfait.

« Alors… veux-tu que je t'en choisisse un ? »

Hochement de tête emphatique.

« En es-tu certaine ? Si tu préfères, nous pouvons attendre un peu que tu étudies la question et je pourrai t'appeler "ma chérie" en attendant ? »

Froncement de sourcils. Suivi d'un nouveau non de la tête.

« Très bien, alors laisse-moi réfléchir un moment. »

Je l'ai contemplée, assise à côté de moi, les joues rosies par le froid, les cheveux en désordre mais splendides. Des cheveux comme du miel, des yeux comme de la mélasse et des lèvres comme des pétales… Elle ressemble à une créature des champs, à une fée ou une fleur… C'est alors que ça m'est venu. Une fleur des champs. Une que j'ai toujours aimée. Un joli nom fait pour elle.

J'ai souri, rayonnante.

« Ma chère fille, que dirais-tu de t'appeler Clover ? Cela signifie "trèfle". Miss Clover Westallen ? »

Et mon petit lutin m'a décoché un sourire tout aussi rayonnant.

« Oui, maman. »

Nous sommes arrivées à la maison quelques minutes à peine après que Clover a reçu son nouveau prénom. J'ai regardé Polaris House, cherchant à la voir à travers les yeux d'une orpheline de quatre ans retirée moins de quinze minutes plus tôt d'un foyer pour enfants. Elle se dresse tout en haut de Hampstead, dissimulée à la vue par un haut mur en pierre que nous franchissons au moyen d'un grand portail noir sis sur la rue pavée. C'est un vaste manoir rouge orangé orné d'oriels, d'une tourelle pointue et d'innombrables fenêtres scintillantes. Nous avons des pelouses, un verger et un court de tennis. Clover regardait, bouche bée, mais elle tenait ma main et ne pleurait pas ; elle semblait avoir décidé de me faire confiance dès le début. Rien que pour cette raison, je l'aime.

« Nous sommes arrivées, mon cœur, lui ai-je dit. Voici notre maison. C'est là que tu vis désormais. »

Nous sommes entrées, et mes parents attendaient dans le hall, Anne et Agatha campées derrière eux tel le chœur d'une tragédie grecque. Mes parents paraissaient tendus mais déterminés ; je leur avais parlé de Gert afin qu'ils sachent à quoi s'attendre. Lorsqu'ils ont vu Clover, leur expression s'est faite perplexe, soulagée, ravie.

« Bonjour, maman, papa. J'aimerais vous présenter ma fille, miss Clover Westallen. »

Je sens que je ne me lasserai jamais de prononcer ces mots. *Ma fille. Miss Clover Westallen.* Comme cela sonne bien.

« Clover, ma chérie, voici tes grands-parents. Mon père, capitaine James Westallen. Et ma mère, Margaret. »

Clover s'est recroquevillée derrière mes jupes, enfin dépassée par les événements. J'ai posé une main rassurante sur ses boucles. Maman s'est accroupie à son niveau et lui a adressé un sourire chaleureux.

« C'est vrai, mais tu dois nous appeler grand-maman et grand-papa. Bienvenue à Polaris House, Clover. Nous ferons tout pour que tu sois heureuse ici. »

Mon père n'a pas cherché à s'approcher de la nouvelle venue ni à lui serrer la main ; il lui a adressé une joyeuse révérence navale et un salut.

« En effet. Mon rôle en tant que grand-père, ma chère, est de te donner tout ce que tu demandes et de me faire gronder par ta mère et ta grand-mère, car la bonne éducation incombe toujours aux femmes, n'est-ce pas ? »

Clover n'a sans nul doute pas compris ce qu'il disait, mais je crois qu'elle en a perçu l'intention et s'est détachée un peu de ma jambe. Maman s'est alors souvenue des spectatrices :

« Clover, voici Agatha et Anne. Ce sont nos domestiques, et elles nous aideront à nous occuper de toi. Aimerais-tu boire un verre de lait ? Si oui, elles iront t'en chercher un. »

Clover a levé la tête vers moi, stupéfaite.

« J'espère bien ! s'est écrié papa. Saupoudré d'un peu de noix de muscade et accompagné d'une part de cake aux fruits. Le nec plus ultra, n'est-ce pas, Clover ? »

Clover a hoché la tête. Elle excelle dans l'art de s'exprimer sans parler.

« Je m'en occupe tout de suite, a dit Agatha. Où voulez-vous que je le pose, miss Olive ?

— Peut-être dans le salon », ai-je murmuré.

L'emmener dans la chambre destinée à une autre enfant ne me semblait pas judicieux. Effectivement, lorsque je la lui ai montrée un peu plus tard, lui expliquant que nous allions l'adapter à son intention, les larmes ont coulé pour la première fois. Elle n'a pas su expliquer ce qui n'allait pas, mais j'ai pensé au quartier défavorisé dont elle était originaire, à l'exiguïté des lieux, aux nombreux frères et sœurs, et j'ai compris qu'elle avait peur de dormir seule.

« Aimerais-tu dormir avec moi, dans ma chambre ? » lui ai-je demandé avec douceur.

Aussitôt, les larmes se sont taries. Voilà comment elle s'est retrouvée ici, sur la méridienne couleur rouille au pied de mon lit.

Je veux aller faire des emplettes ! Je veux meubler une chambre pour Clover avec autant d'amour que je l'ai meublée pour Gert. Il faudra aussi s'organiser pour les vêtements, mais pour l'instant je n'ai pas voulu la quitter – elle n'est là que depuis trois jours. Anne a déniché quelques-uns de mes habits d'enfance, en attendant ; heureusement que maman est sentimentale et ne jette rien. Cependant, ils sont terriblement démodés et usés, ce n'est pas du tout ainsi que je souhaite habiller ma petite fille. L'une des domestiques serait heureuse d'aller lui en acheter de nouveaux, maman aussi, mais c'est moi qui ai choisi, avec le plus grand soin, la garde-robe de Gert et j'aimerais qu'il en soit de même pour Clover.

Que faire des vêtements de Gert ? Je vois déjà Clover à l'âge de dix ans. Ils ne lui iront pas. Et surtout ils ne lui plairont pas. Je pourrais les donner à un enfant, ou à des enfants, dans le besoin. Mon Dieu, je pourrais les donner à Gert ! Mais une petite voix qui ressemble étonnamment à celle de Mrs Jacey me murmure que Gert les refusera avec mépris. *Elle les brûlera, pour sûr*, estime cette Mrs Jacey imaginaire. Dieu du ciel, que va-t-il advenir de Gert à présent ?

Je suis assaillie de remords aussi puissants et profonds qu'un courant marin. Pauvre petite, trop tourmentée pour reconnaître un tournant dans sa vie, ou trop en colère et apeurée pour l'accepter. Aurais-je dû l'obliger à venir ? Non. Personne ne réagit bien à la force. Je n'avais d'autre choix que de la laisser au foyer. N'est-ce pas ?

La question sème le doute dans mon cœur jusqu'à me tirer de nouveau du lit ; je vais chercher mes cartes sur la pointe des pieds. Je crains tant d'avoir pris

Clover plutôt que Gert pour les mauvaises raisons. Ai-je choisi la voie la plus facile au lieu de la voie la plus juste ? Je crois fermement que chaque pas dans la bonne direction mène au suivant. Si mes motivations étaient impures, cela affectera-t-il Clover ? Et pourtant elle semble heureuse, d'après ce que son laconisme me laisse deviner.

Je rejoins mon lit, où je mélange et coupe jusqu'à ce que trois cartes reposent devant moi, face cachée, sous le clair de lune. Je les retourne avec la plus grande inquiétude.

La Lune. L'image montre un croissant de lune éclairant des eaux tranquilles – rien ne suggère la discorde ni la prudence. Je lis attentivement la légende. *Ta prospérité sera accrue plutôt que diminuée par la générosité de Ton esprit ; tes amis t'en aimeront aussi davantage au quotidien.* Voilà qui est réconfortant. C'est en effet un élan de générosité qui m'a poussée à emmener Clover afin qu'elle partage notre vie agréable. J'espère que la deuxième et la troisième carte seront d'aussi bon augure. Elles peuvent parfois se révéler très contradictoires. Je retourne la suivante.

La Lettre. *Tu peux nourrir de bons espoirs à l'égard de ton entreprise mais agis avec prudence et ne dis pas systématiquement ce que tu penses.* Je déglutis. Ai-je agi avec prudence ? Je n'en sais toujours rien. L'image représente une enveloppe scellée posée face cachée sur une table recouverte d'un tissu. Elle me paraît énigmatique. Impossible de voir à qui la lettre est adressée, ni son contenu, ni la table elle-même. Tout comme il m'est impossible de voir la vérité à ce sujet. Aurais-je pu en faire plus pour Gert ? Ai-je le droit de profiter de ce bonheur alors qu'elle doit rester au foyer ?

Je retourne la troisième carte et m'esclaffe, avant d'étouffer mon rire d'une main. Je sens mes yeux picoter de larmes de joie en la regardant, car elle m'a dit tout ce que j'avais besoin de savoir. Depuis tant d'années que j'utilise les cartes, j'ai remarqué que plusieurs d'entre elles me reviennent encore et encore – désormais écornées et froissées – et une ou deux que je ne tire jamais. Cette carte, je ne l'ai encore jamais tirée. Le Trèfle. Je souris de soulagement et serre mes bras contre mon corps. Je suis libre de jouir de cette formidable bénédiction qu'est ma fille.

La chance te sourira tant que tu rempliras Ton devoir avec honneur et intégrité. Eh bien, tant mieux. C'est exactement ce que je ferai. Je serai la meilleure mère dont Clover puisse rêver. Sur l'image, un trèfle pousse dans un endroit qui ressemble comme deux gouttes d'eau à Hampstead Heath ! Je noue le ruban autour du paquet de cartes, que je place sur ma table de chevet. Puis je pose la tête sur mes oreillers et j'attends, le sourire aux lèvres, que le sommeil me gagne. *Le Trèfle.* Ce jour entre tous !

MABS

Le lundi matin, Mabs se réveilla avant l'aube. Quelle étrange sensation que de passer la nuit chez quelqu'un d'autre. Sans doute était-ce ce que l'on ressentait lorsqu'on était en vacances, une impression amplifiée par le luxe de son environnement. Mais c'était ici qu'elle vivait à présent. C'était ici qu'elle travaillait. Elle resta allongée, les yeux ouverts dans le noir, à écouter le cœur battant les grattements et les piétinements des pigeons sur le toit tandis que des fragments de sa nouvelle vie se mettaient en place.

Elle enfila son nouvel uniforme, qui lui allait à la perfection, et prit grand soin de sa coiffure, brossant longuement ses cheveux puis les enroulant en un chignon serré. Elle tenait à faire bonne impression. Elle passa vingt minutes à lustrer ses chaussures avec sa salive et un coin de sa vieille robe. Lorsque Mrs Webb vint la chercher, elle était fin prête.

Mrs Webb frappa à la porte de sa maîtresse et tourna la poignée. Mabs déglutit. Si Mrs Finch était aussi gentille que son mari, ce serait un plaisir de travailler pour elle. *Mon épouse est une femme d'une grande bonté, une femme adorable.* Néanmoins, on ne savait jamais sur qui on pouvait tomber et, si Mrs Finch ne l'aimait pas, elle risquait de se retrouver à Saffron Hill avant d'avoir eu le temps de dire « ouf ».

Elles entrèrent. Mabs avait été ébahie par sa propre chambre. Mais celle-ci… Elle avait toujours su qu'il y avait bien mieux que la vie qu'elle connaissait, mais, n'étant pas dotée d'une imagination fertile, elle n'avait pas su le visualiser. À présent elle s'en délectait, époustouflée. Des rideaux en velours ivoire immensément longs tombaient en cascade, tourbillonnant comme des flaques de crème sur la moquette bleu foncé. Les murs étaient bleu pâle. Le lit était une vaste île blanche pourvue de quatre colonnes en bois et nichée sous un dais d'un blanc diaphane. Elle vit un secrétaire en acajou, des chaises de formes et de tailles diverses ainsi qu'une importante quantité d'or sur les miroirs et les lampes…

Sur tout ceci présidait Mrs Finch. Assise sur une chaise près de la fenêtre, elle contemplait la pénombre matinale, mais se leva à leur arrivée. Si la chambre était un palais, Mrs Finch était une reine. Ses longs cheveux noirs tombaient en vagues sur ses épaules et elle portait un peignoir jaune pâle évasé comme une cape royale. Mabs constata aussitôt que c'était la magnifique femme du tableau accroché dans le vestibule, à la fois plus et moins belle que son portrait. La Mrs Finch du tableau était jeune et souriante, elle avait les joues roses et le regard pétillant. Cette Mrs Finch-ci était plus mince et plus pâle ; ses yeux ne reflétaient rien d'autre que des ombres. Elle avait l'air austère et ne prenait pas soin de son apparence, et pourtant il se dégageait d'elle une puissance pulsatile qui exigeait qu'on lui prête attention.

« Bonjour, Madame, j'espère que vous avez bien dormi, dit la gouvernante.

— Plus ou moins, Mrs Webb. »

— Voici votre nouvelle dame de compagnie, Madame, elle est arrivée hier soir. Miss Daley. »

Mabs ignorait comment la saluer. Sa majesté lui donnait envie de faire la révérence, mais c'était une femme ordinaire, une femme qui, par rapport à d'autres, n'était même pas riche, et Mabs allait devoir passer chaque jour à son côté. Elle ne pouvait tout de même pas faire la révérence chaque fois qu'elle la croisait. Une poignée de main conviendrait-elle ? Mais Mrs Finch ne chercha pas à s'approcher d'elle, et Mabs était trop timide pour bouger.

Enfin, Mrs Finch inclina la tête.

« Je vois. Merci, Mrs Webb.

— Bien, je vous laisse. S'il vous faut quoi que ce soit, Madame, sonnez. Comme miss Daley vient d'arriver… »

Sur ce, Mrs Webb sortit.

Les deux femmes se dévisagèrent longuement. Mrs Finch toisa Mabs de la tête aux pieds et des pieds à la tête ; peut-être cherchait-elle dans son visage et son apparence des réponses aux énigmes de l'Univers.

« Je suis vraiment contente de vous rencontrer, m'dame, finit par déclarer Mabs. Ce poste, pour moi… enfin, je suis ravie d'être là, voilà tout. »

Les sourcils joliment incurvés de Mrs Finch se rapprochèrent un peu l'un de l'autre, formant une petite ride sur son front, mais elle ne pipa mot.

« Dites-moi tout ce que vous voulez que je fasse, m'dame, et je serai heureuse de m'en occuper. Je veux vous aider, je veux vous rendre les choses plus faciles. Si vous avez une… une routine qui vous tient à cœur, dites-le moi et je m'en charge. Vous voulez que je vous habille ? »

Le visage de Mrs Finch fut parcouru d'un spasme de rire ou de douleur.

« J'ai quarante-deux ans, mon enfant. Je suis parfaitement capable de m'habiller seule.

— Oh, mais bien sûr ! C'est pas ce que je voulais dire. Je croyais juste que… vu que je suis votre bonne, en plus d'être votre dame de compagnie… Pardon de m'être trompée. J'ai jamais fait ce genre de travail, vous comprenez. Alors, même si vous vouliez que je vous habille, il faudrait m'expliquer comment ! »

Mabs lui adressa un sourire tendu.

Mrs Finch la regarda sans broncher.

« Vous n'avez jamais travaillé comme employée de maison ?

— Non, m'dame.

— Quel genre de travail faisiez-vous avant ? »

Mabs se trémoussa nerveusement. Pourquoi Mr Finch n'avait-il pas prévenu sa femme ? Le dire à voix haute n'avait pour effet que de souligner son inaptitude la plus totale à occuper cette fonction.

« Je travaillais aux canaux. À décharger les barges et autres. Comme manœuvre, m'dame. »

Les jolis sourcils se haussèrent encore davantage.

« Ils confient ces tâches à des femmes ?

— Non, m'dame. Je devais me faire passer pour un garçon.

— Vous avez donc eu recours à un subterfuge.

— Un sub… ? Pardon, Mrs Finch ?
— Une tromperie. Un mensonge.
— Comment ? Oh non, m'dame. Je mens jamais, d'habitude. C'est juste que ma maman est morte y a près d'un an et que mon papa… Il a… Disons qu'il peut plus travailler. Et j'ai trois petites sœurs et trois petits frères. La plus jeune a que quatre ans. J'avais pas d'autre solution. Je déteste mentir, m'dame, mais c'était ça ou regarder mes frères et sœurs mourir de faim. »

Mrs Finch éclata d'un long rire jaune.

« Ainsi, vous n'avez aucune éducation et vous êtes prête à tout. Oh, mais quel bon choix il a fait. Quel bon choix.
— Je vous demande pardon, m'dame ? »

Mabs commençait à s'affoler. Elle ne comprenait pas ce qui se passait.

Mrs Finch garda longtemps le silence. Mabs s'inquiétait. Peut-être Mr Finch la renverrait-il lorsque son épouse lui ferait son compte rendu. Il lui faudrait quitter cette charmante maison au bout d'une nuit seulement. Que deviendrait sa famille ? Sa nouvelle patronne tenait leur destin entre ses mains d'un blanc immaculé.

« C'est mon mari qui a eu l'idée de me trouver une dame de compagnie, Daley, pas moi, reprit enfin Mrs Finch.
— Je vois, m'dame.
— N'attendez donc pas de moi que je vous fournisse une longue liste de tâches et de devoirs. Je ne voulais pas de vous ici. »

Mabs se mordit la lèvre.

« Je suis désolée, m'dame. Mais alors… qu'est-ce que je dois faire ?

— Eh bien… – Mrs Finch la toisa de nouveau de ses yeux noirs – il n'y a pas de bois à entasser ici. Que proposez-vous ? »

Pas de bois à entasser ? Est-ce qu'elle se payait sa tête ? Que pouvait bien proposer Mabs ? Elle ignorait tout du métier de dame de compagnie, tout de cette maisonnée. Elle se creusa la cervelle.

« Ça vous dirait d'aller vous promener, Mrs Finch ? Je connais pas le quartier et j'ai cru comprendre que vous non plus. Vous voulez peut-être vous habiller tranquillement, après quoi on pourrait faire un petit tour et prendre nos marques. »

Mrs Finch poussa un soupir et se tourna vers la fenêtre. L'obscurité se dissipait et des formes commençaient à apparaître. Mabs osa s'avancer et regarder dehors. La chambre donnait sur un jardin – il n'y avait pas de fleurs, mais Mabs pouvait distinguer la silhouette des branches et des buissons. Et d'épines aussi. Des rosiers, peut-être. En dépit de ces circonstances déplorables, l'idée d'une roseraie la ravit. Elle en avait déjà entendu parler mais n'en avait jamais vu une. Au-delà, elle voyait l'arrière des autres maisons.

« Il est encore tôt, bien sûr, mais ça pourrait être agréable de sortir au moment où le ciel s'éclaircit et qu'un nouveau jour se lève. Oh ! Est-ce que vous voulez d'abord prendre le petit déjeuner ? Vous voulez que j'aille le demander ? Ou que j'appelle Mrs Webb ? »

Mrs Finch la fixa d'un regard plein de mépris.

« Avez-vous la moindre idée de la façon dont les choses fonctionnent ici, Daley ?

— Pas vraiment, m'dame, je dois l'avouer. Je suis arrivée qu'hier soir. Alors pourquoi on commencerait pas par là ? On pourrait s'asseoir et vous m'expliqueriez tout ? J'ai une bonne mémoire. »

Mais la maîtresse de maison se détourna de nouveau comme si elle ne supportait pas de regarder Mabs trop longtemps. Elle se mit à arpenter la pièce de long en large, le bas de son peignoir jaune pâle traînant dans son sillage. Le silence se prolongea, électrique. Mabs avait connu son lot de souffrances par le passé, à la fois sur le plan physique et émotionnel. Pourtant, jamais elle ne s'était sentie aussi mal à l'aise de toute sa vie.

Elle avait eu deux ou trois bonnes idées, songea-t-elle, et n'était pas certaine d'en trouver d'autres, tant cette situation lui était étrangère. Lorsque son malaise l'emporta sur sa timidité, elle éclata :

« Alors qu'est-ce que ce sera, m'dame ? Une promenade ? Le petit déjeuner ? Un tour de la maison ? Pourquoi pas les trois ? »

Mrs Finch s'arrêta de marcher et la fusilla du regard.

« Je ne vais certainement pas me promener aujourd'hui, Daley. Je n'ai pas non plus à cœur d'expliquer le fonctionnement de cette misérable maisonnée à un docker. Pas plus que je n'ai d'appétit pour manger le petit déjeuner. Mais, puisque vous êtes là, vous pouvez aller me chercher du thé. Léger. Noir. Sans sucre. Des Indes, pas de Chine. Allez-y. »

Une fois sur le palier désert, Mabs s'adossa au mur. Mon Dieu ! Elle n'avait pas su à quoi s'attendre, mais certainement pas à ça ! Sa mère lui manqua soudain à tel point qu'elle eut l'impression de l'avoir perdue la veille.

Mrs Finch était… eh bien, à dire vrai, Mabs ne l'aimait pas trop. Avait-elle la berlue ou Mrs Finch avait-elle fait preuve… d'impolitesse ? Oui, la situation était gênante : deux personnes qui ne se connaissaient ni d'Ève ni d'Adam se retrouvaient réunies dans le but de passer leurs journées ensemble. Trouver un point de départ n'était pas chose facile. Mais elle, Mabs, avait essayé. Tandis que Mrs Finch… enfin… ! Un « docker » !

Indignée, confuse et inquiète mais soulagée d'être sortie de cette chambre magnifique et terrible, Mabs se rendit à la cuisine. Là, elle trouva Mrs Webb ainsi que la cuisinière et les domestiques.

« Ah, miss Daley, fit Mrs Webb. Tout va bien ?

— Oui, Mrs Webb. C'est-à-dire que… oui. Mrs Finch aimerait prendre le thé. Noir, elle a dit, et léger, sans sucre, et je sais trop quoi au sujet des Indes. Ou alors attendez, est-ce que c'était la Chine ? Oh mon Dieu. »

Mabs avait effectivement une bonne mémoire mais elle était troublée et ignorait qu'il existait différentes sortes de thé. Là d'où elle venait, le thé n'était que du thé. Vous le preniez tel qu'on vous le donnait et vous l'avaliez sans cérémonie.

« C'est le thé des Indes qu'elle aime, expliqua la cuisinière en se dirigeant vers un grand garde-manger. Je m'en occupe. Bonjour, miss Daley. Je suis Mrs Derring. Connaissez-vous Lydia et Betsy ?

— Enchantée, lança Mabs aux domestiques qui étaient en train d'éplucher des pommes de terre. Je m'appelle Mabel Daley. Mabs. »

Elles la saluèrent, agitant leur couteau dans sa direction.

« Est-ce que vous vous entendez bien avec Madame ? s'enquit Mrs Webb tandis que Mrs Derring posait la bouilloire sur le fourneau et versait des feuilles de thé dans une théière.

— Euh… Elle est très raffinée, répondit Mabs avec tact. Par contre, je crois qu'elle m'aime pas trop. J'arrivais pas à lancer une conversation.

— Ne le prenez pas mal si elle se montre un peu… difficile. Le déménagement a été très dur pour elle, paraît-il. Je suis sûre qu'elle se prendra d'affection pour vous une fois qu'elle sera habituée à vous.

— Et vous, est-ce que vous travailliez déjà pour la famille à Durham ? » demanda Mabs aux autres.

Elle espérait obtenir des conseils sur la façon d'apprivoiser la maîtresse de maison. Elle avait beau avoir quitté les canaux, elle était encore en terrain glissant.

« Non, pas nous, dit Betsy. C'est m'sieur qu'a formé l'équipe de A à Z. On n'avait jamais vu m'dame ni les mômes avant leur arrivée y a trois semaines de ça. Faudra que vous sortiez avec nous au Flask un de ces soirs, Mabs, et que vous nous parliez de vous. »

Mabs hocha la tête avec un sourire. Quel soulagement de ne pas être la nouvelle, celle qui essayait de trouver sa place au milieu de collègues déjà bien implantés. Mais n'était-ce pas étrange ? Pas un seul domestique de Durham n'avait accompagné la famille ? Peut-être n'avaient-ils pas voulu partir si loin de chez eux ; mais c'était Londres, tout de même. L'un d'entre eux au moins aurait sans doute voulu tenter sa chance. Peut-être était-ce à cause de Mrs Finch qu'ils avaient préféré rester sur place et chercher un autre poste.

« Tenez, miss Daley, dit Mrs Derring en lui apportant un plateau laqué rouge à poignées dorées sur lequel reposait une théière en porcelaine ainsi qu'une tasse et une soucoupe ornées de roses rouges. Un thé noir des Indes léger, comme elle aime.

— Merci, Mrs Derring. Bien, je ferais mieux d'y aller. Ravie de vous avoir rencontrées. Oh, Mrs Webb, est-ce que vous pourriez me montrer comment vous faites les choses, ici, quand vous aurez le temps ?

— Bien sûr. Nous trouverons bien une minute cet après-midi. Faute de quoi, je suis généralement en bas vers 20 heures. »

Mabs emporta le plateau à l'étage. Quel dommage que Mrs Finch soit si désagréable alors que tous les autres étaient si serviables et faciles à vivre. Cela la rongeait. Les autres ne devaient plaire qu'à Mr Finch. Mabs, elle, était là pour Madame, et elle ne pouvait pas se permettre d'échouer.

Elle se prendra d'affection pour vous une fois qu'elle sera habituée à vous, avait affirmé Mrs Webb.

« Y a intérêt, marmonna Mabs en posant le plateau par terre avec précaution. Y a fichtrement intérêt. »

Mais lorsqu'elle tourna la poignée la porte était fermée à clef. Son cœur se serra ; c'était pire qu'elle ne l'avait cru. *Comment elle va s'habituer à moi si elle me laisse même pas entrer ?* se demanda-t-elle.

OLIVE

J'ai toujours contemplé les étoiles. Rien d'étonnant à cela. Enfant, sachant que mon père, capitaine au long cours, s'en servait pour tracer son itinéraire, je les regardais aussi. À l'époque, je ne comprenais rien à la longitude, à la latitude ou aux points cardinaux. À mes yeux, les étoiles étaient des êtres doués de sens, argentés et nobles, aux bons soins desquels je pouvais confier mon père en toute sécurité – ce que je faisais, avec cette confiance infinie propre aux enfants. Ma mère se prêtait au jeu ; peut-être avait-elle besoin d'y croire, elle aussi. C'est pour cette raison que notre maison s'appelle Polaris House : Polaris, l'étoile Polaire, notre phare dans la nuit.

En grandissant, je voulus apprendre. Les cieux me fascinaient, et ma chambre était couverte de cartes géographiques et de cartes du ciel. Pour mon huitième anniversaire, je demandai et reçus un télescope. Je l'ai toujours, un objet magnifique fabriqué en Sicile. J'étudiai l'astronomie, ainsi que les mathématiques, l'économie et autres matières dont l'enseignement est habituellement réservé aux garçons. Mais mes parents m'encouragèrent à parfaire mon éducation, quel que soit le domaine.

J'avais une gouvernante qui peinait toutefois à suivre la cadence de ma soif de connaissances. Mon père fit donc passer des entretiens à de nombreuses jeunes femmes versées en français, dans l'art et la poésie, mais dut se résoudre à embaucher un tuteur afin de répondre à mon apprentissage vorace d'autres matières. C'est de là que provient ma curiosité pour les différences entre les hommes et les femmes dans notre société… Tout apprentissage mène à de nouvelles questions, ai-je découvert.

Ces souvenirs remontent à la surface, car je suis assise dans la chambre de Gert – qui n'est plus la chambre de Gert. Il faudra la remanier afin de l'adapter parfaitement à Clover. Je regarde avec tendresse ma toute première carte du ciel, que j'avais accrochée pour Gert. Elle est écornée et quelque peu usée au niveau des plis, mais aussi envoûtante et passionnante que jamais, du moins à mes yeux. Clover est encore trop jeune pour l'apprécier, pourtant je n'ai pas hâte que le temps passe ; j'ai de la chance de bénéficier de quelques années supplémentaires avec ma fille. Il y a cependant une énorme différence entre une enfant de dix ans et une de quatre. Je le comprends un peu mieux chaque jour.

Je commence à démanteler tout mon travail acharné. Avec le recul, comme il a été présomptueux de ma part de me donner tant de peine et de dépenser autant d'argent avant même de consulter la principale intéressée ! Eh bien, Agatha n'aura qu'à rassembler les vêtements et les envoyer à Mrs Jacey. Quant aux jouets, j'en garde deux ou trois qui plairont sûrement à Clover dans quelques années. Le reste pourra également rejoindre le foyer. Noël arrive. Je les emballerai et les enrubannerai de sorte que chaque enfant reçoive un cadeau ; Mrs Jacey n'aura pas les moyens de le faire.

Je garderai les livres. J'avais choisi les histoires que je préférais, petite, pour les partager avec Gert, et je les partagerai avec Clover tout aussi volontiers. J'ai par ailleurs conservé des livres illustrés sur les planètes et les étoiles. Je devrai attendre quelques années avant de pouvoir en discuter avec elle, lui expliquer les constellations ou m'asseoir dehors en sa compagnie, la nuit, pour observer les étoiles. Ces rêveries-là, il me faut les ranger soigneusement l'espace d'un an, ou de six.

Cela ne fait qu'une demi-heure que j'ai quitté Clover, et pourtant elle me manque déjà. J'abandonne mon rangement et la rejoins dans le petit salon où elle se trouve avec maman. Vêtue d'une de mes vieilles robes bleues qui lui donne une allure surannée et démodée, Clover écoute ma mère lui raconter des histoires de mon enfance. Maman, qui comme moi est grande aux cheveux bruns mais en bien plus belle, m'accueille avec une étincelle sentimentale dans le regard, et je comprends que Clover est déjà, et de loin, une Westallen à ses yeux.

Nous emmenons Clover explorer ; il lui faudra du temps avant de connaître tous les recoins de Polaris House, ses nombreuses bizarreries et traces du passé. C'est une vieille maison, bâtie à l'époque où Hampstead était un village isolé en lisière de landes battues par le vent et gangrenée de bandits de grand chemin. Ceux-ci étaient pendus à des gibets entre deux ormes sur la hauteur de la lande, où l'un des ormes se dresse encore. Je ressens un frisson ravi chaque fois que je passe devant. C'est curieux : nous ne voulons jamais vivre dans un endroit qui grouille de vauriens, mais nous aimons savoir qu'il en rôdait par le passé.

Au fil des ans, maman a décoré la maison dans un style moderne – nous avons des coins douillets, un grand trumeau de cheminée blanc dans le petit salon et un éblouissant sol en mosaïque géométrique dans le vestibule – mais elle paraît encore ancienne. Certains couloirs montent de quelques marches puis redescendent sans aucune raison visible. La maison possède d'étranges petites pièces en sus des grandes pièces élégantes que nous utilisons à la mode victorienne. Nous ignorons quelles étaient leurs fonctions à l'origine, et à présent, de façon bassement matérielle, elles nous servent d'espaces de rangement. Polaris House possède aussi une tourelle, où sont installés le beau télescope de papa et celui qui m'a été offert quand j'étais enfant et qui me tient tellement à cœur.

Maman soulève Clover pour qu'elle regarde par la fenêtre et lui montre le saule pleureur dans le jardin.

« Grand-papa me l'a ramené du Japon. Ce n'était alors qu'un jeune arbre. Mais nous l'avons planté ici et tu peux voir comme il pousse bien.

— Cette bague en rubis me vient du Pérou, ajoutéje une fois que ma mère eut reposé Clover. Ce pays se trouve en Amérique du Sud, très loin d'ici. »

La lumière de nos histoires danse dans ses yeux noisette. J'ai tant de trésors à lui montrer : un énorme parapluie en soie ocre de Paris ; un coquillage géant rose dragée des Caraïbes ; un miroir venu des Indes (si mon reflet n'est pas des plus gracieux, le cadre sculpté qui représente des éléphants, des tigres et des serpents, lui, vaut le détour !).

« Que dirais-tu d'aller embêter grand-papa dans son bureau ? suggère maman. Il pourra te parler lui-même de ses aventures ! »

Clover hoche la tête avec enthousiasme.

Nous nous dirigeons d'un pas décidé vers le bureau de papa, qui grommelle tant et plus que nous le dérangeons terriblement mais dont les yeux scintillent. Il prend Clover sur ses genoux et lui montre patiemment sur son globe terrestre tous les endroits où il est allé. Clover semble surtout contente de le voir tourner.

Quand j'étais petite, papa partait en voyage des mois entiers. C'est peut-être pour cette raison qu'être une mère sans mari me paraît si naturel : ma propre mère a connu cette situation une grande partie de mon enfance. Lorsqu'il s'en allait, nous lui écrivions de longues lettres que nous ne postions pas, ignorant où il se trouvait. Nous attendions qu'il les lise à son retour, afin qu'il sache combien il nous avait manqué.

Pendant son absence, nous ne nous morfondions pas ; maman m'a appris à me rendre utile – à offrir mon aide aux pauvres, ou à prendre part à des causes charitables – et elle m'a appris à savourer la vie. Promenades à pied, à cheval, musique, littérature…, elle ne me laissait rien tenir pour acquis. J'adorais mon père, mais c'est ma mère qui a laissé son empreinte en moi.

Puis papa rentrait ! Il revenait toujours les bras chargés de trésors et d'histoires exotiques, et je savais que j'étais la petite fille la plus chanceuse du monde, fermement ancrée dans ma joyeuse maison de Hampstead mais capable de voyager et d'explorer indirectement à travers papa. Depuis qu'il a pris sa retraite, il y a de cela treize ans, mon père est devenu une présence constante et bienvenue à Polaris House. Il a acheté un premier vaisseau puis un deuxième et, à présent, il est propriétaire d'une flotte de navires marchands, plus riche que jamais. Dieu sait que nous n'avons pas besoin de tout cet argent, mais cela lui permet de s'occuper l'esprit et de conserver son lien avec la mer. En outre, c'est un grand philanthrope.

À proprement parler, il devrait se faire appeler Mr Westallen à présent, sa carrière de marin étant révolue depuis longtemps. Néanmoins, l'importance de son œuvre et l'immense respect qu'il inspire à tous font qu'on l'appelle encore capitaine, même si sa crinière et sa barbe sont blanches. Cela lui sied comme nul autre titre. J'ai été surprise qu'il ait quitté la mer si tôt, car il était, et il est encore, actif et bien portant. Et il aime l'océan. Mais il a affirmé que voir le vaste monde et ses merveilles lui avait appris à mieux apprécier son foyer, sa femme et sa fille.

« J'ai vu mon lot de vieux loups de mer entêtés s'accrocher à la vie sur les flots jusqu'à ce qu'il ne leur reste plus que la peau sur les os et la mauvaise humeur, a-t-il expliqué. Je voulais vous retrouver tant que j'étais encore capable de profiter de la vie sur la terre ferme. »

Je suis contente que papa ait fait ce choix. J'espère seulement que lui a l'impression d'avoir pris la bonne décision. Car je le surprends parfois le regard plongé dans le feu avec une expression que je suis parfaitement incapable de déchiffrer, si proches sommes-nous. À l'occasion, il est pris de mélancolie, s'enfermant des jours entiers, sans parler à personne, saturnien. Cela m'inquiète, mais je songe alors que deux jours par mois je suis le diable incarné. Peut-être les hommes, comme les femmes, ont-ils des rythmes et des marées. Peut-être les gens ne sont-ils pas censés être toujours constants, mais s'élever et plonger à l'instar des cycles de la nature.

Quand maman estime que nous avons assez interrompu papa, nous nous dirigeons vers la cuisine. Mrs Brody demande à Clover si elle aimerait préparer des biscuits. Quelle proposition charmante ! Clover et moi suivons la leçon ensemble. Tout aussi inexpérimentées l'une que l'autre quand il s'agit de s'attaquer aux fourneaux, nous ne retrouvons vite couvertes de farine.

MABS

« Mrs Finch, lança Mabs. J'ai votre thé. Vous voulez bien me laisser entrer avant qu'il refroidisse ? »

Mais elle comprit que Mrs Finch se moquait bien du thé. Ce n'était qu'une ruse pour se débarrasser d'elle. Mabs se sentit bête.

Elle passa un moment à frapper à la porte et à parler à travers le battant.

« Je sais que c'est un sacré changement, d'avoir une nouvelle dans les parages. Je sais que vous avez pas l'habitude des gens comme moi. Mais je vous en prie, m'dame, donnez-moi une chance. Laissez-moi entrer. S'il vous plaît, m'dame, j'essaye juste de faire mon travail… »

Après avoir frappé et supplié par intermittence pendant vingt minutes, Mabs commença à s'inquiéter. Et si Mrs Finch avait commis l'irréparable ? Si elle ne répondait pas parce qu'elle ne le pouvait pas ? Ses humeurs étaient-elles pires que son mari ne l'avait cru ou n'avait osé l'admettre ? Son premier instinct fut de se rendre à la cuisine ; l'ambiance y était chaleureuse, et elle avait la certitude qu'on l'aiderait. Puis elle se souvint de ce que Mr Finch avait dit lors de son entretien : qu'elle ne devrait discuter de l'état de santé de son épouse qu'avec lui. Son cœur se serra. Elle ne voulait pas avouer à l'homme qui l'avait embauchée que tout tournait déjà au vinaigre. Mais que pouvait-elle faire d'autre ?

Elle s'empressa de descendre, tentant de se résoudre à voir cette charmante maison pour la dernière fois. Même s'il ne lui en tenait pas rigueur, Mr Finch n'allait certainement pas garder une personne que sa femme avait prise en grippe de façon si évidente ; quel intérêt y aurait-il à cela ? Chaque pas était comme un soupir. Elle admira les rampes lustrées, l'alcôve décorative, les jolies peintures à huile sur les murs bleu turquoise. La boule au ventre, elle frappa à la porte du petit salon.

Une voix d'homme lui répondit ; Mabs redressa ses frêles épaules et entra. Gênée, elle constata qu'il ne s'agissait pas de Mr Finch mais d'un gentleman qui lui ressemblerait comme deux gouttes d'eau d'ici une trentaine d'années. Il discutait avec une magnifique jeune femme qui était le portrait craché de Mrs Finch. À tel point que Mabs en fut déconcertée.

« Oh, je suis désolée ! » s'exclama-t-elle.

Elle ne faisait décidément que des bourdes.

« Je cherchais votre père. Mais je suppose qu'il est au travail. Quelle idiote. Désolée de vous avoir embêtés. »

Mais les jeunes Finch balayèrent d'un geste ses inquiétudes.

« Il n'y a pas de mal, dit le fils en se levant pour la saluer. Vous devez être Daley, c'est bien cela ?

— Oui, m'sieur, merci, m'sieur. »

Il lui serra la main.

« Je suis Charlie Finch et voici ma sœur, Elfrida. »

Mabs fit la révérence.

« Bonjour, m'sieur, bonjour, miss.

— Bonjour, Daley. Bienvenue chez nous, ajouta Elfrida. Vous êtes arrivée hier, me semble-t-il ?

— Oui, miss, merci. J'ai beaucoup de chance d'être là. Je vous demande pardon, mais votre père est à la maison ?

— Tout à fait, répondit Charlie. Je vous emmène. Je reviens tout de suite, Freds. »

Mabs fit une nouvelle révérence et emboîta vivement le pas à Charlie Finch.

Mr Finch se trouvait dans son bureau. Mabs se fit annoncer par Charlie, qui repartit aussitôt. Son employeur leva les yeux avec douceur.

« Miss Daley, êtes-vous bien installée ?

— Très bien, m'sieur, merci. Tout le monde est si gentil. Ma chambre est très confortable.

— Tant mieux. Alors laissez-moi deviner. Vous vouliez me voir parce que vous rencontrez quelque difficulté avec mon épouse. »

Mabs s'aperçut qu'elle ne tenait pas en place et s'efforça de se calmer.

« Je suis vraiment désolée, m'sieur. Je déteste les commérages, mais c'est un peu dur et vous avez dit d'en discuter avec personne d'autre…

— En effet. Je suis ravi que vous vous en souveniez. Il y a une grande différence entre les commérages et une conversation constructive dans une situation difficile. Expliquez-moi afin que je puisse vous aider. »

Il lui sourit d'un air rassurant. Mabs était terriblement honteuse, mais elle ne pouvait édulcorer les choses.

« Elle m'a enfermée dehors, m'sieur.
— Je vous demande pardon ?
— Elle m'a envoyée lui chercher du thé, m'sieur, et, à mon retour, la porte était fermée à clef. J'ai frappé et j'ai appelé pendant très longtemps. Comme elle répondait pas et que je savais pas quoi faire d'autre, j'ai commencé à m'inquiéter, au cas où, au cas où…
— Vous avez mille fois raison, miss Daley. Lorsqu'on a affaire à une nature aussi fragile que celle de ma femme, mieux vaut se montrer prudent. Je suis navré que vous ayez été aussi mal accueillie. Mais ne vous inquiétez pas, je vous en prie, il n'en sera pas toujours ainsi. Je vais de ce pas lui parler. Vous ne regrettez pas d'avoir accepté cette fonction, si ?
— Oh non, m'sieur, bien sûr que non, c'est juste que j'avais peur que vous vouliez trouver quelqu'un qui lui plairait plus.
— Elle agirait ainsi avec n'importe qui, je vous assure. La situation la rend si malheureuse, voyez-vous – le déménagement, le fait même qu'elle soit malade. Nous avons tous du mal à accepter son déclin. Mais je crois qu'avec le temps vous ferez des merveilles, miss Daley. Nous devons nous montrer patients, compatissants, même face à des comportements affligeants. En êtes-vous capable ?
— Oh oui, m'sieur. Du moment qu'on veut encore de moi ici, m'sieur, alors je serai aussi patiente que vous voudrez ! »
Il lui décocha son charmant sourire chaleureux et se leva.
« Allons la voir ensemble. »
Ils grimpèrent les marches.

« Vous avez rencontré Charlie, remarqua Mr Finch. Et le reste de ma progéniture ?

— J'ai rencontré miss Elfrida, m'sieur.

— Pas Otty ? Ni Averil ?

— Non, m'sieur.

— Revenez me voir dans mon bureau tout à l'heure, vous voulez bien ? Juste avant 19 heures. Vous pourrez me dire si votre journée s'est améliorée, et je demanderai aux filles de passer dire bonjour. Après quoi vous connaîtrez toute la maisonnée !

— Oui, m'sieur, c'est très aimable à vous.

— Parfait. Bien, nous y voilà. »

Ils se tenaient devant la chambre de la maîtresse de maison. Mr Finch tourna la poignée, mais la porte était encore verrouillée.

« Abigail, ma chérie, c'est moi. Laissez-moi entrer, je vous prie. »

Un fracas tonitruant les fit sursauter lorsqu'un objet fut lancé contre la porte. Madame n'était donc pas morte !

« Abigail, très chère. Vous savez combien je regrette tout ceci. Laissez-moi entrer et parlons-en de façon raisonnable. Miss Daley est ici avec moi et elle aimerait s'occuper de vous. Les choses vont s'améliorer, je vous le promets. »

Mabs admira son ton égal, ses paroles aimantes, son optimisme. Cet homme était un saint ! À son grand étonnement, la clef tourna dans la serrure. Mrs Finch se tenait sur le seuil, les lèvres tremblantes, une lueur indéchiffrable dans ses élégants yeux noirs. Des tessons de porcelaine couleur crème jonchaient la moquette bleu foncé.

« Ah, votre lave-mains, soupira Mr Finch. Quel dommage. Miss Daley, vous trouverez une pelle et une balayette dans ce placard. Merci de nettoyer les débris et prenez bien garde de ne pas vous couper. Il est parfois sacrément difficile de récupérer les fragments les plus fins ; ils sont douloureux s'ils se coincent sous la peau.

— Oui, m'sieur. »

Mabs osa jeter un coup d'œil à Mrs Finch, qui la toisait avec un tel mépris qu'elle crut se sentir flétrir. Elle se réjouit de s'atteler à sa tâche, qui l'obligeait à regarder de près la moquette plutôt que sa maîtresse.

Lancer des objets lui arrivait-il donc souvent ? Sans doute, pour conserver une pelle et une balayette dans la chambre d'une dame, et Mr Finch avait l'air de s'y connaître en porcelaine cassée. Bien sûr, c'était toujours mieux que les canaux, mieux que de trimer au bord de l'eau verte fétide, trempée de sang, de sueur et couverte d'ampoules, vêtue du pantalon de son frère. Malgré tout, l'ambiance de cette pièce avait quelque chose de déconcertant. L'air était lourd de la douleur, inexpliquée et dangereuse, de cette femme.

Mabs travaillait, tournant le dos aux Finch, ce qui ne l'empêchait pas bien sûr d'entendre chacun de leurs mots.

« Ma chère, je vous avais prévenue de l'arrivée de Daley, disait Mr Finch d'un ton apaisant. J'espère que vous lui laisserez une chance. C'est une jeune femme pleine de compassion qui aimerait faire de son mieux. Je sais que vous avez l'impression d'avoir perdu beaucoup de choses, mais la maison est bien équipée, le personnel excellent, et mon travail au canal dépasse mes espérances. »

Le canal ! songea Mabs. *Ça alors*.

« Nous pouvons mener une vie merveilleuse ici, Abigail. Il nous faut juste vous remettre sur pied. »

Elle répondit, les mâchoires serrées, d'une voix assourdie et puissante.

« Je vous l'ai déjà dit, Lucius. Je ne suis pas malade. Il n'y a rien qui cloche chez moi.

— Abigail, chérie, vous avez enfermé votre dame de compagnie dehors lors de son tout premier jour. Vous avez brisé, de colère, une cuvette en porcelaine flambant neuve. Devant une inconnue !

— J'ignorais qu'elle était avec vous.

— Vous êtes d'humeur inconstante. Autrefois, vous étiez si fière, si digne. Vous serez de nouveau vous-même, ma chère, j'en ai la certitude. J'espère que vous laisserez miss Daley s'occuper de vous à l'avenir ? Plus de portes verrouillées ?

— Si vous insistez.

— Donc, si je l'envoie dès à présent vous chercher une nouvelle cuvette, vous la ferez entrer à son retour ?

— Oui.

— Formidable. Avez-vous terminé, miss Daley ? Alors emportez les détritus à la cuisine et demandez à Mrs Webb de trouver un autre lave-main. »

Mabs se leva, la pelle débordante.

« Vous voulez que je vous apporte du thé, m'dame ? »

Mrs Finch secoua la tête sans la regarder.

« Avez-vous pris votre petit déjeuner, très chère ? »

Sa femme ne répondant pas, Mr Finch interrogea Mabs :

« A-t-elle mangé ?

— Non, m'sieur.

— Commandez-lui donc un petit quelque chose tant que vous êtes en bas. Inutile d'attendre, l'une des filles le lui montera. Il est important pour elle de manger, de conserver ses forces, de maintenir son équilibre.

— Oui, m'sieur. »

Au moment où Mabs quittait la pièce, elle l'entendit pousser un profond soupir. Comme il devait être difficile de la traiter avec gentillesse jour après jour, songea-t-elle. C'était sa femme ! Il lui vint soudain à l'esprit l'image de son père et de sa mère. Cette dernière travaillait comme lessiveuse tandis que son père besognait sur les quais, et ils se retrouvaient à la maison, épuisés. Maureen Daley n'avait ni plateau laqué rouge ni douce moquette bleue, pourtant Mabs ne l'avait jamais vue soupirer ou bouder. Ses parents se tenaient la main, ils se serraient dans les bras, et p'pa disait que m'man était son foyer. Mabs dut s'arrêter un instant ; sa famille, telle qu'elle était autrefois, lui manquait tant que la tête lui tournait.

OLIVE

La maternité est étrange et intense. Je m'occupe de Clover avec une lucidité qui me donne l'impression d'avoir été somnambule ma vie entière. Nous mangeons ensemble, nous baignons ensemble, buvons le thé avec mes parents, et je passe des heures à lui lire des histoires. Je n'arrive pas à la quitter des yeux. Son bien-être est ma raison de vivre et pourtant, au-delà de la maternité, je sens… que j'erre sans but. J'ai le sentiment que je dois me consacrer à autre chose dans la vie – mais je ne sais pas trop quoi, tant l'amour maternel m'accapare. Je me surprends à rêver de Parliament Hill.

C'est depuis longtemps un des lieux que je préfère, un endroit où je me rends souvent pour chercher l'inspiration ou pour me remonter le moral quand il est au plus bas. Mon moral n'est pas en berne en ce moment, néanmoins… je viens de vivre un changement radical – le plus grand de tous, en réalité. La gêne que j'ai ressentie chaque fois que je me suis rendu compte combien j'étais mal préparée à l'arrivée de Clover – les mauvais vêtements, les mauvais jouets, la mauvaise chambre – dégénère en terreur indicible ; j'éprouve soudain le besoin impératif de réfléchir à mes actes sous la voûte étoilée.

D'habitude, papa m'accompagne lors de ces expéditions, de crainte que je ne rencontre un de ces dangers qui guettent les femmes seules la nuit dans les landes. Si papa ne vient pas, un des domestiques se prête généralement au jeu. Le ciel est dégagé, après des jours de pluie ; je pourrais y aller ce soir ! Je sais que maman restera avec Clover afin que celle-ci ne soit pas seule si jamais elle se réveille.

Maman accepte volontiers. Papa, lui, n'est pas si serviable ; il a un début de rhume et ne souhaite pas s'asseoir dehors par une nuit aussi fraîche. Ce qui est raisonnable, je suppose. Je me rends à la cuisine pour implorer le personnel et finis par convaincre Anne de m'escorter. Elle est d'abord réticente. Elle a un nouvel amoureux – le septième, au moins, depuis que je la connais –, et il l'emmène dîner ce soir à l'Oiseau Rare. Je lui fais remarquer que, si elle m'accompagne, son chéri devrait nous accompagner lui aussi, et elle pourrait ainsi passer plus de temps avec lui. Une solution qui convient à tous !

À 22 h 30, ils reviennent de dîner et je me joins à eux, pas gênée le moins du monde de tenir la chandelle. J'aurais détesté me retrouver dans une telle situation quand j'avais dix-huit ans. Être célibataire à vingt-huit ans m'a endurcie. Je veux voir les étoiles.

J'ai une bâche pliée sur le bras afin que nous puissions nous asseoir sans avoir le derrière mouillé et boueux. Je porte également une grande flasque de chocolat chaud et une petite de brandy, dans l'espoir que cela permettra à Anne et Colin de mieux accepter leur participation à mes étranges lubies. Je marche d'un pas rapide, les laissant me suivre et continuer leur conversation privée.

Nous grimpons Parliament Hill, où la voûte céleste se déploie, qui déverse des étoiles, qui déverse des merveilles. J'étale la bâche et m'assois à un bout, posant les flasques derrière moi afin que les autres se servent, puis je m'absorbe dans la contemplation de l'infini. J'ai vaguement conscience des amoureux qui s'installent à l'autre bout, des mots doux murmurés et du bruit des flasques que l'on dévisse. Je regrette un instant cette idylle que je n'ai jamais connue, ou seulement en de rares occasions, pendant deux ou trois semaines d'affilée tout au plus. Telle est la somme pitoyable de ma vie sentimentale.

Quoi qu'il en soit, je ne suis pas venue pour être mal lunée (sans mauvais jeu de mots) à cause de prétendants perdus. Je suis venue penser à Clover et à toutes les aventures que nous vivrons ensemble. J'allonge les jambes et m'appuie sur les coudes, le visage tourné vers la lumière des étoiles comme d'autres vers celle du soleil. Paresseusement, je dessine du regard le tracé d'Orion puis m'arrête sur ma constellation favorite, celle des Gémeaux : les jumeaux, les Dioscures, patrons des marins. *Merci, Castor. Merci, Pollux*, chuchoté-je dans l'intimité de mon esprit. Je n'ai pas l'intention d'alarmer Anne et Colin en parlant aux étoiles devant eux.

Voir les jumeaux me rappelle un autre couple inséparable. Mon père avait autrefois un meilleur ami, aussi proche qu'un frère, du nom de Malvern Blythe. Tous deux avaient pour père un financier qui voulait que son fils marche sur ses traces. Malvern céda, tandis que papa s'embarqua dans la marine. Le vaste monde l'appelait. Il a toujours été têtu ; dire qu'il se demande d'où je tiens ce trait de caractère ! Malvern le suivit peu de temps après, et ils partagèrent bien des aventures. Je me souviens que nos familles dînaient souvent ensemble quand j'étais petite.

Puis tout cela prit fin. Ils eurent une très grande dispute et, bien que mon père ne soit pas du genre à garder rancune, ils ne se sont pas parlé depuis. La brouille subsiste. Papa n'en a jamais donné la raison, ni à moi ni à maman. Je sais juste que nous sommes la famille la plus riche de Hampstead et que les Blythe ont une position analogue à Highgate. Les deux familles sont prodigieusement reconnaissantes de la vaste étendue de landes qui nous sépare, et, le jour où nous nous montrerons cordiaux les uns envers les autres, les poules auront des dents.

La vue de mille milliards d'étoiles scintillantes me vide l'esprit. Les querelles d'hommes, le fait que j'aie une fille en bas âge, le fait que je n'aie pas pu sauver Gert, tout cela prend un autre aspect dehors. Le soleil et la lune se lèvent et se couchent chaque jour. Les étoiles tournent, maintenant en place les dessins et les symboles qui nous guident depuis des millénaires. Que la force qui a accompli pareille prouesse ait fait une erreur en m'envoyant Clover au lieu de Gert est parfaitement impossible. Elle peut sans aucun doute me guider à travers la maternité.

Je pousse un énorme soupir. Le monde est si grand. Et la vie que j'y mène y est privilégiée au possible. Non seulement en matière de richesse et de luxe, mais en raison des libertés que m'ont accordées mes parents. Ce sont les bastions de la société, et pourtant, dans ce monde ô combien conventionnel, ils me laissent être

Olive. J'ai conscience que toutes les choses que j'ai faites qui donnent un sens à ma vie – mes études, la philanthropie, ma fille – n'auraient pas été possibles si j'avais eu d'autres parents. À quoi aurait ressemblé ma vie alors ?

Je m'allonge, prise de vertige. Les cieux sont vastes et insondables. Les affaires humaines sont aussi innombrables et microscopiques que des fourmis. Et quelque part au milieu existe un niveau intermédiaire, ni personnel ni divin. Il s'agit de la loi. De la société. De la plus haute structure au sein de laquelle nous autres mortels peinons. Et celle-ci est infiniment imparfaite. Je songe à notre voisine divorcée, Julia Morrow, seule et rejetée, tout cela parce qu'elle a choisi de mettre fin à un mariage dans lequel elle était la victime d'une brutalité à fendre le cœur. Je songe au manque d'opportunités qui s'offrent aux femmes qui veulent ou ont besoin de travailler. Je songe au fait qu'une femme ne peut ni posséder de compte en banque ni voter pour son gouvernement. Je songe à Mr Miles, qui se précipite au secours des filles de joie sur les docks.

Je sais depuis longtemps que ma fortune me protège des dures réalités de la vie. Je suis également protégée des dures réalités auxquelles sont confrontées les femmes parce que j'ai un père qui n'abuserait jamais de ses droits à l'encontre de ma mère ou de moi-même. Qu'en est-il de ces femmes qui n'ont pas de capitaine James Westallen pour les soutenir ? Clover n'est encore qu'une petite fille, mais elle va grandir. Je dois réfléchir au monde dans lequel je veux qu'elle vive et au genre de mère que je souhaite être. Qu'ai-je envie de lui inculquer sur la condition féminine ?

Je me rends compte que je veux lui laisser un héritage. Non pas un héritage matériel – celui-là sera assuré – mais autre chose… Une chose qui me donnera, à moi aussi, un but et un moyen d'expression. Les étoiles flottent, argentées et insondables, veillant sur un monde dans lequel nous ne pouvons en définitive contrôler ce qui se passe et devons malgré tout faire de notre mieux. Être mère me donne l'impression que mon manteau a été retiré, et je me sens glacée jusqu'aux os. Mes parents, Clover, moi, nous existons tous au cœur de cet immense passage du passé au futur. Je sais à présent que je dois contribuer à rendre meilleur le monde dans lequel elle vivra. Quant à savoir comment m'y prendre, exactement, cela reste flou.

MABS

Mabs n'arrivait pas à dormir. Elle était allongée dans sa jolie chambre sous les combles, mais restait hantée par celle de l'étage inférieur. Son atmosphère suffocante collait à elle comme le brouillard au mois de janvier. Cette première journée sortait tout à fait de l'ordinaire, tant par le comportement insupportable de Mrs Finch, la porte fermée à clef, que la cuvette brisée. Les heures s'étaient éternisées, interrompues seulement par Lydia qui apporta des œufs durs et un toast pour le petit déjeuner et, plus tard, de la soupe aux champignons avec du pain frais pour le déjeuner. La maîtresse de maison ignora les deux repas. Mabs tenta de l'encourager à manger, se souvenant de l'inquiétude de Mr Finch à ce sujet. En réponse, Mrs Finch lui jeta un œuf à la figure. Mabs, prise au dépourvu, fut touchée au menton. Elle avait beau avoir déjà connu pire douleur, cette attaque-là était si inattendue et humiliante que ses yeux se mirent à picoter et qu'elle ne sut plus où regarder ni quoi dire. Elle s'efforça vaillamment tout l'après-midi de discuter avec Mrs Finch, mais n'essuya que des rebuffades.

Qu'est-ce que je vais faire si j'arrive pas à l'amadouer ? Combien de temps est-ce qu'il va me laisser ma chance ? Qu'est-ce que je vais devenir si je dois rentrer à la maison et qu'ils veulent pas me réembaucher au canal ? Les questions l'empêchèrent de fermer l'œil bien après minuit.

Elle finit par sauter du lit et contempla par la fenêtre le ciel nocturne dégagé et parsemé d'étoiles. Dans l'obscurité, elle distinguait la rue et les maisons d'en face, de petits bouts de jardins irréguliers. L'aboiement perçant d'un renard résonna. *C'était que le premier jour*, se dit-elle. *Ça peut qu'aller mieux.*

Elle avait vu Mr Finch à 19 heures comme convenu, et avait dû lui avouer que sa maîtresse et elle étaient restées assises entre quatre murs, chacune dans son propre monde, du début à la fin de la journée. Il l'avait rassurée une fois de plus. Ça n'avait rien de personnel. Les choses iraient en s'améliorant. Il ne paraissait pas du tout déçu d'elle. Mais ce n'était sans doute qu'une question de temps, songea Mabs avec inquiétude en regagnant son lit.

Les deux cadettes étaient passées lui dire bonjour. Miss Averil était une jeune fille de dix-neuf ans. Sur le plan physique, elle ressemblait à son père, même si chez elle les cheveux châtains avaient pris une teinte extrême – une vive couleur carotte. Elle avait de grands yeux gris et un visage rond qui était beau sans pourtant l'être vraiment. Elle dégageait une certaine décontraction, avec son regard franc et ses yeux brillants.

La plus jeune, Ottilie, avait été coulée dans le même moule que sa mère et sa sœur aînée, avec ses cheveux noirs et son teint pâle, mais sa beauté n'était pas encore affirmée. À seulement douze ans, elle était maladroite et ne cessait de se cogner partout. Ses yeux avides semblaient trop grands pour son visage. De son air obstiné, elle avait bombardé Mabs de douzaines de questions, ce qui avait poussé son père à se confondre en excuses. Mabs l'avait trouvée adorable.

Après quoi elle était allée voir Mrs Webb qui, fidèle à sa promesse, lui avait expliqué le fonctionnement de la maisonnée. Mabs commençait à 8 heures et terminait à 19 heures. Une longue journée de travail, mais moins longue que d'autres. Bien qu'elle n'ait pas de pause officielle, elle avait droit, en plus de chaque dimanche, à une demi-journée de congé le mercredi. Beaucoup de domestiques l'envieraient à ce sujet.

Mabs n'aurait jamais cru que son travail sur les quais ait eu des avantages. Désormais, elle savait ceci : elle pouvait toujours, toujours dormir après. Elle rentrait chez elle dans un tel état d'épuisement qu'elle parvenait à peine à se déshabiller. À présent qu'elle était allongée dans un lit confortable, vêtue d'une chemise de nuit en coton propre, elle ressentait une autre sorte de fatigue.

Lorsqu'elle descendit le lendemain matin, Mrs Finch était déjà habillée ; elle avait revêtu une robe bleu marine chatoyante. Elle portait ses cheveux noirs relevés et une broche en perle à la base du cou. Mabs n'osa pas la complimenter.

« Bonjour, m'dame », dit-elle gaiement.

Mrs Finch traversa la pièce d'un bond et agrippa ses bras, y enfonçant douloureusement les doigts, les yeux plongés dans ceux de Mabs avec une intensité surprenante.

« Il paraît que vous avez fait un rapport complet à mon mari des heures que nous avons passées ensemble hier soir. Voyons voir quel divertissement nous pouvons lui apporter aujourd'hui. »

Mabs s'écarta d'elle autant que possible mais Mrs Finch la tenait fermement.

« Oui, poursuivit-elle d'un ton sifflant, lui imprimant une petite secousse. Il est venu me voir ce matin au saut du lit pour me dire à quel point je le contrariais. Ce doit être le temps fort de votre journée, de vous précipiter pour lui conter comment je me suis mal comportée.

— Mrs Finch, je suis désolée, je sais pas trop ce que j'ai fait de travers. Mr Finch est mon employeur. Il m'a demandé hier si on s'entendait bien. Je lui ai dit la vérité, c'est tout. »

Mabs était trop épuisée pour marcher sur des œufs. Elle avait les yeux collants et douloureux. À son grand soulagement, sa maîtresse finit par la lâcher.

Mrs Finch la dévisagea :

« Vous êtes donc entièrement dévouée à mon mari. Vous n'avez, au fond de vous, pas la moindre loyauté envers votre maîtresse », déclara-t-elle, catégorique.

Mabs soupira. Elle pressentait que cette nouvelle journée allait présenter de nouvelles difficultés. Aujourd'hui, Mrs Finch était prête à parler, mais Mabs ne parvenait pas à la comprendre.

« C'est normal, non ? J'vous demande pardon, m'dame, mais vous m'avez pas dit deux mots depuis qu'on s'est rencontrées. Vous m'avez enfermée dehors hier ! Fallait bien que j'en parle à quelqu'un, non ? J'avais peur que vous vous fassiez mal ! Et, hier soir, il m'a questionnée sur ma journée. Je voulais pas mentir et donner l'impression qu'on s'entendait bien. Désolée de vous parler aussi franchement, m'dame, mais qu'est-ce que vous auriez fait si vous étiez à ma place ? »

Il y eut un long silence. Puis Mrs Finch tourna le dos à Mabs et regagna son poste près de la fenêtre.

Après cet incident, cette journée se déroula exactement comme la première. Mabs tentait de papoter, Mrs Finch l'ignorait. Lydia leur apporta le repas ; Mrs Finch mangea peu. Lorsque Mabs essaya de l'amadouer, elle jeta un verre de porto contre le mur.

« Dieu du ciel, vous êtes vraiment aussi stupide que vous en avez l'air », s'écria-t-elle d'une voix pleine d'angoisse exaspérée.

Mabs balaya les tessons mais passa plus de temps à frotter les taches sombres sur la moquette crème. En fin de compte, elle mangea son propre déjeuner, qui avait refroidi, assise sur une chaise dans un coin de la pièce, son assiette et ses couverts en équilibre précaire sur ses genoux. Elle ne pouvait qu'imaginer à quoi elle ressemblait ; même en temps normal, elle ne savait pas se tenir à table. Pour une fois, elle se réjouissait que sa maîtresse refuse de la regarder.

En milieu d'après-midi, Mabs eut froid. Elle proposa d'allumer le feu. Pas de réponse. Elle demanda si Mrs Finch voulait un châle. Pas de réponse. Le vent automnal se leva et secoua le carreau. La pièce était élégante mais pleine de courants d'air. Mabs remarqua que sa maîtresse frissonnait. Quelle idiotie ! Attraper un rhume ne leur servirait à rien, ni à l'une ni à l'autre.

Elle ouvrit la porte du placard, consciente des yeux noirs qui suivaient chacun de ses mouvements. Un arc-en-ciel sembla en jaillir ; Mabs s'empressa de le refermer. Voir les robes que cette femme portait à une époque qu'elle pleurait aujourd'hui lui paraissait trop intime. Elle ouvrit un tiroir. C'était pire encore ! Des sous-vêtements ! Elle le referma d'un coup sec. Enfin, elle trouva une pile de châles pliés et en choisit un tout en nuances de jaune et d'orange, dans l'espoir d'apporter un peu de soleil à cette pièce lugubre.

Mrs Finch toisa Mabs comme si elle lui tendait un seau à ordures. Mabs enveloppa donc les épaules de sa maîtresse, plaçant les extrémités du châle afin qu'elles couvrent les mains blanches et froides posées sur ses genoux. Puis elle alluma le feu. Elle était gelée et n'avait aucune intention d'emprunter un châle. Une fois que le feu crépita dans l'âtre, elle en approcha sa chaise.

« Eh bien », lança Mrs Finch.

C'étaient les premiers mots qu'elle prononçait depuis sept heures ; Mabs sursauta. Dieu, elle n'avait jamais été si nerveuse au canal.

« Maintenant que nous sommes confortablement installées et vu que nous sommes coincées ici ensemble, je suppose qu'il vaudrait mieux faire passer le temps un peu plus vite.

— Oui, Mrs Finch, absolument ! s'exclama Mabs, ravie.

— Vous pourriez me lire un livre. Je suis d'humeur à écouter une histoire profonde et tragique. *Tess d'Urberville*, peut-être, ou peut-être du Eliot. Allez chercher quelque chose sur l'étagère.

— Oh, m'dame. »

L'appréhension qu'elle ressentait à l'idée de lui répondre était incommensurable. Pour une fois – la toute première – que sa maîtresse faisait une concession, elle allait la décevoir.

« Je suis désolée, m'dame, mais je sais pas lire. »

Elle aurait voulu s'enfoncer dans le sol en voyant le mépris sur le visage de l'autre femme.

« Pour l'amour du ciel ! Une dame de compagnie qui ne sait pas lire ! Vraiment ?

— Je suis désolée, m'dame. J'ai pas menti pour avoir le poste. Je l'ai dit à Mr Finch.

— Bien sûr. Et pourtant il vous a choisie. Comment allons-nous donc passer le temps ? À discuter ? railla Mrs Finch.

— Eh bien oui, m'dame, si vous voulez. Après tout, pourquoi pas ? »

Mrs Finch laissa échapper un petit rire nerveux.

« Qu'avez-vous en tête, Daley ? Nous imaginez-vous, blotties l'une contre l'autre, en train d'échanger des confidences amoureuses ? Ça m'étonnerait. »

Mabs fulminait. Quelle garce arrogante et hautaine ! Quoi, Mabs ne méritait pas qu'on lui fasse la conversation ? Quoi, l'idée même qu'une dame comme Mrs Finch puisse prendre du plaisir en compagnie de quelqu'un comme elle était-elle si risible ? Mabs aurait bien une chose ou deux à lui dire, elle aussi ! Mais elle les ravala. Ça n'avait rien de personnel. Elle devait se montrer patiente. Son travail consistait à trouver un moyen d'exister auprès de cette affreuse bonne femme. La pièce retomba une fois de plus dans le silence.

OTTY

Le jour de mon rendez-vous avec Jill est enfin arrivé. Et je suis soulagée de sortir de chez moi ! Chaque dimanche nous déjeunons en famille à 13 heures précises ; papa y tient. Et chaque dimanche est une véritable torture.

Maman apparaît toujours, magnifique et vêtue de pied en cap, et l'avoir de nouveau parmi nous est merveilleux. Mais elle reste invariablement silencieuse. Elfrida boude et se déplace avec humeur comme si elle était fâchée contre maman. Je sais qu'elle voulait rester à Durham, mais s'il y a quelqu'un à blâmer ce serait plutôt papa, car c'est son travail qui nous a amenés ici. Averil, sensible à ce genre d'ambiance, joue avec sa nourriture. Charlie se plaint que Felicia lui manque et regarde fixement sa fourchette comme s'il aimerait se la planter dans la poitrine.

Seuls papa et moi nous efforçons d'être joyeux. Il parle de son travail de gestionnaire d'investissements sur les canaux et des éminentes personnes du coin qu'il aimerait rencontrer ; papa est toujours fort désireux de rencontrer les gens qui peuvent lui apporter des promotions. Je parle de mes explorations et de la chance que nous avons de vivre ici, jusqu'à ce que l'un de mes frères et sœurs – généralement Elfrida – aboie : « Arrête ! Mais arrête ! »

Une fois libérée, je me dirige vers le coin de Helpman Street, où j'ai promis de retrouver Jill. Elle ne porte pas ses vêtements de garçon aujourd'hui, mais une robe et une capote. Je remarque tout de suite que celles-ci sont très bon marché. Je me demande si je lui parais prestigieuse. Quelle drôle d'idée, quand on pense que papa aspire tant au prestige.

« Bonjour, Jill ! m'exclamé-je, enchantée. Vous êtes très jolie aujourd'hui. »

Elle sourit.

« Merci, Otty. Vous aussi. Vous êtes venue !

— Bien sûr ! »

Je m'étais demandé si, elle, viendrait ! J'ai peur qu'elle ne me trouve jeune et bête. L'espace d'un instant, nous restons plantées là à nous regarder d'un air ravi. C'est drôle : parfois on connaît une personne avant même de la connaître.

« Voulez-vous aller dans un salon de thé ? demandé-je.

— Ah non. Je viens vous inviter à prendre le thé chez moi.

— Oh, Jill ! Avec grand plaisir.

— C'est pas un manoir, hein. Soyez pas déçue.

— Impossible ! » m'empressé-je d'affirmer.

Du moment que je peux lui poser un million de questions, je serai on ne peut plus heureuse.

En marchant, nous parlons de choses simples, et j'essaie de ne pas faire attention aux regards curieux que l'on nous lance. J'apprends que Jill est fille unique et orpheline. Elle n'a jamais connu son père, et sa mère est morte il y a deux ans. Elle vient d'une petite ville appelée Layou, située sur l'île de Saint-Vincent, qui flotte dans la mer des Caraïbes. Ma géographie d'écolière est défaillante. Je ne peux imaginer un endroit si éloigné.

« Pour quelle raison êtes-vous venue à Londres ? interrogé-je.

— Pour chercher du travail. »

Je suis perplexe. Si j'avais besoin de travailler, je ne parcourrais certainement pas seule la moitié du globe juste pour besogner dans un endroit où je devrais me faire passer pour un garçon. Mais, comme Elfrida dit toujours que je suis trop indiscrète, je n'insiste pas.

Jill me mène le long de rues de plus en plus étroites. Je vois plusieurs visages – pas beaucoup, mais quelques-uns quand même – qui sont plus noirs que le sien. Davantage de personnes nous regardent à présent. En réalité, malgré ma jupe et mon corsage marron très banals, c'est moi qu'elles regardent. Je reste tout près de Jill.

« Ne venez jamais me rendre visite seule, me conseille-t-elle par-dessus son épaule. Retrouvez-moi toujours dans un endroit respectable. »

Je hoche la tête. C'est comme les canaux : je n'y suis pas en sécurité. Elle, si ? Je n'en suis pas persuadée, mais elle semble très sûre d'elle tandis qu'elle avance d'un pas pressé.

« On est arrivées », déclare-t-elle enfin en s'arrêtant devant une porte en bois rayée et délavée.

Les briques de la maison sont noircies et peu avenantes. Une odeur nauséabonde flotte dans l'air – je ne saurais pas trop l'identifier. Je cherche ce que je pourrais dire de gentil.

« Mon Dieu, que votre maison est grande !

— Elle n'est pas à moi. J'habite juste une chambre.

— Ah », dis-je pendant qu'elle me fait entrer.

Nous grimpons des escaliers, et encore des escaliers. Lorsque nous atteignons le dernier étage, nous sommes hors d'haleine.

« D'ailleurs, reprend-elle, s'arrêtant pour souffler, je n'occupe pas toute la chambre, je la partage.

— Ah ! répété-je. Ce doit être agréable de vivre avec une amie. »

Jill fait la grimace.

« C'est pas mon amie. Je préfère vous avertir, au cas où elle serait là. »

Nous entrons et voyons aussitôt une fille maigre à la peau brune et à l'air fâché dont les cheveux duveteux sont relevés en un très grand chignon au sommet de son crâne. Je trouve qu'elle serait plus belle avec les cheveux détachés, comme Jill, mais je suis aussi presque certaine qu'elle n'est pas du genre à se soucier de la beauté. Lorsqu'elle m'aperçoit, elle s'en prend à Jill, indignée.

« Ça va pas la tête, Jill Joseph ? Pourquoi t'amènes une Blanche ici ? Y en a pas assez partout ailleurs ?

— Tais-toi, Maggie Dupont, c'est mon amie, et si la couleur de sa peau te pose un problème t'es aussi mauvaise qu'eux. »

Jill penche la tête sur le côté d'un geste qui indique les habitants de Londres.

« C'est pas la même chose, gronde Maggie. C'est pas du tout la même chose.

— C’est exactement la même chose, rétorque Jill d’un ton calme. Otty vient prendre le thé. Tu peux te joindre à nous si tu restes polie. »

Maggie semble sans voix, elle respire vite comme s’il y avait tant de choses qu’elle aimerait dire mais ne savait pas trop par où commencer. Puis elle grogne, sort d’un pas exagéré et claque la porte derrière elle. Nous entendons ses pieds frapper bruyamment les marches.

Jill hausse les épaules.

« Vous occupez pas d’elle, Otty, elle est aussi aigre qu’un citron. Allez, laissez-moi vous accueillir dans mon humble demeure, glousse-t-elle. Ma très humble demeure. »

Je ne peux la contredire. Deux piles de couvertures sont posées à même le parquet nu, une à chaque bout de la pièce. Ce doit être là que dorment Jill et Maggie. Je vois une table et deux chaises. Une bassine pleine d’eau grise trône dans un coin, et à une corde suspendue au plafond dans un autre coin pendent des vêtements : une robe ; une combinaison, une culotte.

« Oh ! »

Jill a suivi mon regard et attrape les habits, qu’elle jette sur l’une des piles de couvertures.

« C’est pas le genre de chose qu’on laisse traîner quand on reçoit de la compagnie. Satanée Maggie.

— Elle ne savait pas que j’allais venir. Ne vous inquiétez pas, Jill, ça m’est égal. Tout le monde en porte.

— Vous êtes mignonne. Mais vous, est-ce que vous accueillez vos invités avec des sous-vêtements mouillés qui pendent partout ? Ça m’étonnerait. »

Je m’approche de la petite fenêtre et pousse un cri ravi :

« Oh, Jill ! Nous sommes si haut ! Regardez, c’est Londres ! »

La vue de notre maison est belle, mais celle-ci est fascinante ! Je contemple les toits tordus et les ruelles qui serpentent comme des ficelles alambiquées ; je vois des vitres fendues et embuées, des corniches anciennes et les minuscules morceaux de centaines de vies.

« Si j'habitais ici, je regarderais tout le temps par la fenêtre et j'inventerais des histoires… »

Je m'attends à ce que Jill se moque de moi, comme le font mes sœurs, mais elle me dévisage, enthousiaste.

« Vous aimez les histoires ? Est-ce que vous avez lu *Jane Eyre* ? »

Je sens mes yeux s'écarquiller.

« Vous, oui ? »

Elle me lance un regard furieux.

« Vous vous imaginez que je sais pas lire parce que j'ai la peau noire ?

— Non. Je pensais que c'était peut-être pour cela que vous travailliez sur les canaux. La dame de compagnie de ma mère, miss Daley, y travaillait avant parce qu'elle ne savait pas lire. Elle a dit que, sinon, elle aurait cherché ailleurs. »

Jill se radoucit.

« Désolée. Je suis aussi susceptible que cette fichue Maggie. Je sais lire et écrire. Je sais compter. Si je trouve pas de meilleur poste, c'est juste à cause de ça. »

Elle touche son visage.

« Bref, assez papoté. Alors. *Jane Eyre* ?

— Oui, bien sûr. Je l'adore. Sauf que je trouve Mr Rochester trop grincheux. Je préfère les hommes enjoués et souriants, comme mon père. »

Jill serre ses bras contre sa poitrine, battant des paupières avec un grand sourire.

« Moi, j'aimerais un gentleman élégant dans son genre, tempétueux et passionné. Mais vous, vous êtes trop jeune pour penser aux hommes. »

Je ris.

« Dieu merci ! Qu'allons-nous prendre avec le thé, Jill ? Si j'avais su que je vous rendrais visite, j'aurais apporté quelque chose. »

Si seulement j'avais su, j'aurais apporté des fleurs pour égayer cet endroit lugubre, ou une boîte de chocolats qu'elle aurait pu partager avec Maggie. Peut-être auraient-ils radouci un peu cette dernière !

Une théière est posée par terre. Il n'y a ni fourneaux, ni cheminée, ni robinet. Jill la prend et appuie sa main sur le côté.

« Ah, soupire-t-elle d'un air béat. C'est encore chaud. »

Elle met la théière sur la table et va chercher deux tasses. Qui ne sont pas assorties.

« Prenez la rose, Otty, c'est ma préférée. Et regardez ! Une petite douceur ! »

Elle ouvre un sac en papier qui contient deux beignets.

« J'espère que vous aimez.

— Oui, beaucoup ! m'écrié-je avec un grand sourire. Merci, Jill. Euh… comment préparez-vous le thé ?

— Je le prépare pas. On peut pas, ici. Ça me manque, une bonne tasse brûlante, l'après-midi. Mais notre voisine au bout de la rue, elle a une cuisinière. J'ai couru là-bas et je l'ai suppliée de me remplir la théière juste avant de vous retrouver, et l'eau est encore chaude. Je peux pas vous offrir de lait ni de sucre, parce que j'en ai pas, malheureusement. J'espère que vous arrivez à le boire noir. »

Je cligne des yeux.

« Mon Dieu, Jill. Vous vous êtes donné tant de mal. »

Je l'imagine, peinant à grimper toutes ces marches pour pouvoir apporter du thé chaud. Je croque à pleines dents dans mon beignet. Il est rassis.

« Miam ! Délicieux. Et je préfère le thé noir. »

Ce qui, au moins, est vrai.

Jill pose la main sur la table, et je m'efforce de ne pas fixer la peau rêche, les ongles cassés et la vilaine ampoule.

« Avoir une belle table me manque aussi, dit-elle. J'aurais aimé prendre le thé sur une nappe blanche, Otty, avec des serviettes sur les genoux, et peut-être des fleurs. Enfin, dans un autre endroit, à une autre époque. »

Nous grignotons nos beignets rassis et sirotons la boisson tiède dans cette maison triste et étrange, et nous pourrions fort bien être deux enfants qui jouent à prendre le thé, tant nous paraissons feindre qu'un autre monde nous entoure. Une fois que nous avons terminé, nous restons là à discuter, les coudes sur la table, le menton appuyé sur les mains.

« Je parie que votre maison n'a rien à voir avec ça, remarque Jill avec ce grand sourire si contagieux.

— Pas vraiment, avoué-je.

— Je parie qu'elle a un grand couloir et beaucoup de pièces. Je parie qu'elle a un jardin et de beaux meubles et des tableaux sur les murs. »

Je hoche la tête.

« Et une grande véranda qui fait tout le tour, avec une porte qu'on peut garder ouverte pour entendre le grincement des palmiers et le bruit de la mer, et des ventilateurs au plafond pour se rafraîchir… »

Je ris.

« J'ai l'impression que vous parlez de votre ancienne maison, non ? Si nous laissons les fenêtres ouvertes, nous entendons le bruit de la pluie…

— En effet. »

Elle me parle de sa maison. Des plages de sable blanc et des vagues bleues, des noix de coco et des mangues qui poussent sur les arbres. Je n'ai jamais goûté à aucun de ces fruits, mais leur simple nom promet une saveur divine. Elle me parle des garçons qui grimpent aux arbres et les secouent pour faire tomber les fruits, et des vieux qui fendent les vagues à la rame chaque matin à bord de petits bateaux de pêche pointus, à moitié pleins de nuages de filets, et des femmes qui s'enveloppent la tête pour se protéger de la chaleur et chantonnent de douces mélodies tout en travaillant. Je suis assise, fascinée, comme si j'écoutais une histoire.

Quand mon tour arrive, je me plains de Charlie qui se languit d'amour, d'Elfrida la hautaine et d'Averil la pleureuse. Leurs travers la font rire, et elle prend parti pour moi parce qu'elle est mon amie. J'en avais besoin. Je lui parle de maman et de sa mystérieuse maladie, et elle me dit des choses gentilles, même si elle a perdu sa propre mère. Je lui explique que mes explorations prendront fin après Noël, car je devrai commencer l'école, et elle compatit d'un claquement de langue. Au moment de partir, elle me raccompagne à Helpman Street pour qu'il ne m'arrive rien.

« Vous ne pourriez pas aller dans un salon de thé, n'est-ce pas ? » demandé-je juste avant de lui dire au revoir.

Je suis peut-être jeune mais je ne suis pas stupide. Je n'ai jamais vu personne avec sa couleur de peau dans un salon de thé.

« Je pourrais entrer, répond-elle, par contre je sais pas s'ils me laisseront rester. Probablement pas. Et s'ils me laissent, je me sentirais mal à l'aise. Vous savez ce que ça fait, Otty, d'être dans un endroit où toutes les têtes se tournent pour vous regarder comme une bête curieuse, ou pire encore ? »

La réponse est non, bien sûr, et je doute que cela me plairait.

« Alors où irons-nous la prochaine fois ? Vous m'avez déjà invitée une fois, ce sera mon tour.

— Je serais ravie de vous accueillir n'importe quel dimanche. Je vous aime bien, Otty Finch, vous êtes une fille intelligente. Au moins, ça rendra Maggie complètement dingue. Et ça, c'est toujours appréciable. »

MABS

Mabs avait fondé de grands espoirs sur son jour de congé : elle s'était imaginé se précipiter chez elle dans son uniforme, débordante de récits, sa famille époustouflée par cette nouvelle Mabs si élégante. Mais, le mercredi après-midi, le fossé entre ses rêveries et la réalité l'arrêta net. Ils ne l'attendaient pas, et elle n'avait pas de bonnes nouvelles à leur donner.

Elle décida donc d'explorer Hampstead, fascinée mais pensive. Saffron Hill, où elle avait vécu toute sa vie, et le quai où elle avait travaillé ne se trouvaient qu'à quelques kilomètres de là – pas très loin du tout, pourtant c'était un tout autre monde. Les portes d'entrée des maisons la fascinaient : la peinture reluisante, les heurtoirs fantaisistes, les marches impeccables. *Qu'est-ce qu'il y a derrière cette porte de sous-sol verte ?* se demanda-t-elle. *Qui vit dans cette jolie maison mitoyenne aux toits en pente ? Qui se cache derrière les vitraux de cette maison majestueuse ?* On pouvait aisément imaginer que rien ne pouvait aller de travers derrière de si charmantes façades, mais elle savait déjà, depuis qu'elle côtoyait les Finch, que ce n'était pas vrai.

Le dimanche, elle dut rentrer chez elle, car elle l'avait promis. Comme elle se sentait de nouveau inutile et constamment au bord du désastre, elle portait sa vieille robe. La pluie tombait par intermittence, et c'est donc une Mabs sale et trempée qui fit son apparition dans Mushroom Court ce matin-là. Elle grimpa l'escalier branlant avec des sentiments mitigés, impatiente de voir sa famille mais redoutant d'avoir à faire bonne figure.

Elle s'arrêta devant la porte, posa un instant la tête contre le battant en bois, puis entra. Nicky, belliqueux, se leva d'un bond, avant de reconnaître sa sœur. « Mabs ! » Il se précipita à travers la pièce, passant en un éclair du protecteur de la famille au petit frère. Son gros câlin les fit tous deux tituber sur le parquet.

« Nicky, espèce d'idiot, lâcha Mabs en riant. Je suis contente de te voir moi aussi, mais laisse-moi au moins passer la porte, tu veux bien ? »

Elle regarda autour d'elle tout en déboutonnant son manteau, tandis que ses frères et sœurs se jetaient sur elle l'un après l'autre.

« Où est p'pa ? »

Depuis la mort de m'man, cette question l'emplissait toujours de crainte.

« T'inquiète pas, Mabs, la rassura Jenny. Il est juste sorti chercher de quoi déjeuner. Il a travaillé toute la semaine et il avait envie de quelque chose de bon.

— Toute la semaine ? Vraiment ?

— Oui, c'est incroyable. Il s'occupe des céréales, à Camden. Ses journées sont longues, mais il rentre directement à la maison avec l'argent.

— Ça alors ! En voilà une bonne nouvelle. Je suis si contente de l'apprendre », s'exclama Mabs.

Elle décrocha les bras d'Angie de ses genoux et la souleva pour la regarder convenablement. La première chose qu'elle remarqua fut combien tous étaient maigres et sales. Cela n'avait rien de nouveau, mais quel contraste avec les Finch ! Néanmoins, ils n'étaient pas en plus mauvais état que la dernière fois qu'elle les avait vus et ils souriaient.

« Mabs, pourquoi tu portes pas une belle robe ? s'enquit Peg, déçue. Je croyais que tu serais chic, moi, maintenant que t'es une dame. »

Mabs se sentit soudain honteuse de sa décision de venir revêtue comme elle était partie. Après tout, elle voulait leur remonter le moral. « Je suis pas une dame, grosse bêtasse, je suis une domestique, mais j'ai un bel uniforme. Je voulais pas l'abîmer en le portant mon jour de congé, mais c'est idiot. Je le mettrai la semaine prochaine.

— De quelle couleur il est ? » interrogea Peg avec avidité.

Tiens, elle commence à s'intéresser à ce genre de chose, pensa Mabs.

« Il est noir, répondit-elle, riant de son air déçu. Je sais, ma puce, c'est pas la couleur la plus romantique au monde. Mais rappelle-toi que je fais que bosser à Hampstead, je vais pas au bal et je mène pas la grande vie. Il est très élégant, avec des passements blancs et des boutons qui brillent. Je le porterai la prochaine fois, promis.

— Qu'est-ce qu'il y a là-dedans, Mabsy ? » demanda Jem, qui tâtait le sac qu'elle avait apporté avec l'instinct infaillible des garçons pour détecter les produits comestibles.

Mrs Derring lui avait donné un magnifique quatre-quarts jaune et une petite boîte du thé des Indes de Mrs Finch. Mabs n'avait pas eu le cœur de lui avouer qu'elle n'avait pas de quoi le faire infuser.

« Oh, un thé délicieux, le taquina-t-elle en brandissant la boîte. Qui vient tout droit des Indes. »

Six paires d'yeux s'écarquillèrent.

« Du thé ? railla Jem. À moins qu'il soit en or massif, je vois pas ce qu'il y a de si extraordinaire !

— Et ça alors ? »

Mabs posa le gâteau parfumé sur la table.

« Mrs Derring – c'est la cuisinière – l'a fait juste pour nous. »

Elle sourit face aux exclamations enthousiastes et regarda autour d'elle. La pièce était sombre, encombrée et aussi miteuse que sa robe. Comme d'habitude.

« Hé ! s'écria-t-elle lorsqu'elle vit Matt se fourrer à mains nues un gros morceau de gâteau dans la bouche. Tu arrêtes ! On le garde pour après le déjeuner. On va le couper bien comme il faut et le manger ensemble, Matt Daley ! »

Mais Matt était trop occupé à mâcher d'un air béat, tandis que les autres ramassaient les miettes sur la table comme les pigeons de Trafalgar Square. Mabs ne pouvait pas leur en vouloir. Elle se souvenait de la faim qui la tenaillait en permanence. Une semaine à trois repas par jour l'avait déjà changée et rendue plus forte. Elle prit un couteau et coupa un petit morceau pour chacun.

« Histoire de vous faire tenir jusqu'à midi », déclara-t-elle.

Elle n'allait tout de même pas leur demander d'attendre.

Peg alla chercher des assiettes, dans lesquelles elle déposa une demi-patate de l'étal au bout de la rue, puis p'pa rentra avec du chou, un petit jambon et une bouteille de vin de fleur de sureau.

« Mabs, ma fille ! s'écria-t-il. Comment ça va ma grande ? Laisse-moi te regarder. »

Mabs le serra dans ses bras, folle de joie. Elle avait l'impression de le retrouver tel qu'au bon vieux temps.

« Je vais bien, p'pa. Et toi ? Les enfants ont dit que tu travaillais.

— Ça va, ma puce. J'y retourne cette semaine. À vrai dire, je suis éreinté, mais c'est bon de toucher un salaire. C'est toi, ma puce, qui as eu cet effet sur moi, quand t'as décroché ce boulot. Ça m'a redonné envie de faire un effort. Avoir une bouche de moins à nourrir, savoir que tu nous donneras un coup de main quand tu pourras avec une pièce ou deux…, eh bien, ça a changé les choses, si tu vois ce que je veux dire.

— Je suis très contente, p'pa. C'est bien ! »

Demain, elle s'échinerait plus que jamais. Tout le monde comptait sur elle. Une motivation pour p'pa, du gâteau pour les garçons, la promesse faite à Peg de lui montrer une nouvelle robe… et ce n'était que le début de ce qu'elle voulait leur donner.

Mais sa deuxième semaine s'avéra tout aussi atroce que la première. Mabs fit tout ce qui était en son pouvoir pour être appréciée de sa nouvelle maîtresse. Lorsqu'elle discutait avec Mr Finch, elle ne mentait pas, mais ne soulignait pas non plus à quel point la situation était difficile, dans l'espoir que Mrs Finch sentirait que Mabs était loyale envers elle aussi. Au cours de ses heures de travail, elle alternait entre demandes compatissantes, bavardages enjoués et silences encourageants. Parfois, elle s'asseyait en silence, patiemment, parfois elle s'agitait, armée d'un chiffon et d'encaustique. Mais, loin de prendre plaisir à la présence de Mabs, Mrs Finch ne semblait pas même s'y résigner. Elle passait la plupart de son temps à contempler le jardin, qui n'était toujours rien de plus qu'un morne enchevêtrement de branches nues. Mabs, qui voulut savoir s'il s'agissait d'une roseraie, ne reçut pour toute réponse qu'un regard plein de mépris et un hochement de tête dédaigneux. Elle avait toujours imaginé les roseraies charmantes et riches en couleur, mais celle-ci était jusqu'à présent aussi aride et triste que sa relation avec Mrs Finch. Les jours s'écoulaient très lentement.

Le jeudi matin, lorsque Mabs arriva dans la chambre de sa maîtresse, Mr Finch s'y trouvait déjà. Il leva la main pour l'avertir au moment où elle ouvrait la porte. De toute évidence, son épouse avait eu une nouvelle crise de colère, car il y avait du verre cassé partout.

« Attention, Daley, regardez où vous mettez les pieds. Je crains que vous n'ayez encore à balayer et à ramasser des tessons ce matin. Malheureusement, notre miroir Renaissance, qui était dans la famille depuis des générations, n'est plus des nôtres », observa-t-il d'un ton las.

Il faisait référence à un miroir que Mabs avait souvent admiré, avec son cadre exubérant orné de feuilles et de chérubins dorés. Il pendait autrefois à côté de la garde-robe, et Mabs aurait aimé l'admirer davantage, mais regarder un miroir sans y voir son reflet n'était pas chose aisée, or elle n'aimait pas le sien, tout maigrichon et disgracieux qu'il était. À présent, le cadre reposait par terre, ovale vide.

« Oh ! » s'exclama-t-elle, avant de se mordre les lèvres.

Elle n'avait pas à faire de commentaires, mais détruire une si belle chose la choquait. Un objet si précieux, par ailleurs, alors que tant de gens mouraient de faim. Elle jeta un coup d'œil à sa maîtresse, qu'elle détestait encore plus qu'avant.

Mrs Finch l'ignora, ce qui n'était pas nouveau. Néanmoins, il y avait chez elle quelque chose de différent. Elle était assise dans son fauteuil près de la fenêtre, comme à son habitude, mais paraissait sans vie. Pendant un instant, Mabs eut l'horrible impression qu'elle était morte, avant de remarquer ses épaules qui se haussaient et retombaient lentement. Fronçant les sourcils, elle fit le tour de la pièce avec précaution. Sa maîtresse avait la tête qui dodelinait, les yeux mi-clos et très noirs.

« Bonjour, m'dame, dit Mabs d'une voix douce sans s'attendre à une réponse de sa part. Je vais nettoyer ça en un rien de temps, vous inquiétez pas. »

Aucune réaction. Ce n'était pas son indifférence hautaine coutumière ; Mrs Finch semblait tout simplement absente. Mabs lança un coup d'œil interrogateur à Mr Finch.

« J'ai malheureusement dû lui administrer un sédatif, expliqua-t-il d'un ton grave. Une dose tout à fait négligeable. J'essaie toujours d'éviter d'en arriver là. Difficile de prendre de telles mesures sans avoir l'impression d'être… enfin, une brute.

— Oh, m'sieur, vous êtes tout sauf une brute ! s'écria Mabs, tiraillée par sa compassion pour son maître et pour sa maîtresse. C'est vraiment, vraiment horrible. Je suis désolée, m'sieur.

— C'est horrible, vous avez raison. Un dernier recours, s'il en est. Nous avions à Durham un médecin très compréhensif, le docteur Broome. Il avait une grande expérience de cas similaires et, lorsque nous sommes partis, il m'a donné une petite réserve de sédatifs à conserver en cas d'extrême urgence. Une goutte ou deux dans son thé, pas plus, permettent de restaurer la sécurité et la raison. Mais je le déplore, je vous assure.

— J'en doute pas, m'sieur. C'est si triste.

— Bien, je ferais mieux d'aller au bureau. Les investissements n'attendent pas ! »

Il tenta un sourire tremblant, mais la pièce jonchée de verre et son épouse dodelinante et inanimée n'avaient pas de quoi le réjouir.

« Je m'en occupe, m'sieur. Je vais tout déblayer, ça sera comme neuf avant que vous ayez eu le temps de dire ouf.

— Très bien, Daley. Et après… inutile de rester auprès d'elle – elle restera dans cet état pendant des heures. Allez vous promener si vous en avez envie. Ne vous rendez pas la tâche plus oppressante que nécessaire. »

Il avait raison, et Mabs désirait ardemment prendre l'air, en effet. Mais quelque chose dans la posture avachie de Mrs Finch la mettait mal à l'aise. *Je préfère presque la voir rageuse et fière que réduite à ça, même si elle est ignoble avec moi*, pensa-t-elle. C'est à ce moment-là qu'elle sut qu'elle ne la laisserait pas, pas dans cet état.

OLIVE

Enfin, Clover est vêtue comme une vraie petite Westallen, d'un manteau gris par-dessus une robe en tartan rose pâle, pêche et gris, tenue complétée par un canotier en paille bordé d'un ruban couleur pêche. Elle a l'air si adorable que je pourrais crier ! Après près d'un mois en notre compagnie, elle est tout à fait à l'aise avec maman, papa et les domestiques – je suis donc allée faire des emplettes ! À présent, ma fille ne manque ni de belles robes et beaux manteaux, ni d'adorables capotes, ni de bonnes bottines dont la petite pointure ferait fondre votre cœur. Aujourd'hui, désireuse de la montrer au monde entier, je l'ai emmenée en visite. Ce ne fut pas un succès.

Tout d'abord, nous sommes allées voir Mrs Zenobia Lake qui vit dans la plus majestueuse demeure de Belsize Park. Elle est arrivée de Cornouailles il y a une cinquantaine d'années et a épousé un banquier. Ils étaient immensément riches et, de l'avis général, formaient un sacré couple. Mais son mari est mort il y a quinze ans, et elle s'attarde résolument dans cette immense maison pendant que sa fortune se réduit comme peau de chagrin et son personnel aussi. Il ne reste aujourd'hui qu'une seule domestique. Si j'apprécie l'esprit et la splendeur fanée de Zenobia, il m'a paru évident que Lake Hall n'était pas un endroit sain pour Clover, avec ses pièces désertes et ses couloirs silencieux, sa propriétaire antédiluvienne décharnée et grise.

Ensuite, nous avons rendu visite à Julia Morrow, la divorcée qui vit seule dans un secteur au nom fantaisiste, Vale of Health, à l'orée de la lande. J'ai pour ma part toujours trouvé que le divorce était une idée des plus sensées ; à l'évidence, je suis l'exception qui confirme la règle. Le reste de Hampstead est scandalisé par Julia, qui vit donc retirée du monde. Elle a à peu près mon âge mais s'est montrée étonnamment maladroite avec Clover. Elle n'a pas d'enfants, et le scandale a bien sûr été très difficile pour elle.

Je suis consternée par le nombre de personnes qui, bien que résidant au sein de notre communauté débordante d'activité, sont néanmoins seules et observent de l'extérieur. Quoi qu'il en soit, je dois trouver à Clover des amis plus jeunes et plus vivants, sans quoi elle s'ennuiera à mourir. Les choses seront bien évidemment plus simples une fois qu'elle commencera l'école, mais j'ignore encore où et pour quand il faudra l'inscrire. Mon Dieu, il y a bien plus important que de lui trouver des vêtements !

Lorsque nous avons quitté Julia, j'ai demandé à Clover ce qu'elle aimerait faire. « On peut aller voir le grand oiseau gris ? » a-t-elle demandé. Nous sommes donc parties à travers la lande, à la recherche du héron.

La route est boueuse – cette partie sud de la lande l'est toujours. Peu importe ; nous portons toutes deux des bottes robustes. Je lui explique que ce sont les particules de l'argile londonienne qui retiennent l'eau, mais Clover s'intéresse davantage aux effets provoqués par ses pieds qui sautent dans les flaques. Gert ne se délecterait sans doute pas non plus d'une leçon de géologie !

C'est une journée magnifique. Les dernières feuilles sont tombées, réduisant les branches à la noirceur. Celles-ci paraissent nues et brillantes contre le ciel bleu satiné. C'est le genre de temps qui vous invite à étirer vos jambes et à emplir vos poumons. Ce que je fais, tandis que les jambes de Clover dansent vaillamment à mon côté jusqu'à ce qu'elle tire sur ma main.

« Maman ! s'écrie-t-elle. Ralentis ! »

Je m'excuse et adopte une allure plus tranquille. Tout cela est encore si nouveau pour moi. Nous atteignons les étangs, riant, les joues roses. Clover scrute le pourtour puis montre quelque chose du doigt. En effet, au loin, se dresse le héron, gris et austère au milieu des joncs. Les plumes ébouriffées sur sa tête me font penser au commis aux cheveux ternes de la banque de papa. Il – l'oiseau, pas le commis – est parfaitement immobile et presque invisible.

Clover lâche ma main.

« Attention, ma chérie, l'avertis-je. Ne tombe pas dans l'eau. »

Elle me lance un regard réprobateur.

Comme je vois qu'elle se montre raisonnable, je contemple les joyeuses perspectives qu'offre Hampstead Heath un samedi. Les nounous montrent aux enfants dont elles s'occupent les merveilles de la nature. Des couples se font la cour, s'attardant sous les arbres. Je vois des citadins pauvres, les traits pâles et pincés. La lande est une destination très courue les fins de semaine ; les badauds arrivent massivement par le train. Les gens aisés sont eux aussi de sortie, armés d'extravagantes ombrelles qui ne leur servent qu'à gesticuler et à montrer des choses, car le soleil ne tape pas fort.

Puis j'aperçois deux visages familiers, trop proches de moi pour que je feigne de ne les avoir pas remarqués. Je ne peux me détourner sans paraître affreusement grossière, bien que je n'aie aucune envie de parler à Rowena Blythe et Verity Crawford.

« Miss Westallen ! Olive Westallen ! Seigneur, cela faisait une éternité que je ne vous avais pas vue ! »

Ainsi s'exclame miss Blythe, fille unique de l'ancien meilleur ami de mon père, devenu son ennemi mortel. Si les choses s'étaient passées autrement, peut-être serions-nous amies aujourd'hui, mais cela m'étonnerait. L'inimitié de nos pères n'est pas la seule raison pour laquelle la vue de Rowena me fait grincer des dents. L'autre raison étant qu'elle est si belle que seule une femme plus sage que moi ne la jalouserait pas. Certes, il existe dans ce monde d'innombrables jolies filles qui ne me contrarient pas particulièrement, mais chez Rowena la beauté s'amoncelle en quantités – en pelletées – superflues. Je parviens à la saluer avec politesse, à défaut de gaieté.

« Miss Blythe. Rowena. Oui, cela fait longtemps, je crois. Comment allez-vous ? »

Cela fait exactement trois ans et demi. En mars 1892, Rowena Blythe a eu dix-huit ans. Un grand bal a été organisé, auquel je n'avais aucune envie de participer, mais, en raison de certains liens sociaux, je me suis retrouvée obligée d'y aller. Le souvenir de Rowena ce soir-là, plus charmante qu'une rose dans sa robe rose pâle, ne m'a jamais quittée.

La seule chose qui m'ait permis d'accepter ce bal était l'idée d'y voir Whitford Sedley, un gentleman qui m'avait rendu visite une ou deux fois. Un gentleman que j'avais brièvement imaginé pouvoir respecter, peut-être même aimer. Mais Whitford, comme tous les autres hommes à ce bal, n'avait d'yeux que pour Rowena. Il lui a même demandé sa main. Lorsque je l'ai salué, il a bredouillé ; il avait momentanément oublié mon nom.

Je ne tiens pas rigueur à Rowena de ce qui s'est passé avec Whitford Sedley. Elle ne peut s'empêcher d'être aussi captivante qu'une sirène. Et la seule chose dont Whitford soit coupable est d'avoir succombé à l'inévitable. Mais Rowena a été mon pendant dès l'instant où elle est née et, bien qu'elle soit plus jeune que moi, je n'ai pas réussi à rivaliser dans tous les critères selon lesquels on jauge conventionnellement les femmes. Je suppose que je suis plus douée sur le plan scolaire, non parce que je ne crois pas qu'une femme puisse être à la fois belle et intelligente, mais parce qu'il serait injuste qu'il n'existe aucun domaine dans lequel je pourrais la surpasser.

Quant aux demandes en mariage ! Eh bien, j'en ai eu une, et cela ne compte même pas. Rowena, paraît-il, en aurait reçu huit ! Jusqu'à présent, elle les a toutes refusées. Je pense qu'elle épousera un roi.

Et la voilà, devant moi, superbe en rayures tangerines et blanches.

« Je vais très bien, merci, miss Westallen. Vous souvenez-vous de mon amie, miss Crawford ? »

Miss Crawford et moi inclinons la tête avec quelque froideur.

« Je suis allée en Europe cet été, poursuit Rowena. Ciel, c'était splendide. Paris est un indescriptible délice. Êtes-vous jamais allée à Paris, miss Westallen ?

— Je n'ai pas eu ce plaisir.

— Alors vous devez y aller ! Vous ne manquerez pas d'adorer Paris. Votre été a-t-il été plaisant ?

— À dire vrai, j'ai eu un été plutôt intéressant. »

Ma petite Clover choisit cet instant précis pour revenir en courant et s'agripper à mes jupes.

« Maman ! » s'exclame-t-elle.

Les yeux de miss Blythe et de miss Crawford s'écarquillent.

« Il s'est envolé ! »

Elle désigne le héron, désormais perché sur une branche affaissée d'un arbre tout proche.

« Quel dommage, ma chérie. Clover, voici miss Blythe et miss Crawford. Elles habitent à quelques rues de chez nous. Mesdames, j'aimerais vous présenter ma fille, miss Clover Westallen. »

Elles sont incapables de bouger ou de dire un mot. Je sais qu'elles ont remarqué l'âge de Clover et le comparent au laps de temps qui s'est écoulé depuis la dernière fois qu'elles m'ont vue, et leurs anglaises et leurs rubans vrombissent.

« Mon Dieu, finit par lâcher Rowena. Vous ne vous êtes pas tourné les pouces, en effet.

— Maman ! s'écrie Clover avec un grand sourire, montrant Rowena du doigt. Belle ! »

Un sourire angélique éclôt sur le visage de Rowena.

« Oh, quel amour ! »

Elle s'accroupit de sorte que toutes ses jolies rayures touchent le sol.

« Quelle enfant vraiment adorable !

— Son père doit être très beau, remarque Verity.

— Mon Dieu, et moi qui continuais de vous appeler miss Westallen, s'excuse Rowena en se relevant. Je vous demande pardon, je ne savais pas que vous vous étiez mariée.

— Je ne le suis pas, dis-je d'un ton enjoué, savourant leur regard horrifié plus que je ne le devrais à mon âge. Et j'ignore qui est son père. »

Je crois que Verity est sur le point de s'étouffer.

« Oiseau ! » crie Clover obstinément, avant de s'esquiver pour poursuivre sa quête.

Je cède.

« Elle est adoptée. Je rends visite au foyer pour filles de Belsize Park depuis quelque temps déjà. Je possède une grande maison et une fortune à partager, et il y a tant d'enfants qui n'ont rien. J'ai ainsi le plaisir d'avoir une fille sans m'encombrer d'un mari.

— Eh bien, dit Verity. C'est fort peu conventionnel.

— Et… louable ! ajoute Rowena. Vraiment louable. Quelle petite fille charmante, adorable et jolie. Tout à fait le genre d'enfant que j'aurais choisie. »

Je me retiens de grincer des dents.

« Mais comment savez-vous d'où elle vient ? interroge Verity. Ne craignez-vous pas qu'elle montre un jour de l'animosité ? Et si jamais elle s'avère… dépravée ? »

J'éclate de rire à l'idée que ma fille puisse agir de manière dépravée.

« Miss Crawford, Clover est du naturel le plus doux que vous puissiez imaginer.

— À n'en pas douter, dit Rowena. Bien, Olive, je suis sûre que nous vous avons retenue assez longtemps. Il est toujours… si intéressant de vous voir.

— Un plaisir. Je vous souhaite à toutes deux une bonne journée. »

Nous nous saluons d'une petite révérence, puis elles partent en direction de Highgate. Tandis qu'elles s'éloignent, une brise légère se lève et me renvoie une bribe de leur conversation :

« Quelle femme étrange, entends-je remarquer miss Crawford. Et quelle fâcheuse mâchoire ! Pas étonnant qu'elle ne se soit jamais mariée. Il n'y a pas de place sur l'oreiller pour un homme à côté de ça !

— Taisez-vous, Verity, la réprimande Rowena. Elle n'est pas responsable de la taille de sa mâchoire, et c'est quelqu'un de véritablement très intéressant. »

Je reste là à les regarder partir. Je me demande avant combien de lunes je les croiserai de nouveau. Puis j'entends derrière moi un horrible craquement qui me retourne l'estomac, et un seul et unique cri perçant.

OTTY

Je ne peux pas m'empêcher de donner des coups de pied dans des cailloux. Je devrais me réjouir. Je suis sur la lande, le soleil brille… mais mes promenades solitaires ont perdu de leur charme. Je suis lasse de relever le menton et d'ignorer les regards curieux que j'attire. *Je sais*, ai-je envie de dire. *C'est étrange, n'est-ce pas ?*

Daley nous a rejoints il y a maintenant plus de trois semaines, et maman ne va pas mieux du tout. Mon frère et mes sœurs commencent à montrer de l'enthousiasme pour la vie à Hampstead, qu'ils préfèrent découvrir sans moi. Je suppose que, pour eux, je suis un bébé. Alors, s'ils ne veulent pas passer de temps avec moi, que ma mère reste indisposée et que mon père est au travail…, qu'adviendra-t-il de moi ?

Je commence l'école en janvier ; j'ai cependant peu d'espoir que cela améliore la situation. J'ai rencontré la directrice, qui m'a l'air fort sévère, et je suis certaine que les filles seront bégueules. Les seuls temps forts de ma semaine auront lieu les dimanches, lorsque je pourrai retrouver Jill, ma seule véritable amie

– mais cette relation doit rester secrète pour des raisons que je ne comprends pas.

J'ai traversé les Northern Heights, où le sol est sablonneux. J'imagine comment les ajoncs s'embraseront au printemps. Maintenant que j'ai fait le tour et atteint le pied des collines, je tombe sur un très bel étang peuplé d'oiseaux. Je flâne, envisageant de prendre un chocolat chaud à mon retour, et peut-être relirai-je *Les Quatre Filles du docteur March*. Comme j'envie aux filles March leurs jeux joyeux et leur camaraderie.

Soudain j'entends un craquement, puis un cri. Je me retourne prestement et aperçois une dame très élégamment vêtue qui se tient sous un arbre au bord de l'eau, les yeux levés vers les branches. Sa posture est rigide et sa main à plat sur son cœur comme pour le garder à l'intérieur de sa poitrine. Une très jolie petite enfant s'agrippe, tel un singe, à une branche cassée. Un héron s'envole à tire-d'aile.

Je trouve que la mère garde admirablement son calme.

« Ne t'inquiète pas, ma chérie, je ne te laisserai pas tomber », lance-t-elle, campée sous sa fille, les bras déployés, mais c'est un pari risqué, à mon avis.

J'accours et pose le pied sur le tronc de l'arbre. Je n'ai pas grandi dans le Nord verdoyant sans avoir appris à grimper aux arbres.

« Oh ! Attention, mon enfant ! » se récrie l'élégante dame lorsqu'elle comprend ce que je m'apprête à faire.

Je lui assure que la petite fille sera redescendue dans une minute. Une fois grimpée à mi-chemin, je vois clairement par où elle devra passer. Je grimpe un peu plus haut et lui explique quoi faire.

« Accroche-toi bien, tends ta jambe droite. Voilà. Maintenant, pose ton autre pied à côté. Tiens-toi à cette branche fourchue. Ne t'inquiète pas, je ne te laisserai pas tomber. »

Je grimpe encore un peu jusqu'à pouvoir la toucher, et elle se penche contre moi. Je sens, physiquement, sa confiance en moi. J'enroule fermement mon bras autour d'elle, elle enroule ses jambes autour de ma taille, et je redescends, d'une main.

« Et voilà ! m'exclamé-je en la déposant sur la terre ferme. Saine et sauve avec ta maman. »

La mère l'attrape et la couvre de baisers.

« Clover ! Oh, Clover ! » s'exclame-t-elle, mi-euphorique, mi-fâchée.

Je les contemple et souris. C'est à cela que devrait ressembler une famille. En promenade, à se retrouver dans le pétrin, à se sortir du pétrin – ensemble. Puis la dame me regarde.

« Mon enfant, comment pourrais-je jamais vous remercier ? »

Elle tient Clover d'une main et me tend l'autre. Je la lui serre et fais une petite révérence.

« Je vous en prie, madame.

— Elle voulait voir le héron, poursuit la dame. Ces oiseaux la fascinent. J'ai été distraite par des connaissances et j'ignorais qu'elle l'avait suivi dans l'arbre ! Seigneur, c'est épouvantable.

— Eh bien, c'était très courageux ! dis-je, me penchant pour être à la hauteur de Clover. Mais tu dois faire attention, avec les arbres : il est toujours plus facile de monter que de descendre, tu vois.

— Lorsque j'ai entendu la branche se casser... »

La dame frémit.

« J'ai cru que son cou ne tarderait pas à casser, lui aussi. Je ne sais vraiment pas comment vous remercier. Comment vous appelez-vous ? »

Je me redresse et lui décoche un grand sourire. Elle n'est pas belle. Je le remarque tout de suite, moi qui suis accoutumée à l'ineffable beauté de ma mère et de mes sœurs (le pauvre Charlie ne s'en est pas très bien tiré sur ce plan-là). Pourtant, j'aime son visage. Il me semble avenant et confiant, et elle est de toute évidence très intelligente. J'aime les gens intelligents.

« Je suis Ottilie Finch, mais vous pouvez m'appeler Otty. Tous mes amis le font. Même si je ne peux pas dire que j'en ai beaucoup ici… »

Je m'en veux de paraître si pitoyable.

« Vous n'êtes pas d'ici ?

— Non. Nous sommes arrivés il y a près de deux mois. J'adore Hampstead, mais j'aimerais que ma famille se balade avec moi.

— Ils sont sans doute occupés à s'installer ?

— Oui. Enfin, papa travaille toute la journée et maman est malade…

— Oh, je suis navrée. Je lui souhaite de se remettre très vite sur pied. Eh bien, Otty, vous vous êtes fait deux amies dévouées aujourd'hui, bien qu'une d'entre elles soit un peu trop vieille pour vous et l'autre un peu trop jeune. Je m'appelle Olive Westallen ; et voici ma fille, Clover. »

Westallen ! Ce nom, je le connais car mon père l'a mentionné à plusieurs reprises. Il rêverait d'être ami avec des gens si riches et influents, j'en suis sûre. J'ai moi aussi très envie d'être amie avec eux, mais pour d'autres raisons.

J'adresse une nouvelle révérence à Clover, qui sourit. Elle ne dit pas grand-chose mais l'aventure avec le héron m'en dit long à son sujet. J'aime les filles qui se débrouillent pour obtenir ce qu'elles veulent.

« J'ai été ravie de vous rencontrer. »

Je n'ai pas très envie de partir, mais je ne peux me permettre de les retenir.

« Au revoir, Mrs Westallen.

— Oh, c'est miss Westallen, répond Olive à ma grande confusion. Je ne suis pas mariée, voyez-vous. Clover est ma fille adoptive.

— Mais c'est merveilleux ! »

Merveilleux, en effet, de les voir si proches, si heureuses. Je n'avais encore jamais rencontré quelqu'un qui soit adopté. Je trouve qu'il s'agit là d'un très bon arrangement.

Elle sourit.

« Je suis d'accord avec vous. Appelez-moi Olive, je vous en prie. Westallen est si long à prononcer. Aimeriez-vous continuer à marcher avec nous ? Je vous aurais volontiers offert une glace, mais ce n'est plus la saison. »

Je m'illumine. De la compagnie ! Qui aime la glace !

« Personne ne s'inquiétera à votre sujet ? demande-t-elle tandis que nous nous mettons en route.

— Absolument personne », dis-je pour la rassurer, bien que ce ne soit pas une idée particulièrement rassurante.

À son haussement de sourcils, je constate qu'elle pense la même chose.

« J'aime explorer seule. Je peux aller où je veux et j'ai vu tant d'endroits intéressants. Mais il m'arrive parfois de m'ennuyer.

— Où habitez-vous, ma chère ? »

En entendant ma réponse, elle m'explique qu'elle connaît bien Hampstead, qu'elle y a vécu la plus grande partie de sa vie, que son père est un capitaine au long cours et un armateur très riche et respecté. Je l'ai déjà appris de papa, mais je n'en dis rien. Ce doit être affreux de savoir que les gens ne s'intéressent à vous que pour ce genre de raisons. C'est là le seul défaut de papa : son désir de se mêler aux personnes riches et talentueuses.

« Nous sommes voisines, ajouta-t-elle. Si vous le voulez, Otty, et que vos parents sont d'accord, vous êtes la bienvenue chez nous. N'est-ce pas, Clover ? »

Clover hoche la tête d'un air décidé.

« Je suis consciente que nous n'avons pas votre âge, mais, si vous vous sentez désœuvrée, des amies comme nous valent peut-être mieux que rien.

— Oh, j'en serais ravie ! »

Je m'exprime haut et fort afin qu'elle ne doute pas de mes sentiments.

« Avec grand plaisir. Merci, miss… Olive. »

MABS

Au bout d'un mois passé au numéro 6, Mabs commençait à croire que tout – besogner sur les quais, mourir de faim, l'hospice des pauvres – était préférable à cela. C'était purement et simplement une situation étrange. Averil rendait parfois visite à sa mère, avec laquelle elle paraissait bien s'entendre. Il en allait de même pour Otty. Elfrida et Charlie ne voyaient jamais leur mère, du moins pas à la connaissance de Mabs. Mrs Finch semblait mener une existence presque entièrement séparée du reste de la famille, ce qui était… enfin, c'était étrange, non ? Son hostilité envers Mabs continuait, toujours aussi intense. La veille seulement, lorsque Mr Finch était passé les voir vers la fin de la journée, sa femme avait qualifié Mabs – devant elle – de « fange de caniveau ». Il avait grimacé et lancé à Mabs un regard si désolé qu'elle avait ravalé sa riposte, se sentant virer au violet sous l'affront. Ah, si seulement sa famille n'avait pas si désespérément besoin de son salaire… Pourtant, combien de temps tiendrait-elle ainsi ?

Par un jeudi pluvieux en fin d'après-midi, alors que Mabs, s'apercevant que Mrs Finch n'avait – encore une fois – pas pipé mot de la journée, se demandait si elle ne devrait pas admettre sa défaite et donner sa démission, la porte s'ouvrit brusquement, et Otty Finch se précipita dans la pièce. Une Otty Finch tout ébouriffée, la capote déformée et qui pendait au bout de ses rubans. Sa robe était couverte de boue sur un côté.

« Maman, maman ! » cria-t-elle en se jetant dans les bras de sa mère.

Alarmée, Mabs leva les yeux du modèle de broderie sur lequel elle travaillait. Lydia l'avait commencé dans l'idée de l'offrir à sa mère pour son anniversaire, mais elle détestait broder et s'était tellement plainte que Mabs lui avait proposé de le terminer, ne serait-ce que pour occuper ses longues heures silencieuses.

D'après ce que Mabs savait sur Mrs Finch, plusieurs pensées traversèrent alors son esprit. Premièrement : la femme détestait qu'on la dérange. Deuxièmement : la robe pleine de boue d'Otty frottait contre la soie bleu pâle immaculée de sa mère. Et troisièmement : comment compter sur une femme aussi froide qu'un puits à glace pour un peu de réconfort ?

Mais, à la grande surprise de Mabs, Mrs Finch se métamorphosa sous ses yeux ; elle se fit alerte, capable, maternelle. Boue ou pas, ses bras serraient fermement sa fille.

« Allons, allons, ma chérie, murmura-t-elle en posant la joue sur la tête d'Otty, ne pleurez pas. Maman est là. Maman est là. Ça va aller.

— Mamaaaan… », pleurnicha Otty, qui paraissait soudain plus jeune que ses douze années.

Elle avait de toute évidence eu la peur de sa vie, songea Mabs, une boule dans la gorge. Au bout d'un long moment, Mrs Finch attrapa les bras de sa fille et les retira avec douceur de sa taille. Elle examina attentivement Otty, sa propre robe prodigieusement salie.

« Ma chérie, il est temps que vous vous asseyiez et que vous me racontiez tout. Daley, apportez un siège pour miss Ottilie, je vous prie. »

Mabs sursauta mais n'hésita pas. Elle posa un fauteuil confortable près de celui de Mrs Finch, les rapprochant l'un de l'autre afin de favoriser une discussion mère-fille.

« Merci, Daley. À présent, Otty, asseyez-vous. Bien. Daley, voulez-vous appeler une des domestiques, s'il vous plaît, et demander du chocolat chaud, la bouteille de brandy et la tasse préférée d'Otty – elles sauront de quoi je parle. À la réflexion, deux tasses. Non, trois. Maintenant, Otty, dites-moi ce qui s'est passé. »

Mabs sonna la cloche et se rassit, abasourdie. Trois tasses ?

« Oh, maman, gémit Otty, qui avait retrouvé un peu de son calme. Je suis sortie me promener et… j'ai été attaquée par des voleurs ! Il y en avait trois. Ils ont pris mon sac et mon médaillon… Ils m'ont arraché mon manteau et l'ont emporté. Puis ils m'ont poussée au sol et se sont enfuis ! Je suis désolée, maman, je sais que ces affaires coûtent cher. Je ne voulais pas les perdre. Je suis aussitôt venue vous retrouver, maman. Pardon, je sais que vous aimez rester seule, au calme.

— Comment ? Non ! Du moins, pas quand il est question de mes enfants, Otty ! Si vous avez besoin de moi, vous pouvez toujours venir me voir, toujours ! Ah, la porte. »

Mabs laissait déjà entrer Betsy pour lui donner la commande. Betsy disparut, dévorée par la curiosité. Comme Otty frissonnait, Mabs raviva le feu et proposa d'aller lui chercher un châle.

Mrs Finch hocha la tête.

« Le crème, avec les franges. C'est le plus chaud. »

Mabs le lui apporta, et Mrs Finch en enveloppa sa fille et prit ses petites mains dans les siennes.

« Cela s'est-il passé à Hampstead ? interrogea-t-elle. Étiez-vous encore sur la lande ?

— Non, pas à Hampstead », répondit Otty d'un ton prudent.

Mabs la dévisagea aussitôt. Ayant six jeunes frères et sœurs, elle comprit d'un seul coup d'œil qu'Otty s'était rendue là où elle n'aurait pas dû.

« Euh… »

En quête d'inspiration, Otty balaya la pièce du regard, croisant celui de Mabs avant de détourner les yeux.

« J'étais au canal, maman.

— Comment ! Pourquoi ? Pourquoi aller dans un endroit pareil, Ottilie Finch ?

— Je… voulais voir papa.

— Et l'avez-vous vu ?

— Non, cela s'est passé juste avant d'arriver à son bureau, après quoi je n'ai pensé qu'à rentrer à la maison.

— J'espère bien ! Que diable aviez-vous donc de si urgent à dire à votre père ?

— Rien, maman. Rien du tout. Je voulais simplement changer d'air. Je m'ennuyais. Charlie et les filles ne veulent pas m'accompagner.

— Mais Averil m'a dit qu'ils commençaient à s'habituer à vivre ici, qu'ils sortaient et rencontraient du monde.

— Eux, oui, mais pas moi ! Ils ne font que prendre le thé avec des gens de leur âge. Ils disent que, si je veux rester avec eux, je dois les y accompagner. Or c'est si ennuyeux, maman. Je veux vivre des aventures. Mais pas ce genre d'aventure.

— Je comprends. »

Mabs voyait bien que le récit d'Otty péchait. Assurément, si Otty avait été dévalisée alors qu'elle était près du bureau de son père, elle s'y serait rendue au lieu de rentrer seule et effrayée à Hampstead. Mr Finch aurait tout laissé tomber pour l'escorter jusqu'à la maison, ou l'aurait du moins mise dans une calèche. Mabs doutait qu'Otty soit allée voir son père.

Betsy apporta le chocolat chaud, et Mrs Finch en servit trois tasses. Elle ajouta un peu de brandy dans celle d'Otty.

« Pour vous réchauffer et vous remettre du choc, ma chérie. »

Mabs n'avait encore jamais bu de chocolat. Elle contempla, ébahie, la chocolatière argentée avec son bec verseur incurvé et l'arabesque de sa poignée. Le parfum qui se dégageait de sa tasse était incroyable. Elle n'avait qu'une envie : tenir cette boisson si précieuse entre ses deux mains et en savourer l'avant-goût.

« Buvez, Daley, avant qu'il ne refroidisse ! » ordonna Mrs Finch.

Boire ce délicieux breuvage chaud et riche et voir que sa maîtresse avait, après tout, un cœur valait bien chaque affront, chaque insulte et chaque difficulté, songea Mabs en sirotant son chocolat.

Une fois la dégustation terminée, Mrs Finch emmena Otty à sa chambre pour l'aider à se changer.

« Une fois que vous serez à votre aise, je crois que je ferais mieux de me changer moi aussi ! Daley, pourriez-vous me chercher une robe propre ? La vieux rose, par exemple.

— Oui, m'dame. Et prenez soin de vous, miss. Je suis contente que tout soit rentré dans l'ordre. »

Otty courut vers Mabs et lui serra les mains.

« Merci, Daley. J'espère vous revoir bientôt. »

Lorsque la mère et la fille furent parties, elles manquèrent étrangement à Mabs. Celle-ci trouva la robe rose, qu'elle posa sur le lit. Après quoi elle ramena le plateau à la cuisine, et, à son retour, Mrs Finch avait revêtu la tenue propre et avait retrouvé son poste près de la fenêtre. Mabs reprit l'ouvrage de Lydia, complétant le *e* de « Mère » avant d'entamer le *b* de « bien-aimée ».

Vingt minutes s'écoulèrent ; les ombres s'allongeaient, le tic-tac de l'horloge résonnait doucement. Puis Mrs Finch se tourna vers elle.

« Daley, j'ai bien réfléchi, déclara-t-elle.

— Oui, m'dame ? »

Les surprises n'en finissaient pas. Mabs posa son aiguille pour éviter de se la planter dans la peau.

« Quel âge avez-vous ?

— Dix-huit ans, m'dame.

— Et vous avez de jeunes frères et sœurs, n'est-ce pas ?

— Oui, m'dame. J'en ai six. »

Mabs pensait que Mrs Finch n'écoutait jamais un traître mot de ce qu'elle lui racontait.

« C'est cela. Otty, vous l'avez compris, a l'âme vagabonde. Elle ne commencera l'école qu'en janvier, et ses explorations lui apportent beaucoup de joie. Je ne souhaite pas les lui interdire. Mais, de toute évidence, elle ne sait pas toujours jauger son environnement. Nous avons fait preuve d'une grande négligence envers elle. Je veux que vous accompagniez ma fille pendant deux ou trois heures tous les après-midi. »

La broderie de Lydia glissa au sol.

« Je… Ce serait avec plaisir, m'dame ! »

C'était la vérité vraie !

« Mais… mais je suis censée veiller sur vous, m'dame. Je sais pas si Mr Finch…

— J'en discuterai avec mon mari. Il ne voudrait pas qu'Otty s'expose au danger. Vous passerez le reste de la journée avec moi afin de parer à mes besoins. Vous devez accompagner Otty, Daley. Commencez dès demain, je vous en prie. »

Mabs tendit la main pour récupérer son ouvrage.

« Très bien, m'dame. J'en serais ravie…

— Mais ? »

Il y avait une lueur rusée dans les yeux sombres d'Abigail Finch.

« Mais vous ne préféreriez pas l'accompagner vous-même, m'dame ? Je serais heureuse de le faire – j'aime beaucoup miss Otty et je meurs d'envie de mieux connaître le coin –, seulement, ça serait pas amusant pour vous, d'aller explorer avec votre fille ? »

Ses paroles semblèrent secouer un peu sa maîtresse.

« Ah, mais Daley, vous avez entendu mon mari : je suis très malade !

— Vous croyez vraiment, Mrs Finch ? Je comprends que vous ayez des… – elle ne pouvait vraiment pas se résoudre à dire "humeurs" ! – accès de mélancolie, m'dame, il me semble que c'est comme ça qu'on dit. À mon avis, profiter de l'air frais, vous intéresser à votre environnement, passer du temps avec vos enfants…, ça devrait vous aider, non ? Je m'excuse si c'est déplacé, mais j'ai pas l'impression de vous être très utile, alors autant vous donner mon avis… »

Mabs espérait qu'elle n'avait pas dépassé les bornes alors que les choses prenaient enfin une tournure positive.

« Dans quelque temps, peut-être, répondit enfin Mrs Finch. Pour l'instant, vous me rendrez grand service – un service inestimable – en accompagnant ma fille. Vous êtes londonienne. Vous êtes… pardonnez-moi… Vous connaissez les rues. Il n'y a pas mieux placé que vous pour s'assurer qu'elle ne s'aventure pas là où elle ne devrait pas aller. »

Fange de caniveau, songea Mabs, encore vexée.

« Eh bien, c'est vrai, m'dame. Je sais exactement où elle doit pas aller.

— Précisément. Et à votre retour, si vous le souhaitez, vous pourrez me parler de vos errances, et nous aurons donc, en fin de compte, notre petite conversation. »

OTTY

Je suis folle de joie que Mabs se promène avec moi. Je devrais l'appeler Daley, bien sûr, et nous avons bien essayé d'être miss Ottilie et Daley, mais il nous a semblé dès le départ que nous étions amies, et ce n'est pas ainsi que l'on s'adresse à ses amis.

Papa était fâché d'apprendre que je m'étais rendue dans un endroit dangereux. Il est si gentil qu'il ne l'est pas resté longtemps. À partir du moment où il a accepté que maman se passe un peu de Mabs chaque jour afin d'explorer avec moi, je n'ai eu qu'une seule idée en tête : Jill ! Ce sera plus simple de voir Jill si Mabs m'accompagne. Je comprends à présent qu'il y a des quartiers sûrs et d'autres qui le sont moins.

Mais il est trop tôt pour parler de Jill à Mabs. Il me faut mieux la connaître, pour deviner ce qu'elle pourrait penser de mon amie secrète. Après ce qui est arrivé hier, je saisis mieux que jamais que certaines personnes ne la tolèrent pas. Alors qu'ils ne la connaissent même pas !

Je crois que Mabs sait que j'ai menti à maman hier. Je l'ai vu à sa façon de me regarder. Bien sûr, j'étais avec Jill. Nous avions pris le thé dans sa chambre pour la deuxième fois, et j'avais apporté des fleurs – des acacias, des œillets et du jasmin d'hiver – afin d'égayer la table, ainsi qu'une énorme boîte de chocolats devant laquelle les yeux de Jill se sont élargis comme des soucoupes. Je regrettais seulement de n'avoir pas pu lui apporter du thé – du thé chaud. Il est vraiment injuste qu'une personne aussi charmante que Jill n'ait pas droit à un plaisir si simple.

Jill devait travailler le dimanche suivant, mais elle était libre mardi après-midi. Nous n'avions même pas atteint sa chambre qu'une bande de voyous nous encerclaient, nous narguant et me défiant. Pourquoi ne retournait-elle pas de là d'où elle venait ? Pourquoi ne restait-elle pas avec ceux de son espèce ? Et moi avec ceux de la mienne ? Qu'est-ce qui clochait, chez moi ? Pourquoi ne me donneraient-ils pas une petite leçon ? S'ils cherchaient à me convaincre que je serais mieux avec les gens de la même couleur que moi, ils s'y prenaient d'une drôle de manière !

Tout va bien, car je m'en suis sortie sans dommage et que je n'y retournerai jamais seule. Mais j'étais terrifiée. Au début, j'ai suivi l'exemple de Jill ; elle a gardé le silence et a poursuivi son chemin. Les moqueries ont continué, puis ils nous ont bloqué la route. Ma colère montait. Leurs paroles n'avaient aucun sens ! Nous ne les interrompions pas, eux, pour leur dire à quoi passer leur temps ! Et ils disaient des choses horribles – vraiment horribles – à Jill. Alors je leur ai crié de s'occuper de leurs affaires, et c'est là qu'ils m'ont attaquée.

Jill a tenté de les en empêcher sauf que, contrairement à ce que j'ai dit à maman, ils n'étaient pas trois mais cinq. Elle ne pouvait donc rien faire. Elle est partie en courant, et ils l'ont huée, ils l'ont traitée de lâche puis m'ont clouée au sol et m'ont pris mon manteau et le reste.

« Si t'étais plus vieille, ont-ils déclaré, on te filerait une bonne rouste. Mais vu qu't'es rien qu'une gamine, on va y aller doucement. »

Quelle magnanimité. De vrais piliers de la société !

Jill est revenue, bien sûr, avec un policier. Il a donné beaucoup de coups de sifflet, et nos attaquants se sont enfuis. Il m'a aidée à me relever ; je tremblais. Son visage s'est plissé d'incompréhension.

« C'te négresse m'a appelé, a-t-il lancé. Elle a dit que son amie était en danger. Mais… z'êtes une gentille petite Blanche !

— C'est mon amie, me suis-je écriée, apeurée et désemparée.

— Vraiment ? a-t-il demandé, incrédule. Ben alors vous l'avez bien cherché. Rentrez chez vous et vous approchez pas des nègres. C'est rien que des problèmes. »

J'étais si furieuse que j'avais envie de pleurer. Jill, un problème ? Ce n'était pas Jill qui m'avait bousculée et volée, si ? Mais je me suis tue. Je suppose que j'étais sous le choc, ou alors je ne suis pas aussi courageuse que je l'ai toujours cru.

Le policier m'a escortée jusqu'à la lisière de Regent's Park. Il voulait me ramener chez moi et parler à mes parents ; cependant, lorsque je lui ai expliqué que je vivais à Hampstead, il a perdu de son enthousiasme. Comme il était très gros, la marche ne lui disait sans doute trop rien. En revanche, il m'a fait promettre de ne plus revoir Jill. Ça ne le regardait pas, et, d'abord, qu'allait-il faire si je n'obéissais pas ? M'arrêter ? Mais il me tenait par le bras et ne voulait pas me lâcher tant que je ne promettais pas. Je me sentais si malheureuse et perdue, et je voulais ma maman. Alors j'ai promis, même si je ne le pensais pas ; il était si stupide que cela a semblé le satisfaire. Moi, j'avais la boule au ventre.

Cette histoire avec le policier m'a autant bouleversée que celle avec les voyous. Les méchants comme ceux qui maintiennent l'ordre ont l'air de savoir pour quelle raison évidente les Noirs et les Blancs ne peuvent pas être amis. Quelle est cette raison ? Si elle existe, pourquoi ne la vois-je pas ? Et si elle n'existe pas… qu'est-ce qui ne va pas chez eux ? C'est pour cela que j'ai peur d'en parler à maman ou à Mabs. Et si elles aussi la voient ?

Quand le policier a disparu, j'ai aperçu Jill. Elle nous avait suivis de loin ; j'étais si contente. Mais elle était venue me dire au revoir.

« Otty, je suis désolée. Rien de tout ça serait arrivé sans moi. Vous devez pas venir chez moi. Il faut pas qu'on soit amies. »

Ses yeux se sont emplis de larmes, et elle ne parvenait pas à me regarder.

« Jill, ne dites pas une chose pareille ! » me suis-je écriée.

Elle m'a demandé de me taire, jetant des regards à la dérobée. En effet, les gens s'arrêtaient pour nous dévisager. Il n'y avait autour de nous aucun autre duo d'amis dont l'un était blanc et l'autre noir. Je l'ai attirée derrière un châtaignier.

« Nous ne pouvons pas cesser d'être amies ! ai-je geint. Ça ne me plaît pas du tout, Jill. Pourquoi les choses sont-elles ainsi ?

— C'est pas le moment pour une leçon d'histoire, a-t-elle répliqué d'un air triste. Vous avez eu un sacré choc. Il faut rentrer. Je veux pas dire qu'on arrête d'être amies. On peut plus se voir, voilà tout.

— C'est la même chose ! ai-je gémi.

— Non. Être amies, ça veut dire qu'on tient l'une à l'autre, qu'on pense l'une à l'autre et qu'on s'aime au fond de son cœur. On peut toujours faire ça. C'est parce que je suis votre amie que je dois le dire. Traîner avec moi vous met en danger, Otty. J'aimerais affirmer que ce qui s'est passé aujourd'hui se reproduira pas, mais ça arrivera encore et encore. J'avais pas l'intention d'être aussi irréfléchie, j'étais tellement contente d'avoir une amie. Je me sens parfois si seule, ici.

— Moi aussi.

— Je sais. Mais les choses vont changer. Vous aurez l'embarras du choix parmi les filles blanches de Londres. Vous pourrez aller avec elles dans les salons de thé, faire tout ce que vous méritez de faire, et personne ira vous "donner une petite leçon" pour autant.

— Il ne devrait pas en être ainsi, ai-je rétorqué d'un air renfrogné.

— C'est vrai. Maintenant, rentrez chez vous, pensez à moi avec tendresse et profitez de votre vie. Il y a tant de choses qui vous attendent.

— Mais vous, non ! »

J'explosai. Perdre mon amie me blessait certes profondément, mais j'avais encore une maison confortable, des livres et des friandises… Alors que Jill allait retrouver cette affreuse chambre en haut de cette affreuse maison et son affreux travail… et elle ne pouvait même pas se préparer un thé chaud ! Je me suis mise à pleurer. Je commençais à comprendre la colère de Maggie.

Elle me serra brièvement dans ses bras.

« Otty Finch, reprenez-vous. J'ai besoin de savoir que vous rentrerez sans encombre. Je peux pas vous accompagner, j'ai pas le droit d'aller de ce côté-là de Londres. Mais je peux pas non plus vous laisser partir dans cet état. »

J'ai essuyé énergiquement mes yeux pleins de larmes et pris une profonde inspiration. Ce que Jill me disait ne me plaisait pas, mais elle le faisait pour moi, je le voyais bien. Elle devait retrouver les rues oubliées où elle pourrait vaquer à ses occupations sans attirer l'attention, sans que j'attire l'attention sur elle. Je voulais moi aussi me montrer altruiste.

« Je vais bien, ai-je assuré en essuyant du dos de la main mon nez qui coulait. Allez-y Jill. Tout ira bien pour moi, je vous le promets. »

Elle a hoché la tête.

« S'il vous arrive pire encore, je me le pardonnerai pas. On est jeunes, et on est des filles. On arrivera jamais à changer quoi que ce soit. »

Cela ne m'a pas plu non plus. J'ai ravalé les larmes qui montaient de nouveau.

« Je comprends, Jill. Merci. Au revoir.

— Au revoir, Otty Finch. »

MABS

À partir du moment où Otty Finch avait fait irruption dans la chambre de sa mère, éperdue, ébouriffée et mentant comme une arracheuse de dents, la vie de Mabs commença enfin à s'améliorer. Elle ne pensait pas que sa nouvelle tâche transformerait du jour au lendemain sa relation avec Mrs Finch, et elle avait raison. Mais il y avait du mieux, indubitablement.

Mabs avait vu de ses propres yeux combien Mrs Finch chérissait sa fille. Elle n'aurait jamais confié Otty à Mabs si elle n'avait pas, tout au fond d'elle, un peu d'estime pour elle. Elle aurait pu choisir une des domestiques, ou insister pour que ses autres enfants passent du temps avec leur petite sœur. Mais c'était à Mabs qu'elle avait demandé.

Savoir que Mrs Finch ne la haïssait pas tout à fait avait changé la donne. Cela lui remonta le moral, et la vie à Hampstead se mit à ressembler davantage à ce qu'elle en avait espéré. Ses journées de travail étaient au pire supportables, au mieux agréables. Quelle joie d'accompagner Otty lors de ses excursions quotidiennes ! Otty était une compagne pleine d'entrain et lui rappelait un peu sa sœur Peg : toutes deux avaient les cheveux bruns et une grande intelligence. Mabs se demandait ce qu'Otty faisait réellement le jour où on l'avait attaquée, mais il était trop tôt pour lui poser la question. En attendant, Mabs prenait plaisir à découvrir Otty et à explorer convenablement Hampstead. Otty dirigeait leurs sorties comme un guide touristique ; il n'y avait semblait-il pas un recoin de leur quartier qui lui était inconnu ni qui ne l'enchantait.

Otty montra à Mabs la tombe de l'artiste John Constable dans le cimetière bordé d'ifs de St John-at-Hampstead et la maison où le poète John Keats avait autrefois vécu, près de l'extrémité sud de la lande. Cet endroit regorgeait d'un bout à l'autre de personnes, mortes ou non, dignes d'intérêt. Mabs de Mushroom Court pourrait-elle jamais trouver sa place dans ce lieu peuplé de poètes et de peintres ? Parfois, pourtant, il y avait une fissure, un éclat de lumière entre les mondes, et elle était passée au travers. À présent, la seule chose qu'elle désirait était d'y entraîner aussi ses frères et sœurs.

Certains soirs, Mabs prenait un verre au Flask avec Lydia et Betsy. Et parfois, le mercredi, elle rendait visite à sa famille afin de libérer ses dimanches pour voir Lou. Lou traversait la lande et la rejoignait au Hampstead Tea Rooms, où elles déjeunaient, se partageant un sandwich et un peu de café. Un luxe indicible pour Mabs. Elle était euphorique la première fois qu'elles se retrouvèrent ainsi toutes les deux.

« Oh, Lou ! Je suis amoureuse ! »

Les yeux de Lou s'écarquillèrent et sa bouche s'arrondit comme une cerise.

« De Mr Finch ? » chuchota-t-elle.

Mabs éclata de rire.

« Oui ! déclara-t-elle, bien que ce n'était pas ce que Lou croyait. De Mr Finch, de Mrs Finch, de miss Ottilie, et de tous les autres. De Hampstead. De ma vie ! »

Lou leva les yeux au plafond.

« Le bonheur t'a fait perdre la tête, Mabs, voilà tout. Je suis quand même contente que ça se passe bien pour toi. »

Après le déjeuner, si le temps le permettait, elles se promenaient sur la lande, puis Lou retournait à Highgate. Un valet de pied des Blythe avait une sœur à Hampstead, et, lorsqu'il rendait visite à celle-ci, il raccompagnait Lou, de sorte qu'elle pouvait rester plus longtemps. Quand la nuit tombait et qu'il était l'heure de se mettre au chaud, Mabs et Lou se rendaient au Holly Bush, un pub bondé et confortable dans lequel elles prolongeaient leur tête-à-tête.

John Hobbs était un jeune homme charmant et beau, selon Mabs. Elle espérait au départ que Lou et lui… Pourtant, Lou lui avait assuré qu'il ne se passerait jamais rien entre eux.

« Il est gentil, c'est vrai, reconnut-elle. Je vois bien que c'est un bon parti… mais il se passera jamais, jamais rien, poursuivit-elle en haussant les épaules.

— Il n'est pas… de l'autre bord, si ? » demanda Mabs.

Depuis que le dramaturge Oscar Wilde avait été jugé et emprisonné pour outrage à la pudeur plus tôt cette année-là, son goût pour le même sexe avait délié toutes les langues.

« Au contraire. Il est amoureux, Mabs. Mais il se passera rien de ce côté-là non plus. Il est fou de miss Rowena Blythe, rien que ça.

— Non ! »

Mabs adorait écouter Lou parler des fastueux Blythe. Ils étaient riches, vraiment riches, ce qui les rendait donc fort fascinants.

« Et elle a refusé huit demandes en mariage. Tu te rends compte, Mabs, huit ! On aura déjà de la chance d'en avoir une ! Elle vise haut, celle-là, et je crois pas qu'un pauvre valet de pied comme John lui tapera dans l'œil. En plus, son père les tuerait tous les deux. »

Avec des conversations et des sorties si agréables, le temps fila à toute allure, et les fêtes approchaient enfin. Mabs allait avoir deux jours de congé pleins ! La semaine qui précédait Noël, lorsqu'elle reçut sa paye bimensuelle, Mr Finch lui donna en sus une prime de Noël : trois shillings auxquels elle ne s'attendait pas le moins du monde. Mabs faillit pleurer. Elle avait des projets. De temps à autre, elle se faisait plaisir avec Lou et, chaque fois qu'elle rentrait chez elle, elle apportait quelques sous pour aider les autres ou pour quelque friandise. Mais elle n'en dépensait pas davantage. Elle conservait le reste dans une petite boîte sous son lit, bien décidée à aider un jour sa famille de façon plus conséquente.

L'avant-veille de Noël, à son grand étonnement, Mabs reçut des cadeaux. Otty lui offrit un petit sac bleu orné de perles. Mabs, qui savait qu'elle n'irait jamais dans un endroit où un tel accessoire lui serait nécessaire, l'accrocha néanmoins à un clou dans sa chambre, où il brillait et scintillait. Mr Finch lui offrit une boîte de chocolats parfumés aux saveurs improbables – citron vert, violette, géranium… – surmontés d'étincelants petits pétales cristallisés. Ils étaient si beaux qu'elle ne pouvait se résoudre à les manger –

jusqu'à ce qu'elle goûte le premier. Après quoi, la boîte entière disparut assez vite ! Mrs Webb lui offrit un châle lilas qu'elle avait elle-même tricoté.

« J'ai pensé qu'il irait très bien avec vos cheveux blonds et vos yeux noisette, expliqua Mrs Webb lorsque Mabs s'en enveloppa. Je dois dire que j'avais raison. Joyeux Noël, miss Daley. »

Mabs ne s'était jamais demandé si elle était belle. Son reflet lui montrait systématiquement une jeune fille mince, pâle, à l'apparence peu soignée. En réalité, elle avait d'autres chats à fouetter. Mais, maintenant que, depuis un mois, elle mangeait de vrais repas, se lavait régulièrement et portait un bel uniforme, elle osait jeter un peu plus souvent un coup d'œil dans le miroir.

Pour Mabs, le meilleur cadeau lui vint, comble de l'ironie, de Mrs Finch ! C'était son dernier jour de travail avant de rentrer chez elle pour deux nuits. Elle avait des sentiments mitigés à ce sujet. Ce serait formidable de s'éveiller auprès de ses frères et sœurs, de voir leur visage le matin de Noël et de regagner ses pénates. D'un autre côté, elle s'était habituée à son intimité, à son lit douillet, à la facilité avec laquelle elle pouvait se laver. Rentrer à la maison ferait ressurgir de bons et de mauvais souvenirs.

« Je ne vous ai pas acheté de cadeau de Noël, Daley, annonça Mrs Finch à la tombée du jour.

— C'est pas grave, m'dame. Je m'attendais pas à en recevoir un. »

Les lèvres de Mrs Finch tressautèrent.

« Je n'en doute pas. J'aimerais cependant vous offrir quelque chose, Daley, pour m'excuser de mon comportement envers vous et vous remercier de n'être… pas si mal que cela. »

Mabs rit. Leur relation était telle à présent qu'elle pouvait se le permettre.

« Pas si mal que ça ? Mince alors, quel grand compliment, m'dame. »

Mrs Finch lui décocha un sourire gracieux.

« Vous savez que l'idée d'avoir une dame de compagnie m'a toujours déplu. Je n'étais pas d'accord avec les raisons qu'avançait mon mari pour vous engager. Mais vous avez été… plus que patiente. Et j'apprécie l'intérêt que vous montrez pour Otty.

— Merci, m'dame. Enfin, quand même, c'est pas la peine de me donner quoi que ce soit.

— J'ai eu une idée, Daley. Cela fait quelque temps que j'y réfléchis, mais je ne souhaite pas vous mettre dans une situation délicate.

— Ah oui ? »

Mrs Finch poussa un soupir.

« Pourriez-vous me promettre de ne pas en parler à mon époux ? Je ne veux pas vous causer de l'embarras, cependant, si vous acceptez mon cadeau, je préfère qu'il n'en sache rien.

— Vous voulez bien me dire votre idée, m'dame ? demanda Mabs, intriguée. Comme ça, si j'ai pas trop envie de le cacher à Mr Finch, on en reste là.

— Très bien. Je me demandais si vous aimeriez apprendre à lire. Si c'est le cas, je serais heureuse de m'en charger. »

Mabs en resta bouche bée. Apprendre à lire ? Oh mais oui, elle adorerait apprendre à lire ! Dans l'intérêt de Mrs Finch, afin de lui être une meilleure dame de compagnie. Et dans le sien, pour avoir cette connaissance, ce pouvoir en ce monde…

« M'dame, souffla-t-elle enfin, je pourrais pas demander mieux. Je suis tellement reconnaissante. Mais sans vouloir être indiscrète… pourquoi le cacher à Mr Finch ? Vous croyez qu'il serait contre ?

— Oui.

— Pourquoi ça ? »

Mrs Finch se leva et s'approcha de la fenêtre. Elle contempla la roseraie encore plus inanimée que jamais, et Mabs craignit d'avoir gâché cet instant précieux. Mais Mrs Finch se tourna de nouveau vers elle.

« Pour être honnête, Daley, j'ignore pourquoi cela le dérangerait, pourtant, après toutes ces années passées auprès de lui, je sais d'instinct que ce serait le cas. Alors voilà. Je ne peux vous donner de raison valable pour garder le secret, et je sais qu'il vous traite très bien. C'est pour cela que j'ai hésité à vous poser la question. Apprendre à lire serait bon pour vous, Daley. Mais je vous laisse décider en votre âme et conscience. »

Mabs était sidérée. Elle réfléchit longuement. Elle ne voulait pas mentir à Mr Finch, cependant cela ne nuirait à personne et ferait de Mabs une meilleure dame de compagnie. Surtout, comme l'avait souligné Mrs Finch, ce serait très bien pour Mabs.

« Je vois pas où est le mal, m'dame, répondit Mabs avec lenteur. Je raconte pas tout ce qu'on fait à Mr Finch dans les moindres détails. »

Elle émit un petit rire.

« C'est pas si intéressant ! Je crois pas que ça me gênerait d'apprendre à lire et de pas en parler, m'dame. Ça regarderait que nous, pas vrai, et on ferait rien de mal. »

Jamais Mabs n'avait vu les yeux de Mrs Finch briller ainsi.

« Alors c'est oui ? »

Mabs lui fit un grand sourire.

« C'est oui, Mrs Finch. Et merci du fond du cœur. »

OLIVE

De toutes les époques de l'année, c'est Noël que je préfère ! Et maintenant que j'ai une enfant avec qui partager ces bons moments, quel plus grand bonheur pourrait-il y avoir ? Clover et moi avons passé le mois de décembre dans un tourbillon artistique. Nous avons découpé des flocons de neige en papier par milliers, je crois. Nous avons suspendu des décorations, préparé des chocolats à la menthe et couvert des couronnes de houx et de branchettes de sapin, de baies et de rubans dorés.

Je lui ai raconté l'histoire de la naissance de l'Enfant Jésus, qu'elle a écoutée avec le plus grand sérieux. Je l'ai emmenée à l'église, où je lui ai montré la crèche et l'étoile. Nous allumons notre bougie de l'avent chaque soir, très cérémonieusement ; Clover la regarde, les yeux plissés, et la souffle dès l'instant où la graduation de la journée est atteinte.

Nous remplissons des paniers pour notre propre église, que Mr Miles apportera aux quartiers dans le besoin. J'ai expliqué à Clover l'importance d'aider ceux qui sont moins chanceux que nous et je me demande si elle se souvient qu'il y a quelques semaines seulement elle en faisait partie. Elle ne m'a jamais parlé de quoi que ce soit datant d'avant Polaris House.

Sans oublier, bien sûr, les courses de Noël ! Je les ai faites avec Clover, pour d'autres personnes, et pour elle. J'ignore ce que j'ai apprécié le plus. Faire les courses avec elle m'a apporté la joie de la voir admirer, les yeux écarquillés, les vitrines luxueuses, devenant plus sérieuse lorsqu'il fallait arrêter notre choix. Les faire pour elle m'a apporté l'excitation de choisir des choses qu'elle aimera certainement, de commander de somptueux emballages cadeaux et d'extravagants rubans, d'imaginer son visage le matin de Noël.

Je la réveillerai avec un baiser et une grande boîte blanche fermée d'un large ruban bleu. À l'intérieur se trouvera la robe qu'elle portera le jour de Noël ; une robe en velours bleu vif, au dos agrémenté d'un énorme nœud en organza. Puis nous descendrons, et elle trouvera une chaussette bien remplie accrochée à la cheminée de la salle à manger. Nous l'ouvrirons avant le petit déjeuner, bien sûr. Elle sera pleine de petites babioles – un médaillon assorti au mien, des fruits et des bonbons, des rubans et de petits jouets. Après le petit déjeuner, sous le grand sapin scintillant du salon, nous déballerons des douzaines de cadeaux. Mon cœur déborde depuis un mois. Chaque instant est doré. La maternité est un rêve.

Seules deux inquiétudes ternissent ma joie. Au cours du mois de décembre, Otty Finch nous a rendu visite à plusieurs reprises. Enfin, ce n'est pas là ce qui m'inquiète – cette petite est charmante : précoce, intelligente et intéressante, ce qui ne l'empêche pas de jouer avec Clover avec l'enthousiasme et la liberté d'une plus jeune enfant. Ses visites nous font du bien à toutes les deux. Le problème est que je sais que je devrais passer voir ses parents, mais je n'en ai aucune envie. La mère, bien sûr, est souffrante – Otty ne peut me décrire avec précision la nature de sa mystérieuse maladie. Le père, d'après les renseignements que j'ai glanés discrètement, est terriblement ambitieux. J'ai appris qu'il vaut mieux éviter ce genre de personne. Je crains qu'une fois que je me serai présentée à Mr Finch il n'insiste pour rencontrer papa.

Peut-être suis-je mauvaise langue. Quoi qu'il en soit, je ne veux pas que la moindre discorde entache mon premier Noël en compagnie de Clover. Si les parents d'Otty m'envoient un message ou me rendent visite, je me montrerai courtoise, bien entendu. Mais, s'ils ne cherchent pas à savoir où leur fille passe son temps, je ne les devancerai pas. Et Otty les mentionne rarement. Elle parle en revanche d'une personne du nom de Mabs qui, si j'ai bien compris, est une domestique qui s'intéresse à la jeune Ottilie. Enfin, Dieu merci, elle a au moins quelqu'un.

Quant à la deuxième inquiétude…, eh bien, il s'agit de Gert, naturellement. À l'approche de Noël, apparition parfaite et étincelante, je ne peux m'empêcher de penser à ceux qui ne célébreront pas cette fête dans les mêmes conditions. J'ai bien failli retourner à l'orphelinat demander de nouveau à Gert de venir avec moi. Mais je ne saurais imposer à mes pauvres parents une seconde petite-fille, en l'occurrence un concentré de méchanceté récalcitrante, et je me dois de faire passer le bien-être de Clover avant le mien. Néanmoins, Gert me hante.

Alors que la journée tire à sa fin, je me sens agitée et décide d'aller voir Mr Miles, notre ami quaker. Je laisse Clover avec Mrs Brody dans la cuisine, où elles confectionnent des petits pains à la canneberge. Je porte un panier pour Mr et Mrs Miles sur le bras, et la nuit tombe autour de moi tandis que je me hâte vers Gospel Oak. Le fait que son épouse s'appelle Faith et son quartier Gospel Oak m'a toujours paru amusant.

Je le trouve chez lui. Faith Miles m'accompagne jusqu'à son bureau puis se retire ; je suppose qu'elle a l'habitude de partager son époux avec la moitié des crises spirituelles du nord de Londres.

« Olive Westallen, ça alors ! » lance-t-il, jovial.

Je me rends compte que je ne l'ai pas vu depuis la veille de l'arrivée de Clover, lorsqu'il a fait son entrée si théâtrale et que je ne lui ai pas accordé toute mon attention. Nous nous serrons la main et servons du xérès.

« Vous êtes justement celle que je voulais voir. Je lève des fonds, Olive, pour un nouveau foyer de détenus qui ont purgé leur peine et ont du mal à retomber sur leurs pieds. Il me manque deux cents livres et j'espérais ouvrir en janvier. Est-ce que par hasard… ?

— Bien sûr, Mr Miles. Tout ce que vous voudrez. Mon Dieu, des détenus ! Comme vous êtes courageux ! »

C'est vrai. Chaque fois que j'ouvre le journal pour y découvrir quelque dramatique incident impliquant les pauvres gens de Londres, Mr Miles peut être aperçu à l'arrière-plan de la photographie. Il a, à un moment ou à un autre, défendu toutes les catégories sociales possibles et imaginables. Lui qui croit que nous sommes tous égaux aux yeux de Dieu ne craint aucun individu ni aucun type de personne. Sur le principe, je suis d'accord, bien entendu, ce qui ne m'empêche pas de prendre des précautions dans certaines situations. Pas Mr Miles. Il se promène au milieu des gens violents et désespérés, léonin par son apparence et son maintien, et ils se soumettent à lui. Je l'admire beaucoup.

« Merci, Olive. Au fait, comment allez-vous ? J'ai appris qu'il y avait une nouvelle venue à Polaris House depuis la dernière fois que je vous ai vue ! J'avais l'intention de venir chez vous faire sa connaissance, mais Dieu ne m'a pas encore accordé cette opportunité.

— Je vais bien, Mr Miles, et je suis heureuse. En effet, Clover vit avec nous à présent et c'est une bénédiction. Une véritable bénédiction. En réalité, je… je l'aime plus que je n'aurais cru possible d'aimer un enfant que je connais depuis moins de deux mois !

— Je devine un “mais” dans votre voix.

— Oui. Et c'est pour cela que je suis venue vous voir, bien sûr. Le “mais” n'a rien à voir avec Clover mais touche à une autre fille. »

Je lui explique rapidement les infortunés événements relatifs à Gert.

« Qu'en pensez-vous, Mr Miles ? Je ne pourrais rêver mieux que d'avoir Clover pour fille. Pourtant, je suis incapable d'oublier cette malheureuse ingrate et je me sens coupable de ne pas avoir été à la hauteur.

— Vous accordez plus de valeur à votre volonté qu'à celle du Seigneur, remarque Mr Miles.

— Non ! Ou… peut-être que si ?

— Naturellement. Comme nous tous. Vous êtes née avec le désir ardent d'aider les autres. Jusqu'ici, tout va bien. Mais, comme tous les êtres humains, vous souhaitez décider qui vous devez aider, quand et avec quel résultat. Or ce n'est pas à vous de déterminer ces paramètres, ma chère. C'est à Dieu. Si Gert était censée venir à vous, elle l'aurait fait.

— C'est ce que je me suis dit ! Il n'en reste pas moins que Clover et moi sommes immensément heureuses tandis que Gert dépérit encore au foyer. Aucune perspective ne s'offre à elle, et même Mrs Jacey brosse un tableau très sombre de son avenir.

— Malheureusement, Mrs Jacey a sans doute raison. Olive, il y a dans Londres, dans le monde entier même, des filles, des enfants, des gens qui souffrent, mal aimés, dont l'avenir est loin d'être rose. Les accueillerez-vous tous chez vos parents ? Impossible. Quelle est donc la différence entre Gert et ces personnes-là ? La différence, c'est que vous vous intéressez personnellement à elle. Que vous teniez à l'adopter. Il est temps de lâcher prise. Pensez à elle dans vos prières, mais pas dans vos projets. Et, la prochaine fois que vous sentirez le besoin de sauver Gert, allez plutôt aider trois autres personnes. N'importe qui. Chaque fois que vous penserez à Gert, rendez trois services à des gens plus disposés à les accepter. Gert n'y perdra pas et eux s'en trouveront mieux. »

Son avis m'est extrêmement utile : pratique, pieux et rédempteur à la fois.

« Vous êtes un homme sage, Mr Miles. Je suivrai vos conseils. Et en attendant… puis-je… profiter de la compagnie de Clover ? Pendant que Gert – et les autres… bien moins chanceux… Ai-je le droit d'être heureuse ?

— Ma chère, répond-il avec un sourire, c'est là votre devoir de chrétienne. »

MABS

Pour Mabs, Noël fut aigre-doux. C'était le premier depuis la mort de m'man, et chacun des membres de sa famille aurait tout donné pour la revoir. M'man avait succombé à une longue maladie débilitante la première semaine de janvier, ayant tenu jusque-là par pure détermination afin de célébrer un dernier Noël avec eux. Mabs avait commencé à besogner au début du mois de février, et la famille entière avait passé tout le printemps comme des somnambules. Au début de l'été, lorsqu'il était devenu évident que p'pa ne se ressaisirait pas de sitôt, Mabs s'était forcée à reprendre courage, dans l'intérêt des enfants ; elle ne voulait pas qu'ils grandissent avec l'idée que la vie était morne et effrayante, même si elle n'en pensait pas moins en son for intérieur.

Pourtant, malgré ce qu'ils avaient vécu, les Daley goûtèrent à la joie de Noël. Il y avait dans l'air une bouffée d'espoir qu'ils n'avaient pas ressentie de toute l'année. Bien qu'obsédée par l'idée d'épargner son argent, Mabs avait acheté un cadeau à chacun. Du tabac pour p'pa, un châle pour Jenny, des caramels pour Nicky, et ainsi de suite. Personne ne se souvenait d'un temps où l'on avait eu des cadeaux à ouvrir.

Surtout, p'pa n'avait pas à se préoccuper du dîner de Noël. Mrs Derring avait promis une dinde à Mabs – elle en achetait une pour chez elle, une pour la famille de sa fille, et une pour les Finch ; une dinde de plus ne changerait pas grand-chose. Elle la fit rôtir la veille, afin que Mabs puisse l'emporter à Saffron Hill le jour du réveillon, accompagnée d'un bocal de canneberges, d'un pudding et d'une bouteille de vin. Les bras de Mabs touchaient presque le sol lorsqu'elle atteignit enfin le pas de sa porte, mais ce fut le premier vrai dîner de Noël qu'ils aient jamais partagé.

Mabs retourna travailler le matin du 26. Sa deuxième leçon de lecture l'attendait, et elle était heureuse de constater à quelle vitesse les lettres qu'elle avait apprises à l'école lui revenaient. Elle ne pouvait pas encore les assembler pour former des mots, mais elle se souvenait des formes et des sons. Mrs Finch comblait ses lacunes et s'avéra une tutrice étonnamment patiente. Dans l'après-midi devait se tenir une fête pour la famille et les domestiques.

À 15 heures, miss Averil passa la tête par la porte.

« Bonjour, maman.

— Averil, ma chérie ! s'exclama Mrs Finch, ravie. Quelle joie de vous voir. Que me vaut ce plaisir ?

— Il est 15 heures. La fête va bientôt commencer. Avez-vous hâte ?

— Oh oui, ma chérie, absolument », répondit Mrs Finch avec un manque de conviction évident.

Averil sembla le remarquer.

« Tant mieux, dit-elle d'un ton hésitant. Bonjour, Daley. Vous ne vous changez pas ?

— Me changer, miss ? Non, j'ai rien d'autre à me mettre. Tant pis, je suis à l'aise dans mon uniforme !

— Ah ! fit Averil, fort surprise. Mais c'est une fête ! Enfin, faites comme il vous plaira, bien sûr, mais… Daley, cela vous offenserait-il si je vous proposais une de mes tenues ? Vous pourriez la garder, bien sûr. Une que je ne porte plus ? »

Mabs regarda Mrs Finch, se demandant quels étaient les usages en pareille situation. La seule chose qu'elle s'était promise en venant ici avait été de s'acheter du tissu pour se confectionner une jolie robe. Elle avait passé tellement de temps à économiser qu'elle n'en avait rien fait. Et les vieux vêtements de miss Averil seraient certainement plus élégants que tout ce qu'elle pourrait se coudre.

« C'est très gentil à vous, Averil, acquiesça Mrs Finch. Sans compter que votre chambre aurait bien besoin d'être un peu vidée.

— J'en serais très reconnaissante, s'empressa de dire Mabs. Enfin, si vous êtes sûre.

— Merci, Daley, je le suis. Allons, venez avec moi. Maman, souhaitez-vous que nous repassions vous chercher ?

— Non, je vous retrouverai en bas », soupira Mrs Finch, comme si elle s'apprêtait à monter à bord d'une galère.

Averil fronça les sourcils en s'éloignant d'un pas vif en compagnie de Mabs.

« Vous savez, nous sommes tous très heureux que vous soyez là pour maman, déclara Averil lorsqu'elles entrèrent dans une pièce au décor blanc et argent ornée d'un lustre de verre. Mes sœurs l'appellent le Royaume des Neiges, ajouta-t-elle. Elles disent que ma chambre manque de couleur, mais, moi, elle me plaît. Bref, nous aimons tellement notre pauvre maman et nous nous réjouissons de voir que quelqu'un s'occupe d'elle.

— Merci, miss. »

Mabs était mal à l'aise. Elle n'avait pas vraiment l'impression de beaucoup s'occuper de sa maîtresse. La plupart du temps, elle était présente, rien de plus. Elle trouvait étrange que tout le monde parle de Mrs Finch comme si elle était fiévreuse et fragile, alors qu'elle lui paraissait très forte – et même acariâtre !

« Elle me manque, vous savez, soupira Averil. Nous nous entendions formidablement. Mais papa dit qu'elle m'a donné la priorité pendant de nombreuses années et que, maintenant que je suis adulte, c'est à mon tour de lui rendre la pareille et de lui accorder la tranquillité nécessaire pour aller mieux. C'est donc ce que je fais, bien qu'il soit difficile de ne pas me précipiter à l'intérieur lui raconter tout dans les moindres détails, comme avant. Bref, les vêtements ! s'écria-t-elle, se secouant un peu. Je vais en chercher plusieurs qui ne me vont plus, ensuite vous pourrez choisir ceux que vous préférez. »

Elle ouvrit sa garde-robe et en parcourut le contenu.

« Celle-ci, murmura-t-elle. Celle-ci et celle-ci. Non, je ne peux pas encore m'en séparer… »

Elle largua enfin une pile de tissus colorés sur le lit.

« Crème, vert, cobalt, sorbet orange ou pivoine ? »

Mabs en resta bouche bée. Les tenues étaient magnifiques ! Bien trop somptueuses pour quelqu'un comme elle. La plupart semblaient composées de trois éléments : jupe, corsage et veste assortie. Mabs n'était même pas sûre de la façon dont il fallait les enfiler ;

elle avait l'habitude de passer une robe au-dessus de sa tête et voilà !

« Miss ! souffla-t-elle. Elles sont tout bonnement divines ! Vous avez pas quelque chose de plus ordinaire dont vous voulez vous débarrasser ? »

Averil fronça les sourcils.

« Ce ne sont que des tenues de jour, Daley, elles n'ont rien de particulier. »

Mabs continuait à les contempler. Chacune d'entre elles avait bel et bien quelque chose de particulier. Certains des mots employés par Averil lui étaient parfaitement inconnus. Cobalt, apparemment, signifiait bleu vif. Le sorbet orange était ce que Mabs aurait qualifié d'« orange clair » et le pivoine, « rose-violet ». Elle s'en approcha, un peu inquiète, comme s'il s'agissait de bêtes sauvages, tentant d'imaginer une réalité dans laquelle Mabs Daley pouvait les porter.

« La tenue crème, peut-être, puisque vous commencez par aller à une fête, proposa Averil avec enthousiasme. C'est la plus élégante, je crois, et regardez ! De minuscules cristaux ont été cousus sur le décolleté afin qu'elle brille sous la lumière. Elle vous ira très bien, avec vos cheveux blonds.

— Oh, pas celle-là, miss, soupira Mabs. C'est une vraie robe de princesse, y a pas à dire, mais il me faut quelque chose pour marcher avec, vous voyez, pour retrouver mon amie quand on va manger un sandwich. Des activités ordinaires. Il me faut quelque chose qui se salira pas en un clin d'œil.

— Que portez-vous habituellement pour aller manger un sandwich avec votre amie ? Pas votre uniforme, si ?

— Eh ben si, miss, et je suis très contente de le porter.

— Alors pour l'amour du ciel, prenez-en deux ! s'impatienta Averil. Prenez la crème pour les fêtes, ça me fera plaisir. Et la pivoine pour tous les jours – c'est sans le moindre doute la plus pratique. Dépêchez-vous, Daley, ils nous attendent. »

Elle lui fourra les robes dans les bras, coupant court à ses protestations, et la poussa hors de la chambre.

Mabs courut au grenier dans une sorte d'état second. Elle posa la tenue pivoine, avec toutes ses agrafes et ses couches de tissu – Seigneur, Lou n'en croirait pas ses yeux ! –, et enfila la robe crème. Elle se brossa les cheveux et les noua en un simple chignon, la coiffure la plus chic dont elle était capable. Pour faire plaisir à Otty, elle glissa à son poignet son sac à main orné de perles, bien qu'elle n'ait rien à mettre à l'intérieur. Puis, avant de perdre courage, elle courut vers le salon.

En apercevant son reflet dans le miroir du vestibule, elle tressaillit. Elle ressemblait à une enfant qui se déguisait. *T'as les chevilles qui enflent. Tu te crois sortie de la cuisse de Jupiter*, raillaient les voix de Saffron Hill dans sa tête. Averil apparut alors et l'entraîna dans la pièce.

« Regardez ! s'écria-t-elle. Daley n'a-t-elle pas l'air merveilleuse ? C'est ma vieille robe, vous en souvenez-vous, papa ? Vous me l'avez offerte pour mes seize ans mais elle ne me va plus trop.

— Pas étonnant, vu tous les bonbons que vous avalez, se permit d'observer Elfrida en vertu de sa position de sœur aînée.

— Chut, ma chérie. Averil a une très jolie silhouette. Elle grandit, voilà tout, intervint sa mère.

— En long et en large », maugréa Elfrida.

Mabs était gênée de se retrouver au centre de tant d'attentions ; elle n'avait pas envie que les autres domestiques s'imaginent qu'elle se donnait de grands airs. Mais Lydia et Betsy portaient toutes deux de très belles robes, et Mrs Derring et Mrs Webb scintillaient, l'une avec ses grandes broches et l'autre avec ses élégantes boucles d'oreilles. Une fête chez les Finch était de toute évidence une grande occasion.

Au début, les domestiques restèrent entre elles, s'émerveillant, les joues rosies par le vin, des beaux atours des femmes Finch. Puis les cadettes vinrent leur parler. Mr et Mrs Finch se tenaient près de la cheminée, où ils conversaient à voix basse. Après quelques verres de vin, Mr Charlie proposa de jouer à un jeu, et Lydia suggéra colin-maillard.

Les joues rosirent davantage ; les cheveux s'échappèrent de leurs liens, les boutons du haut furent desserrés, les sourires s'élargirent. Au milieu de ce tohubohu, Mabs se sentit l'obligation de garder un œil sur Mrs Finch. Nullement en train de bouder ou de jeter des choses, elle se montrait tout à fait civilisée, mais sa tristesse complexe ne la quittait pas.

Après colin-maillard, ils jouèrent aux charades, un jeu que Mabs ne connaissait pas du tout. Comme elle ne parvenait pas à comprendre la pantomime fort recherchée de Mr Charlie, elle se décala en périphérie du groupe, en quête de l'air frais qui filtrait par la porte ouverte. Elle se retrouva ainsi à côté d'Elfrida Finch.

« Miss Daley, dit Elfrida, semblant s'éveiller d'une profonde rêverie. Vous amusez-vous ?

— Beaucoup, miss. C'est une fête charmante, pas vrai ? »

Elfrida ébaucha un petit sourire triste très semblable à celui de sa mère.

« Splendide. »

Mabs remarqua qu'elle observait ses parents.

« Elle va s'en sortir, miss, vous inquiétez pas, déclara Mabs. Je suis sûre qu'avec le temps et de la compassion tout ira bien.

— Je vous demande pardon, Daley, rétorqua Elfrida d'une voix crispée. Je sais que cela partait d'un bon sentiment, mais ce qui ronge cette famille n'est pas une chose qui peut guérir si facilement.

— Oh, je suis désolée, miss. »

Mabs se sentit honteuse. Elle ne savait naturellement pas tout des Finch. C'était une domestique ; il ne lui incombait pas d'arranger les choses. Changer de sujet, voilà ce qu'il lui fallait faire.

« Ça me dépasse complètement, moi, ces charades, miss, déclara-t-elle d'un ton enjoué. C'est pas mon point fort ! »

Mais, lorsqu'elle regarda Elfrida, elle remarqua des larmes qui brillaient dans ses yeux noirs ; son visage virait au cramoisi tant la jeune fille s'efforçait de les retenir.

« Miss ! chuchota Mabs. Je peux vous aider ? »

Elfrida secoua la tête et se glissa hors de la pièce. Mabs hésita à peine avant de la suivre. Elle la trouva dans le vestibule, adossée au mur, secouée de sanglots.

« Miss Elfrida, dit Mabs avec fermeté. Restez pas là où n'importe qui peut vous voir. »

Elle savait d'instinct qu'Elfrida aurait cela en horreur ; c'était une jeune femme si digne. Mabs la mena jusqu'au petit salon puis tourna les talons.

« Ne partez pas, Daley, lança Elfrida d'une voix rauque, s'essuyant les yeux et le nez à l'aide d'un mouchoir. Je comprends pourquoi papa vous a embauchée. Il veut encore ce qu'il y a de mieux pour maman, voyez-vous. Inutile de vous demander de ne parler de ceci à personne, n'est-ce pas ?

— Absolument, miss. Vous inquiétez pas.

— Je me sens… un peu gênée d'avoir été surprise dans cet état. »

Elle se redressa, le souffle tremblant.

« Vous avez l'habitude de vous inquiéter en silence pour votre mère, devina Mabs.

— Ou plutôt l'habitude de garder son secret, cracha Elfrida, à la grande surprise de Mabs. De la protéger. J'en ai assez, Daley. Je déteste les secrets. J'aime la franchise, l'honneur et… la bonne conduite !

— Oui, miss. Vous avez raison, approuva Mabs, qui aurait aimé pouvoir partir.

— Papa a toujours adoré maman, vous savez. Il la révérait. Oh, c'était "l'exquise miss Farrah", et il ne pensait pas avoir la moindre chance. Il a toujours eu l'impression de ne pas être digne d'elle. »

Mabs se souvint de ce que Betsy lui avait dit un jour. *Mr Finch, y s'est marié au-dessus de son rang. Bien au-dessus.*

« Nous étions si heureux, Daley. À Durham, nous connaissions tout le monde. Il est vrai que certains pensaient que papa n'était… pas exactement à la hauteur, mais ils ont très vite conclu que, s'il était assez bien pour maman, il serait assez bien pour eux. Ah, comme Durham nous manque… Malheureusement, nous ne pourrons jamais y retourner. »

Elfrida poussa un soupir.

« Daley, promettez-moi de ne jamais raconter à qui que ce soit ce que je vais vous révéler. Je crois cependant que je vous dois une explication, après que vous m'avez vue ainsi. Et j'en ai assez de la protéger. Nous ne faisons que la protéger et elle ne le mérite pas. »

Par ailleurs, songea Mabs, quelle que soit la raison de sa rancœur, elle voulait contrarier sa mère en en parlant à quelqu'un.

« Vous sentez pas obligée de me dire quoi que ce soit, miss. Je devrais peut-être vous laisser…

— Les autres ne sont pas au courant, poursuivit Elfrida comme si Mabs ne venait pas de lui adresser la parole. Ils croient tous à l'histoire de ce poste qui aurait été créé à la compagnie du canal, le poste idéal pour papa, "une occasion si belle qu'il n'y avait pas de temps à perdre !" railla-t-elle. Ils ne se doutent pas que la raison pour laquelle nous avons quitté tout et tout le monde du jour au lendemain est qu'elle a eu une liaison, Daley. C'est pour cela que nous sommes partis si brusquement de Durham. »

Les oreilles de Mabs se mirent à bourdonner. Une liaison ?

« Papa nous a traînés ici afin de nous protéger du scandale. À Durham, nous ne pouvions plus être la respectable famille Finch. Les parents de Felicia – la promise de Charlie – ne voudraient plus qu'elle le fréquente. Nos chances, à Averil et à moi, de trouver un fiancé – envolées ! Elle n'a pas pensé à cela, n'est-ce pas ? Papa n'a pas souhaité détruire nos illusions au sujet de maman – voilà pourquoi il affirme qu'elle est fragile et qu'elle souffre d'humeurs et cætera –, mais j'ai tout de même découvert le pot aux roses. Elle n'est pas fragile pour un sou ! Elle est égoïste ! »

Mabs gardait le silence. Elle ne pouvait nier qu'elle s'était souvent fait la même réflexion. « Fragile » n'était pas le premier mot qui lui venait à l'esprit pour décrire Mrs Finch. Tant de pensées et de questions se bousculaient dans son esprit qu'elles se faisaient obstacle.

« Je suis vraiment désolée que votre famille ait des soucis, miss », finit-elle par répondre, impuissante.

Elfrida renifla de façon bruyante et inélégante.

« Merci. C'était sans doute injuste de vous en parler, mais vous m'avez vue pleurer… Oh mon Dieu ! Vous sera-t-il difficile de travailler avec maman à présent ?

— Non, miss. J'essayerai de plus y penser quand on aura quitté cette pièce. »

Mabs espérait de tout cœur que ce serait aussi facile.

« Dites, miss, vous en êtes sûre ? Votre maman… enfin, elle tient énormément à vous tous.

— C'est incontestable, Daley. J'ai entendu maman et papa se disputer à ce sujet. Elle n'a même pas nié. Voilà pourquoi je ne vais jamais la voir. Je l'ai toujours aimée si fort. Je suis son portrait craché. Nous faisions la paire ! Désormais, je ne veux surtout pas lui ressembler !

— Et vous en avez jamais discuté avec les autres ? Mr Charlie lui parle pas beaucoup non plus, si ?

— Non, mais c'est juste parce c'est un garçon et qu'il ne s'intéresse qu'à lui-même. Felicia lui manque tant qu'il ne pense à rien d'autre. Les autres étaient sortis au moment de la dispute et, non, je ne leur ai jamais raconté. Pourquoi les rendre aussi malheureux que moi ? »

OTTY

Hampstead, 1896

Il me reste encore une semaine de liberté avant de commencer ma carrière à l'Académie pour jeunes filles de Hampstead. J'aimais aller à l'école à Durham, mais j'ai depuis pris l'habitude de marcher des heures durant par tous types de temps, de faire comme je l'entends. Je suppose que j'ai une drôle de vie pour une enfant de douze ans ; au moins, j'en suis la maîtresse. L'école va me comprimer comme un corset à l'ancienne.

J'ai demandé à papa s'il n'y aurait pas une solution alternative à mon éducation. Une gouvernante par exemple, ou même maman ? Elle passe la journée à la maison et elle est très intelligente. Mais papa, malgré tout l'amour que je lui porte, reste un homme des plus conventionnels. Les choses peu conventionnelles ne sont pas dans sa nature. Ce sera l'école, insiste-t-il, pour quelques années seulement, jusqu'à ce que je me marie. Me marier ! Autant m'étrangler tout de suite.

Je ne peux donc que profiter du peu de jours qu'il me reste. Mabs et moi sommes allées au zoo de Londres (c'est tellement plus amusant d'y aller avec quelqu'un !), à Trafalgar Square (même s'il fait froid dehors !) et à la National Gallery (un vrai régal pour les yeux !). Ce que j'ai préféré, c'était observer Mabs, qui n'avait encore jamais visité de musée. Elle dit qu'elle s'y sentait plus à l'aise en ma compagnie.

Je ne lui ai toujours pas parlé de Jill. J'aimerais la supplier de m'emmener la voir, mais je ne suis pas sûre de moi. Je ne crois pas que Mabs se préoccupe de la couleur de peau des gens, mais si jamais elle se sent obligée d'en avertir papa ? Je suis certaine qu'il n'apprécierait pas. Il s'inquiéterait de ma réputation, de l'image que cela donnerait de lui, des conséquences sur ses chances de fréquenter les meilleures familles du coin…

À ce propos, je me sens coupable de ne pas lui avoir parlé d'Olive alors que je sais qu'il donnerait n'importe quoi pour rencontrer sa famille. Quand me suis-je mise à garder tant de secrets ? J'aime lui faire plaisir, pourtant Olive est mon amie et lui ne la verrait pas en tant qu'elle-même mais pour son nom et son père. Mon Dieu, quelle tristesse de penser une chose pareille de son papa ! À tous autres égards, il est vraiment adorable, et chacun a ses défauts. Son ambition débordante vient du fait qu'il veut ce qu'il y a de mieux pour maman et pour nous ; elle prouve en réalité qu'il est très aimant. Malheureusement, elle peut parfois être mal interprétée.

Sans doute est-ce fort égoïste de ma part, mais je souhaite garder Olive pour moi. Mabs est certes une amie formidable, néanmoins elle commence tout juste à trouver sa place en ce monde et elle est toujours si reconnaissante. Olive, elle, me défie. Confiante et singulière, elle ne passe pas son temps à se préoccuper de ce que les autres pensent d'elle. Je veux lui ressembler quand je serai grande.

Le mercredi de ma dernière semaine de liberté, le temps reflète parfaitement mon humeur. Le ciel est d'un gris épais et moutonneux. La pluie s'abat sans discontinuer, bourdonnant contre le pavé, et le vent s'agite et plonge, tel un canasson bougon. Comme c'est le jour de congé de Mabs, je me rends à Polaris House ! J'enfile mon manteau et ma capote les plus robustes et je m'empare aussi d'un parapluie. Puis je parcours au galop les quelques rues qui me séparent de mes amies. Elles ne vivent qu'à dix minutes de là, pourtant, lorsque Agatha me fait entrer, mon ourlet est trempé sur vingt-cinq centimètres, mon chapeau est défoncé, et la pluie s'écoule en petits ruisseaux de mon manteau. Zut, je suis en train d'asperger le magnifique sol en mosaïque ! Agatha emporte avec précaution mes vêtements trempés tandis qu'Anne me mène au salon. Olive et Clover jouent au jeu de l'oie sur le tapis devant la cheminée.

« Seigneur ! s'écrie Olive en me voyant. Venez tout de suite vous asseoir près du feu ! »

Elle se lève et regarde autour d'elle.

« Le tabouret du piano, je pense, ajoute-t-elle. Vous pourrez étaler vos jupes afin qu'elles sèchent plus vite. »

Elle traîne le tabouret tapissé auprès de l'âtre. Une fois que j'y suis bien installée, agréablement rôtie par les flammes, elles terminent leur partie et sonnent la cloche pour demander du chocolat chaud.

« Vous paraissez morose, Otty. Est-ce à cause de ce temps ?

— Si seulement c'était là mon seul problème… soupiré-je. C'est l'école. Je ne pourrai plus venir vous rendre visite – même si vous vous en réjouirez peut-être, étant donné que je suis si souvent ici. J'espère ne pas avoir abusé de votre hospitalité.

— Ne dites pas de bêtises, Clover et moi serons toujours ravies de vous voir. Mais enfin, Otty, vous donnez l'impression que votre vie sera finie lorsque vous entrerez à l'académie.

— C'est ce que je ressens. Je suis sûre que les autres filles seront insupportables. Clover et vous me manquerez, et Mabs aussi.

— On ne perd pas ses véritables amis. Je dois dire, Otty, que je suis surprise de vous entendre parler ainsi. Je sais que ces deux derniers mois ont dû ressembler à de longues vacances, cependant vous êtes une jeune fille si brillante que vous ne pouvez qu'être très douée pour l'école. J'aurais cru qu'apprendre était important à vos yeux.

— Avant, oui ! J'étais première de la classe à Durham. Mais…

— Taratata, m'interrompt Olive. L'éducation des femmes est vitale, Otty. Servez-vous de votre intelligence, perfectionnez-la. Il n'existe meilleur endroit pour vous qu'une bonne école. Quelles sont vos ambitions ? Quelles qu'elles soient, elles commencent par une solide éducation.

— Mes ambitions ? » répété-je.

Personne ne m'a jamais posé cette question. Dans la bouche d'Olive, ce mot est un vaste horizon venteux qui s'étend à l'infini. Dans la bouche de ceux qui parlent de papa, il ressemble à une chose mesquine et de mauvais goût. Quelle différence entre les deux ? Je me le demande. L'idée d'en avoir a quelque chose d'excitant.

« Je n'y ai jamais réfléchi, avoué-je. Je suppose que je le découvrirai bientôt.

— Et l'université ? suggère Olive. Cambridge, peut-être, ou Oxford ? Je suis certaine que vous pouvez y arriver, Otty. Trop peu de femmes y vont. »

J'ai la tête qui tourne, comme la fois où j'ai bu du champagne de papa. Cambridge ? Moi ?

« Y êtes-vous allée ? demandé-je.

— Non. Mais j'aurais pu. Je suis très intelligente, vous savez. Je me considère encore comme une éternelle élève – il y a une réserve inépuisable de choses à apprendre. Mais je ne souhaitais pas quitter mes parents, ni Hampstead. »

Je la regarde, surprise.

« Je sais, cela paraît étrange quand on me voit maintenant, adulte. Pourtant je vous assure, Otty, que ma vie m'apporte tout ce dont j'ai besoin. Je peux apprendre, aimer, aider les autres, ici même, à Hampstead. Je crois que certains sont nés au bon endroit et que leur plus grand bonheur est de le savoir et d'y rester. C'est mon cas. Vous, en revanche, j'en doute.

— Et qu'arrive-t-il aux autres ?

— Eh bien, ils doivent explorer le monde à la recherche de l'endroit qui leur correspond. Pour eux, la joie tient en partie à ces explorations. »

Oui, c'est bien moi. J'aime mes parents. J'aime Hampstead. Mais je ne me vois pas suivre la voie d'Olive. Elle a raison. J'ai encore beaucoup à explorer, et pas que les rues de Londres.

« Donc… les femmes ont le droit d'aller à l'université ?

— Oui, répond Olive d'un air renfrogné. Bien que nous n'ayons pas le droit d'obtenir de diplômes. Ne me lancez pas sur ce sujet, Otty, si vous ne voulez pas me voir en colère. Je pense malgré tout que l'éducation, même sans ses récompenses concrètes, est essentielle. Elle vous enrichit, elle vous donne du fil à retordre, elle vous change. Les hommes ne veulent pas que les femmes aient accès à ces choses, mais il nous faut bien commencer quelque part. Sinon, comment ce monde dément pourra-t-il changer un jour ? »

Je sens un petit frisson en me remémorant ce que Jill m'a dit au moment de nos derniers adieux. *On est jeunes, et on est des filles. On arrivera jamais à changer quoi que ce soit.* Est-ce là une façon d'y remédier ?

« L'université, murmuré-je. Je me demande à quoi cela ressemblerait.

— Eh bien, vous ne le saurez pas si vous n'allez pas à l'école », réplique Olive d'un ton acerbe et, maintenant qu'elle a démontré son point de vue, nous changeons de sujet.

« Présentez-nous Mabs, la prochaine fois, dit-elle quand je me décide enfin à rentrer chez moi. Voilà quelque temps déjà que je voulais vous le demander, mais, avec toute cette agitation autour de Noël, je n'ai pas trouvé le temps. Venez avec elle avant de commencer l'école, d'accord ? »

OLIVE

Le lendemain du jour où Otty Finch a sonné à la porte tel un rat noyé, elle reparaît avec, dans son sillage, la dame de compagnie de sa mère, Mabel Daley. Mabs. J'ai demandé à la voir pour deux raisons. Premièrement : j'ai appris d'Otty qu'elle vient d'un milieu pauvre et qu'elle tente presque à elle seule de subvenir aux besoins d'une multitude de petits frères et sœurs. Je n'ai pas oublié les paroles de Mr Miles, qui m'a suggéré d'aider des gens plus disposés à se laisser aider chaque fois que je penserais à Gert, ce qui m'arrive encore souvent.

Deuxièmement : le jour de l'An, les cartes m'ont donné à réfléchir. J'ai pris l'habitude de les tirer le 1er janvier. C'est la date idéale pour former des projets, et j'aime recevoir de la providence quelques conseils au début de chaque nouvelle année. Étrangement, cette séance m'a fait songer à Otty Finch.

La première carte tirée était celle du Chien. Une ou deux cartes de mon paquet semblent avoir mis en difficulté le talent de l'artiste, et celle-ci en fait partie ; le chien sur cette image n'est pas d'une race qui me soit connue. Néanmoins, par ses yeux brillants, ses oreilles pendantes qui rappellent des anglaises et son expression loyale et enthousiaste, la ressemblance avec Otty était remarquable. Avec cette idée en tête, j'ai lu la légende : *Tu trouveras aisément de meilleurs Amis parmi les Inconnus que parmi tes Proches.* Ce qui a été le cas, en effet, pour ma jeune amie. Et si les cartes le soulignent à mon intention c'est donc que je suis censée prendre ce fait en considération.

Ensuite, j'ai tiré la Lune. *Ta prospérité sera accrue plutôt que diminuée par la générosité de Ton esprit ; tes amis t'en aimeront aussi davantage au quotidien.*

Oui, oui, me suis-je dit. Je la connais bien, car c'est une carte que je tire souvent. En l'occurrence, elle n'a fait qu'exacerber mon sentiment de culpabilité. En raison de mon âge, j'ai le devoir de prendre soin d'Otty. Je devrais certes rencontrer ses parents. Je ne m'explique pas mon aversion, mais je suis particulièrement réticente à être mêlée à cette famille – le père socialement vorace et la mère fade et vaporeuse. Ou alors, me suis-je dit, je peux rencontrer Mabs d'abord. Je suis certaine de la trouver aimable et, de toute évidence, Otty tient beaucoup à elle. Ce pourrait donc être un compromis constructif.

Les cartes se montrent parfois mystérieuses. À peine cette pensée formulée par mon esprit, la troisième carte y répondait. La Maison. *De la visite que Tu recevras chez Toi, de grands avantages Tu tireras, mais laisse la prudence guider ton comportement.*

Et voilà. Ce serait donc Mabs. Ce qui me laisserait encore un peu de sursis avant d'affronter les Finch et leurs problèmes. Car il doit bel et bien y avoir des problèmes s'ils permettent à leur fille de flotter de par le monde tel une graine de pissenlit.

Donc, par une journée de janvier à peine plus clémente que la précédente, voici venir Otty avec Mabs. J'ouvre moi-même la porte. Otty me serre dans ses bras et Mabs attend sur le palier, visiblement nerveuse. Elle porte son uniforme sobre de dame de compagnie et un vieux châle aussi fin que de la gaze. Sa tenue monotone ne fait rien pour cacher sa beauté, bien que je doute qu'elle en ait conscience. Je les entraîne à l'intérieur et lui serre la main.

Heureusement, Otty, qui n'est pas du genre protocolaire, s'avance d'un pas décidé, dissipant la gêne. Puis maman arrive avec Clover dans son sillage. Elle salue aimablement Mabs à son tour avant de disparaître pour vaquer à ses occupations, nous laissant Clover. Ma fille est une admirable distraction pour Mabs, qui s'extasie devant elle de façon fort gratifiante. Après quoi Anne nous apporte du thé et du gâteau et, le temps de s'installer et de retrouver le calme, Mabs n'est finalement plus intimidée ni mal à l'aise. Elle s'amuse déjà. Otty m'en a trop raconté à son sujet – et j'imagine que l'inverse est vrai aussi – pour qu'elle fasse des cérémonies.

« Parlez-moi de votre famille, dis-je. D'après Otty, vous avez plusieurs frères et sœurs. Je vous envie. Je suis fille unique, voyez-vous, et ma chère Clover connaîtra probablement le même sort. »

Les yeux brillants, son visage pâle teinté de rose pétale, Mabel énumère un grand nombre de Jen et de Jem, et cætera, dont elle chante longuement les louanges. Je ris, car voir quelqu'un exprimer son affection avec tant de liberté est une chose charmante – contagieuse, comme la grippe, mais en plus désirable. Tandis qu'elle parle, je visualise le tableau d'une famille dont les membres, très proches, naviguent sur un abîme de chagrin. De ce qu'elle omet de dire, je m'aperçois aussi qu'ils sont scandaleusement pauvres. Dangereusement pauvres. Où sont les progrès depuis l'époque de Dickens, à la fin !

J'ai tant de questions à poser à Mabs, mais je ne peux tout de même pas me précipiter à son secours alors que nous nous connaissons à peine. Je songe à la légende de la Maison : *Laisse la prudence guider ton comportement.* Mabel est fière, surtout du fait qu'elle gagne un bon salaire, qu'elle ramène de l'argent à sa famille et qu'elle économise afin de leur offrir un meilleur avenir. Cela fait beaucoup pour une jeune personne, me dis-je, avant de me reprocher ma condescendance. Elle est intelligente, forte et en bonne santé, et il n'y a pas de raison qu'elle ne fasse ce qu'elle décidera de faire. Même si… son langage est un peu fruste et qu'Otty m'a appris qu'elle ne savait ni lire ni écrire, ce qui à mon avis représente un incontestable désavantage lorsqu'on souhaite gagner assez d'argent pour subvenir aux besoins d'une demi-douzaine d'enfants.

Lorsque je l'interroge sur son travail chez les Finch, son aspect change du tout au tout. C'est vraiment remarquable.

« Je suis très reconnaissante de ce poste, miss, répond-elle avec ferveur. J'ai eu bien de la chance le jour où Mr Finch m'a embauchée, y a pas à dire. C'est un monsieur tellement gentil. Je peux passer du temps avec miss Otty, comme vous savez, et j'ai une chambre rien qu'à moi. La famille est toujours polie avec moi, miss, et je pourrais pas demander mieux comme poste, même dans mes rêves les plus fous ! »

Ses paroles ne me surprennent pas ; sa gestuelle, si. Nous discutions avec tant de décontraction, mais voilà qu'à présent elle donne l'impression de passer un entretien. Ses épaules sont hautes et tendues, son sourire a disparu, et elle a l'air de réciter une leçon à l'école. Elle tient ses mains serrées comme s'il y avait quelque chose qu'elle ne voulait pas laisser échapper.

« C'est vrai, quoi, poursuit-elle, dame de compagnie de la maîtresse de maison. Quelle chance, hein ? Vous m'avez vue, miss, je suis pas vraiment du genre raffiné. Je cause pas bien, j'ai jamais fait ce genre de boulot. Quand je suis allée me présenter, j'étais persuadée que j'allais me casser le nez, sauf que, Mr Finch, il s'en fiche de tout ça. Alors je suis là, j'habite avec la famille et je remercie ma bonne étoile tous les jours.

— Je suis sûre qu'ils ont autant de chance de vous avoir, dis-je dès qu'elle me laisse en placer une. Vous parlez comme les gens parlent là d'où vous venez, Mabs, et Mr Finch a raison de ne pas s'intéresser à ce genre de chose. N'ayez jamais honte de vos origines. Ce qui compte, c'est qui vous êtes et où vous allez. Je sais qu'Otty vous admire beaucoup.

— Oh merci, miss. Elle vous admire aussi. Je sais pas ce que je vais faire de mes après-midi une fois qu'elle ira à l'école, la semaine prochaine. C'est pas comme si je pouvais l'aider avec ses devoirs, pas vrai ?

— Nous irons nous promener le samedi après-midi, Mabs, propose Otty, dont la joie est atténuée par l'idée des devoirs. Et à l'arrivée du printemps il fera jour après l'école aussi. Tout ira bien. »

Je crois que mon discours sur l'université l'a inspirée. Cela ne me regardait pas, bien sûr, mais je suis célibataire et intelligente, par conséquent je me dois toujours de savoir ce qui est bon pour tout le monde.

« Peut-être maman nous rejoindra-t-elle dans peu de temps, ajoute Otty en s'égayant de nouveau. Qu'en pensez-vous, Mabs ? Ne serait-ce pas formidable de partir explorer toutes les trois dans le crépuscule printanier ?

— Oui, en effet, Otty », affirme Mabs.

Je ne suis pas convaincue par sa réponse. Est-ce parce qu'elle croit que Mrs Finch n'est pas près de se promener et qu'elle ne veut pas décevoir Otty en le lui disant ? Ou déplore-t-elle plutôt l'idée de se promener avec sa maîtresse ? Dans un cas comme dans l'autre, pourquoi ? Qu'est-ce qui cloche chez cette femme ? Je commence à adorer Otty, et Mabs est un amour. Je dois donc, après tout, aller rencontrer ces satanés Finch, car j'ai toujours le sentiment que quelque chose ne tourne pas rond dans cette maison.

MABS

Alors que janvier avançait à pas comptés, Mabs déchantait tous les jours davantage. Son optimisme, de courte durée, semblait avoir été emporté par les pluies hivernales le long de la grand-rue de Hampstead. Elle avait beau se répéter que ce que Mrs Finch avait fait à Durham ne la regardait pas, elle ne pouvait s'empêcher de se sentir mal à l'aise. Avec tous ces enfants, avec l'adorable Otty, et un mari si aimant… Comment avait-elle pu ? C'était un sujet tabou, un sujet de conversation qu'elle ne pourrait jamais, au grand jamais, aborder avec sa maîtresse. Et pourquoi le ferait-elle, après tout ? Elle n'avait pas à l'interroger ni à la juger.

Cela affecta même ses leçons de lecture. Si Mrs Finch était capable de piétiner ainsi le cœur de son mari, peut-être préparait-elle d'autres méfaits – bien que Mabs n'eût pas la moindre idée de ce qu'elle avait à voir là-dedans. N'était-elle qu'une pièce d'un puzzle qu'elle ne comprenait pas ? Elle qui commençait tout juste à apprécier Mrs Finch et à éprouver de la fierté à l'idée de l'avoir conquise elle aussi. Elle se demandait à présent si elle l'avait bel et bien conquise.

Mabs continuait à se montrer enjouée devant Otty et, si Mrs Finch avait remarqué un quelconque changement, elle n'y fit aucune allusion. Lou, en revanche, ne comptait pas laisser tomber aussi facilement.

« Qu'est-ce qui va pas ? demanda-t-elle à plusieurs reprises, constatant que Mabs, distraite, ne riait pas spontanément.

— Rien ! protesta Mabs. C'est juste le mauvais temps.

— Que je sache, il pleut toujours au mois de janvier, remarqua Lou, et je t'avais encore jamais vue dans cet état. Mrs Finch fait encore des siennes ?

— Non, elle est polie. Tout va bien, Lou, je te jure. »

S'il y avait bien quelqu'un en qui elle aurait pu avoir confiance, c'était miss Olive Westallen. Elle en avait dans la cervelle, miss Westallen. Mabs connaissait la pauvreté, la peur et l'acharnement qui découlent du manque de choix, et elle avait peut-être plus de bouteille. Mais, depuis qu'elle vivait au numéro 6, elle avait compris que le monde était un endroit vaste et compliqué. Elle pensait qu'avoir une amie telle que miss Westallen, qui savait comment l'affronter, était une véritable aubaine. Pourtant, malgré la gentillesse qu'elle lui avait témoignée, Mabs n'imaginait pas être un jour son amie. Pour ignorer aussi complètement les différences sociales, il fallait l'innocence et le culot d'une personne comme Otty. Ce qui n'empêchait pas Mabs de garder un très bon souvenir de cette visite.

Lorsqu'elle passa les voir, elle en parla à ses frères et sœurs, qui eurent du mal à croire qu'une personne aussi riche et raffinée, la crème de la crème, pouvait se montrer si naturelle et si amicale envers l'un d'entre eux.

« Elle est pas bêcheuse du tout ? s'étonna Nicky, dont la vision du monde s'en trouvait bouleversée.

— Pas du tout ! » assura Mabs.

P'pa ne s'intéressait pas à la conversation. Il était avachi à table, le menton dans les mains. L'ambiance semblait morose.

« Qu'est-ce qu'y a, p'pa ? interrogea Mabs.

— Il bosse plus aux céréales, expliqua Jenny d'une voix douce. Demain, il passe à la glace. »

Le cœur de Mabs se serra. C'était bien sûr plus que probable à cette époque de l'année. Elle s'assit à côté de lui.

« Oh, p'pa…

— On y peut rien, soupira-t-il, mais je peux pas dire que j'ai hâte. Je suis content que t'aies trouvé autre chose, ajouta-t-il en lui prenant maladroitement le poignet. Je suis fier de toi, Mabs, mets-toi bien ça dans le crâne.

— P'pa, dit Mabs en riant. Parle pas comme si on allait plus te revoir. T'es coriace ! Et regarde les choses du bon côté : janvier est à moitié terminé, février est un mois court… Tu seras de retour aux céréales ou au bois de charpente en un rien de temps.

— Si c'est pas malheureux… Toutes ces bouches à nourrir et j'ai même pas de femme pour m'aider. »

Mabs lui tapota la main. Elle détestait l'entendre parler de la sorte, comme si ses enfants étaient responsables. Comme si, sans eux, il serait libre de paresser au lieu d'être obligé de travailler.

« La vie est dure, poursuivit Nicholas. Mais Jen a bientôt l'âge que t'avais quand t'as commencé à bosser sur le quai. Peut-être que…

— Non, p'pa ! s'écria Mabs d'une voix amplifiée par la surprise. T'es pas sérieux ! T'as quand même pas envie que Jen travaille là-bas, si ? »

P'pa eut l'air mal à l'aise.

« Ben je dis juste que, même avec ce que tu gagnes, ça fait beaucoup pour moi. Si Jen s'y mettait, on verrait la différence. Ça la dérange pas, c'est une gentille petite, comme toi. »

Mabs jeta un coup d'œil à Jenny, dont le visage indiquait tout autre chose.

« Non, répéta Mabs. C'est pas comme ça que je vois les choses. Hors de question que Jenny et les autres vivent ce que j'ai vécu. Maintenant, p'pa, tu vas t'accrocher encore un hiver et qui sait où on en sera l'an prochain. Dimanche, j'apporterai une livre de plus. Et... je trouverai bien une idée pour vous autres, c'est promis.

— Mabs, t'en fais déjà tellement, intervint Jenny, qui s'approcha d'elle et lui caressa les cheveux. Tu devrais garder un peu de ton salaire pour toi.

— Oui, ma puce, merci, fit Nicholas, se ressaisissant un peu. Alors, Peg, qu'est-ce qu'on mange ? »

Ce soir-là, Mabs rentra à Hampstead dans un état second, remarquant à peine le froid. Jenny, besogner ! Le simple fait que son père y ait songé la mettait hors d'elle ! Elle ne leur avait jamais confié à quel point les choses avaient été difficiles pour elle à son arrivée chez les Finch. Elle n'avait pas enduré tout cela pour que sa sœur finisse là où elle-même avait commencé ! Plutôt mourir. C'était une nouvelle année, un nouveau chapitre. Elle devait cesser de regarder de trop près ce qui se passait à Willoughby Walk. Vus de loin, les Finch étaient très bien. Mr Finch était gentil.

Mrs Finch commençait à l'apprécier. Et elle économisait de l'argent.

Si seulement elle pouvait offrir à ses frères et sœurs des habits propres, les rendre présentables pour qu'au moins un d'entre eux décroche un poste de domestique… alors p'pa sentirait forcément la chance tourner. Il sentirait forcément le fardeau se soulever. Chaque fois qu'il s'adressait aux siens avec un tel désespoir, Mabs devait se retenir de lui promettre toutes ses économies. Mais elle savait comment les choses se passaient, avec l'argent. Quand on était pauvre, on ne cessait de s'appauvrir. Une famille comme la leur pouvait dilapider l'argent de Mabs en deux semaines. En revanche, si Mabs le mettait à l'abri et que son bas de laine continuait à grossir, arriverait un moment où cela pourrait vraiment arranger la situation…, les aider à changer de façon significative, peut-être même quitter cette horrible chambre…

Elle imagina ses sœurs vêtues de robes propres dans des maisons confortables, p'pa joyeux et déchargé de son fardeau, les garçons pleins de vie et occupés à parfaire leur éducation… Mabs traînait, rêvassant tandis que la nuit tombait et que la route l'éloignait de Mushroom Court et la rapprochait du paisible quartier de Hampstead, où les lumières des maisons scintillaient telles des guirlandes lumineuses et où rien de mal ne semblait pouvoir se produire.

À son arrivée, Mabs s'attarda dans l'entrée. Les vases ne contenaient plus d'hortensias bleus ; ils débordaient à présent de branches d'un bronze terni et de houx piquants sur lesquels les baies rouge vif commençaient à se flétrir. Mabs leva les yeux vers le portrait de Mrs Finch, s'étonnant comme toujours qu'une femme aussi vivante et chaleureuse ait pu devenir si renfermée. Une porte s'ouvrit d'un coup ; elle sursauta.

« Miss Daley, il me semblait bien vous avoir entendue. »

Mr Finch la dévisageait depuis son bureau.

« J'espère que vous avez passé une bonne journée avec votre famille. »

Mabs décrocha son regard du tableau pour le poser sur son employeur à la mine fatiguée et affable.

« Oui, m'sieur, merci.

— Miss Daley, sans vouloir vous ennuyer pendant votre congé, pourrais-je vous parler cinq minutes ?

— Bien sûr ! »

Il la rejoignit.

« Je ne vais pas vous retenir, miss Daley, mais j'ai entendu quelque chose au sujet de ma fille et j'ai pensé que ce ne pouvait être vrai. Je me demandais si vous pouviez m'éclairer.

— Je vais essayer, m'sieur. Quelle fille ? »

Mabs craignait qu'il ait appris qu'Elfrida lui avait confié le secret de famille. Pourvu que non ! La conversation serait vraiment gênante.

« Mais Otty, bien sûr ! »

Mr Finch parut surpris de cette question.

« Ce n'est rien de méchant, juste un peu… déconcertant. Il paraît qu'Otty se serait liée d'amitié avec miss Olive Westallen. Avez-vous déjà entendu parler d'elle ? »

Mabs aurait voulu disparaître. Elle savait fort bien que Mr Finch rêvait de fréquenter les Westallen. Otty voulait garder Olive rien que pour elle, et Mabs n'avait pas jugé bon de la contredire. Mais voilà qu'elle lui avait rendu visite, elle aussi ! Comme avouer à Mr Finch qu'elle avait fait connaissance avec une Westallen avant lui ?

« Euh… c'est cette grande dame qui habite là-haut sur la colline, non ?

— Précisément. Je cherche à rencontrer cette famille depuis notre arrivée. Son père ferait un excellent contact. Et Otty le sait. Je n'arrive pas à croire qu'elle entretiendrait une amitié avec cette dame sans m'en parler… Cela vous semble-t-il plausible ? »

Mabs tenait cet homme en haute estime. Mais comment pouvait-elle dire la vérité sans dénoncer Otty ?

« Laissez-moi lui poser la question, m'sieur. Les ragots, vous savez ce que c'est… Elles se sont probablement croisées un jour ou quelque chose du genre, et c'est devenu toute une histoire. Je vais me renseigner.

— Très bien. Passez une bonne soirée, miss Daley, et merci de m'avoir accordé votre temps. »

Il était toujours si poli, songea Mabs en empruntant l'escalier. Elle espérait avoir bien réagi. Il fallait qu'elle passe voir Otty ; ce serait terrible si Mr Finch lui parlait en premier et s'apercevait que Mabs avait manqué de franchise. Elle fronça les sourcils. Mr Finch était la personne envers qui elle était le plus redevable au monde, et pourtant il y avait tant de choses qu'elle ne pouvait lui dire. Et elle ne savait vraiment pas comment elle en était arrivée là…

OLIVE

La journée qui s'annonce ne m'enthousiasme guère. Tout d'abord, je suis très fatiguée. Après trois mois de calme et de bonheur, Clover a commencé à faire des cauchemars et voilà deux nuits que je n'ai pas dormi sans interruption. Elle ne peut me dire de quoi parlent ses rêves mais grimpe dans mon lit, en pleurs, et je la câline jusqu'à ce qu'elle tombe de sommeil. Après quoi, je n'arrive plus à me rendormir. Quels souvenirs, quelles craintes tourmentent ma petite ? Je ne supporte pas de la voir souffrir. Par ailleurs, je déteste me sentir diminuée. J'ai l'esprit embrumé et les paupières collées comme des enveloppes. Je ne suis plus qu'une moitié de l'Olive d'autrefois.

Comme si le manque de sommeil ne suffisait pas, je dois enfin rendre visite aux Finch. Otty est venue me voir directement après l'école hier ; il se trouve que son père a eu vent de notre amitié. Était-il fâché ? ai-je voulu savoir, regrettant de ne pas avoir agi plus tôt. Pas du tout, a-t-elle répondu d'un air morose, bien au contraire.

S'en est suivie une longue explication alambiquée d'après laquelle il avait dit ceci et Mabs avait dit cela, après quoi Mabs et elle étaient convenues d'une ligne de conduite que je me devais d'adopter… J'en ai déduit que Mr Finch désire depuis longtemps rencontrer un Westallen. Bien qu'Otty adore son père, elle semble avoir une conscience aiguë de ses défauts et souhaitait me protéger de son ambition dévorante. Otty lui a donc expliqué – et je dois corroborer ses dires – que je l'ai croisée une fois, sur la lande, le jour où elle a sauvé Clover coincée dans l'arbre.

J'ai promis de jouer le jeu ; je ne souhaite pas compliquer la vie à cette chère Otty. J'ai aussitôt envoyé ma carte, annonçant que je viendrais ce jour rendre visite à Mr *et* à Mrs Finch. Je veux les rencontrer ensemble et en finir une fois pour toutes. Les Finch m'agacent sans que je les aie jamais vus – surtout elle. Je suis consciente que le chagrin peut prendre bien des formes, mais une dame aisée qui reste dans sa chambre et refuse de prendre part au grand parcours d'obstacles qu'est la vie n'est pas quelqu'un que je pense pouvoir comprendre.

Il est l'heure à présent. La maisonnette d'Otty est charmante. De pierre beige, elle occupe le bout d'une petite rangée de maisons mitoyennes. La porte d'entrée est peinte d'un joli bleu clair. À l'intérieur se trouve un vestibule au dallage noir et blanc avec un portrait qui m'arrête dans mon élan. Ce ne peut être Mrs Finch, si ? La dame du tableau paraît exubérante et passionnée, ses yeux sombres pleins d'une vive intelligence. À ma grande surprise, la gouvernante des Finch est Mrs Webb, qui travaillait pour mon amie Mrs Lake jusqu'à ce que celle-ci n'ait plus les moyens de la payer. Nous nous saluons avec plaisir et déplorons combien la fortune de Mrs Lake s'est réduite, puis elle me mène dans un petit salon propret.

Je remarque d'abord à peine le père tant je suis fascinée par la mère, qui est à la fois différente et exactement la même que sur son portrait. Elle n'a guère plus de quarante ans ; ses cheveux sont encore noirs et brillants, sa peau n'est pas ridée. Vêtue d'une magnifique robe en soie, elle est très jolie. Ce n'est cependant pas une jeune fille étincelante mais une femme mûre dont le port dénote dignité, tristesse et force.

C'est un puits de secrets – voilà la pensée qui me vient à l'esprit lorsque nous nous serrons la main. Il me prend l'envie soudaine de devenir son amie, mais comment se lier d'amitié avec quelqu'un qui ne quitte jamais sa maison ?

Mr Finch est rouge de plaisir. Je ne me fais pas d'illusions : ce n'est pas à moi qu'il s'intéresse – il se réjouit d'avoir une Westallen chez lui. J'ai souvent vu ce syndrome et je le reconnais aussitôt. Il a des cheveux châtains qui se font rares et un visage rond et franc. Ses yeux pétillent ; il peut à peine se contenir quand il me serre vigoureusement la main.

« Miss Westallen, bienvenue. Soyez la bienvenue, vous êtes la bienvenue ! »

J'en déduis donc que je suis la bienvenue.

« Bienvenue dans notre humble demeure. Elle est modeste mais, pour être honnêtes, nous qui arrivons du Nord sommes frappés par… comment dire… le coût de la vie plus élevé de la capitale. Il nous reste encore à scolariser Otty. Et nous avons deux autres filles que nous espérons marier le moment venu. Il ne faut pas sous-estimer le coût d'un mariage ! Notre maison de Durham était bien plus grande. Mais Londres est une ville formidable, si vivifiante ! Nous avons beaucoup de chance. J'ai toujours affirmé qu'il valait mieux avoir la plus petite maison dans le meilleur quartier que la plus grande dans un quartier pauvre. Elle nous convient très bien. Nous n'avons besoin que d'un minimum de personnel et nous trouvons que son charme compense largement le manque de place. Ceci, par exemple, est une pièce des plus ravissantes. Voulez-vous vous asseoir près du feu, miss Westallen ? Vous rendez-vous compte que nous sommes presque en février ? Comme le temps passe vite. »

Son épouse semble vaguement mal à l'aise, à juste titre. Je n'avais encore jamais rencontré un homme qui accueille une nouvelle connaissance en se lançant dans des explications sur la taille de sa maison et ses considérations financières. Quel drôle de couple !

« Oui, asseyez-vous, je vous en prie, miss Westallen, dit-elle comme si elle se dépoussiérait de ses manières trop longtemps négligées. Cet hiver est froid. Aimeriez-vous une tasse de thé ? »

Mr Finch sonne une cloche, et je remarque que la domestique qui répond paraît tout à fait déroutée de voir la maîtresse de maison à côté de son mari. Elle revient très vite avec du thé et du gâteau qu'une deuxième domestique l'aide à porter, même si elle aurait sans nul doute pu y arriver seule. Toutes deux dévisagent Mrs Finch comme s'il s'agissait d'une comète, rarement observée et extraordinaire.

Nous parlons d'Otty, bien sûr. Je raconte par le menu la façon dont Otty a sauvé Clover, puisque j'ai reçu la permission de le faire.

« Ma reconnaissance était – et demeure – immense. J'espère que vous me pardonnerez mon impolitesse.

J'avais l'intention de passer, mais Noël est arrivé et me retrouver soudain mère d'une enfant de quatre ans accapare quelque peu tout mon temps. Pour reprendre votre remarque, Mr Finch, comme le temps passe vite.

— En effet, miss Westallen, en effet ! acquiesce-t-il, ravi d'avoir une opinion commune. Ne vous inquiétez pas, nous comprenons. Ciel, avec toutes les visites que vous devez effectuer, c'est vraiment très aimable à vous d'être venue nous voir. »

Son attitude extrêmement respectueuse me met mal à l'aise ; je suis toujours gênée quand les gens s'effacent devant moi comme devant une sorte d'être supérieur. Bien des personnes de mon rang tiennent sans nul doute à être traitées ainsi, mais cela me semble absurde. Plus tôt riches et moins fortunés cesseront de penser de la sorte, mieux ce sera. Nous sommes tous humains. Si j'ai une quelconque valeur, j'espère que c'est en raison de mes qualités et des efforts que je déploie dans la vie et non en raison de mon nom de famille et de la somme d'argent que contient mon porte-monnaie.

« Miss Westallen. »

Mrs Finch interrompt le flot de gratitude de son époux de sa voix grave et agréable.

« Otty nous a expliqué que votre fille est adoptée. Je trouve cette démarche fascinante et admirable. Quel effet cela vous fait-il de devenir soudain la mère d'une enfant de quatre ans, comme vous dites ?

— Abigail, très chère ! s'offusque Mr Finch, effaré. Miss Westallen n'a aucune envie de discuter de choses pareilles avec nous ! N'abusons pas de sa courtoisie.

— Je vous prie de m'excuser, dit aussitôt Mrs Finch.

— Non, vraiment, m'empressé-je de répondre. Vous n'abusez pas. Je prends grand plaisir à parler de

Clover et je suis ravie que vous vous y intéressiez, Mrs Finch. Vous savez ce que c'est, monsieur, les femmes n'aiment rien tant que de parler de leurs filles. Quel effet cela me fait-il ? Eh bien, je trouve cela terrifiant, déconcertant, grisant et jubilatoire. Parfois tout à la fois. Je me sens mal préparée, et je n'en reviens toujours pas d'être entièrement responsable de Clover. Mais vous, Mrs Finch, vous en avez quatre, n'est-ce pas ? Je vous admire, madame. »

Je remarque que Mrs Finch jette un petit regard en coin à son mari, dont j'observe un infime hochement de tête. Comme c'est étrange. Je ne l'aurais pas crue si déférente. Mrs Finch et moi papotons brièvement de nos familles respectives, de notre expérience de la maternité. Si Mr Finch est fâché de voir que sa récompense, une bonne Westallen bien fraîche, est plus absorbée par son épouse que par lui, il le cache bien. Mais, au bout d'un moment, je sens qu'il me faut l'inclure dans la conversation.

« Bien sûr, un mari change la donne. Avoir quelqu'un avec qui partager les éternels soucis de l'enfance, ne pas avoir à prendre chaque décision seule. Pour cette raison-là et bien d'autres encore, mes parents m'ont déconseillé d'adopter, mais je suis têtue comme une mule, voyez-vous. »

Mr Finch paraît fier comme un paon ; je lui souris avant de me tourner vers Mrs Finch. Par contraste, son regard inexpressif me frappe. « Mon mari est présent dans toutes mes pensées et toutes mes actions, dit-elle. Je ne peux imaginer la vie sans lui. »

Nous parlons encore de la pluie et du beau temps pendant une vingtaine de minutes, puis je m'apprête à partir. J'ai rempli mon devoir et rencontré les parents d'Otty, qui s'avèrent dans l'ensemble plus plaisants que je ne l'aurais cru. Je demande si Otty peut venir me rendre visite chez moi, et la permission m'est accordée – par Mr Finch, de façon excessivement enthousiaste, mais aussi par Mrs Finch, qui ajoute qu'elle serait ravie qu'Otty apprenne à mieux nous connaître, Clover et moi. Cela ressemble mille fois plus à un compliment que le débordement de joie de son mari.

« Et vous aussi, Mrs Finch, ajouté-je sur un coup de tête. Si vous souhaitez un jour accompagner Otty pendant que votre époux est au travail, sachez que vous êtes la bienvenue. Je sais qu'être la nouvelle venue en ville peut apporter son lot de solitude. J'ai des amies qui sont passées par là. »

C'est sans doute un peu culotté de ma part, compte tenu de ce que je sais à son sujet, mais aucune mention n'a aujourd'hui été faite de sa mystérieuse maladie, et ils ignorent tout ce qu'Otty m'a confié.

Cette fois, elle ne jette pas de regard en coin à son mari. Elle baisse les yeux.

« C'est très aimable à vous », murmure-t-elle d'un ton évasif.

Je ne vais pas la pousser. Je leur serre la main à tous deux, et une domestique apporte mes affaires.

« Restez au chaud, ma chère, conseille Mr Finch à son épouse. Vous savez que le vestibule est plein de courants d'air. »

Puis il m'accompagne lui-même à la porte.

« J'ai été ravie de faire votre connaissance », dis-je une fois sur le seuil.

C'est presque la vérité.

« C'était un honneur, réplique-t-il. Puis-je vous demander une dernière chose, miss Westallen ? Je n'ai pas voulu en parler devant ma femme, car les affaires l'ennuient… »

Ah, c'est parti, me dis-je.

« Je me demandais si votre père accepterait de me rencontrer afin de discuter des canaux ? Mes investissements sont couronnés de succès, mais je sens un potentiel inexploité. Dix minutes seulement avec un homme aussi réputé et intelligent que votre père seraient une aubaine formidable. »

Par « réputé et intelligent », vous voulez dire riche, bien sûr.

« J'apprécierais tant l'opportunité de discuter brièvement avec lui de mes idées. Mais je ne voudrais pas abuser, miss Westallen, c'est inutile. Le capitaine Westallen est bien, bien supérieur à moi dans le firmament, j'en ai conscience. »

Je lui décoche un sourire crispé.

« Mr Finch, mon père ne se considère pas comme étant supérieur à qui que ce soit. Le problème n'est pas lié à sa position dans le… hum… firmament, mais plutôt à une question de temps. S'il accordait dix minutes à tous ceux qui souhaitent bénéficier de… ses conseils, il ne lui resterait plus une seconde. Mais je lui poserai la question, rassurez-vous.

— Merci, miss Westallen, souffle-t-il en me serrant la main de nouveau. Je vous en suis si reconnaissant. Merci encore ! »

OTTY

Je dois avouer que l'école n'est pas si terrible que je le craignais. Bon, très bien, je m'y amuse comme une folle ! Je crois que papa serait fort déçu s'il savait à quoi je passe mes journées. L'académie a bel et bien l'intention d'inculquer aux filles savoir-vivre et bonnes manières, et ces leçons-là offrent l'occasion idéale pour somnoler. Elles sont enseignées par miss Lemon, une femme si droite que je suis persuadée qu'elle ne s'est jamais avachie de toute sa vie ! Mais nous avons d'autres cours aussi.

Les mathématiques, la littérature, la géographie, l'histoire – même la politique ! – sont toutes enseignées par Mr Ferris. Je n'avais jamais rencontré un homme avec des opinions pareilles ! Il pense que les filles égalent en intelligence les garçons. Il affirme que bien des différences entre hommes et femmes disparaîtraient si nous recevions la même éducation ! Il travaillait auparavant dans une école pour garçons à Chelsea et déclare qu'il nous traitera exactement de la même façon qu'il traitait ses anciens élèves, qu'il nous assujettira aux mêmes critères et encouragera entre nous le même esprit de compétition. Il y aura des examens destinés à repousser nos limites. Tous les examens du monde ne me dérangeront pas, tant que j'aurai la chance d'apprendre, de discuter et d'être traitée comme un être humain doué d'intelligence !

Je me suis par ailleurs fait une amie : Edina. En tant que nouvelle, j'ai attiré une certaine curiosité au cours des premiers jours. Mais mon lustre commence à s'estomper ; de nombreuses élèves de ma classe préfèrent miss Lemon à Mr Ferris, ce qui en dit long. Elles font la fine bouche lorsqu'elles entendent mon léger accent du Nord. Elles haussent leurs jolis sourcils lorsque je leur apprends où j'habite. Apparemment, Willoughby Walk n'est pas la rue la plus chic de Hampstead ! Comme si j'en avais quelque chose à faire…

Edina Hammond est différente. Elle vit avec son père, veuf et professeur d'anglais. Leur maison est pleine de livres, et Edina a l'intention d'aller à l'université. Elle a une tante qui participe activement au mouvement des femmes ! Je ne savais pas que cela existait – ce n'est pas le genre d'information qui pénètre chez les Finch. Pendant les pauses, nous avons de nombreuses discussions enthousiastes. En plus, elle est gentille. Elle continue de se montrer accueillante alors que les autres s'éloignent peu à peu et donne des bonbons à Beatrice, la boursière, que la plupart ignorent.

En cours, Mr Ferris nous invite à exprimer notre opinion et à poser des questions. Nous avons évoqué le mouvement des femmes, l'actualité et le système de classes. Edina, Beatrice et moi sommes généralement les seules à lever la main tandis que les autres filles écoutent, l'air alarmé. Mais je trouve que ce que fait

Mr Ferris est formidable. Voilà comment on change le monde !

Ces aventures m'enhardissent tant qu'un dimanche après-midi je parle enfin à Mabs de Jill. Après une promenade tonifiante sur la lande – la pluie a eu la gentillesse de se retenir pendant plus d'une heure –, les premières grosses gouttes ayant commencé à tomber, je la supplie de conclure notre sortie par un crochet dans un salon de thé de la grand-rue. Je l'assure que c'est moi qui l'invite. Je vois bien que Mabs ne raffole pas de l'idée qu'une enfant paye pour elle, mais si nous rentrons quelqu'un se joindra forcément à nous.

Une fois assises à une table dans un coin, un chocolat chaud pour moi, un thé bien fort pour Mabs, des macarons pour nous deux, je prends une profonde inspiration.

« Mabs, déclaré-je, je veux que vous sachiez que je vous considère comme une amie fidèle. »

Elle m'adresse un grand sourire.

« Merci, Otty. Ça me touche beaucoup.

— Tant mieux. Bien. J'ai quelque chose à vous dire. J'ai un secret. Certaines choses m'échappent encore, et j'aimerais en parler à quelqu'un mais je ne veux pas inquiéter maman… Puis-je vous en parler à vous, s'il vous plaît ?

— Bien sûr ! Qu'est-ce qu'il y a ?

— Vous souvenez-vous du jour où je suis entrée précipitamment dans la chambre de maman, quand j'ai été attaquée au bord du canal ?

— Comment je pourrais oublier ça ?

— Eh bien, je n'étais pas au canal. Du moins, pas ce jour-là. Mais j'y étais quelques semaines plus tôt… »

Je lui explique ma rencontre avec Jill, comment elle est venue à mon secours et comment nous nous sommes donné rendez-vous.

« Qu'en pensez-vous ? » demandé-je à Mabs.

Celle-ci fronce les sourcils.

« Je comprends pourquoi vous avez pas dit à vos parents que vous étiez au canal. Franchement, Otty, c'est pas un endroit sûr. Mais pourquoi vous leur avez pas parlé de Jill ? Vous avez peur qu'ils soient pas d'accord parce qu'elle est pauvre et pas instruite ? Au contraire, je crois qu'ils seront contents de la rencontrer après le service qu'elle vous a rendu. Et ça serait beaucoup plus sûr pour vous de la retrouver par ici plutôt que d'aller là-bas. »

Je secoue la tête.

« Elle ne peut pas venir ici. Et elle n'est pas analphabète. Bien au contraire.

— Alors pourquoi elle travaille là-bas ? demande Mabs, incrédule.

— Eh bien, elle n'a pas le choix. Elle est… enfin, elle n'est pas blanche, Mabs. »

Je me tapote les joues pour lui montrer ce que je veux dire. De toute façon, je ne crois pas que le mot « blanc » nous décrive de façon adéquate. Pour ma part, j'ai le teint d'un beige cireux. Papa, Charlie et Averil sont indubitablement roses. Maman et Elfrida ont un admirable teint magnolia.

« Elle vient d'un endroit dans les Caraïbes, et elle a la peau brun foncé, et elle est très belle et charmante et drôle mais… »

Je m'interromps, frustrée. J'ignore comment exprimer mon dilemme. Mabs, elle, comprend immédiatement.

« Les gens comme elle sont pas trop les bienvenus par ici, remarque-t-elle en hochant la tête. Les Blancs les regardent d'un air suspicieux, je sais bien. Il y en avait un ou deux à Saffron Hill, qui venaient d'Afrique. Je vous dis pas les problèmes qu'ils s'attiraient, des riches comme des gens comme moi. Ils se dégotent un petit coin et ils restent entre eux – c'est la seule façon pour eux de s'en sortir. Otty, c'est un très gros secret, ça.

— Eh bien, tout cela est désormais théorique. »

Je lui raconte succinctement ce qui s'est passé avec les agresseurs, la police et Jill.

« Elle m'a demandé de ne plus lui rendre visite. Elle affirme que nous resterons amies dans notre cœur mais que c'est dangereux pour moi d'aller la voir.

— Alors elle a plus de bon sens que vous ! Et vous l'avez pas vue depuis ? »

Je secoue la tête.

« J'espère que vous avez pas l'intention de la revoir. Parce que sinon, et si vos parents apprennent que j'étais au courant, je perdrai mon travail. Y a pas de doute.

— Je sais. Je ne la reverrai pas. Mais Mabs, je ne comprends pas. Pourquoi ne voudraient-ils pas que j'aie une amie comme elle ? Enfin, je sais que c'est à cause de son apparence et de l'endroit d'où elle vient. Or, quelle importance ? Voilà ce que je voulais vous demander. J'ai entendu Jill se faire traiter de noms affreux ! Tout le monde semble croire que ceux qui lui ressemblent sont… mauvais, ou paresseux, ou stupides… Mais elle n'est rien de tout cela ! Qu'est-ce qui m'échappe, Mabs ? Pensez-vous que j'aie tort de l'aimer ? Je veux juste comprendre. »

Ces questions me taraudent depuis si longtemps que je commence à pleurer un peu. Apprendre que le monde n'est pas tel que j'aimerais qu'il soit me choque profondément.

Mabs me prend la main et la serre dans la sienne.

« Allons, allons, mon cœur, pleurez pas. C'est dur, hein ? Je suis pas sûre de mieux comprendre que vous. Je vais vous dire ce que je pense, si vous êtes d'accord. »

Je hoche la tête et renifle.

Mabs esquisse un sourire triste.

« L'espèce humaine est cruelle, Otty. Elle est bonne aussi, alors faut pas désespérer. Mais les gens peuvent être… vraiment mauvais, se traiter comme des chiens, parfois. Ils aiment pas ce qui est différent, ce qu'ils comprennent pas, d'après ce que j'ai remarqué. Je suis comme vous, je sais pas trop expliquer pourquoi. Moi, je trouve la différence… intéressante.

« Là d'où je viens, ils aiment pas non plus ceux comme vous, qui ont de l'argent et qui vivent dans le confort. Ils pensent que vous êtes tous snobs et sans cœur. J'ai jamais cru une chose pareille. Je me suis toujours dit que certains riches étaient comme ça et d'autres non. De la même manière que certains pauvres sont honnêtes et bons et d'autres non. Alors quand quelqu'un paraît différent, par son apparence, sa façon de parler, quelqu'un qui vient d'un pays étranger… eh ben, c'est la même chose, mais en plus grand, voilà mon avis. Les gens disent des trucs idiots, Otty, rien que pour se sentir mieux. C'est pas juste. Pas juste du tout. Et c'est triste. Mais on y peut rien.

— Vous ne croyez donc pas à toutes ces horreurs que l'on raconte au sujet des personnes à la peau brune ?

— Ah non ! C'est pas comme si nous autres on était si merveilleux que ça, pas vrai ? Je vous l'ai dit, les gens sont idiots. Il y a beaucoup d'Italiens vers chez moi, à cause des crèmes glacées, et de Français qui viennent travailler la glace, l'hiver…, et, même eux, ils ont des ennuis parce qu'ils viennent d'ailleurs. Peut-être qu'un jour les choses changeront, qui sait ? Vous êtes maligne comme un singe, y a pas de doute, mais vous avez douze ans et vous êtes une fille. Alors c'est pas vous qui allez changer quoi que ce soit. Désolée, Otty. »

Jill a dit exactement la même chose. J'éprouve un chagrin profond et écrasant. J'en comprends un peu plus la raison à présent. Mais je n'aime pas cela. Pas du tout.

MABS

Ce soir-là, Mabs sortit prendre un verre avec Lydia et Betsy. Elle resta plus longtemps que d'habitude, savourant la simplicité de leur compagnie et se sentant mélancolique lorsqu'elles se souhaitèrent bonne nuit pour rentrer chez elles tandis que Mabs retournait à Willoughby Walk. La vie auprès des Finch lui paraissait parfois étouffante. Il y avait désormais quatre choses qu'elle devait taire à Mr Finch : elle devait lui cacher qu'elle apprenait à lire, qu'elle était au courant de la liaison de Mrs Finch, qu'Otty connaissait Olive depuis plus longtemps qu'il ne le croyait et, à présent aussi, qu'Otty était amie avec Jill ! Elle n'avait jamais vu une famille avec autant de secrets !

Otty la rendait profondément triste. Une véritable amie, qui vous protégeait, qui tenait à vous et qui pardessus le marché vous faisait rire, ça ne courait pas les rues. Mabs le savait. Il n'y avait qu'à voir Lou – où serait Mabs sans elle ? Mais les complications liées à Otty et Jill à cette époque, en ce lieu, surtout à leur âge… Bref, heureusement que Jill avait réglé la situation de façon intelligente. C'était vraiment dommage.

Mabs n'osait imaginer cette pauvre fille en train de besogner aux canaux avec le double fardeau de son sexe et de sa couleur de peau. Et elle détestait voir la joie de vivre d'Otty émoussée et son grand cœur meurtri par la réalité à laquelle elle se retrouvait confrontée. *Les gens*, pensa-t-elle. *Est-ce qu'ils méritent réellement ce monde magnifique, eux qui l'emplissent de méchanceté et d'idées stupides ?*

Elle entra et grimpa l'escalier sur la pointe des pieds, trouvant son chemin grâce à la lueur de la lune qui éclairait le vestibule et les paliers, prenant garde de ne réveiller personne. Alors qu'elle s'apprêtait à monter la dernière volée de marches qui menait au grenier, elle entendit des voix, basses et tendues. Elle se retourna. La porte de Mrs Finch était entrouverte, délimitée par une fine bande de lumière. Mabs ne parvenait pas à discerner les paroles, mais reconnut le ton mesuré et vaguement implorant de Mr Finch auquel répondaient les interjections brèves et méprisantes de sa femme. Elle jeta un coup d'œil inquiet à la porte fermée d'Otty. Elle avait beau savoir qu'elle ferait mieux d'aller se coucher, un instinct plus puissant que le bon sens l'attirait plus près de la chambre de la maîtresse de maison.

« Je ne peux pas, ma chère, vraiment pas, murmurait Mr Finch. J'aimerais tant que vous ayez une vie sociale normale et décente. Mais vous savez aussi bien que moi que l'on ne peut vous faire confiance. Ce que vous pourriez dire, ce que vous pourriez faire, qui vous pourriez rencontrer… Je crois que vous devriez attendre de vous sentir mieux.

— Et quand cela arrivera-t-il, Lucius ? Quand je serai une vieille dame aux cheveux gris ?

— Ma chérie, ne dites pas de bêtises. J'aimerais que vous guérissiez tout de suite ! Que vous soyez déjà guérie, si possible. Cela dépend de vous, non ? »

Un grognement bien net.

« Ah oui ? Alors laissez-moi, Lucius. Je suis fatiguée. Peut-être m'endormirai-je ce soir et m'éveillerai-je miraculeusement rétablie. »

Un léger grincement, comme si une main s'était posée sur la poignée. Mabs se pétrifia. Mais qu'est-ce qui lui avait pris d'écouter ainsi aux portes ?

« Enfin, ma chère, si seulement vous admettiez les dégâts que vous avez causés à cette famille, si seulement vous assumiez votre responsabilité…

— Ha ! »

L'exclamation était si franchement moqueuse que Mabs regarda de nouveau la porte d'Otty.

« Je suppose que vous parlez de Jonathan. Ou peut-être faites-vous référence à une autre de mes indiscrétions. Je ne sais pas, Lucius, je suis si difficile à tous les niveaux, n'est-ce pas ?

— Oui, vos agissements à Durham m'ont blessé. Cela vous est donc égal ? Vous êtes ma femme, Abigail. Nous avons eu quatre enfants. Et d'apprendre que pendant tout ce temps votre ancien amant venait vous rendre visite… »

Mabs se ressaisit soudain et gravit les marches à toute vitesse et aussi silencieusement que possible. Elle se précipita dans sa chambre, remerciant le ciel de ne pas avoir été prise sur le fait. Une conversation pareille était des plus privées qui soient, et elle n'aurait jamais dû lui arriver aux oreilles. Elle se déshabilla à la hâte et sauta dans son lit, où elle resta allongée, les yeux grands ouverts dans le noir. C'était donc vrai.

Elle avait espéré au fond d'elle qu'il s'agissait d'une erreur, qu'Elfrida avait été victime d'un douloureux malentendu. Mais Mrs Finch avait bel et bien eu une aventure et elle ne paraissait pas s'en repentir le moins du monde. *Peut-être faites-vous référence à une autre de mes indiscrétions*, avait-elle dit. Parlait-elle d'autres amants ? Ou d'autres sortes de méfaits ? Mabs n'osait imaginer. La maxime était juste : écouter aux portes ne vous apprenait jamais quoi que ce soit de réjouissant.

« C'est pas tes oignons, Mabs, c'est pas tes oignons », marmonna-t-elle dans l'obscurité.

Cela devenait un refrain constant.

Le matin suivant, Mrs Finch était morose, aussi silencieuse et sombre que le brouillard de Londres. Lorsque Mabs sortit le livre qu'elles étudiaient ensemble, sa maîtresse se détourna.

« Pas aujourd'hui, Daley, déclara-t-elle sans autre explication.

— Très bien, m'dame », murmura Mabs, le cœur serré.

La situation commençait justement à s'améliorer. Allaient-elles donc reprendre leurs vieilles habitudes ? Pourquoi Mrs Finch était-elle si changeante ? Elles restèrent assises en silence durant toute cette matinée pluvieuse. Mrs Finch gardait les yeux rivés sur la roseraie, plus lugubre que jamais sous la pluie. Plutôt que de se tourner les pouces, Mabs s'efforça de lire seule. Elle espérait que ce ne serait pas la fin de ses leçons Les lettres, qui jusque-là n'avaient pour elle ni queue ni tête, rimaient enfin à quelque chose, mais il lui restait encore du chemin à parcourir, et avoir une préceptrice lui facilitait tant la tâche.

À midi, la pluie cessa. Le ciel pâlit, se teintant d'un bleu délavé ; les rayons du soleil luisaient dans le jardin. Mabs ressentit l'envie irrépressible de s'échapper de cette pièce étouffante.

« Regardez, le temps s'est levé, dit-elle. Vous voulez pas qu'on fasse une promenade, m'dame ? Une toute petite. C'est le jour idéal, non ?

— Non, Daley. Ce n'est incontestablement pas le jour idéal.

— Y a quelque chose qui va pas, m'dame ? Je peux vous aider ? »

Pour toute réponse, Mrs Finch lui adressa un de ses grognements expressifs.

« C'est juste qu'il commence à faire si beau, insista Mabs. Peut-être que ça vous remonterait le moral de sortir un peu.

— Il me faudrait plus qu'un bain de soleil, je peux vous l'assurer. Taisez-vous, je vous en supplie. »

Le ton était impérieux, pas implorant du tout, les mots une simple formalité. Mabs renonça. Incapable de se concentrer, elle contempla le dos svelte, droit comme un *i*, la cascade de cheveux sombres et brillants. *Voilà à quoi ressemble une énigme*, songea-t-elle. Ce mot, Otty venait de le lui apprendre. Était-ce la conversation qu'elle avait eue la veille avec son mari qui avait déclenché sa mauvaise humeur ? Ou la mention de son amant ? Lui manquait-il ? Était-elle fâchée d'avoir été contrariée ?

Une heure s'écoula avec lenteur et le soleil se fit plus vif. Un arc-en-ciel chatoyant apparut dans le jardin, et Mabs laissa échapper un cri. « Oh, regardez ! Un arc-en-ciel ! Qu'il est beau ! C'est signe de bonne chance, ça. Allez, m'dame, sortons. Pas pour une balade si vous en avez pas envie, juste dans le jardin. On pourrait s'asseoir et sentir l'air et… »

Elle fut interrompue par un rugissement terrible. Non pas un cri, comme criaient les femmes dans les histoires, mais un hurlement qui venait du fond des tripes, comme un guerrier s'élançant dans la bataille. Mrs Finch se leva d'un bond et traversa la pièce si vite que Mabs crut qu'elle allait la frapper. Mais elle s'arrêta à deux mètres d'elle, la défiant du regard, ses yeux plongeant dans les siens avec une telle hargne que Mabs recula.

« Sortez ! siffla Mrs Finch d'une voix rauque et grinçante. Sortez de ma chambre et ne revenez pas de la journée. »

Mabs hésita. Mrs Finch s'approcha, brandissant un vase de cristal qu'elle avait attrapé sur une table d'appoint. C'était une femme dans la main de laquelle un objet décoratif ressemblait à une arme létale.

« Sortez ! reprit-elle. Je ne veux pas vous voir. Je ne veux pas vous entendre. Allez donc pourchasser vos arcs-en-ciel, vos signes d'espoir. Et allez tout raconter à mon mari si vous le souhaitez, je vous mets au défi ! »

Mabs prit ses jambes à son cou.

OLIVE

Sur le coup, ma visite à Willoughby Walk s'est avérée moins pénible que je ne l'avais anticipé. Mais depuis elle m'a laissé une impression étrange. Je ne saurais expliquer pourquoi.

Mrs Finch ne ressemblait en rien à l'idée que je m'en étais faite. Je songe à son évidente volonté de fer, à mon désir inattendu de devenir son amie. Elle n'a rien à voir avec l'invalide de mon imagination. Mr Finch n'était pas aussi désagréable que je l'avais cru. Je pense à tout ce qu'Otty et Mabs m'ont dit de lui. Un père aimant. Un employeur bon et juste, prêt à donner sa chance à une fille des mauvais quartiers. Il semblerait que j'aie redouté les Finch pour rien. Et pourtant, le sentiment que quelque chose m'échappe persiste.

Après avoir passé des semaines à y réfléchir, je ne peux mettre le doigt sur rien de précis, et penser à cette étrange petite famille commence à m'ennuyer. Otty est franche et adorable, c'est tout ce qui compte. Je décide plutôt de me concentrer sur ma propre famille. Clover se réveille encore la nuit en hurlant ; hier soir a été pire que jamais. J'aurais dû me douter que c'était beaucoup trop facile. Depuis son arrivée, elle semble heureuse – une petite fille en bonne santé et bien équilibrée. Malgré les nombreuses mises en garde que j'ai reçues contre l'adoption, il n'y a longtemps pas eu le moindre nuage à l'horizon. J'avais l'impression que Clover était là depuis toujours. Poursuivre notre chemin ensemble, en tant que mère et fille, semblait – et semble encore – si naturel que je peine à imaginer qu'elle a eu une autre vie.

Or, c'est le cas. Quatre ans d'une vie très différente, que je ne peux imaginer et qu'elle ne peut décrire. La voit-elle dans son sommeil ? Que sais-je de ses souvenirs d'enfance ? Il est temps de découvrir ses origines. Je dois aller voir par moi-même.

Je me rends donc au foyer pour filles. Je n'y ai pas mis les pieds depuis Noël. J'emporte trois grands gâteaux rose-citron qu'a préparés Agatha, un luxe que les enfants savoureront un jour au goûter. Je prends également une gerbe de fleurs printanières pour Mrs Jacey et une petite bouteille de porto. Je crois deviner laquelle lui fera le plus plaisir. Et je prends un chèque pour le foyer, afin de les encourager à poursuivre leurs efforts et de m'assurer que, lorsque ces pauvres petites touchent le fond, elles ne tombent pas plus bas encore.

Bien que je sois quelque peu vaseuse en raison du manque de sommeil, Mrs Jacey est heureuse de me voir arriver avec mes offrandes. « Du gâteau, commente-t-elle avec satisfaction. C'est gentil à vous d'y penser, miss. Y a pas mieux que la promesse d'un gâteau pour les faire filer droit. J'en ai une ou deux qu'en font qu'à leur tête en ce moment. Le gâteau, ça me met en position de force. Ça me donne de quoi les faire chanter, si on veut. Bonne idée, miss. »

Le chantage n'était pas exactement mon intention, mais je me réjouis d'avoir apporté mon aide. « Je suppose que Gert est une de celles qui vous mènent la vie dure ? » demandé-je d'un ton enjoué. Je trouve que c'est une bonne façon de demander de ses nouvelles sans en avoir l'air. Mais Mrs Jacey n'est pas dupe.

« Vous pensez encore à elle, hein ? Je gaspillerais pas ma salive, si j'étais vous. Non, elle en fait pas partie. Mais c'est juste parce qu'avec elle faut toujours se battre, tous les jours, alors c'est pas nouveau. Le gâteau m'avancera à rien avec, madame. Rien n'y fera, je vous dis. »

Je suis triste de l'apprendre, mais je me souviens de ma promesse à Mr Miles et j'en viens au fait. Mrs Jacey cherche la date d'arrivée de Clover – octobre 1895 – et trouve les maigres notes correspondantes. Ma fille a été amenée par une certaine Mrs Lily Duckworth, de Harlowe Place à Saffron Hill. Tout cela semble plutôt rural et charmant. Je sais que ce n'est pas le cas.

« Vous avez pas l'intention d'y aller, si ? me réprimande Mrs Jacey avec le même froncement de sourcils qu'elle arborait quand elle m'a déconseillé d'adopter Gert. Faut pas y aller toute seule, voilà tout. Faites-vous accompagner. D'un homme. Et vous habillez pas trop bien, si vous voyez ce que je veux dire. »

Je promets de suivre ses conseils, avant de sortir à la hâte et de les ignorer complètement. Non que je ne respecte son jugement ; c'est juste qu'elle a tendance à me prendre pour quelque précieux bibelot qu'il faut conserver dans un amas de coton à l'intérieur d'une boîte rembourrée. Je prends les devants ! Je ne vais tout de même pas remettre mes projets à plus tard pour un chaperon et une robe inélégante. Je hèle un fiacre.

« Harlowe Place ? répète le cocher d'un ton incrédule. Saffron Hill ? Vous êtes sûre, m'dame ? »

Cela ne me rassure pas. Néanmoins, je confirme ma destination.

Nous roulons à bonne allure dans un bruit de ferraille. Tandis que Londres défile, j'aperçois des signes du printemps un peu partout – des fleurs de magnolias qui s'épanouissent avec une langueur luxuriante et lustrée à l'intérieur de jardins clôturés, des crocus qui dansent sur les accotements, telles des langues de feu. Jaune d'œuf. Jaune safran, songé-je ; je me dis qu'il s'agit là d'un bon présage. Nous coupons par le coin nord-est de Regent's Park, et je me souviens des gros lions jaunes dont Otty m'a parlé. Il faudra que j'y emmène Clover bientôt.

La vue se fait plus encombrée au fur et à mesure que nous avançons, les couleurs s'affadissent, les grands espaces rapetissent, les immeubles imposants se bousculent pour être sur le devant de la scène. Puis viennent les bâtiments moins imposants. Et il ne reste bientôt plus aucun charme, seulement des logements exigus, serrés ensemble telle une foule. Le fiacre passe par des rues si étroites que je crains que nous en éraflions les côtés. Il y a comme un goût de découragement surmonté d'une épaisse couche de menace. Nous nous arrêtons. Devant les portes sont assis des mendiants, sales, apathiques, certains avec des bébés dans les bras, certains avec des béquilles. Ils regardent le fiacre. Je n'ai pas envie de descendre.

« Est-ce Harlowe Place ? demandé-je en me penchant par la fenêtre.

— Non, m'dame. Je ne peux pas y accéder avec le fiacre, il ne passera pas. C'est par là. »

Il me montre l'entrée sombre d'une ruelle à notre gauche. Je plisse les yeux pour mieux voir le panneau grossier sur le mur.

« C'est écrit Mellis Court, observé-je.

— Exact. Mellis donne sur Harlowe. »

Comme c'est consternant ! La rue dans laquelle nous nous trouvons est minable et étroite. Mellis Court est deux fois moins grande. Et Harlowe Place serait pire encore ? Je me rends compte que j'ai fait une erreur monumentale.

Je comprends à présent pourquoi Mrs Jacey m'a conseillé de changer de robe et de venir accompagnée. Je n'avais simplement pas saisi l'ampleur de la situation. Cela ressemble à une scène d'un roman de Dickens, mais nous ne vivons plus dans le Londres du célèbre romancier. Nous ne sommes qu'à deux pas du XXe siècle ; comment peut-il encore exister une misère d'une telle magnitude ? Puis je pense à Mabs Daley. J'aurais dû m'en douter.

Si j'avais un peu de bon sens, comme dirait Mrs Jacey, je demanderais au cocher de me ramener chez moi et je reviendrais avec Mr Miles. Mais non, je dois le faire maintenant. Je ne saurais justifier ma détermination, mais je dois aller voir. Sans doute verrais-je les choses autrement si j'avais dormi davantage.

« Cocher, quel est votre nom je vous prie ?

— Mon nom ? »

Il se retourne sur son siège et me regarde.

« On m'appelle Dawkins.

— Mr Dawkins. Auriez-vous la gentillesse de m'attendre ici ? Je n'en ai tout au plus que pour deux ou trois minutes. Puis j'aimerais que vous me rameniez à Hampstead. Je conçois que la course sera considérable et je vous promets également un pourboire généreux. M'attendrez-vous ?

— Oui, m'dame, c'est d'accord. Mais je ne crois pas que vous devriez y aller seule.

— Proposez-vous de venir avec moi, Mr Dawkins ?

— Je ne peux pas quitter la voiture, m'dame. Je la retrouverais en morceaux et je ne reverrais plus jamais mon cheval.

— Alors je dois y aller seule. Mais m'attendrez-vous ? »

Rassurée par son hochement de tête morose, je sors du fiacre. L'air épais dégage une odeur malsaine. Les mendiants me tendent leurs mains étiolées. Leur apathie me perturbe.

« Dans une minute, à mon retour », dis-je avant de m'engager dans Mellis Court.

Un nom d'une prétention amusante. C'est une ruelle aux murs de brique si proches que ma jupe les effleure quand je marche. Je tente de protéger ma robe de la saleté, puis réalise qu'un ourlet crasseux est le cadet de mes soucis. J'avance d'un pas qui se veut plus confiant que je ne le suis réellement, songeant à la nature intrépide de Mr Miles et à sa capacité à parcourir la face cachée de la ville sans se faire remarquer. Là, un léger virage. Comme il n'y en a pas d'autre, je le prends. Un minuscule passage donne sur une petite cour. Tout autour, les maisons sont grises et décrépies ; nul signe ici de la journée de printemps dont j'ai joui en chemin. Quelques enfants sont assis sur des marches : des filles bercent des poupées, des garçons se battent avec des bouts de bois en guise d'épées.

Une femme sort et arrache la poupée des mains d'une fillette.

« Foutue Alice ! crie-t-elle. J't'ai dit de pas piquer le bois de chauffage. Tu crois qu'on est pleins aux as ou quoi ? »

Ce n'est pas une poupée du tout, juste quelques bâtons ficelés ensemble et revêtus d'un chiffon. J'ai envie de pleurer. Voilà comment vivait ma petite Clover.

La fille ne proteste pas ; elle recule et renonce à son jouet. Puis la femme me voit. Elle se fige, tel un chat devant un oiseau.

« Hé oh, vous êtes qui, vous ? braille-t-elle. Qu'est-ce que vous voulez ? On veut pas d'inconnus par ici.

— J'allais partir. »

Je m'approche pour que nous n'ayons pas à nous crier dessus.

« Pouvez-vous me dire si nous sommes à Harlowe Place, je vous prie ?

— Et alors quoi, si on y est ? »

Mon Dieu, comment lui expliquer ? J'improvise.

« J'ai fait une promesse à une amie. C'est une longue histoire. »

La petite Alice tire sur la jupe de la femme.

« M'man, dit-elle. Peut-être que la dame est venue nous donner quelque chose. »

La femme lui décoche une claque avec une grande désinvolture, si bien que la tête de l'enfant heurte le mur. Les yeux d'Alice s'emplissent de larmes ; pourtant, elle ne bronche pas. Être le témoin d'un acte de violence aussi infime et ordinaire qu'un mouchage de nez me fait tressaillir. Je meurs d'envie de dire ce que je pense, mais je sais ce qu'en penserait Mrs Jacey.

« Imbécile, raille la femme. Bien sûr que non. Les gens dans son genre donnent jamais rien à ceux comme nous. C'est qu'une salope de riche qui vient nous reluquer. Si vous dégagez pas d'ici, je vais chercher mon mari.

— Inutile, madame, dis-je, consternée par le léger tremblement que j'entends dans ma voix. Je m'en vais, mais, avant de partir, je souhaite effectivement vous donner quelque chose. »

Son visage s'assombrit comme un ciel orageux.

« Ah ouais ? Et quoi donc ?

— Cinq livres. »

Je les sors de mon sac à main.

« Tenez. »

Je les lui tends. Elle se contente de me regarder ; j'avance donc et les lui mets dans la main. Ses doigts se referment sur le billet.

« Vous voulez quoi ? lance-t-elle. M'attirer des ennuis avec la police ?

— Bien sûr que non, je ne cherche qu'à vous aider. Vous avez tort, voyez-vous ; parfois les gens veulent aider. Au revoir. »

Ah, quelle satisfaction de lui donner tort devant la petite. Je jette un coup d'œil à Alice et vois qu'elle écoute.

« Je vais chercher Terence », annonce mon ennemie jurée avant de rentrer chez elle.

Je m'agenouille devant l'enfant.

« Et voici pour toi, ma chérie, murmuré-je, lui donnant un shilling brillant. Garde-le. Tu as de très jolis cheveux. »

Puis je me lève pour partir. Ma route est barrée. Cinq garçons dépenaillés au visage sévère me bloquent le passage vers la ruelle. Ils se dressent, côte à côte.

« Alors allez-y, filez-nous le reste », lance l'un d'entre eux.

À son ton de voix, on croirait un vieillard, mais à son visage je ne lui donnerais pas plus de quatorze ans. Comment un simple enfant peut-il être si effrayant ? Je comprends aussitôt que cela risque de tourner très mal à moins que je sois très maligne ou très chanceuse. Je suis soudain bien éveillée.

« Bonjour, messieurs. »

Ma voix trahit mon effroi.

« Vous m'avez sans doute entendu dire à votre voisine que je suis là pour vous aider. Laissez-moi vous donner de l'argent – non, inutile de protester, c'est pour cette raison que je suis là. Voyons, tenez pour vous, et pour vous… »

Je distribue tout le contenu de mon sac, et leurs mains rêches se cramponnent aux miennes jusqu'à ce qu'il n'y ait plus rien à prendre. Ils savent, et moi aussi, que je n'ai pas le choix, mais il est hors de question que je l'admette devant eux.

« C'était un plaisir de vous voir, mais je dois partir à présent.

— Ah ouais ? » rétorque l'un d'entre eux.

Il penche la tête sur le côté, révélant un cou crasseux sous un foulard sale.

« Et si on veut vos boucles d'oreilles, ou votre médaillon ? Ou autre chose ? »

C'est ce que je craignais. Il paraît si averti, si adulte, de la pire façon qui soit. Mais c'est ce cou crasseux qui me donne le courage de parler.

« Les enfants, poussez-vous. J'ai bien peur de ne pas pouvoir vous donner mes boucles d'oreilles, elles appartiennent à ma mère et elle serait furieuse si jamais je les perdais. Le médaillon est très bon marché et n'aura aucune valeur pour vous. Mais tenez, prenez mes gants. Ils sont doublés de soie et devraient rapporter un bon prix. À présent, je dois partir. Bonne journée à vous tous. »

Mon ton sec recèle suffisamment d'autorité : le plus petit garçon s'écarte, juste assez pour me permettre de me faufiler. J'arrive à Mellis Court et me dirige à grandes enjambées vers le fiacre. J'entends des pas derrière moi mais ne cours pas ; ils pourraient me rattraper en une fraction de seconde. Feindre l'assurance est ma seule option. Mon cœur bat la chamade. À mon immense soulagement, j'aperçois Mr Dawkins à l'entrée de la ruelle ; il a l'air inquiet.

« Vous aviez dit deux ou trois minutes ! s'écrie-t-il lorsque j'arrive à sa hauteur. Oh, ajoute-t-il en remarquant le groupe de garçons derrière moi. Ça va, m'dame ?

— Oui, merci. Ça peut aller. Je suis très heureuse de vous voir, Mr Dawkins. »

Je jette un coup d'œil par-dessus mon épaule : les garçons ont disparu.

Les mendiants sont toujours sur les marches. Eux ne me harcèleront ni ne me poursuivront. Mais j'ai fait une promesse.

« Mr Dawkins, je dois vous demander un dernier service. Prêtez-moi de l'argent, je vous le rendrai dès que nous serons rentrés chez moi à Hampstead. J'ai assuré à ces personnes que je leur donnerais quelque chose, mais il ne me reste plus rien.

— M'dame, avec tout le respect que je vous dois, c'est très gentil à vous, mais ça ne sert à rien. L'opium et la boisson, voilà où vos sous vont finir.

Même s'il y en a un ou deux qui sortent du lot, un shilling ou une livre, qu'est-ce que ça change ? Ça fera pas de différence, m'dame.

— Je comprends très bien et vous avez raison. Mais je dois tenir ma promesse. C'est mon argent.

— Sauf respect, m'dame, c'est le mien.

— Oui, mais je vous rembourserai d'ici une demi-heure. »

Il pousse un soupir, cherche sous son siège et en tire une poignée de piécettes.

« Je m'en occupe, m'dame. »

Je ne peux nier que je me réjouis de grimper dans le fiacre et de m'y écrouler. J'ai les jambes en coton, et ma propre stupidité me frappe de plein fouet. Lorsque nous nous éloignons, mon soulagement est indescriptible.

Je suis sonnée durant tout le chemin qui mène à Polaris House, où le cocher saute à terre pour m'ouvrir la porte.

« J'espère que je n'aurai plus de course comme la vôtre aujourd'hui, m'dame. »

Je souris.

« Je l'espère aussi, Mr Dawkins. Vous avez été fort indulgent. Merci pour tout, et en particulier de m'avoir attendue. Je n'en serais pas sortie vivante.

— Non, m'dame, en effet. C'est à cause des attentes, vous voyez. Elles s'agglutinent jusqu'à devenir réelles. Ces gens-là n'attendent rien d'autre que le malheur – à juste titre, d'ailleurs –, alors c'est ce qui leur arrive. Tous les shillings du monde n'y changeront rien. Il leur faut autre chose. »

Je suis très intéressée.

« Quoi d'autre, Mr Dawkins ? Avez-vous la moindre idée de ce qu'il leur faut ? »

Il réfléchit longuement à la question.

« Je n'en sais rien, m'dame. L'éducation a son importance, mais c'est autre chose encore. Il faudrait les éduquer sur le monde et les différentes personnes qu'on y trouve. Quand vous ne connaissez que ça, ces endroits, ce mode de vie, quand toute votre famille y a grandi aussi et est incapable de vous parler d'autre chose, comment vous voulez imaginer autre chose ? L'espoir, m'dame, voilà ce dont ils ont besoin, mais ça, ce n'est pas quelque chose que vous ou moi pouvons leur donner. Si vous n'avez pas d'espoir, pourquoi ne pas voler ou mendier, ou encore baisser les bras ? En tout cas, c'est mon avis.

— Un avis on ne peut plus pertinent », dis-je en descendant de voiture et en défroissant mes jupes.

J'ai l'impression d'avoir vécu une vie entière aujourd'hui.

Je me hâte d'entrer, trouve de l'argent, me dépêche de ressortir et paye Mr Dawkins pour la course, pour l'attente, pour l'argent qu'il m'a prêté sur mon insistance, et pour sa sagesse, le tout couronné par le pourboire promis. Sur un coup de tête, je lui demande sa carte, bien qu'il espère certainement ne plus jamais me revoir. J'ai une idée en tête.

MABS

Lorsque Mabs arriva au travail le lendemain de la dernière crise de colère de Mrs Finch, elle était pleine d'appréhension. Or, à son grand étonnement, Mrs Finch lui présenta ses excuses. Rien de très recherché ; elle se contenta de dire :

« Veuillez m'excuser pour la façon dont je me suis comportée envers vous hier. »

Mabs songea qu'une chose pareille n'aurait jamais eu lieu auparavant. Malgré tout, rester cloîtrée avec elle jour après jour lui donnait l'impression d'être enfermée avec un lion en cage. Par consentement tacite et mutuel, elles ne lurent pas ensemble pendant quelques jours ; leur accord précaire avait été endommagé. Mais la semaine suivante, elles recommencèrent, et Mabs endura tant bien que mal le mois de mars. Il n'y eut pas d'autres crises – du moins pas à son endroit –, sa maîtresse continuait de se montrer aussi imprévisible que le vent. Mabs, elle, s'efforçait de demeurer constante dans cette déconcertante équation.

Un dimanche, Mabs rentra chez elle de bonne humeur, non en raison d'une quelconque amélioration de son travail, mais parce que le printemps était enfin arrivé. Des jonquilles dansaient au bord de la route et emplissaient l'air matinal de leur parfum frais et sucré. La saison de la glace était terminée. Les Français et les Suisses avaient regagné leur patrie, et son père s'en était sorti sans incident.

Mais, lorsqu'elle entra dans la chambre de Mushroom Court, son humeur festive s'évanouit. P'pa était introuvable, et les enfants avaient l'air morose.

« Qu'est-ce qui va pas ? demanda Mabs. Où est p'pa ?

— Il va bien, répondit Nicky d'un ton bourru. Les filles font toute une histoire pour rien. C'est vraiment des… filles !

— Et toi, t'es une tête de mule », gronda Jenny.

Assise à table, elle enfouit sa tête dans ses bras.

« Quoi ? insista Mabs.

— Nicky va travailler, expliqua Peg en prenant place sur le rebord de la table le plus proche de Mabs. Sur les quais.

— Quoi ?! répéta Mabs d'un ton bien plus menaçant.

— Après p'pa, c'est moi l'homme de la maison ! déclara Nicky. En dehors de p'pa, y a que Jenny et toi qui rapportez de l'argent. Des filles. C'est pas normal. À mon tour, maintenant.

— Nicky, mon chéri, t'es encore qu'un bébé. Enfin… les canaux ?

— J'ai douze ans, argua Nicky, qui lui parut soudain effroyablement adulte. C'était mon anniversaire le mois dernier. Tu t'en souviens, Mabsy, t'étais là. Je sais que tu veux qu'on continue d'aller à l'école, mais c'est pas fait pour moi. J'aime pas ça et je suis mauvais élève. Je suis grand pour mon âge et j'ai envie de travailler. Si ça suffit à p'pa, ça me suffit à moi aussi, alors commence pas, Mabs !

— Très bien », rétorqua Mabs d'une voix crispée.

Elle connaissait bien cette expression sur le visage de Nicky. Il était aussi têtu que la Tamise était large. Qu'il aille donc bosser sur les quais, il verrait bien à quoi il avait affaire. Sans doute pensait-il être un homme et avoir besoin d'apporter sa contribution, mais quand il aurait passé quelques semaines à traîner des matières de vidange et à draguer du limon il reviendrait sur ses positions.

« Et puis d'ailleurs, poursuivit-il comme si Mabs n'avait pas déjà capitulé, elle aussi, elle a lâché l'école ! »

Mabs n'en croyait vraiment pas ses oreilles.

« Qui ? Jenny ? C'est faux, hein, Jen ? T'aimes bien l'école. Tu l'as toujours dit.

— Oui, j'aime bien », gémit Jenny, la tête toujours dans les bras.

Puis elle se redressa pour regarder Mabs.

« En tout cas, j'aime bien l'idée d'aller à l'école. Mais franchement, Mabs, ça vaut pas le coup. J'ai quinze ans. Tout le monde s'en va à quatorze ans. Mr Winkler, ça le dérange pas que j'y aille parce que j'ai loupé tellement de choses quand m'man était malade et... après aussi. Mais il m'apprend rien de nouveau non plus. C'est toujours les mêmes leçons que l'an dernier, mot pour mot. Je suis assise là, à m'abîmer les yeux. Autant les abîmer en cousant, je gagnerai plus. On a besoin d'argent, Mabs.

— Comme toujours, fit observer Mabs. Pourquoi ça presse autant, tout à coup ? En une semaine, voilà que tu couds davantage et que Nicky part travailler. Comment ça se fait ? »

Les enfants se regardèrent. Jem s'approcha de la porte et jeta un coup d'œil dans l'escalier.

« Il est pas encore là, rapporta-t-il.

— Parce que p'pa va au charbon demain, expliqua Peg.

— Oh bon sang », lâcha Mabs en s'affalant sur une chaise à côté de Jenny.

Le charbon. À force de se préoccuper de la glace, elle avait réussi à oublier le charbon, une des marchandises les plus importantes du canal. Ce n'était pas le charbon en soi, le problème. Le travail ressemblait aux autres : il fallait le transporter des barges au quai, le hisser sur les charrettes, parfois avec l'aide de grues hydrauliques, parfois sans. Le problème, c'était avec quoi on payait les hommes.

Généralement, le charbon allait d'abord aux agents ou aux intermédiaires, pour la plupart des patrons de pubs. Et, si ceux-ci étaient souvent à court d'argent, ils ne manquaient jamais de bière. Ils payaient donc en partie les porteurs avec des boissons, or la bière n'était pas le genre de monnaie avec laquelle on pouvait acheter à manger ou que l'on ramenait à sa famille. La convivialité et le luxe de boire quelques pintes à la fin d'une dure journée de labeur rendaient, au début, l'idée de travailler au charbon attrayante. Jusqu'à ce que les hommes s'aperçoivent que leurs enfants n'avaient pas eu de vrai repas depuis des semaines et qu'eux-mêmes n'avaient pas eu l'occasion de parler à leur femme tellement ils passaient de temps au pub. Des familles dont le père était plus stable que Nicholas Daley avaient souffert de privations à cause de cela.

P'pa s'était mis à picoler sec à la mort de Maureen, même lorsque Mabs le suppliait d'arrêter. Ces derniers mois avaient été positifs : p'pa n'était certes pas encore revenu à la normale mais il se portait plutôt bien. À présent, cela ne faisait aucun doute : la moitié de l'argent destiné à la nourriture allait finir au Bunch of Grapes à Limehouse. Pas étonnant que Jen et Nicky cherchent un moyen de rattraper le manque à gagner.

« Je vais le tuer, maugréa Mabs, l'estomac noué.

— Ben il a encore rien fait, lui rappela Jenny avec justesse. Et c'est pas sa faute ; il a pas demandé à aller au charbon.

— Je sais. Mais on sait tous ce qui va arriver, non ?

— Peut-être que ça sera différent, cette fois », suggéra Jem, qui avait toujours eu en lui une si grande bonté et une telle tendance à voir ce que le monde avait à offrir que l'idée qu'il soit lui aussi obligé de travailler sur les quais dans quelques années brisa le cœur de Mabs.

Ça n'arriverait pas ; elle allait y veiller.

Lorsque Mabs rentra ce soir-là, la matinée ensoleillée et les brises dansantes avaient laissé place à une obscurité à couper au couteau et à un vent violent.

« Nom d'un chien ! » maugréa-t-elle en avançant d'un pas vacillant.

Si elle avait su, elle serait partie plus tôt, mais Mushroom Court était si rencognée que l'on voyait difficilement le temps qu'il faisait, et elle n'avait pas hâte de retourner à Willoughby Walk. Chaque pas était une lutte ; elle atteignit enfin Heath Road, épuisée. Une jolie pleine lune d'une blancheur éclatante brillait dans le ciel. Mabs aurait aimé en tirer quelque réconfort, mais la lune se souciait peu que Nicholas Daley abuse ou non de la bouteille.

En tournant sur Flask Walk, la tête baissée face au vent, elle percuta des personnes qui sortaient de Back Lane et se confondit en excuses.

« C'est entièrement notre faute », s'écria une voix familière.

Mabs vit qu'il s'agissait d'Olive Westallen.

« Oh ! » s'exclama-t-elle.

Elle n'aurait pu mieux tomber. Il lui arrivait souvent de penser à Olive, et elle aurait tout donné ou presque pour pouvoir lui confier ses malheurs. Mais miss Westallen se rendait quelque part avec ses amis ; elle n'allait pas rester papoter avec elle.

« Miss Westallen ! poursuivit Mabs. Je suis contente de vous voir.

— Mon Dieu ! Mabs Daley ! Bonsoir, comment allez-vous ?

— Ça peut aller, miss. Et vous ?

— Oh, je vais très bien ! Je m'apprête à aller contempler les étoiles. Voici Anne, ma domestique, qui fait preuve d'une patience à toute épreuve, et son amoureux, Colin, qui doivent m'accompagner au cas où l'on me détrousserait. Les pauvres, mon excentricité est pour eux un tel fardeau… »

Mabs sourit aux autres qui, en effet, auraient semblait-il préféré être ailleurs.

« Où est-ce que vous faites ça ? s'enquit-elle, curieuse. Le vent est froid, miss ! »

Miss Westallen éclata de rire.

« C'est juste. Mais il a chassé les nuages. Regardez, Mabs ! Pas le moindre voile entre les cieux et nous.

Un petit aperçu de l'au-delà… Nous allons à Parliament Hill. Aimeriez-vous vous joindre à nous ? »

Mabs hésita. Un instant plus tôt, elle ne rêvait que d'une chose : rentrer s'emmitoufler dans des couvertures chaudes et oublier cette journée et toutes ses mauvaises nouvelles. Pourtant, la présence de miss Westallen la motivait terriblement.

« Je connais rien aux étoiles, avoua-t-elle. Je suis pas érudite, miss. Mais j'aimerais bien venir si vous êtes vraiment sérieuse.

— Ah, l'érudition, bagatelle… décréta miss Westallen. Et, comme je vous l'ai déjà dit, appelez-moi Olive. Venez ! »

Elle s'éloigna à grandes enjambées. Il n'était pas plus de 22 heures. *Excentrique, en effet*, songea Mabs en lui emboîtant le pas.

Avec Olive à son côté, Mabs sentait moins le froid que l'euphorie de se démener sur la lande, des mèches de cheveux collées au visage, la jupe claquant tel un drapeau. Lorsqu'ils atteignirent Parliament Hill, Colin étendit des couvertures par terre – chacun se tint à un coin pour éviter qu'elles ne s'envolent – tandis qu'Anne sortait des flasques et des sandwichs.

« Vous êtes drôlement préparés ! constata Mabs, ravie.

— J'ai fait cela très souvent, reconnut Olive, haussant la voix pour se faire entendre malgré le vent. Mon père m'a appris que les marins suivent les étoiles. J'étais convaincue qu'elles étaient des anges gardiens. Le ciel nocturne m'a toujours passionnée.

— C'est charmant », soupira Mabs.

Si les marins suivaient les étoiles, existait-il un équivalent pour les manœuvres des canaux ?

Olive s'assit et fit signe à Mabs de la rejoindre. Anne et Colin s'installèrent un peu plus loin derrière.

« Nous nous asseyons toujours ainsi, expliqua Olive. Quand je suis seule, voyez-vous, je ne fais que regarder et réfléchir. Comme ça n'a rien de drôle, ils me laissent tranquille. Mais vous n'aurez pas cette chance, je le crains. J'ai l'intention de vous donner une leçon sur les étoiles !

— Ça me plairait beaucoup, répondit Mabs avec un sourire qu'elle ne parvint pas à réprimer.

— Je suis ravie de vous revoir. Nous sommes dimanche – je suppose que vous reveniez de chez vous quand je vous ai kidnappée. J'espère que votre famille se porte bien ? »

Mabs ne put se retenir de s'épancher.

« Pas trop, non, miss… Olive. Ils ont mis mon père au charbon, alors il va boire sa paye, et Nicky va travailler sur les quais et Jen a quitté l'école pour pouvoir coudre plus et…

— Attendez, ma chère, je vous prie », l'interrompit Olive en levant une main gantée.

Les mains de Mabs, elles, étaient nues et enfouies tout au fond des poches de son manteau afin de s'abriter du vent.

« Ralentissez, je ne comprends pas. Quand vous dites qu'ils l'ont mis au charbon, que voulez-vous dire ? Je l'imagine en train de rôtir doucement. »

Mabs partit d'un rire tremblant.

« Ah oui, j'oublie que ça paraît étrange à ceux qui connaissent pas ce boulot. Désolée, miss… Olive. »

Elle prit une grande inspiration et lui expliqua mieux les choses.

« Je vois, dit Olive une fois que Mabs eut décrit le problème. Et quoi d'autre ? Vous avez mentionné Nicky et quelqu'un d'autre encore… Vos frères et sœurs, je suppose. Pardonnez-moi, je sais que vous m'avez donné leurs noms, mais ils sont si nombreux que je ne m'en souviens plus.

— Bien sûr que non, je vous en ai parlé qu'une fois. Alors Nicky – c'est l'aîné des garçons, il vient d'avoir douze ans – a décidé d'aller travailler sur les quais, lui aussi. P'pa le fait, je l'ai fait, c'est comme ça qu'on gagne notre croûte, dans ma famille. Pour être honnête, l'école, c'est pas son truc. Il est intelligent, je dis pas, mais y a intelligent et y a instruit, et c'est pas toujours la même chose. Vous voyez ce que je veux dire ?

— Absolument, et vous avez raison.

— Dans tous les cas, ça me fend le cœur qu'il ait pas d'autre choix. Il est si jeune, et c'est dangereux, là-bas.

— Dangereux ? »

Mabs raconta à Olive comment la glace avait failli l'écraser, comment les éclats avaient volé comme des poignards. Elle évoqua les hommes qui se noyaient, qui s'effondraient, qui se coinçaient les mains dans les treuils.

« Voilà où mon petit frère va travailler, conclut-elle d'un ton amer. J'ai promis de leur donner une vie meilleure, mais je mets trop longtemps et, cette vie-là, elle les engloutit un par un.

— Comment comptez-vous les sauver ? » interrogea Olive.

Mabs lui parla de ses économies.

« Par exemple, s'il y avait un poste qui pourrait leur correspondre, alors je leur achèterais une robe ou un costume, pour qu'ils puissent se présenter et avoir l'air respectables. Quand je suis allée passer l'entretien chez les Finch, j'avais rien à me mettre ; mon amie Lou m'a prêté sa robe. »

Elle lui confia qu'elle apprenait à lire et qu'à son tour elle instruisait les autres le dimanche après-midi.

« Mais je vous en supplie, ajouta-t-elle, prise d'une crainte soudaine, parlez pas de ça à Mr Finch. Mrs Finch pense que ça lui plaira pas et j'ai promis de rien dire.

— Motus et bouche cousue, assura Olive d'un ton calme. Et que disiez-vous tout à l'heure ? Au sujet de la couture ?

— Jen, ma sœur. Elle a quinze ans. »

Mabs détailla la nature douce de Jen, son intelligence, sa vue qui baissait. Puis Olive l'interrogea sur les autres, et Mabs les lui décrivit : Peg, avec ses dents du bonheur, ses couettes et son amour des belles choses. Le doux Jem, qui avait le don de voir le bon côté des gens. Le petit Matty, avec ses taches de rousseur et sa passion pour les marrons. Et le bébé.

« M'man l'a appelée Angeline. C'était le prénom de la fille d'une dame pour laquelle elle faisait de la couture – elle acceptait souvent de l'ouvrage en plus de son boulot de lessiveuse. La dame lui a expliqué que ça voulait dire "petit ange", alors, quand Angie est née, c'est comme ça que m'man a voulu l'appeler.

— Ils ont tous l'air formidables, remarqua Olive avec douceur. Je comprends pourquoi vous voulez les aider. Mais Mabs, vous rendez-vous compte qu'ils sont six ?

— Oui, miss, je m'en rends compte, rétorqua Mabs d'un ton ironique.

— Et vous êtes toute seule.

— C'est vrai.

— Êtes-vous consciente que la tâche que vous vous imposez est presque irréalisable ? »

Mabs hocha la tête.

« C'est pas une raison de pas tenter le coup, si ?

— Bien sûr que non ! Jamais je n'affirmerais une chose pareille. Je veux juste que vous soyez un peu plus indulgente envers vous-même pour n'avoir pas encore réussi à l'accomplir. Ce n'est pas faute d'avoir essayé, mais il s'agit là d'un défi monumental. »

Mabs sourit.

« Merci, miss. Olive. »

Anne leur passa les flasques et les sandwichs.

« Oh, vous nous en avez laissé un peu, comme c'est gentil, la taquina Olive. Tenez, Mabs, servez-vous. Je ne sais pas à quoi sont ces sandwichs…

— Au poulet ! lança Anne par-dessus son épaule.

— Au poulet. Et voici du chocolat chaud relevé d'un peu de rhum caribéen un peu particulier de papa. Il en a ramené une réserve inépuisable de ses voyages, je n'ai donc aucun scrupule à en subtiliser de temps à autre. »

Mabs avala une gorgée et sentit une suavité et une chaleur ardente l'envahir.

« Oh là là, soupira-t-elle. C'est délicieux.

— N'est-ce pas ? Bref. Votre ambitieux projet. Dites-moi, seriez-vous opposée à recevoir un peu d'aide ?

— Je veux pas vous prendre votre argent, miss, si c'est ce que vous avez en tête. Je suis drôlement fière de gagner ma vie. Je sais que je peux pas m'empêcher de vous appeler miss au lieu d'Olive, mais je vous considère comme une amie. Et là d'où je viens on n'accepte pas d'argent de ses amis.

— De là d'où je viens non plus. Je me demandais simplement si vous aimeriez que je me renseigne pour savoir s'il y a des postes à pourvoir. Mes connaissances fortunées se plaignent toujours qu'il est difficile de trouver de bons employés. Si je leur recommandais de jeunes gens honnêtes, consciencieux et durs à la tâche, peut-être fermeraient-ils les yeux sur leur manque d'expérience.

— Vous feriez ça, miss ? Enfin, Olive. Vraiment ? Oui ! S'il vous plaît ! Voilà ce que j'attends, voyez. Des occasions comme celles-là. Depuis que j'ai commencé à lire, je cherche dans le journal – les bonnes m'ont dit de regarder sur la page des postes vacants du *Morning Post* – mais j'ai encore rien trouvé.

— L'hiver est plutôt calme.

— Et je vais continuer à chercher. Je préférerais quand même qu'ils travaillent pour quelqu'un que vous connaissez. Quelqu'un de gentil. Mon amie Lou bosse pour des gens très difficiles… Elle va bien parce que c'est une dure à cuire, mais j'aimerais pas que ma famille se retrouve dans un endroit comme ça ; ils ont le cœur tendre.

— Eh bien, maintenant que j'en sais plus à leur sujet – Jenny, qui est douce et intelligente, Nicky, qui est fort et compétent, et les autres –, je vous avertirai dès que j'entendrai parler de quelque chose.

— Merci, merci mille fois, répondit Mabs, sortant les mains de ses poches pour prendre celles d'Olive. Je sais que je suis pas objective, mais c'est des enfants adorables. Vous imaginez pas ce que ça fait que d'avoir de l'espoir. Bon, parlez-moi un peu de ces étoiles qui ont veillé sur votre père. »

OLIVE

Clover est au lit, et je suis assise avec mes parents dans le salon devant un feu qui nous réchauffe de la fraîcheur printanière. Je tombe de fatigue mais lutte pour rester éveillée ; j'ai des choses à dire !

Les cauchemars de Clover se sont arrêtés de nouveau, Dieu merci. Désormais, c'est la journée qui présente des difficultés : dernièrement, elle ne veut rester qu'avec moi. C'est très étrange. Pendant des mois, elle raffolait de passer du temps avec ses grands-parents, avec les domestiques et Mrs Brody. Je sortais faire des courses et rendre des visites sans aucune inquiétude. À mon retour, je l'entendais rire aux éclats, je la voyais insouciante et satisfaite. Mais plus maintenant. Elle refuse que je parte sans elle ; se détacher physiquement de moi la rend malheureuse, et je déambule souvent avec l'enfant accrochée à ma jambe jusqu'à ce que je consente à la prendre dans mes bras.

Nous dormons mieux la nuit, mais je reste tout aussi fatiguée, épuisée par le sentiment de n'avoir pas une minute à moi. La dernière fois que j'ai eu un peu de temps pour moi était il y a huit jours, quand je suis allée contempler les étoiles et que je suis tombée sur Mabs Daley. Quelle délicieuse créature. Je lui ai promis mon aide, pourtant je n'ai rien pu faire d'autre depuis que de m'occuper de Clover. Au bout d'une semaine de ce régime, je me sens vidée et désespérée. Sans mes livres, mes projets, mes visites à mes amis, qui suis-je ? Si cela persiste, envisagerai-je après tout d'embaucher une nourrice ? Moi qui tenais tant à être une mère à plein temps. Or, cela semble impossible. Les moments où ma fille dort et où je peux rester au calme sont précieux, je m'efforce donc d'en profiter au mieux, même quand je ne rêve que d'aller dormir moi aussi.

D'un air désolé, je parle à mon père de Mr Finch – j'ai mis bien trop de temps à tenir la promesse faite à cet homme, mais j'ai été préoccupée et j'ai de la peine pour papa. Comme je m'y attendais, il soupire et lève les bras au ciel, mais il comprend mon embarras et me promet de l'inviter pour une brève entrevue.

« On ne sait jamais, peut-être aura-t-il une idée intéressante, auquel cas je me réjouirai de l'avoir rencontré », dit-il. Papa a toujours eu l'esprit ouvert.

« Il m'a paru intelligent, c'est déjà ça, concédé-je. De l'opinion générale, les canaux ont fait leur temps, vous le savez. Mr Finch, lui, est convaincu qu'il leur reste un dernier tour de piste, en raison de l'expansion soudaine de l'industrie du bâtiment autour de Londres. Jusqu'à présent, les événements lui ont donné raison. Il a rapporté beaucoup d'argent à sa compagnie en négociant des contrats pour le bois, le charbon, et cætera.

— Astucieux, admet papa. Ne vous inquiétez pas, Olive, je lui accorderai du temps.

— Pourquoi n'inviterions-nous pas son épouse ? demande maman. Ce serait l'occasion de voir du monde, peut-être à déjeuner ? »

Papa hausse les épaules.

« Le plus court sera le mieux, en ce qui me concerne. Qu'en pensez-vous, Olive ?

— En fait… si vous y consentez, papa, cela me plairait beaucoup.

— Vraiment ? »

Maman n'en revient pas. Ce n'est pas tous les jours que je suis d'accord avec elle sur de tels sujets.

« Oui, après tout, c'est la mère d'Otty, et Otty est en quelque sorte une habituée de notre foyer.

— Je suppose que ce serait plus poli, admet papa à contrecœur.

— Par ailleurs, Mrs Finch m'a plu. J'aimerais savoir ce que vous pensez d'elle ; elle est plutôt mystérieuse.

— Comment cela ? »

Maman pose sa broderie. Elle a toujours aimé les intrigues.

« Eh bien, elle est censée être invalide. Elle reste dans sa chambre, car elle est apparemment sujette à des crises de mélancolie et que sais-je encore. Elle a une dame de compagnie à plein temps. À en croire Otty, c'est une créature fragile et émotionnelle ; son époux affirme la même chose. Mais ce n'est pas du tout l'impression qu'elle m'a donnée !

— Comment est-elle ? » demande papa.

À présent, c'est lui qui est intrigué. Maman aura sans nul doute gain de cause.

« Magnifique, dis-je. C'est la première chose qui m'a frappée. Elle est intelligente, de bonne famille –

je suppose que lui s'est marié au-dessus de son rang – et elle m'a semblé non pas fragile mais… torturée.

— Torturée ? répète maman. Juste ciel.

— J'exagère sans doute. Quoi qu'il en soit, parce qu'elle est fort souffrante – bien qu'elle ne m'ait pas paru souffrante –, je ne puis aller lui rendre visite quand cela me chante. En revanche, si Mr Finch tient tant à être présenté à papa et que nous les invitons tous les deux…

— Ils se sentiront obligés de venir ! s'exclame maman. Nous pourrons donc la rencontrer, elle aussi ! Olive, vous tenez tout de même un peu de moi. Qu'en pensez-vous, James ?

— Très bien », soupire papa.

Peu après, Mr Miles arrive pour discuter avec moi de mon nouveau projet. Je n'ai pas oublié ma nuit à Parliament Hill, lorsque j'ai décidé de bâtir un monde meilleur pour Clover. Depuis mes recherches sur son passé, mes intentions s'en trouvent confirmées. Et l'attitude plus exigeante de Clover, bien qu'elle sape mon énergie, raffermit ma détermination. Il me faut garder à l'esprit ce qu'elle a probablement enduré. Entendre Mr Dawkins et Mabs évoquer à quelques jours d'intervalle l'importance de l'espoir m'a donné une idée. J'ai aussitôt écrit à Mr Miles. Je vais créer une fondation caritative afin de répondre à la détresse de ceux qui n'ont rien.

Mr Miles, qui a bien plus d'expérience que moi en la matière, me donne d'excellents conseils. Nous aurons besoin d'un président, assure-t-il, d'un gérant et d'un trésorier. J'avais imaginé endosser tous ces rôles. Il affirme que je le regretterais amèrement.

« Croyez-moi, déclare-t-il, j'ai affaire aux œuvres depuis assez longtemps pour savoir que peu importe votre enthousiasme, celui-ci sera englouti par les vétilles de vos responsabilités. D'après ce que vous expliquiez dans votre message, Olive, vous souhaiteriez être au front, pour ainsi dire : aider les gens, leur parler. Vous ne serez pas heureuse cachée en coulisses à vous battre avec la paperasse. »

Quelle chance d'avoir des amis de toujours qui vous connaissent bien !

« Vous devrez avoir une attribution, poursuit-il, une attribution spécifique qui identifiera les domaines auxquels s'attachera votre projet. Il ne devra pas y en avoir plus de trois ou quatre. C'est bien joli de dire qu'il faut "aider les plus démunis", mais on ne peut pas aider tout le monde, entièrement et pour toujours. Vous devez savoir ce que vous cherchez à apporter et que les autres organisations n'apportent pas. Et vous devez pouvoir l'expliquer de façon succincte. »

Je souris. C'est précisément pourquoi j'ai demandé à Mr Miles de venir. Je lui réponds du tac au tac :

« L'éducation. Ce doit être la priorité.

— Vous aimeriez donc fonder une école ? » s'enquiert papa.

Je fronce le nez.

« Peut-être pas une école en soi, ou peut-être que si. Je n'en sais rien. Je crois que j'imaginais une sorte de… centre… où les gens pourraient venir apprendre ce qui compte à leurs yeux, ou du moins être orientés vers l'endroit où ils peuvent l'apprendre. Ils demanderont forcément à lire, à écrire et à compter, mais celles qui désirent devenir femme de chambre auront besoin d'apprendre à coudre et à coiffer, par exemple. Ou encore, quelqu'un qui apprécie les animaux ou la nature mais n'a pas encore eu l'opportunité d'apprendre à s'occuper des chevaux ou des jardins… »

Mon incapacité à expliquer ma vision des choses me frustre, mais pour l'instant celle-ci reste floue.

« Quelle excellente idée, s'enthousiasme maman. Vous prévoiriez des jours où ils viendraient apprendre les ficelles du métier : un jour dans une cuisine pour observer la cuisinière, disons, ou dans une boutique pour en apprendre le fonctionnement. Mon Dieu, avec tous les gens que nous connaissons, je suis sûre que nous pourrions organiser de formidables opportunités.

— C'est merveilleux, maman ! Exactement ce que j'imaginais. Ce serait splendide, non ?

— L'éducation, donc, sous toutes ses formes, résume Mr Miles, mettant un frein à mon enthousiasme quasi délirant. Quoi d'autre ?

— Une aide pratique. Des vêtements. De la nourriture. J'ignore quel terme conviendrait le mieux, mais il faudra créer un lieu pour apporter une aide immédiate à ceux qui en auront besoin. Les gens ne peuvent tout de même pas penser à leur avenir de façon productive s'ils sont affamés, gelés et accablés de fatigue. Et le troisième point : l'espoir. Oui ! Ce sont mes trois domaines d'intervention, Mr Miles. »

La voilà, mon attribution.

« L'espoir ? interroge maman. Comment comptez-vous apporter de l'espoir, ma chérie ?

— Je ne sais pas encore. Mais c'est un mot que j'ai beaucoup entendu dernièrement. Peut-être aurions-nous une personne qui pourrait encourager ceux qui ont le moral au plus bas, les mettre sur la bonne voie. Et nous devrons prodiguer des encouragements en chemin. Récompenser les efforts, ou même donner de petits cadeaux pour leur mettre du baume au cœur. Je vais réfléchir à la question.

— Vous devriez organiser une réunion, lance maman. Inviter des personnes de différents milieux, qui auront des idées différentes des nôtres. Et écrire chacune de leurs suggestions jusqu'à avoir une longue liste, puis déterminer lesquelles seront le plus utiles.

— Maman ! m'écrié-je, très impressionnée. Vous êtes brillante ! J'adore cette idée. J'inviterai Otty, parce qu'elle est jeune et pas encore blasée. Et Mabs, la dame de compagnie de sa mère, Mr Miles, parce qu'il sait… tout, en somme. Et Mr Dawkins, le conducteur de fiacre, parce que c'est un véritable philosophe… »

Tout à coup, ma fatigue est oubliée, et je suis remplie d'enthousiasme et, oui, d'espoir. Même si Clover reste collée à moi et moi seule pendant plusieurs mois encore, je peux y arriver. Je le sais !

« Olive, ma chérie, je suis ravie que mon idée vous plaise, mais vous n'avez pas besoin de dresser la liste des invités dans la minute. Mr Miles est ici, après tout, et je suis sûre qu'il a d'autres conseils à vous donner.

— Naturellement. Veuillez m'excuser, Mr Miles. Que dois-je faire d'autre ?

— Vous avez dit Mabs ? S'agirait-il par hasard de Mabel Daley ?

— Mais oui ! La connaissez-vous ?

— Je connais sa famille depuis longtemps. Je lui ai fourni la lettre de recommandation pour le poste qu'elle occupe actuellement. Une jeune fille formidable. Je suis heureux d'apprendre que vous êtes devenue son amie, Olive. Elle a besoin d'être soutenue par quelqu'un comme vous. Elle se porte bien, j'imagine ?

— Très bien, et je suis ravie que vous la connaissiez. Voulez-vous que je lui passe le bonjour, Mr Miles, la prochaine fois que je la verrai ?

— Oui, merci. Bien, quoi d'autre ? Vous devrez organiser une levée de fonds, pour deux raisons. La première étant que vous ne pourrez tout payer à vous seule. Vous êtes une femme riche, mais les nécessiteux sont nombreux. Si cette entreprise a une chance de réussir, elle doit être viable.

— Je comprends. Et la seconde raison ?

— Nous voulons que cette cause acquière une réputation. Elle doit susciter l'intérêt et obtenir l'appui de personnes qui peuvent aider. Vous devez donner envie aux gens de s'impliquer, afin qu'ils en retirent une bonne image. Tout le monde n'est pas philanthrope par bonté d'âme ; nombreux sont ceux qui ne se montrent généreux que lorsque la générosité est en vogue. Faites en sorte que votre cause soit en vogue. »

Je hoche la tête. Il a raison. « Absolument. J'inviterai les grands et les bons. Et surtout, les riches. C'est la haute société, les poches seront donc bien remplies. Merci, Mr Miles. Je vais donc organiser… un dîner. »

Maman émet une sorte de plainte étranglée que je connais fort bien.

« Maman ? dis-je d'un ton digne. Auriez-vous une remarque à faire ?

— Un dîner ? raille-t-elle, exaspérée. Franchement, Olive, vous êtes capable de trouver des idées extraordinaires, mais, quand il s'agit d'événements mondains, vous n'avez aucune imagination. Vous possédez tout au plus une robe de soirée et, pour vous, voir du monde consiste à inviter une petite voisine de douze ans à prendre le thé. »

Je fronce les sourcils.

« Mais vous aimez Otty !

— Là n'est pas la question, ma chère. Mr Miles vient de nous dire que vous devez rendre votre fondation aussi séduisante que possible, attiser chez nos connaissances le désir ardent d'aider, en faire la cause du jour. Et vous ne trouvez rien de mieux que de proposer un dîner collet monté ennuyeux à mourir. Comme ceux que donnent les banquiers et les hommes d'affaires tous les quatre matins. Non, Olive. Il nous faut quelque chose de plus somptueux. Une soirée à laquelle viendront tous les gens que nous connaissons, une soirée dont ils parleront encore des mois plus tard. Des années plus tard. Nous allons organiser un bal ! »

MABS

« Daley, déclara Mrs Finch un matin, je suis restée enfermée bien trop longtemps. » Mabs nettoyait des chaussures pour Mrs Webb puisque Mrs Finch lui donnait encore si peu de travail. Elle était en train de polir à la perfection les chaussures de ville de Mr Charlie, que celui-ci s'entêtait à porter sur la lande. Elle leva distraitement la tête. Entendait-elle des voix ?

« Ah oui alors, m'dame, s'émerveilla-t-elle. J'arrête pas de le répéter. Vous dites que vous voulez vous promener avec moi ?

— Il est sans doute encore trop tôt pour une promenade. J'ai honte d'admettre que le monde extérieur me rend nerveuse. Cela fait si longtemps.

— C'est ce que je craignais, m'dame. Vous aviez quoi en tête ?

— "Qu'aviez-vous" en tête, Daley. Pardonnez-moi, vous ne m'avez pas demandé de corriger votre façon de parler, et je ne le ferai plus si cela vous offense, mais je sais que vous souhaitez vous améliorer et, pour l'instant, votre mauvaise élocution donne une fausse image de votre finesse de caractère et votre intelligence. »

Mabs la regarda bouche bée. Elle parlait de sortir ? Elle lui faisait des compliments ? Que se passait-il ?

« J'en serais très reconnaissante, pour tout dire. "Qu'aviez-vous" en tête, m'dame ?

— Je me demandais si nous ne pourrions pas aller dans la roseraie. C'est une si belle journée, Daley. Je ne supporterais pas de rester à l'intérieur. Cela fait des mois… Je ne sais même plus comment une chose pareille est arrivée. Trop c'est trop. Je ne vais pas passer le reste de ma vie cloîtrée dans une pièce.

— Absolument pas, m'dame ! Oh, je suis si contente ! Attendez un peu que Mr Finch l'apprenne. Il sera aux anges ! »

Mrs Finch darda sur elle un regard froid et dur.

« En êtes-vous sûre ? »

Mabs ne comprenait plus. Mrs Finch venait de passer d'heureuse et pleine d'espoir à ceci en moins d'une minute ; elle était en train de changer d'avis, assurément.

« Eh bien… oui. Depuis que je vous connais, il attend rien d'autre que de vous voir retrouver la force et la santé. »

Mrs Finch se métamorphosa de nouveau ; une telle détresse se peignit sur ses traits que Mabs eut l'impression de la voir entraînée vers le fond de l'océan. Elle aurait voulu plonger à sa rescousse.

« En effet, répondit Mrs Finch. Et on dit "il n'attend rien d'autre", Daley. Voulez-vous que je vous explique pourquoi ?

— Vous m'expliquerez dans le jardin, m'dame. Maintenant, laissez-moi vous chercher un châle ;

malgré le soleil et les fleurs, y a encore une vilaine brise. On prend un livre, m'dame ? Au cas où vous voudriez vous asseoir et lire dehors ?

— Quelle charmante idée. Et c'est "il y a une vilaine brise", pas "y a". Est-ce que je vous agace déjà ?

— M'agacer ? M'dame, moi qui reçois jamais d'aide, je peux pas me permettre d'être agacée par celle qu'on veut bien m'apporter. J'en suis reconnaissante.

— Tant mieux. Car c'est "je ne peux pas" et non "je peux pas". »

Mrs Finch lui décocha un sourire penaud en enveloppant le châle autour de ses épaules. Mabs songea pour la millième fois que sa maîtresse avait autant de facettes qu'un pendentif de pierres précieuses.

Dehors, il faisait un froid vif et le ciel était dégagé. Le soleil brillait en oblique, et le jardin, ayant reçu très peu d'attentions depuis que la famille avait emménagé, avait quelque chose de magique, avec ses enchevêtrements et ses ombres, ses pousses vertes qui apparaissaient entre le brun du feuillage mort de l'année précédente. Mrs Finch se fraya avec précaution un chemin au milieu des rosiers aux branches noires qui luisaient dans la lumière. Se retrouver dehors après tant de temps devait lui paraître étrange, songea Mabs.

« J'ai toujours eu un penchant pour les jardins négligés, observa Mrs Finch. Lorsqu'ils sont trop bien entretenus, ils ressemblent à de jeunes dames pomponnées et éduquées au millimètre près. Je préfère le charme à l'obéissance. Et vous, Daley ?

— J'ai pas d'avis sur les jardins, m'dame. C'est la première fois que j'en vois un d'aussi près.

— Vraiment ? Bonté divine, comme nos vies sont différentes. Regardez, des jonquilles. Ne les trouvez-vous pas délicieuses ?

— Si, j'ai toujours pensé que c'étaient les fleurs les plus joyeuses.

— Tout à fait. »

Sans se soucier de l'humidité, Mrs Finch s'agenouilla dans l'herbe pour sentir les fleurs, puis reprit ses divagations.

« Regardez, Daley ! Une rose ! »

En effet, une rose, solitaire et rose pâle, s'accrochait à une branche. Elle était plus grosse qu'un bourgeon mais pas encore tout à fait ouverte.

« En mars ! murmura Mabs. Fantastique.

— Pensez-vous que ce soit très tôt ? Certes, le temps n'a pas été bien clément. Non, regardez. »

Elle effleura du doigt un pétale rose et celui-ci se détacha, révélant une fine couche de beige en dessous.

« Jolie illusion, mais elle n'est pas réellement en vie. »

Mrs Finch se mit à pleurer.

« Oh, m'dame ! »

Sans y penser, Mabs passa ses bras autour d'elle, pour se retrouver aussitôt repoussée.

« Désolée, m'dame, je voulais pas…

— Non, la coupa Mrs Finch, les yeux pleins de larmes. Ce n'est pas ça. Vous n'avez rien fait de mal, Daley. C'est la maison. Je ne veux pas qu'ils me voient. »

Elle tourna le dos à la maison et couvrit son visage de ses mains, pleurant sans retenue. Mabs eut beau garder ses distances, elle vit les larmes couler entre ses doigts.

« Je supporte pas de vous voir si malheureuse, m'dame, dit-elle d'une voix douce. Vous voulez pas me dire ce qui va pas ? Je peux vous aider ? »

Enfin, Mrs Finch sécha ses larmes et s'essuya les mains sur sa jupe. Elle leva la tête et prit une profonde inspiration.

« Pardonnez-moi, Daley. Ce n'était qu'un chagrin idiot – ou peut-être est-ce l'air frais qui m'a bouleversée. Regardez, un siège. Il est rouillé et couvert de feuilles ! Voulez-vous risquer de salir nos robes pour lire un peu ? »

Mabs craignait que cette incursion dans le jardin n'ait été qu'un événement isolé, mais le lendemain matin Mrs Finch la surprit de nouveau.

« Allons nous promener aujourd'hui, annonça-t-elle une fois le petit déjeuner débarrassé.

— Nous promener ? répéta Mabs, stupéfaite. Une vraie promenade ?

— Oui. Et je vous promets de bien me tenir. Plus de crise idiote comme celle d'hier.

— Ça avait rien d'idiot. C'était un grand pas.

— "N'avait rien". Ça n'avait rien d'idiot.

— Merci, m'dame. Ça n'avait rien d'idiot. Je vais chercher mon châle. »

Mabs courut à l'étage, voulant se dépêcher avant que sa maîtresse ne change encore d'avis. À son retour, elle fut soumise à un examen attentif de sa personne.

« N'avez-vous ni manteau ni gants ?

— Non, m'dame.

— Est-ce dans cette tenue que vous êtes sortie tout l'hiver ?

— Oui, m'dame.

— Mon Dieu ! Je n'en avais aucune idée. »

Mrs Finch dénicha un manteau bleu marine et une paire de gants en laine.

« Gardez-les », insista-t-elle avant de descendre les marches d'un pas décidé, s'éloignant des protestations et des remerciements de Mabs.

À la porte d'entrée, elle s'arrêta pour jeter un coup d'œil ironique par-dessus son épaule.

« Je vais enfin voir la terre promise de Hampstead. En avant, Daley ! J'ai bien l'intention d'être éblouie. »

Mabs devait l'avouer : Hampstead était vraiment éblouissant pour cette première expédition de Mrs Finch. De splendides camélias rouges et roses s'épanouissaient dans les jardins de Willoughby Walk ; devant leur éclat, les cottages de pierre brune paraissaient doux et accueillants. Le parfum des fleurs flottait dans la brise légère, et un foisonnement d'oiseaux – merles, pies, hirondelles – bruissaient dans les arbustes et traversaient le ciel à toute volée. Hampstead ressemblait au village de campagne d'autrefois.

Mrs Finch regardait autour d'elle d'un air blasé, mais Mabs remarqua dans ses yeux une pointe de curiosité.

« On raconte que Hampstead a des eaux curatives, comme Bath, commenta Mabs lorsqu'elles passèrent devant le vieux puits de Chalybeate Well. C'est pour ça que les gens viennent ici depuis toujours, pour se sentir mieux dans leur vie. »

Mrs Finch haussa les sourcils d'un air parfaitement sceptique.

Lorsqu'elles atteignirent la grand-rue, Mabs espéra voir Mrs Finch s'extasier comme elle-même l'avait fait la première fois qu'elle y avait mis les pieds. En vain.

Toutefois, contrairement à Mabs, Mrs Finch avait l'habitude des jolies choses ; c'était de plus une femme bornée. *Regardez un peu sa tête !* Elle semblait déterminée à ne pas tomber amoureuse du lieu, même quand elles passèrent devant le confiseur, avec sa vitrine de macarons vert pomme, rose poudré et jaune citron qui dégringolaient de leur support telle une cascade aux couleurs acidulées.

En traversant la route, elles contemplèrent la boulangerie, qui déployait une profusion de tartes dont la pâte paraissait légère comme l'air et dorée comme le beurre. Elles flânèrent près de la librairie et du magasin d'antiquités avec ses pendules en cuivre, ses boîtes à bibelots argentées et ses perles de jais. Les choux, les tomates et les oignons devant l'épicerie étaient d'une telle simplicité et d'une telle perfection que Mabs songeait souvent que leur beauté était la plus grande de tous.

Elles traversèrent de nouveau la rue pour marcher le long de Downshire Hill. Mabs regardait les yeux noirs de sa maîtresse observer les grandes maisons et les dames élégamment vêtues qui entraient et sortaient de voiture. Sans doute leur ressemblait-elle autrefois. « L'exquise miss Farrah », avait dit Elfrida d'un ton amer au sujet de sa mère. Mr Finch avait été un improbable soupirant qui n'en revenait toujours pas de l'avoir séduite.

« Vous êtes fatiguée, m'dame ?

— Un peu. Mais terminez votre visite guidée. Je ne vais pas m'évanouir.

— Je suis ravie de l'entendre, m'dame. Bon, voilà ce que je tenais surtout à vous montrer. »

Elles avaient atteint le bout de la rue, au-delà de laquelle commençait la lande. De l'étendue vert et brun qui se déroulait devant elles soufflait une brise qui leur rosit le visage.

« Juste pour que vous voyiez comme elle est proche, m'dame. On peut parcourir des kilomètres, dessus. Maintenant que vous avez découvert le village, on pourrait peut-être se promener sur la lande, la prochaine fois, si vous en avez envie.

— L'idée me plaît, Daley. C'est un endroit… plutôt agréable. Je comprends à présent pourquoi vous en parlez sans cesse.

— Je suis tellement contente ! Otty sera déçue d'apprendre qu'elle a loupé ça. Il faudra que vous y alliez avec elle, un après-midi. Elle est si fière de Hampstead qu'on dirait que c'est elle qui l'a construit.

— À qui le dites-vous… Ma fille est sujette à de grands élans d'enthousiasme. Vous savez, Daley, je suis fatiguée mais je n'ai pas envie de rentrer tout de suite. Vous rappelez-vous cet adorable salon de thé devant lequel nous sommes passées, celui avec les bow-windows ? Que diriez-vous d'y faire un petit crochet ?

— Astrid's, m'dame ? C'est le plus cher du quartier ! Je serais ravie d'y aller ! Vous commencez à trouver vos marques ! »

Mabs avait souvent regardé avec envie par les jolies fenêtres flanquées de lampes dorées de chez Astrid. Elle n'était jamais entrée parce que rien ne justifiait une telle dépense et qu'elle pensait que son vieux châle dénoterait ! Dans l'élégant manteau bleu marine de Mrs Finch, elle avait davantage l'impression d'y avoir sa place. L'intérieur était plus joli encore, avec du papier peint à fleurs et des soliflores en cristal sur chaque table. Mrs Finch leur commanda du Earl Grey. Le parfum floral déplut d'abord à Mabs, qui pourtant s'y habitua progressivement. Mrs Finch choisit un scone beurré et Mabs, un chou à la crème léger comme un nuage.

Mabs fut frappée de constater que, dans un autre monde, sa mère et elle auraient pu partager ce genre de plaisir. Et Mrs Finch devrait vraiment le partager avec ses propres filles. Mabs se demanda encore une fois comment les choses avaient pu si mal tourner pour la belle Abigail Farrah, autrefois si convoitée.

« À quoi vous pensez, m'dame ? s'enquit-elle après un long silence. Vous croyez que vous finirez quand même par retrouver le bonheur ? »

Mrs Finch détourna les yeux de la fenêtre.

« Je vois bien que c'est ce que vous attendez de moi. Mais je ne vous ai jamais menti sur la nature de mes sentiments. Ce n'est pas maintenant que je vais commencer. Vous souvenez-vous de cette rose que nous avons trouvée dans le jardin hier ? Elle paraissait si parfaite de l'extérieur, mais, à l'intérieur, elle était toute sèche et flétrie. C'est moi, Daley. Difficile de prendre du plaisir quand le cœur même de votre existence est empoisonné. Rongé par la rouille. Et cette roseraie qui, malgré son immense potentiel de vie et de beauté, reste cruellement négligée et pousse dans d'inquiétantes directions ? C'est ma vie. Avant que vous ne me posiez la question : non, je ne peux pas vous expliquer. »

Ce soir-là, Mabs frappa à la porte du bureau de Mr Finch. Il lui avait souvent dit que, si elle avait besoin de parler, elle n'avait qu'à venir à lui. En effet, il était là, l'odeur du monde extérieur flottant encore autour de lui et de son manteau jeté en boule sur le dossier d'une chaise, comme s'il venait à peine de le retirer. Son bureau était jonché de documents de travail.

« Je suis désolée, fit Mabs. Vous venez de rentrer. Je reviendrai une autre fois.

— Non, je vous en prie, ce n'est pas grave, miss Daley. En quoi puis-je vous aider ? »

Mabs ne put retenir son enthousiasme. Elle ne lui avait pas parlé de leur visite de la roseraie la veille, qui lui avait semblé si insignifiante. Mais une promenade dans Hampstead, quel progrès !

« J'ai une très bonne nouvelle pour vous, m'sieur.

— Je vous écoute ! »

Mabs lui raconta donc que, pour la première fois depuis des mois, son épouse était sortie. Elle ne pouvait s'empêcher de sourire, enchantée. Il s'agissait d'une étape tellement importante à ses yeux. Elle ne mentionna pas les larmes dans la roseraie, la veille. Pourquoi gâcher cette bonne nouvelle ?

« Dehors ? s'étonna Mr Finch. Où cela ? »

Mabs ne s'attendait pas à voir son visage si tendu. Pendant un bref instant, elle se rappela la conversation qu'elle avait eue avec sa femme le matin précédent :

Il sera aux anges !

En êtes-vous sûre ?

« Eh bien, hier, on est juste sorties dans la roseraie, m'sieur. Mrs Finch avait pas envie de marcher, mais l'air frais a dû lui faire du bien parce qu'aujourd'hui on s'est promenées dans le village !

— Le village ?! Abigail ? Ça alors. Vous faites des miracles !

— Je doute que ce soit moi, la faiseuse de miracles, m'sieur. Pour être honnête, je crois que c'est l'arrivée du printemps. Il remonte le moral, pas vrai ? Ça m'a fait plaisir de la voir hors de la maison, avec le soleil sur le visage. J'ai pensé que vous aimeriez l'entendre.

— Oui. Tout à fait. Et après… comment s'est-elle sentie ?

— Parfaitement bien, m'sieur. Vous êtes content ? J'en étais sûre.

— Oui, bien évidemment ! C'est… excellent. Inattendu. Bravo, miss Daley. J'aimerais vous donner une petite prime.

— Comment ? Oh non, m'sieur. Enfin merci, vraiment, mais j'ai fait que mon travail. J'ai pas besoin d'une prime pour ça. La voir sortir est une récompense en soi.

— C'est très gentil à vous. Juste une toute petite. Tenez, trois shillings. Je trouve que c'est important de célébrer ces étapes. Je me souviens fort bien de l'état dans lequel se trouvait ma femme à votre arrivée, miss Daley. La différence saute aux yeux. Je vous en prie, prenez-les.

— Très bien, m'sieur, merci encore. »

Mabs empocha les shillings brillants, songeant à sa tirelire, à l'anniversaire de Peg qui approchait à grands pas, à p'pa au charbon. Pourtant, elle ne se sentait pas tout à fait à l'aise.

« Et où êtes-vous allées aujourd'hui exactement ? Je vous en prie, asseyez-vous, racontez-moi tout. »

Mabs retraça leur itinéraire, puis hésita. Il n'y avait rien de mal à mentionner le salon de thé, si ? À moins que les savoir ensemble dans un endroit pareil ne lui paraisse un peu incongru. Mais ce serait une omission trop importante.

« Ensuite on est passées chez Astrid, m'sieur. Mrs Finch trouvait l'endroit joli.

— Le salon de thé ? Vous êtes donc allées là-bas pour… boire du thé ? Rien que vous deux ?

— Oui, m'sieur. C'était un grand moment pour moi et, elle, elle avait besoin de se reposer.

— Vous n'avez rencontré personne d'autre ?

— Non, m'sieur. Je connais pas grand monde par ici et Mrs Finch, personne.

— Et de quoi avez-vous parlé ? Oh, pardonnez-moi, cela doit vous sembler bien indiscret, c'est terriblement déplacé de ma part ! Je m'interrogeais juste parce qu'elle était si réticente à votre égard jusqu'à présent – enfin, pas envers vous personnellement, comprenez-moi bien, mais envers l'idée d'une dame de compagnie. Je me demandais donc ce qui avait changé.

— Je crois qu'elle s'est habituée à moi, voilà tout. Et comme je vous l'ai dit, m'sieur, le printemps arrange toujours les choses. On a parlé de l'éducation de miss Otty, et de l'anniversaire de miss Elfrida. Ma sœur Peg est née le même jour, c'est drôle. Elle va avoir treize ans, j'ai du mal à le croire… »

Ce fut un soulagement que de changer de sujet. Elle ne parlerait pas à Mr Finch des remarques mélancoliques que lui avait faites sa femme devant son thé tiédissant.

Difficile de prendre du plaisir quand le cœur même de votre existence est empoisonné… Rongé par la rouille.

À l'intérieur, elle était toute sèche et flétrie… C'est ma vie.

« Eh bien, conclut Mr Finch, je suis heureux que vous ayez passé une bonne matinée. Je suis sûr qu'Abigail se fera un plaisir de m'en parler lorsque je la verrai tout à l'heure. J'ai une nouvelle à lui annoncer. Une invitation !

— Ah oui ?

— Du capitaine Westallen ! Il nous invite à déjeuner lundi en quinze. Je devrais pouvoir demander ma demi-journée sans trop de difficulté. C'est pour moi une occasion en or.

— J'en suis ravie, m'sieur.

— Oui, sauf que… »

Il fronça les sourcils, soudain pensif. Puis il se retourna pour prendre une grande carte sur son bureau – l'invitation, sans doute, songea Mabs.

« Est-il d'usage d'inviter également l'épouse alors que le mari veut parler affaires ? Cela vous paraît-il étrange ? Je n'en sais trop rien.

— M'sieur, je suis la dernière personne qui saurait vous répondre… Mais ça vous laissera plus de temps avec lui, non ?

— Vous avez sans doute raison. Les Westallen et les Finch, deux bonnes familles de Hampstead en d'excellents termes… Cela sonne bien, n'est-ce pas ? »

Il examina la carte sous toutes les coutures.

« C'est juste la formulation qui… enfin, il s'attend de toute évidence à ce qu'Abigail soit là… mais elle n'a commencé à sortir que cette semaine. Ils comprendraient sans doute si je leur expliquais qu'elle n'est pas encore assez en forme pour un déjeuner.

— Je suis sûre que oui, m'sieur, mais pourquoi demanderiez-vous pas à Mrs Finch ce qu'elle en pense ? Je serais pas surprise d'apprendre qu'elle s'en sent capable. »

Mr Finch gardait les yeux rivés sur l'invitation, comme si des messages secrets y étaient inscrits à l'encre invisible.

« Et ma femme était-elle… d'humeur stable, aujourd'hui ? »

Difficile de prendre du plaisir quand le cœur même de votre existence est empoisonné…

« Oui, m'sieur, très stable.

— Alors peut-être lui demanderai-je, comme vous l'avez suggéré. Merci, Daley. »

Mabs quitta le bureau, légèrement déçue ; elle s'était attendue à ce qu'il saute de joie en entendant la nouvelle. Or, les changements pouvaient faire peur, même lorsqu'on y aspirait. Elle se souvint de ce qu'elle l'avait entendu dire mercredi soir : *J'aimerais tant que vous ayez une vie sociale normale et décente. Mais vous savez aussi bien que moi que l'on ne peut vous faire confiance. Ce que vous pourriez dire, ce que vous pourriez faire.*

Et Mabs le comprenait. Elle savait mieux que personne à quel point Mrs Finch pouvait se montrer lunatique. Plus Mrs Finch ferait de choses, plus elle serait en compagnie d'inconnus, plus elle aurait de chances d'agir de façon gênante ou choquante, il fallait l'admettre. Mais quelle était l'alternative ? L'enfermer pour toujours ? Non, ce serait inhumain. Mabs le savait et Mr Finch aussi. Néanmoins, il avait raison de faire preuve de prudence.

MABS

Les jours passèrent, et Mabs retrouva un certain bien-être. Mrs Finch et elle sortaient désormais se promener chaque jour ; or, l'air frais et le changement de routine apaisaient beaucoup leur relation. Mabs était persuadée que sa maîtresse serait assez forte et stable pour se rendre au déjeuner chez les Westallen. Elles parlaient peu lorsqu'elles flânaient dans le village ou marchaient dans la lande. Leurs conversations tournaient généralement autour des escapades d'Otty et de ses progrès à l'école. Les questions personnelles et les confidences étaient rares, mais Mrs Finch s'intéressait aux frères et sœurs de Mabs.

« Avez-vous l'intention de les sauver, tous autant qu'ils sont, avec votre salaire ? s'étonna-t-elle. Je sais que mon mari paye bien, mais quand même… C'est une grosse responsabilité.

— Oui, m'dame, on arrête pas de me le dire. Mais de mon point de vue, on doit pas s'aider soi-même sans rien faire pour ceux qu'on aime, si ?

— Non, acquiesça Mrs Finch. Non, en effet. »

À la maison, les leçons de lecture se poursuivirent, et Mabs apprenait désormais à écrire aussi. Elle lisait de mieux en mieux ; Mrs Finch lui suggéra d'essayer de lire un roman à voix haute, et elles choisirent *L'Île de corail.*

« La seule chose que j'aurais à reprocher à Mr Ballantyne est que ses protagonistes sont, bien évidemment, des garçons, soupira Mrs Finch, mais j'ai toujours imaginé que c'était moi qui vivais ces aventures, je peux vous l'assurer. »

Mabs sourit et se lança dans sa propre grande aventure : lire son premier roman.

Le fait que Mrs Finch ait le même âge que sa propre mère bien-aimée ne lui avait pas échappé. Elle était à présent la seule présence féminine constante et quotidienne pour Mabs, maintenant que m'man était morte. Jamais personne ne remplacerait m'man, et Mrs Finch n'avait absolument rien en commun avec Maureen ; cependant, Mabs commençait à se reposer sur leur camaraderie comme sur une pile de coussins, consciente que ce n'était sans doute pas une bonne idée.

Par une journée pluvieuse de printemps, alors qu'elles étaient assises ensemble, Betsy apporta un billet à Mrs Finch sur un plateau. Elles échangèrent un regard surpris. Mrs Finch ne recevait jamais de correspondance. Elle remercia Betsy et l'ouvrit à la hâte.

« Eh bien, voilà qui est prometteur ! Le message s'adresse à moi mais c'est vous qu'il concerne. Lisez-le vous-même. »

Mrs Finch lui tendit la lettre.

« Vraiment, m'dame ? C'est étrange ! »

Mabs se leva d'un bond, craignant le pire – comme d'apprendre du canal que Nicky s'était noyé ou de

Jenny que p'pa avait disparu –, mais il n'y avait là rien de prometteur. Elle remarqua le beau papier luxueux puis le monogramme imprimé en vert olive au bas du message : OW. Son cœur bondit dans sa poitrine.

Chère Mrs Finch,

J'espère que vous vous portez bien. Je me réjouis de vous revoir la semaine prochaine au déjeuner. En attendant, pourrais-je vous emprunter dès que possible votre dame de compagnie, miss Daley, pour une petite conversation ? J'ai des nouvelles encourageantes concernant un des membres de sa famille. Je serai chez moi tous les après-midi et tous les soirs de cette semaine, elle pourra donc passer me voir quand cela vous arrange toutes deux.

Mes sincères salutations,
Olive Westallen

Mabs, en proie à une immense exaltation, regarda Mrs Finch, dont les yeux noirs brillaient comme si elle se sentait concernée.

« Qu'attendez-vous, Daley ?

— Maintenant, m'dame ? Mais je travaille. Ça me dérange pas d'attendre, je vous jure… »

Mrs Finch éclata de rire.

« Si, cela vous dérange ! Allez-y. J'ai tout autant que vous envie de connaître cette nouvelle. »

Mabs s'emmitoufla donc dans l'élégant manteau que lui avait donné Mrs Finch et grimpa à toute vitesse la pente escarpée qui menait à Polaris House. Elle se retrouva sur le seuil, essoufflée, les cheveux ébouriffés.

Agatha ouvrit la porte ; elle sourit en voyant dans quel état se trouvait Mabs.

« Vous n'avez pas perdu de temps, constata-t-elle. Elle espérait que c'était vous. Entrez, je vous en prie. »

Elle conduisit Mabs jusqu'à l'agréable salon des Westallen. De longs rideaux bleus au motif floral jaune et vert pendaient du plafond jusqu'au sol. De magnifiques peintures à l'huile ornaient les murs : des chevaux galopant dans la campagne, des galions naviguant sur des mers déchaînées, une jeune Olive au regard obstiné. Il n'y avait pas de feu dans la cheminée aujourd'hui ; une fenêtre ouverte laissait entrer une douce brise qui agitait les rideaux. Clover et Olive étaient affalées sur le tapis indien, intensément concentrées sur un jeu étrange.

« Mabs ! »

Clover se leva d'un bond et lui étreignit les jambes avant de se jeter de nouveau sur le tapis.

Olive la salua d'un geste de la main.

« Merci d'être venue si vite. J'aimerais vous accueillir avec l'enthousiasme de Clover, mais je n'arrive plus à me lever. Ma jambe s'est endormie. Je suis vraiment navrée, je ne peux pas abandonner Clover en plein milieu de notre partie, alors que la situation est désespérée ! Asseyez-vous et je tenterai de me redresser dès que nous aurons terminé.

— Mabs ! s'exclama Clover. Venez jouer ! »

Olive fronça le nez.

« Ça ne vous dérange pas ? Ne vous sentez surtout pas obligée. Ce n'est pas l'endroit le plus confortable de la pièce.

— J'en serais ravie, répondit Mabs en prenant allègrement place sur le sol. Sauf que je connais pas ce jeu. Qu'est-ce que je dois faire ?

— Les puces ! cria Clover, plus surexcitée que jamais.

— Vous ne connaissez pas les puces ? s'étonna Olive. Ce jeu est l'objet d'un véritable engouement depuis maintenant plusieurs années.

— J'ai entendu Mr Charlie en parler. Mais Mrs Finch n'est pas du genre à jouer. Et avant ça…

— Bien sûr, dit Olive. Eh bien, chaque joueur a une pile de puces, voyez-vous, et le but est de faire sauter les vôtres dans cette coupelle à l'aide de ces gros jetons. Mais vous devez aussi bloquer les puces de votre adversaire en… Oui, Clover, tu as raison, une démonstration vaut mieux qu'une explication. »

Elle ajouta, en aparté :

« La coordination de Clover n'est pas encore à la hauteur de sa passion. Les puces finissent toujours par voler dans tous les sens, tels des papillons migrateurs. »

En effet, Clover se mit à propulser ses puces à tout-va, sa petite langue rose se faufilant entre ses dents. Les pions colorés s'envolèrent haut dans les airs, dans la cheminée et même, une ou deux fois, dans la coupelle.

« Nous sommes censées jouer chacune notre tour, ma chérie, rappela Olive d'un ton calme. Laisse Mabs essayer. Bon, Mabs, je suis trop impatiente de vous donner la nouvelle. Pouvez-vous vous concentrer avec toutes ces puces qui volent ?

— Je crois bien », s'esclaffa Mabs en jouant à son tour.

C'était étonnamment difficile et étonnamment drôle. Lorsqu'une des puces de son invitée atterrit dans la coupelle, Olive applaudit :

« Vous êtes douée ! »

Agatha apporta de la citronnade et du gâteau, puis Olive en vint au fait.

« Vous vous souvenez que je vous avais promis de guetter d'éventuelles opportunités professionnelles pour vos frères et sœurs, n'est-ce pas ?

— Oh que oui, répondit Mabs avec ferveur. J'ai prié pour que ça marche. »

Elle fit sauter une puce sur un repose-pieds tout proche.

« Il m'a fallu un moment avant de m'en occuper – Clover a eu beaucoup besoin de moi dernièrement –, après quoi j'ai été déçue, car plusieurs de mes connaissances qui emploient des domestiques ne cherchaient personne. »

Olive avala une gorgée de sa citronnade.

« Délicieux. Oh, il y a une puce au fond. Tant pis.

— Puce ! cria Clover.

— Oui, ma chérie, bravo. Mais j'ai une amie, du nom de Julia Morrow. Julia est divorcée, et les braves gens vertueux de Hampstead ne cachent pas ce qu'ils pensent de sa situation. Pourtant, c'est une femme charmante, Mabs. Elle est très fière, très indépendante, et il ne m'est jamais venu à l'esprit que ce pourrait être une solution. Je n'ai fait que mentionner ma recherche en passant. Quelle n'a pas été ma surprise lorsqu'elle m'a confié qu'elle avait songé à embaucher un garçon !

— Un garçon ? répéta Mabs qui, s'étant imaginé le visage ravi de Jenny, dut aussitôt se représenter celui de Jem ou de Matty.

— Oui. Elle affirme n'avoir aucun besoin d'une domestique puisqu'elle est tout à fait capable de cuisiner, de faire le ménage, de coudre… Je crois qu'elle aime s'occuper. Mais elle se sent parfois seule, bien sûr, et entretenir une vieille maison lui paraît difficile. Les châssis des fenêtres à changer, le jardin à apprivoiser et ainsi de suite. Dès que je lui ai parlé des jeunes Daley, elle s'est transformée ! Elle n'aimerait rien tant que d'en prendre un chez elle, où il vivrait et lui servirait d'homme à tout faire et de garçon de courses. Qu'en pensez-vous, Mabs ?

— Ça m'a l'air d'être un travail formidable, répondit aussitôt Mabs. Nicky pourrait le faire, ou Jem. Matty est encore un peu jeune. Et l'un comme l'autre seraient enchantés de vivre dans une maison bien chauffée et d'avoir suffisamment à manger.

— Bien, vous m'en voyez ravie, car plus j'y songe, plus cette solution me semble idéale. Écoutez, Julia a par ailleurs proposé de lui enseigner tout ce qu'il souhaitera apprendre. C'est une femme instruite. Je sais que vous voulez éviter à Nicky de travailler au canal, mais vous disiez qu'il n'a pas grand enthousiasme pour l'école, alors que Jem est quelqu'un de réfléchi…

— Jem », souffla Mabs.

Cela allait de soi. Nicky avait déjà un travail, après tout, et Jem, si doux et serviable, serait une véritable bénédiction pour une dame esseulée et incomprise.

« Il serait parfait. Nicky s'ennuierait trop, tout seul, mais Jem, lui, pourrait pas rêver mieux.

— Bien ! »

Olive paraissait soulagée, et Mabs fut touchée de voir à quel point cela lui tenait à cœur.

« Par ailleurs, en plus du gîte et du couvert, elle paierait un tout petit salaire. Pas grand-chose, mais…

— Le gîte, le couvert, un salaire et des leçons, soupira Mabs. Oh, Olive, vous imaginez pas combien ça me rendrait heureuse. Et maintenant ? Je suppose qu'elle veut le rencontrer ?

— Ce ne sera qu'une simple formalité. Et pour que Jem prenne sa propre décision. Après tout il est très jeune, peut-être ne souhaitera-t-il pas quitter sa maison et sa famille même si nous, qui sommes plus âgées, voyons les avantages d'un tel poste.

— Oh, il les verra aussi. J'y veillerai. Demain, c'est mercredi, ma demi-journée de congé. Vous croyez que Mrs Morrow sera chez elle ? Je pourrais emmener Jem si vous me donnez l'adresse.

— Mais je vous accompagnerai, naturellement ! Julia ne va jamais nulle part. Je passerai la voir demain matin pour lui dire de nous attendre dans l'après-midi.

— Puce ! » hurla Clover en riant et en jetant tous les pions en l'air.

Le lendemain à 14 h 30, Mabs parcourut le chemin familier qui menait à sa maison, profitant du soleil capricieux qui transformait les rues en figures kaléidoscopiques de lumière et d'ombre, de chaleur et de froid. En arrivant à Mushroom Court, elle s'arrêta pour en observer les contours sinistres et se réjouit d'en soustraire un de ses proches.

« Un de parti, cinq à placer ! avait lancé Mrs Finch au moment où elle s'en allait. Pouvez-vous passer me voir à votre retour, juste pour cinq minutes, et me dire comment cela s'est passé ? Je vais y penser la journée. »

Mabs avait promis, émue.

Elle grimpa les marches quatre à quatre puis tourna la poignée. Celle-ci semblait fermée à clef. Elle la tourna de nouveau mais craignit de la voir se détacher tant elle était branlante. Étrange.

« Jen ! appela-t-elle. Peg ? Y a quelqu'un ? C'est moi !

— Mabs ? demanda une voix feutrée derrière la porte. C'est toi ?

— Oui ! Laisse-moi entrer ! »

Elle entendit une clef tourner et Jenny lui ouvrit, l'entraîna à l'intérieur et la serra dans ses bras.

« Mabs, on t'attendait pas ! Y a un problème ?

— Au contraire. Mais pourquoi la porte est fermée ? Je savais même pas qu'on avait une clef.

— C'est p'pa, soupira Jenny. Il boit après le travail et, ces derniers jours, il sabote la besogne parce qu'il est pas en état. »

Pas maintenant ! hurla Mabs intérieurement. *Pas maintenant qu'on commence juste à s'en sortir.*

« Il a perdu son boulot ?

— Non, mais certains gars sont fâchés. Ils disent qu'il y met pas du sien, qu'il leur fait courir des risques.

— Alors ils viennent ici pour lui parler ?

— Plutôt pour lui donner une bonne leçon », intervint Peg. Elle portait un bébé que Mabs ne connaissait pas. Les filles du quartier gardaient parfois les bébés de parents éreintés pour deux pennies et une tasse de thé.

« Ils ont poussé la table, ce genre de truc. C'est la seule fois où j'ai été contente qu'on ait rien de joli chez nous. Ils ont bousculé un peu p'pa et lui ont ordonné de se prendre en main. En quoi ils ont pas tort. Mais ils ont fait peur aux p'tits.

— Et à nous aussi, admit Jenny. Ils sont entrés comme ça. Je suis sûre qu'ils cherchaient juste à le faire réfléchir. Mais on a préféré fermer à clef, au cas où.

— Oh mon Dieu. »

Mabs se laissa choir à table et remarqua que celle-ci était devenue bancale.

« Un des pieds est desserré, expliqua Jem. J'ai essayé de le réparer…

— T'as fait du bon travail », dit Peg en lui ébouriffant les cheveux.

Mabs poussa un soupir. Quel quartier idiot, avec sa mentalité idiote. Elle comprenait les reproches que les gars faisaient à p'pa, naturellement. Mais pourquoi y mêler les mômes ? N'avaient-ils donc aucune imagination ? Ne pouvaient-ils pas deviner l'impact d'une frousse pareille sur des enfants ? La petite Angie paraissait anormalement pâle et inquiète. Mabs la prit sur ses genoux et lui caressa les cheveux.

« Je dois raisonner p'pa.

— Tu peux toujours essayer, rétorqua Jenny, mais est-ce que ça changera quoi que ce soit ? De toute façon, ça s'est calmé depuis. C'est quoi, ta nouvelle ?

— Eh bien », répondit Mabs en se redressant avec un sourire.

Elle était bien décidée à ne pas laisser gâcher cette journée. Un des enfants allait sortir d'ici !

« Jem, on t'offre une occasion, une occasion merveilleuse. Un poste pour toi, chez une dame. »

Malgré le front plissé de Jem et ses cheveux sombres qui lui tombaient sur les yeux, elle vit ses yeux brillants d'espoir.

« Un poste ? Pour moi ? Mais j'ai que dix ans, Mabs. Elle le sait, cette dame ?

— Elle le sait, et si tu veux, Jemmy, on va aller la voir cet après-midi pour que tu sois sûr qu'elle te plaise. »

Jem hocha la tête. Jenny enfouit son visage dans ses mains.

« Oh mon Dieu, dit-elle d'une voix étouffée. Une chance pour l'un d'entre nous, enfin. Ma parole, quel soulagement ! Où est-ce qu'il travaillerait, Mabs ?

— C'est ce qu'il y a de plus beau dans l'histoire… Non, tout est beau dans cette histoire, mais ça en fait partie. C'est à Hampstead. On viendra vous rendre visite ensemble le dimanche. Je pourrai garder un œil sur toi, Jem, et je serai pas loin.

— Quel genre de boulot, Mabs ? Elle veut que je fasse quoi ?

— Laisse-moi commencer par le commencement. Je suis tellement surexcitée que je le raconte pas très bien. Elle s'appelle Julia Morrow et c'est une amie de miss Westallen, dont je vous ai parlé.

— Elle est riche ? s'exclama Peg en déplaçant le bébé sur son autre épaule.

— Je crois pas. Pas comme Olive. Mais, comparés à nous, la plupart des gens sont riches, non ? »

Mabs expliqua tout dans les moindres détails. Jem fronça encore plus les sourcils, les yeux scintillants de questions.

« Alors j'aurai le droit de vivre dans une grande maison, de manger comme quatre, d'apprendre tout ce que je veux et en plus elle me payera ? » s'exclama-t-il, déconcerté.

Pas étonnant ; ce genre d'occasions ne tombait pas tous les jours du ciel pour les enfants comme eux.

« Oui, répliqua Mabs. Et t'auras un jour et demi de congé chaque semaine, comme moi. »

Jem se gratta la tête. Sa tignasse sombre se dressa sur son crâne, et le cœur de Mabs se serra tant l'amour qu'elle avait pour lui était grand. C'était un garçon si beau, si affectueux. Le voir dans cette pièce lugubre – y voir tous ses frères et sœurs – lui donnait la migraine. Mais les choses changeaient.

« Et tout ce que j'ai à faire, c'est de réparer et entretenir des trucs et m'occuper de ses courses ? s'enquit-il.

— Exact, dit Mabs. Plutôt facile, pour un garçon comme toi, tu crois pas ?

— Si. Mais Mabs… ?

— Quoi ? »

Faites qu'il n'ait pas peur d'accepter.

« Est-ce que je peux vraiment y aller ? Maintenant que Nicky travaille, c'est moi l'homme de la maison. Si je suis pas là, les filles resteront toutes seules toute la journée avec Matty, et il est trop petit pour les protéger. »

Seigneur, ces enfants allaient l'achever.

« Jem chéri, fit Jenny, c'est très gentil à toi d'y penser et t'as raison, c'est toi l'homme de la maison maintenant. Mais je suis l'adulte ici depuis que Mabs est partie, et je te dis qu'il faut que tu le fasses, pour nous tous. Regarde un peu ce que ça lui a rapporté, à Mabs, de sortir d'ici ! Regarde ce que ça nous a rapporté à tous – apprendre à lire, de l'argent, de la nourriture et maintenant ça ! On en a besoin. Tu vas le faire pour nous, hein ? »

Jem regarda autour de lui, visiblement partagé sur la décision à prendre. Mabs comprenait ce qu'il ressentait ; elle ne s'en souvenait que trop bien. Il avait tellement envie de partir d'ici qu'il avait l'impression d'être égoïste. Malgré tout, Jenny s'était montrée persuasive, et ses arguments bouillonnaient dans sa cervelle intelligente d'enfant de dix ans.

« D'accord, déclara-t-il, si t'es sûre que ça ira. Si t'es sûre que c'est la bonne chose à faire.

— Ça l'est, affirma Jenny. Juré craché. »

Jem se tourna vers Mabs.

« Toi aussi ?

— C'est pour ça que je suis là, non ? J'ai des projets pour cette famille, mon petit Jemmy. J'en ai pas parlé avant parce que je voulais pas vous donner de faux espoirs, mais autant le dire maintenant. Cet endroit est un trou à rats et vous êtes trop bons pour y rester, tous autant que vous êtes. Miss Olive vous cherche des postes. Ça se bouscule pas au portillon pour embaucher des gens comme nous, mais regardez, Jem a déjà décroché quelque chose. Il sera le premier. Et puis, une autre fois, ça sera votre tour. Et, ce jour-là, je veux pas vous entendre regimber.

— Tu m'entendras pas regimber, moi ! promit Peg. Je donnerais n'importe quoi pour partir d'ici.

— C'est pour ça que tu dois continuer à apprendre tes leçons, dit Mabs. Tu t'entraînes à lire, Peg ?

— Oui ! s'écria Peg d'un ton indigné.

— Je te le confirme, intervint Jenny. C'est une bonne élève. Alors quand est-ce que tu pars, Mabs ? Maintenant ?

— Le plus tôt sera le mieux. T'es prêt, Jem ? »

L'espace d'un instant, Jem parut inquiet.

« Je vais revenir ?

— Ah ! »

Mabs n'avait pas réfléchi à la question.

« J'en sais rien. Si jamais vous vous entendez bien, je sais pas si elle te demandera de commencer lundi ou de rester directement !

— Ben ça a pas d'importance, commenta Peg avec pragmatisme. C'est pas comme s'il avait beaucoup de choses à emporter.

— Exact, remarqua Jenny. Rien d'autre que notre amour. On va se dire au revoir maintenant, Jem, et, si tu reviens tout à l'heure, on se refera nos adieux. Si tu restes là-bas, on te verra dimanche. Ça sera que quatre jours. »

Mabs s'écarta pour laisser les enfants faire leurs adieux. Quelle chose étrange que les émotions ! Il n'y avait pas le moindre doute dans son esprit : c'était là la meilleure chose qui pouvait leur arriver. Pourtant, elle se sentait cruelle de les séparer ainsi. Elle leur tendit la grande barre chocolatée qu'elle avait achetée, s'efforçant de ne pas avoir l'impression de les soudoyer pour les séparer de leur frère.

Puis Jem la rejoignit, les yeux humides, le visage empreint d'un certain héroïsme.

« Je suis prêt, Mabs.

— Bravo. Bien, vous autres, je vous aime, l'oubliez pas. Quoi que fasse p'pa, notre situation s'améliore. »

Ils marchèrent en silence. De temps à autre, Mabs jetait un coup d'œil à son petit frère, le cœur serré par la détermination qu'elle lisait sur son petit visage si mince. Lorsqu'ils arrivèrent à la périphérie de Saffron Hill, Jem s'arrêta.

« Je suis jamais allé aussi loin, Mabsy.

— T'as peur ?

— Un peu.

— C'est normal. La nouveauté, ça fait toujours peur, même quand c'est une bonne chose. Mais t'es content, non ?

— Oui, je suis content. C'est une aventure, pas vrai ? Y a pas beaucoup d'aventures à Mushroom Court, ou alors que des mauvaises.

— À qui le dis-tu... Eh bien, moi, je suis très heureuse pour toi, Jem. J'ai jamais rencontré cette dame, Mrs Morrow, mais j'ai confiance en Olive. Elle t'enverrait pas dans un endroit qui te conviendrait pas. »

Lorsqu'ils arrivèrent à Hampstead, les jardins regorgeaient de phlox, de lavande et de l'extravagant jaune soleil de rudbeckies. Les passantes portaient des robes pastel et des ombrelles à volants.

Jem avait les yeux écarquillés, le visage pâle.

« On dirait là où vivent les princes et les princesses dans les histoires. Ça paraît faux, Mabs.

— J'ai hâte de tout te montrer. Mais faut pas traîner, t'as un entretien d'embauche ! »

Ils échangèrent un regard surexcité, et Mabs prit la main de son frère dans la sienne.

Jem la serra puis la lâcha.

« Je suis un peu trop vieux pour te tenir la main, Mabs, remarqua-t-il d'un air désolé.

— Mais oui, mon chéri. »

Ils grimpèrent Holly Hill et empruntèrent quelques rues en zigzag jusqu'à Polaris House. Mabs entraîna Jem par la grille entrouverte.

« C'est là qu'habite miss Westallen. »

Jem s'arrêta net. Il leva le menton pour admirer la porte majestueuse aux épaisses colonnes, les oriels qui brillaient sous les rayons du soleil, la tourelle et les fenêtres scintillantes, la hauteur des toits rouges.

« C'est un château, murmura-t-il.

— Tout comme. Les Westallen sont la famille la plus riche à des kilomètres à la ronde. Mais ce sont aussi les plus gentils, alors faut pas avoir peur.

— J'ai pas peur », assura Jem d'une toute petite voix, mais il tendit le bras et lui prit la main.

Mabs sourit. La porte d'entrée s'ouvrit en grand avant même qu'ils l'aient atteinte. Clover se précipita sur eux dans une cascade de boucles miel, vêtue d'une robe d'été bleue.

« Mabs ! cria-t-elle. Maman arrive ! »

Elle dévisagea Jem.

« Qui est-ce ?

— C'est mon frère, Jeremiah Daley. On l'appelle Jem. Jem, voici miss Clover Westallen.

— Enchanté », dit Jem avec une courbette.

Enchanté ? Où il a appris ça ? se demanda Mabs. Elle avait toujours cru, lors de ses rares songeries romantiques, qu'on ne pouvait identifier le moment exact où quelqu'un tombait amoureux. Elle savait à présent qu'elle avait tort. Clover tendit la main à Jem pour qu'il la lui serre, et Mabs vit son petit frère tomber aussitôt amoureux sous ses yeux, aussi sûr que si des lumières scintillantes s'étaient allumées en lui.

Olive remonta l'allée d'un pas vif.

« Bonjour, les Daley ! lança-t-elle d'un ton enjoué. Vous devez être Jem. Je suis ravie de vous rencontrer.

— Ravi de vous rencontrer, miss Westallen.

— Quelles bonnes manières ! Avez-vous hâte de commencer cette nouvelle aventure ?

— Oui, m'dame. Merci d'avoir pensé à moi.

— Il n'y a pas de quoi, je vois d'un seul coup d'œil que c'est exactement ce qu'il vous faut. Bonjour,

Mabs. Clover, ma chérie, dépêche-toi de rentrer. Maman n'en a pas pour longtemps.

— Jem devrait venir jouer aux puces », protesta Clover, boudeuse.

Olive éclata de rire.

« Nous n'avons pas le temps de jouer aux puces maintenant, mon ange. Jem a un rendez-vous très important. »

Clover parut d'abord affligée, puis elle s'égaya.

« Jem pourrait venir faire des biscuits ? proposa-t-elle.

— Oh, mon enfant, cela prendrait encore plus longtemps. Que penses-tu de ceci ? Prépare des biscuits avec Mrs Brody pendant que je ne suis pas là et, à mon retour, nous jouerons aux puces. Si Jem est d'accord pour nous rendre visite un jour, je suis sûre qu'il jouera avec toi.

— Je veux venir ! »

Clover enlaça la jambe de sa mère, enfouissant son visage dans ses jupes roussâtres.

Olive jeta un regard soucieux à Mabs.

« Allons, ma chérie, nous en avons déjà parlé, t'en souviens-tu ? Je reviens tout de suite, je te le promets. Mais c'est une opportunité très importante pour Jem. Tu ne voudrais pas qu'il la manque, si ?

— Je veux venir ! Ne me laisse pas, maman », geignit Clover indistinctement entre les couches de tarlatane.

Olive s'agenouilla, serra sa fille dans ses bras, l'embrassa et lui chuchota à l'oreille. *Suppliques, promesses, marchandage ?* se demanda Mabs, se souvenant de la façon dont elle-même faisait autrefois face à de petits enfants malheureux. *Probablement les trois.*

Clover finit par pousser un soupir et salua les visiteurs d'un petit geste désolé de la main, égratignant sa jolie chaussure blanche sur le gravier.

« Excusez-moi, miss Westallen, dit Jem, écarlate. Mabs m'a dit que vous aviez une petite fille et c'est pas poli de se rendre chez les gens les mains vides, alors j'ai apporté quelque chose à miss Clover. Mais c'est rien d'extraordinaire, soupira-t-il, les yeux levés vers l'énorme demeure.

— C'est gentil, ça ! s'étonna Mabs. Qu'est-ce que t'as apporté ? »

Elle n'en avait aucune idée.

« Eh bien, ça », balbutia Jem.

Il sortit de la poche de sa veste une petite toupie violette avec une bande jaune au milieu, dont les couleurs vives étaient éraflées et passées. Mabs eut envie de pleurer. P'pa l'avait trouvée près du canal, un jour, quand Jem était aussi petit que Clover. C'était son bien le plus précieux – le seul qu'il possédait, d'ailleurs.

Olive et Mabel regardèrent le visage de Clover s'éclairer comme si elle ne vivait pas dans une maison pleine de jouets hors de prix.

« Bravo, murmura Mabs en posant une main sur l'épaule de son frère. Comment tu fais pour être aussi gentil et intelligent ? Je suis fière de toi, Jemmy.

— J'ai pas encore décroché le boulot », répliqua-t-il avec un grand sourire.

Mais il le décrocha, naturellement. Mrs Morrow était une femme charmante mais triste de l'âge d'Olive. Elle les accueillit avec de l'eau gazeuse au citron vert et du gâteau au chocolat et s'efforça de mettre Jem à l'aise. Puis elle leur fit faire le tour du propriétaire.

Mabs eut envie de rire en voyant la chambre que Mrs Morrow avait préparée pour Jem. Elle était dix fois plus grande que celle qu'elle occupait chez les Finch. Il allait s'y perdre ! Il avait un lit à baldaquin, de beaux rideaux verts et une maquette de diligence à laquelle étaient harnachés quatre petits chevaux en bois sculptés. Comptait-elle l'employer ou l'adopter ?

« Merci, Mrs Morrow, murmura Jem, un peu perplexe.

— Je parie que vous aimerez la vue de votre fenêtre, observa Olive. Elle donne sur l'arrière de la maison, n'est-ce pas, Julia ? »

Jem et Mabs s'approchèrent de la fenêtre.

« Mabs ! Regarde ! s'écria-t-il.

— Eh ben ça alors », lâcha Mabs.

Le Vale of Health formait un fer à cheval composé d'élégantes maisons aux façades orientées vers la rue. L'arrière de ces demeures surplombait la lande, qui commençait juste au bout du jardin, et celle de Julia Morrow donnait directement sur un immense étang miroitant. Au centre de l'étang, sur un perchoir immergé, un cormoran étendait ses loqueteuses ailes noires pour les sécher.

Olive et Julia se tenaient dans l'encadrement de la porte.

« Merci, leur dit Mabs d'une voix douce. C'est plus que j'aurais pu imaginer. Ça me réchauffe le cœur de le savoir dans un endroit pareil.

— C'est un bon garçon, déclara Mrs Morrow d'un air à la fois heureux et triste. Je serais ravie de l'aider un peu, et avoir quelqu'un d'intelligent pour me tenir compagnie me fera du bien. »

Quand vint le moment des adieux, Mabs attira Jem contre elle et l'embrassa furieusement.

« Bonne chance, Jemmy chéri. Je passerai te chercher dimanche matin à 10 heures, d'accord ? On ira voir les autres et tu pourras leur parler de ta nouvelle maison. »

OLIVE

Je suis vraiment contente de moi. Je n'aurais pu mieux assortir Jem. Ô, heureuse conjonction ! Si seulement je pouvais opérer pareille magie pour les autres Daley !

Maman est sortie avec Clover aujourd'hui, pour la première fois depuis plusieurs semaines. Leur départ a été bouleversant : Clover poussait des cris d'orfraie, et les larmes coulaient à flots sur ses joues. J'étais prête à céder et à lui permettre de rester avec moi, mais maman est plus forte que moi. Elle a insisté sur le fait que Clover doit réapprendre à être heureuse en compagnie d'autres personnes. Je dois admettre que j'étais soulagée de la laisser décider à ma place. La solitude me paraît un luxe oublié, et j'ai grand besoin de temps pour travailler sur mon nouveau projet : la Fondation Westallen. Je voulais l'appeler la Fondation de l'Espoir, mais Mr Miles affirme que ce nom nébuleux ne convaincra pas les gens de la prendre au sérieux. Il dit qu'y attacher notre nom de famille attirera l'attention, l'argent et les personnes au bras long. Sa dénomination officielle est donc la Fondation Westallen, mais je l'appelle encore la Fondation de l'Espoir en pensée. Je rédige des documents (attributions, budget prévisionnel, lieux potentiels, etc.) ainsi qu'une liste d'invités au bal, que je ne compléterai qu'une fois maman rentrée. Les réceptions sont son domaine de prédilection, pas le mien.

Alors que je mâchonne mon porte-plume, Agatha m'annonce que j'ai de la visite, un certain Mr Lionel Harper. Ce nom ne me dit rien, mais apparemment c'est Mr Miles qui l'envoie.

Il retire son chapeau en entrant et me salue d'une révérence.

« Miss Westallen, je m'excuse de passer à l'improviste et sans même avoir la courtoisie de vous envoyer un billet. Cela ne se fait pas, j'en suis conscient, mais j'étais dans les parages et j'ai décidé de saisir l'occasion. Mr Miles m'a conseillé de ne pas tarder.

— Bienvenue, Mr Harper. Les amis de Mr Miles sont mes amis. Asseyez-vous. En quoi puis-je vous aider ? »

Mr Harper a à peu près mon âge ; il est bien habillé, avec des cheveux bruns et une barbe soignée un peu plus foncée. Il a des yeux gris et paraît vif d'esprit. Je détecte en lui une intelligence aiguë.

« J'aurais plutôt aimé savoir ce en quoi je pouvais vous aider, répond-il. Mr Miles m'a parlé de la Fondation Westallen. »

Mr Harper m'explique qu'il a créé il y a cinq ans une petite compagnie d'importation de pierres précieuses qu'il vend à des bijouteries.

« J'ai connu un succès inespéré, explique-t-il sans se vanter mais avec beaucoup de naturel. J'ai investi dans d'autres entreprises et gagné encore plus d'argent.

À présent, je cherche un projet louable dans lequel investir d'une autre façon, non pas pour une quelconque rentabilité financière mais pour apporter ma contribution à la société. Mr Miles m'assure que votre fondation y correspond en tout point. Peut-être avez-vous entendu parler de mon père, le financier William Harper ? »

Malheureusement, non.

« La philanthropie est une de nos valeurs familiales, miss Westallen. Il est temps pour moi d'imiter mon père et d'utiliser une partie de ma fortune pour aider autrui. Pourriez-vous me parler de la fondation avec vos mots à vous ? »

Je me lance avec enthousiasme dans une explication de ce que j'envisage, immensément reconnaissante à Mr Miles de m'avoir encouragée à peaufiner mes idées et à les présenter sous forme d'un discours bref et efficace. Mr Harper me regarde parler avec la plus grande attention.

« Voilà donc le programme en un mot, conclus-je. Je peux entrer dans les détails si je n'ai pas été claire.

— Vous avez été très claire. Votre projet est ambitieux, mais pas trop. Vos intentions sont excellentes et je devine votre sincérité. J'aimerais beaucoup faire une donation et aider par d'autres moyens si je le peux. »

Mon premier mécène !

« Seriez-vous disposé à parler de votre entreprise à de jeunes gens ? Le champ est si vaste : l'art de la joaillerie, les mécanismes de l'importation, le commerce international, les investissements… Pourrions-nous compter sur vous si nous rencontrions des personnes qui s'intéressent à l'un de ces sujets ? Ceux que j'aimerais aider… ne s'approcheraient jamais d'un homme tel que vous. S'exposer à d'autres sortes de gens, d'autres modes de vie, d'autres sources d'information que celles qu'ils connaissent est un élément particulièrement important de mon projet. »

Il rit un peu.

« Vous n'êtes pas du genre hésitant, miss Westallen ! Vous savez ce que vous voulez et vous osez le demander.

— Si je l'étais, je ne pourrais pas faire grand-chose pour les pauvres de Londres, Mr Harper.

— Je suis d'accord avec vous. Tourner autour du pot est un passe-temps absurde. Pour répondre à votre question, oui, je serais disposé à le faire – sur le principe, bien sûr. J'évaluerais chaque requête au cas par cas ; si j'avais des doutes sur le caractère d'une jeune personne, par exemple, j'objecterais. Par ailleurs, à certains moments de l'année, il m'arrive de ne pas avoir le temps de respirer, et encore moins de parler à un apprenti en herbe. Mais, en dehors de cela, vous pouvez compter sur moi, miss Westallen.

— Merci. Je suis extrêmement reconnaissante et ravie de recueillir votre participation. L'argent est important, de toute évidence, et Mr Miles a souligné combien cette entreprise en aura besoin. Cependant, l'argent seul ne fera pas avancer mes idées. De l'espoir, Mr Harper, voilà ce dont ces gens ont besoin.

— De l'espoir ?

— Oui. Et ce n'est pas d'une suite de nombres sur une page qu'ils l'obtiendront. Ils l'obtiendront quand les gens prendront le temps de les éduquer, de les encourager et de retirer leurs œillères. »

Il hausse les sourcils.

« Absolument ! Je dois dire que je vous admire, miss Westallen. Ou plutôt, j'admire ce que vous faites. Non, c'est vrai, je vous admire, vous. Mr Miles m'a dit que vous étiez généreuse, riche et exceptionnellement intelligente. Il n'a pas mentionné en revanche que vous étiez si… jolie et charmante. »

Je dois avoir l'air incrédule, car il se dépêche de faire machine arrière.

« Pardonnez-moi ! C'est déplacé. Il s'agit d'un rendez-vous d'affaires. Je ne suis pas un flatteur, miss Westallen, mais je dis toujours ce que je pense, tout comme vous. Revenons-en à nos moutons. En quoi d'autre puis-je aider la Fondation Westallen ?

— Il nous faut un lieu de rencontre, dis-je sans hésitation. Un bureau central où les gens pourront s'inscrire. Je travaille actuellement de chez moi, comme vous pouvez le constater, mais je ne peux recevoir un flot constant de personnes dans ma maison.

— Je possède un vieil entrepôt à Euston. Il n'est pas très grand, mais il pourrait convenir. Pour l'instant, de vieilles réserves et fournitures encombrent encore le rez-de-chaussée, en revanche vous pourriez utiliser le premier étage tout de suite. Plus tard, si vous vous développez et que vous avez besoin de plus d'espace, je le ferai débarrasser. »

Je secoue la tête.

« Mr Harper, vous êtes vraiment miraculeux. Vous venez de résoudre mon problème le plus urgent sans la moindre hésitation. Vous êtes le saint Nicolas des œuvres caritatives.

— Mon père serait ravi de l'entendre. Je me réjouis que Mr Miles m'ait envoyé vers vous. Il a pensé que mes bonnes intentions et les vôtres pourraient être complémentaires, et j'ai l'impression qu'il a eu raison. À présent, je vais me retirer et m'occuper de faire nettoyer l'entrepôt – votre bureau – et de vous envoyer les clefs. Au revoir, miss Westallen, et bonne chance ! »

Je me lève et lui serre la main.

« Merci de tout cœur pour votre visite et pour ce que vous avez promis, Mr Harper. Je vous en suis reconnaissante au nom de tous ceux à qui je souhaite venir en aide.

— J'espère vous revoir bientôt. »

Je le raccompagne à la porte, un peu abasourdie. Il est rare qu'un homme m'égale en intelligence et en détermination. À la fois accompli dans les affaires et doué d'une conscience sociale, celui-là ne mâche ni trop ni trop peu ses mots, juste assez pour m'intriguer. Sans compter qu'il n'est pas laid. Je me demande s'il y a une Mrs Lionel Harper.

Jolie et charmante ? Je me glisse dans la salle à manger, où trône un miroir. Mes cheveux, attachés à la hâte avant de me mettre au travail ce matin, se sont défaits, et j'ai une petite tache bleue au coin de la bouche à force d'avoir mâchonné le porte-plume. Je porte le médaillon que les domestiques m'ont offert pour mon anniversaire sur un décolleté qui ne convient pas du tout à ce genre de bijou, mais il est devenu une sorte de talisman à mes yeux, et je le porte presque tous les jours. Je ne suis pas Rowena Blythe ! Et pourtant, ma chevelure défaite adoucit mon visage. Je tiens papa pour seul responsable de ma mâchoire et, contrairement à lui, je ne peux la dissimuler sous une barbe. J'ai revêtu une vieille robe rose et crème. Je porte rarement du rose, même si je trouve que cette couleur me va plutôt bien. Ou est-ce le compliment d'un bel homme qui me donne cette idée ?

Au lieu de retourner à mon bureau, je me retrouve dans ma chambre, à regarder distraitement autour de moi, me demandant pour quelle raison je suis montée. Une brosse ? Une autre robe ? Je m'aperçois que j'ai été attirée en haut des escaliers, telle une somnambule, par un besoin vague de consulter mes cartes divinatoires. À cause de Mr Harper ? Suis-je à tel point privée de compagnie masculine qu'une simple rencontre me pousse devant l'autel pour attendre, le cœur plein d'espoir ? Que nenni. Tant que je suis là, j'aimerais tout de même interroger les cartes. Non pas sur un sujet aussi commun qu'un homme, mais à propos de la fondation. C'est une entreprise si importante que je n'arrive pas à croire que je ne l'ai pas encore fait !

Je sors les cartes de leur cachette au milieu de mes sous-vêtements et m'installe sur le lit. Je songe à mon nouveau projet, à tout ce qui y a mené – Clover, mon désir de bâtir un monde meilleur pour elle, ma visite à Harlowe Place. Je mélange, coupe et tire une carte. Et encore. Et encore.

D'abord, l'Ancre. L'illustration représente une mer agitée, surmontée de deux navires. Une ancre énorme prédomine au premier plan. L'Ancre. Pour l'Église chrétienne, un symbole d'espoir. Le Projet de l'Espoir. J'ai un peu le tournis. J'ai beau me servir souvent des cartes et reconnaître leur valeur, une carte pertinente m'en bouchera toujours un coin. Il y a plus de choses dans le ciel et sur la terre…

Une fois mon émerveillement maîtrisé, je lis la légende, m'étonnant comme souvent de l'usage irrégulier des majuscules. *Une Personne aussi honnête que Tu l'es dans tes transactions ne voudra jamais d'une abondante récolte de gains. Tes désirs s'accompliront sans doute aussi.* Eh bien, voilà qui est prometteur.

La deuxième carte est le Soleil. *Tu feras fortune de façon inattendue, sers-t'en de sorte que personne ne puisse la Convoiter.* Bon, le Projet de l'Espoir est une cause on ne peut plus juste. Personne assurément ne convoiterait l'argent destiné à sortir les nécessiteux des profondeurs. La carte montre un soleil radieux qui brille au-dessus de champs idylliques avec une petite flèche d'église à l'horizon. Les champs me rappellent le patchwork fourmillant de Londres, et la flèche représente à mes yeux Mr Miles, offrant conseils et encouragements lorsque j'en ai besoin. Pour l'instant, les cartes sont encourageantes ! Je retourne la troisième.

L'Arbre. *Ne regrette jamais ni labeur ni douleurs. Un bon travail est une récompense en soi, que ceci soit ta Consolation.* Je n'ai pas besoin de consolation, avec ou sans *C* majuscule. Je décide de me concentrer non pas sur ce message plutôt pieux mais sur l'image du chêne qui déploie ses branches. Pour l'instant, le Projet de l'Espoir n'est rien d'autre qu'un minuscule gland. Mais il sera mon Ancre, le Soleil brillera sur mon travail, et le projet grandira, s'étendra et s'épanouira.

Je retourne au bureau au pas de course, frottant pensivement la tache bleue sur mon visage d'un doigt mouillé de salive. Je prends la liste des invités au bal et y ajoute Mr Harper. *Et famille ?* ajouté-je à côté.

Je soupire, ayant atteint le gros point de friction de mon plan. Si je dois courtiser les habitants riches et influents du quartier, si je dois donner un bal où seront présents tous les grands noms, alors il me faut inviter les Blythe. Je me demande si maman y a pensé. Nous devrons mettre de côté nos sentiments personnels pour le bien de la fondation. Car organiser un événement de cette nature et oublier d'inviter ne serait-ce qu'une famille, et quelle famille ! paraîtrait plus qu'étrange ; ce serait une insulte. Cela équivaudrait à exprimer nos griefs devant la haute société. Non, en effet, il nous faut les inviter… et espérer qu'ils ne viendront pas.

OTTY

Lorsque j'entends papa rentrer du travail, je me précipite dans son bureau et viens percuter une chaise. Dieu que je suis maladroite. Je suis surexcitée et je veux lui parler.

« Bonjour, papa. J'aimerais vous parler de ma merveilleuse école. Je vous ai si peu vu dernièrement. »

Il lève distraitement les yeux.

« Comment ? L'école ? Je suis content qu'elle vous plaise. Je m'en doutais. Ont-ils déjà fait de vous une dame ? »

Il me regarde de haut en bas, les yeux plissés.

« Mais oui, j'ai l'impression que vous paraissez déjà plus raffinée. »

Je glousse.

« Eh bien ça, je n'en sais rien, mais les leçons me plaisent beaucoup. Nous avons eu un examen de mathématiques aujourd'hui, et je suis arrivée première. Nous en avons eu un en français hier, et je suis arrivée deuxième. Mon amie Edina a obtenu un point de plus que moi. Mr Ferris dit que j'ai de grandes facilités.

— Nous en sommes conscients, Otty. Vous avez toujours été une élève consciencieuse. Bien que je ne voie vraiment pas l'intérêt de passer des examens dans une académie pour jeunes filles, du moment que vous apprenez les bases.

— Mr Ferris cherche à nous pousser à la réflexion comme les garçons, à développer notre potentiel. Vous ne devinerez jamais, papa : il affirme que je suis assez brillante pour essayer d'entrer un jour à l'université, chose qu'il n'a dite qu'à trois filles de ma classe. Edina, Bea et moi. »

Je me sens un peu bouffie d'orgueil, mais c'est tellement formidable ! Depuis qu'Olive m'a planté cette idée dans la tête, la graine ne cesse de pousser ; elle m'emplit d'enthousiasme.

Papa semble perplexe.

« L'université ? Voyons, Otty, vous plaisantez ! Personne à l'académie n'a pu affirmer une chose pareille ! Je l'ai choisie parce qu'il s'agit d'un établissement respectable. Navré de souligner l'évidence, mais vous êtes une fille. »

Malgré la douceur de son ton, je ne saurais décrire la déception qui me submerge, froide et cruelle. Ce n'est pas du tout la réaction que j'attendais de la part de mon père.

« Je sais que je suis une fille, papa. Ça ne veut pas dire que je ne suis pas intelligente. Ça ne veut pas dire que je n'aimerais pas aller à l'université. »

Il passe la main dans ses cheveux, qui se dressent sur sa tête de façon plutôt charmante.

« Otty, enfin ! Qui vous a mis ces idées-là dans la tête ? Je ne doute pas une seconde que vous soyez intelligente, mais là n'est pas le problème !

— Alors quel est-il donc ? » dis-je d'une toute petite voix.

J'ai vraiment envie de savoir. Ne me croit-il pas capable de penser par moi-même ?

« Ma chérie, vos sœurs se préoccupent-elles d'aller à l'université ? Bien sûr que non. C'est pour cela que je travaille si dur, pour subvenir à vos besoins de sorte que vous puissiez faire un beau mariage. Lorsque vous aurez dix-huit ans, nous serons déjà riches.

— Mais papa, épouser un homme riche ne m'importe pas du tout. Je ne suis même pas sûre de vouloir me marier.

— Évidemment, ma chérie, vous n'avez que douze ans ! Faites-moi confiance, vous finirez par changer d'avis. »

Soudain, papa ne me paraît plus si adorable. Croit-il me connaître mieux que je ne me connais moi-même ?

« Mais j'aime l'école. J'aime apprendre. J'aimerais gagner ma vie un jour. Alors je n'aurai pas besoin de me marier, ou je pourrai choisir un mari qui me plaît plutôt qu'un mari riche. »

Papa est livide. J'ai presque de la peine pour lui, mais je continue :

« Regardez Mabs ! Elle gagne sa vie et donne une partie de son salaire à sa famille pour les aider. Ne trouvez-vous pas cela formidable ? »

Papa s'ébouriffe un peu durement les cheveux. Il ne répond pas tout de suite. « Est-ce là ce dont vous parlez avec Daley ? demande-t-il d'un air sévère. Si j'avais su, jamais je ne vous aurais autorisée à vous promener avec elle. Si elle vous emplit le crâne de sottises de ce genre, elle sera renvoyée en moins de temps qu'il n'en faut pour le dire, et peu importe combien de bouches elle doit nourrir. »

Il a levé la voix et je m'écrie, horrifiée :

« Je croyais que vous aimiez bien Mabs !

— Oui, bien sûr. »

Il semble se calmer de nouveau.

« Mais elle appartient à une autre classe sociale, Otty ! Les gens comme eux… Disons qu'ils sont différents de nous à tout point de vue. Vous êtes une lady ! Elle est rustaude et fruste et n'a d'autre option que de travailler. D'ailleurs, vous ne devriez pas l'appeler Mabs. C'est un nom ridicule, et il est tout à fait inconvenant pour vous de vous adresser ainsi à une domestique. J'exige que vous l'appeliez miss Daley. »

Mes larmes coulent à présent ; je sens leur fraîcheur argentée laisser des traces sur mon visage brûlant. Je crains d'avoir attiré des ennuis à Mabs, et c'est la dernière chose dont j'ai envie. Je prends une profonde inspiration. Partager mon enthousiasme avec papa, lui apprendre la bonne nouvelle, tout cela est oublié. Rectifier le tir, voilà tout ce qui compte.

« Je l'appelle miss Daley, papa, c'est juste qu'il m'arrive parfois de l'appeler Mabs en pensée. Et elle ne m'a jamais rien mis dans la tête. Nous papotons de nos vies pendant que nous nous promenons, voilà tout. Elle ne m'a jamais dit qu'il fallait que je travaille. Elle est aussi respectueuse envers moi que possible, papa, elle me traite comme une princesse.

— Bien, répond papa, apaisé. Je dois avouer ma surprise… Elle m'a toujours paru si déférente. Je serais étonné et déçu d'apprendre que miss Daley ne sait plus où est sa place.

— Ce n'est pas le cas, papa, je vous assure. Tout cela vient de moi et de moi seulement – vous me connaissez ! »

Il se lève avec un sourire affectueux et s'approche de moi pour me caresser les cheveux. Pour la première fois de ma vie, je me force à ne pas m'écarter.

« En effet. Ma benjamine, la polissonne ! Votre grand enthousiasme est fort attachant, Otty, mais il ne vous servira à rien lorsque vous serez plus âgée. Pour l'instant, je me montre indulgent, car je veux que vous ayez une enfance heureuse et bien remplie, néanmoins, en temps voulu, vous devrez oublier ce caprice.

— Êtes-vous en train de dire… que je ne suis pas autorisée à aller à l'université ?

— Pour vous, les études supérieures seront… inutiles ! Et problématiques. Chez les femmes, un excès d'apprentissage peut provoquer une légère fièvre cérébrale, vous savez. Votre mère est fragile et vous risquez de suivre la même voie. Je serais navré de vous voir aussi empêchée que votre mère, ma chérie ; je ne le supporterais pas. De plus, une femme trop instruite est rebutante aux yeux des hommes. L'université coûte cher, et je n'accepterais pas de me séparer d'une telle somme pour une chose qui gâcherait sans aucun doute vos chances de conclure un mariage convenable. »

Je ne l'écoute même plus. C'est bien trop dur à entendre.

« Mais… mais… bredouillé-je, d'une voix anormalement faible. Olive est très intelligente. Elle a appris beaucoup de choses ! Sur les étoiles, les mathématiques et… elle n'est pas fiévreuse ! Elle n'est pas fragile !

— Oui, et Olive n'est pas mariée, n'est-ce pas ? »

Son ton méprisant me fait tressaillir. D'abord Mabs, et maintenant Olive ! Les deux personnes que j'aime le plus au monde, après maman et lui.

Ma voix tremble quand je lui demande :

« Vous n'aimez pas Olive ?

— Je l'aime bien. Mais c'est une femme très riche qui n'a à se préoccuper que d'elle-même. Elle peut se permettre de défier la tradition. Enfin, Otty, vous ne souhaitez tout de même pas lui ressembler une fois adulte ? »

Je secoue la tête, même si je rêverais de ressembler à Olive. Cela me rappelle la fois où j'ai promis au policier que je ne reverrais plus jamais Jill alors que je n'en pensais pas un mot. Je déteste dire les choses que les autres veulent entendre. J'ignore pourquoi j'agis ainsi.

« Tant mieux. À présent, faisons la paix et dînons ensemble. Je sais ce que c'est que d'être jeune et passionné. Mais, le moment venu, c'est vous qui voudrez grandir convenablement. Vous aurez changé de façon naturelle et vous n'aurez plus envie d'aller à l'université ou je ne sais quelle autre lubie. C'est un peu comme devenir trop vieux pour jouer à la poupée… ou pour sa chambre d'enfant… ou le flan au chocolat. »

Je ne veux pas dîner avec lui, mais j'accepte, car je ne veux pas empirer les choses. Je sais que l'université reste un choix très inhabituel pour une fille – et papa est vieux jeu et rabat-joie, je l'ai souvent dit –, mais je ne m'attendais pas à ça. Il faudra que j'y réfléchisse plus tard, quand je serai seule. Voici ce que je sais d'emblée : Mabs n'est pas rustaude ; c'est la personne la plus douce que je connaisse. Olive est formidable. Et je ne me lasserai jamais du flan au chocolat !

MABS

Le lundi, Mr Finch revint du travail dans la plus grande agitation, ajustant sa cravate, pressant sa femme et, en somme, trahissant sa nervosité devant l'imminence du déjeuner avec les Westallen.

Au moment de partir, Mrs Finch, contrairement à son mari qui paraissait écarlate et mal à l'aise, était parfaitement sereine dans sa tenue beige ornée d'une fine rayure lilas. Elle semblait tout à fait prête pour une visite de courtoisie ; elle continuait ses promenades quotidiennes, avait repris des forces et retrouvé sa bonne humeur.

« Prenez votre après-midi, Daley, annonça Mrs Finch. Je serai fatiguée à notre retour, et vous le méritez bien ! »

Quelle aubaine d'avoir soudain du temps libre ! Mabs le mit d'abord à profit en allant faire un tour sur la grand-rue. L'anniversaire de Peg arrivait à grands pas, et les trois shillings de son bonus étaient encore dans sa poche. *Je ne dois pas tout dépenser*... songea Mabs en déambulant en quête du cadeau idéal.

Après une heure agréable passée à flâner, elle choisit une breloque en forme de fer à cheval sur une chaîne en argent. Elle se dit qu'un bijou était un bon cadeau pour une jeune fille qui allait avoir treize ans. Peg serait ravie de porter quelque chose de joli et pourrait aisément cacher son collier sous sa robe quand elle sortait dans leur quartier qui n'était pas des plus fréquentables. Comble du luxe, Mabel acheta du ruban couleur beurre frais pour les cheveux bruns de Peg et une boîte de pâtes de fruits. Cette occasion de gâter sa sœur était bien trop tentante ; elle n'avait jamais pu le faire avant. Après quoi elle rentra à la maison et rangea les pièces restantes dans sa tirelire.

Otty était à l'école. Lou devait être en plein travail, inutile donc d'aller jusqu'à Highgate. Elle ne voulait pas paraître présomptueuse en passant voir Olive. Mabs lut longuement – *Les Quatre Filles du docteur March*, une histoire de sœurs – puis se rendit à la cuisine. Mrs Webb, assise à table, tenait les comptes des dépenses ménagères mensuelles. En face d'elle, Betsy nettoyait l'argenterie. Mabs prit place à côté de Betsy et s'empara d'un chiffon.

« Autant donner un coup de main », fit-elle remarquer.

Il était agréable de passer le temps en bonne compagnie, avec une tasse de thé bien chaud. Après un long et paisible moment, elles entendirent frapper à la porte d'entrée.

« Vous voulez bien aller ouvrir, Mabs ? demanda Mrs Webb. Je croule sous les chiffres et j'ai peur de perdre le fil. »

Mabs posa une petite cuillère, s'essuya les mains et courut à la porte. C'était un jeune homme à la tignasse blond pâle.

« Une livraison pour Mr Finch, de son bureau, annonça-t-il d'un air professionnel.

— Il est pas là, mais je vais la prendre », répondit Mabs en se demandant pourquoi il lui disait quelque chose.

Le coursier écrivit sur sa feuille et la tendit à Mabs.

« Signez là, s'il vous plaît. »

Mabs hésita avant de se rendre compte, à sa grande joie, qu'elle savait suffisamment bien écrire pour signer son nom. Ce qu'elle fit avec un immense sourire.

Le jeune homme lui rendit son sourire comme s'il avait attrapé sa bonne humeur.

« À remettre directement à Mr Finch, l'avertit-il en lui donnant une épaisse enveloppe en papier cartonné. C'est des documents importants. Pardon, miss, mais j'ai l'impression de vous avoir déjà vue. Mon Dieu que ça paraît mielleux. J'essaye pas d'être mielleux, c'est juste que je crois que je vous connais.

— Je vais les déposer immédiatement sur son bureau, et je vous en tiendrai pas rigueur parce que, moi aussi, j'ai l'impression de vous connaître. »

Il avait les yeux d'un bleu ardent, le visage hâlé et une crinière blonde aux reflets dorés. Il avait l'air de passer beaucoup de temps dehors. Mabs aurait pensé qu'il travaillait comme manœuvre au canal, sauf qu'il portait une chemise et un pantalon respectables et qu'il paraissait très propre. Puis elle eut un déclic.

« Oh mon Dieu, c'est vous ! »

Elle se retrouva tout à coup en septembre dernier, quand chaque jour était une lutte, prisonnière de sa vie sans espoir d'en sortir. Elle était trop faible pour travailler convenablement et trop sonnée pour s'écarter quand la glace était tombée.

« Oh mon Dieu, répéta-t-elle en s'adossant contre le mur. Vous m'avez sauvé la vie !

— Désolé, miss, vous vous trompez de gars. J'aimerais bien m'attribuer le mérite, mais si j'avais sauvé une jolie petite dame comme vous je m'en souviendrais. »

Quel charmeur, songea Mabs.

« Mais vous vous rappelez avoir sauvé un garçon tout maigre dans les ombres, en septembre dernier ? demanda-t-elle, se ressaisissant. Le bloc de glace qui nous tombait dessus, le type qui bougeait pas, vous qui lui avez sauté dessus pour l'empêcher de se faire écraser ? »

Il comprit soudain.

« C'était vous ? Vous étiez un garçon ?

— Eh bien, je faisais semblant. J'avais pas le choix, si je voulais travailler sur les quais

— Ben ça alors ! Je m'en souviens ! Mais bon sang, j'ai honte de pas avoir remarqué que vous étiez une fille. Vous ressemblez vraiment pas à un garçon. »

Mabs rougit.

« Vous avez repris le travail comme si de rien n'était, sans même me laisser vous remercier. »

Il haussa les épaules.

« Vous savez bien comment ça se passe, là-bas. Ils vous payent pas à vous tourner les pouces. Je suis content de voir que vous avez fait votre chemin ; c'était pas un endroit pour une jeune fille. Domestique ?

— Dame de compagnie pour la maîtresse de maison. »

Il siffla.

« Et ils vous traitent bien ?

— Je pourrais pas demander mieux. J'ai de la chance. On dirait que vous besognez pas non plus.

— Garçon de bureau. »

Il tira sur sa chemise propre d'un air prétentieux.

« Un vrai gentleman ! Non mais sans rire, je vais aller loin, miss, et le bureau du canal, c'est juste la première étape.

— Ah oui ? Et la prochaine étape ? »

Il hésita ; Mabs vit sa peau hâlée rougir.

« Je veux être écrivain, moi. Écrire des histoires dans les périodiques, que les dames et les messieurs liront et dont ils raffoleront. Un très bon livre, voilà ce que je veux laisser derrière moi à ma mort.

— C'est une idée merveilleuse ! » s'écria Mabs en s'illuminant de l'intérieur.

À présent qu'elle découvrait les joies de la lecture, l'idée d'écrire une des histoires qu'elle aimait tant lui faisait tourner la tête. Elle n'avait jamais entendu quelqu'un exprimer une telle ambition, et encore moins une personne de sa propre classe sociale.

« Vraiment ? Vous trouvez pas que c'est une idée idiote ?

— Non ! Il faut bien que quelqu'un les écrive. Ça paraît un poil plus intéressant que la paperasse pour les canaux. »

Il hocha pensivement la tête.

« C'est ce que je me dis. Y a qu'un seul problème : je sais pas écrire, en tout cas pas assez bien.

— Mais je parie que vous apprenez, répliqua Mabs avec un sourire.

— Oh que oui, miss, oh que oui, fit-il, souriant lui aussi. Kip Miller, auteur en herbe, à vot' service, miss. »

Un nouveau souvenir soudain. Kipper. Bien sûr.

Mabs lui serra la main.

« Mabel Daley. Mabs.

— Daley. Ça me dit quelque chose.

— Mon père travaille sur les quais et mon frère aussi, maintenant.

— Ah, une famille du canal. Vous vous faisiez appeler Mark à l'époque, non ?

— Vous avez une bonne mémoire ! Eh bien, Kip Miller, vous feriez mieux de rentrer. Ils vous payent pas à vous tourner les pouces, vous savez !

— Touché ! lança Kip en riant. Eh bien, ça m'a fait plaisir de vous revoir, Mabs.

— Moi aussi, et bonne chance ! Au fait, Kip ? Merci. Merci du fond du cœur. Le jour où c'est arrivé, c'était une journée noire, vous savez ? Quand on voit vraiment pas comment la vie peut s'arranger. Mais c'est le cas, et j'aurais jamais eu l'occasion de m'en apercevoir si j'étais morte ce jour-là. »

Kip Miller souleva un chapeau imaginaire et fit la révérence. Puis il s'éloigna sur Willoughby Walk, non sans lui jeter un coup d'œil par-dessus son épaule à trois reprises. Chose que Mabs remarqua parce qu'elle le regardait partir.

OTTY

Deux jours après ma pénible conversation avec papa, je décide de tenter de nouveau ma chance. C'est mon papa, après tout, nous avons toujours été de très bons amis. Peut-être l'ai-je mal compris, ou le moment était-il mal choisi. Aujourd'hui, maman et lui vont déjeuner chez les Westallen, je suppose donc qu'il sera de bonne humeur. Je l'attends dans son bureau, où il fait bon passer le temps. J'aime l'odeur de sa pipe et faire tournoyer le globe sur son secrétaire, m'inventant des aventures. Je m'imagine en dame, avec une grande malle de voyage, les volutes de vapeur du train ou du bateau que je m'apprête à prendre s'élevant derrière moi.

Quand papa entre dans la pièce, je me lève et le serre dans mes bras.

« Comment s'est passé votre déjeuner à Polaris House, papa ? Pensez-vous faire affaire avec le capitaine ? »

L'expression de son visage et ses paroles expriment deux choses différentes.

« Ce fut fort productif, ma chère, cela m'ouvre d'excellentes perspectives. Le capitaine est un homme très cordial » – voilà ce qu'il dit, et qui correspond en tout point à ce qu'il attendait de ce déjeuner. Cependant, il fronce les sourcils comme s'il était très fâché. Je me demande si je dois remettre à un autre jour mon intervention, mais j'ai déjà préparé mon petit discours.

« C'est bien, papa, je suis très contente pour vous. Je voulais vous parler de mon éducation, mon cher papa. J'ai beaucoup réfléchi à ce que vous avez dit l'autre jour et je comprends exactement où vous vouliez en venir.

— J'en étais sûr, vous avez toujours été très sage.

— Les femmes s'accommodent toujours d'un certain mode de vie, en effet, et beaucoup d'entre elles sont parfaitement satisfaites de se marier et de s'occuper du foyer. Et c'est formidable ! Mais, mon cher papa, toutes n'ont pas ce désir ! Ce n'est pas parce que les choses sont telles qu'elles l'ont toujours été qu'elles doivent l'être obligatoirement. Il existe un mouvement des femmes, vous savez, et...

— Stop ! »

Papa lève la main.

« Otty, ma chérie, ne me dites pas que vous comptez me parler de ces femmes-là. Mon Dieu, avec leurs idées aberrantes, c'est tout juste si on peut les qualifier de femmes. Elles n'aboutiront jamais à rien, bien sûr, mais imaginez un peu si c'était le cas ! Juste ciel, la société telle que nous la connaissons ne pourrait pas continuer. »

Ça ne se passe pas aussi bien que prévu.

« Mais papa, les hommes, eux, ont changé les choses à travers les âges, non ? Comme avec les Factory Acts[1] ou l'abolition. »

Papa paraît si choqué que j'ai envie de l'enlacer et de le protéger de la peine que je semble lui infliger. Je ne comprends vraiment pas pourquoi.

« Ottilie Finch ! Où allez-vous chercher des idées pareilles ? Chez ce Mr Ferris, je suppose. Vous êtes une jeune fille de douze ans. Vous ne devriez pas connaître ces choses.

— Mais ce sont de bonnes choses, papa. Les lois sur les manufactures ont permis d'empêcher les enfants comme moi d'avoir à travailler dans des conditions atroces ! Et l'abolition signifie que les gens ne peuvent plus avoir d'esclaves. Vous n'aimeriez pas me voir travailler dans une mine, si ?

— Non, ma chérie, bien sûr que non. Mais…

— Et c'est une bonne chose de ne plus avoir le droit de posséder de nègres, n'est-ce pas ? Les gens ne devraient pas posséder des êtres humains. Vous ne voudriez pas que je sois l'esclave de quelqu'un, si ? »

Son visage est pâle, ses traits immobiles.

« Bon sang, Otty, que savez-vous des nègres ? C'est là un sujet de discussion tout à fait inconvenant pour ma fille cadette. Vous n'avez pas à penser à ce genre de personnes. »

Sa réaction me pétrifie. Je n'ai jamais parlé de Jill à mes parents, mais je pense à elle chaque semaine. Il est ridicule de pouvoir discuter et rire si facilement

1. Textes de loi votés au cours du XIXe siècle, visant à réguler les conditions de travail dans l'industrie, notamment celles des femmes et des enfants. (*Note de la traductrice.*)

avec une personne, de vouloir son bien, mais de ne jamais la voir. J'ai ma réponse à présent, sans même avoir posé la question. Ce qu'a dit mon père est déjà terrible ; sa façon de le dire, l'expression de son visage, voilà qui est pire encore.

Je me mords la lèvre. J'aimerais poursuivre, lui expliquer que j'ai été sauvée par une de ces personnes qu'il regarde vraisemblablement de haut. J'aimerais faire exploser ses idées et l'obliger à voir les choses d'un œil neuf. Mais quelque chose me laisse penser que je n'y arriverai pas.

« Eh bien, je voulais simplement vous dire que je vous aime, papa, et je sais que vous m'aimez aussi et que vous voulez ce qu'il y a de mieux pour moi. Or, de mon point de vue, cela passe par mon éducation. Alors voulez-vous bien essayer de comprendre, par pitié, mon papa adoré ? Je ne veux pas me marier à vingt ans, je veux aller à l'université pour y apprendre de grandes choses. Je vous en prie, papa. Je vous en prie. »

Je suis si fière d'avoir ravalé ma colère. Je me battrai pour Jill un autre jour. Je le dévisage avec espoir. Voici l'homme qui m'a appris à faire du patin à glace. Voici l'homme qui m'emmenait au fleuve pour nourrir les canards.

Mais ces souvenirs me semblent désormais lointains. Il me regarde d'un air incrédule.

« Otty ! Quand vous avez annoncé que vous aviez réfléchi à notre conversation, je ne m'attendais absolument pas à ce que vous la remettiez en cause. Ce n'est pas à vous de prendre cette décision. Ma réponse est un non catégorique et final. Bon Dieu ! J'ai bien l'impression que vous tenez bien plus de votre mère que je ne l'avais cru. Tant que vous êtes là, je dois vous informer qu'après notre dernière petite discussion j'ai décidé de vous changer d'école. J'en ai trouvé une qui vous conviendra bien mieux et qui pourra vous recevoir dès le début du prochain trimestre.

— Changer d'école ? Encore ? m'écrié-je. Non, papa ! Si peu de temps après avoir quitté Durham ? C'est trop. Et j'aime tant l'académie.

— Changer de nouveau est regrettable, certes, mais je ne vais pas les laisser vous emplir la cervelle de toutes ces sottises ! C'est… enfin, c'est dégoûtant ! »

Une sorte de… sanglot lui échappe, et il enfouit son visage dans ses bras, qui sont appuyés sur son bureau.

Je le fixe un long moment. Je sens que ma bouche est grande ouverte et mon front plissé. Sans doute est-ce fort disgracieux et inconvenant. Pourtant, je suis incapable de bouger, et mon esprit n'est pas agité par la moindre pensée mais par l'impression qu'il y a peut-être quelque chose qui cloche.

« Vous ne vous souciez donc pas de mon bonheur ? » l'imploré-je enfin.

Il lève les yeux, le visage plein de plaques rouges, comme Averil quand elle est contrariée.

« Ma chérie, bien sûr que si. Mais, si vous suivez mes conseils, le bonheur viendra. Je vous le promets. »

Je ne le crois pas une seconde. Cependant j'ai le sentiment d'avoir atteint un mur en brique sans portail ni prise à escalader. Je lui souhaite donc bonne nuit et quitte son bureau. Je reste un instant dans le couloir, effroyablement déconcertée. Je suppose que si papa refuse de payer pour l'université je ne pourrai pas y aller. La déception me submerge comme de l'eau de mer. Et en quoi tenir de maman est-il une mauvaise chose ? Qu'est-ce qui ne va pas chez elle, exactement ?

Souffrirais-je du même mal ? Je ne pense pas souffrir de quoi que ce soit, par conséquent… peut-être maman n'a-t-elle rien non plus. Alors pourquoi vit-elle enfermée dans sa chambre ? Pour quelle raison Mabs est-elle là ? Je ne suis pas sûre de pouvoir poser ces questions à qui que ce soit – elles sont bien trop dérangeantes.

MABS

Le lendemain, Mabs s'éveilla avec un sentiment plaisant d'impatience. La journée de la veille avait été très belle, et la jeune fille avait hâte d'apprendre comment s'était passé le déjeuner chez les Westallen. Elle s'habilla, se délectant du temps plus clément, puis s'empressa de descendre ; son estomac criait famine.

« Bonjour ! » chantonna-t-elle au moment d'entrer dans la chambre de sa maîtresse.

Puis elle s'arrêta net. La pièce était plongée dans le noir, les rideaux tirés. Il y régnait un silence inquiétant et, pendant un bref instant, elle la crut déserte. Quelque chose s'était produit, elle le sentait encore, suspendu dans l'air.

Mabs avança prudemment, par crainte d'éventuels bris de verre ou de porcelaine, mais n'entendit pas de craquement révélateur sous ses pieds. Elle écarta un rideau avec précaution ; pour une raison qu'elle ignorait, il lui semblait irrespectueux d'inonder cette pièce lugubre de lumière. La peur lui noua l'estomac : Mrs Finch était au lit, les couvertures tirées sous son menton, immobile comme une statue.

« Mrs Finch ? lança Mabs d'une voix craintive. M'dame ? »

Elle posa une main sur son épaule. À son grand soulagement, elle sentit les mouvements de sa respiration. Peut-être valait-il mieux la laisser tranquille, mais cela lui sembla une mauvaise idée. Elle la secoua. Elle la secoua plus fort encore, mais Mrs Finch continuait à dormir.

Mabs regarda autour d'elle à la recherche d'indices. Rien n'avait été cassé, tout se trouvait à sa place. Elle ouvrit le placard, ce qui était sans doute étrange en soi, mais elle voulait s'assurer qu'il n'y avait rien d'anormal. Toutes les jolies robes de Mrs Finch y étaient suspendues comme d'habitude.

« Qu'est-ce qui s'est passé ? » chuchota Mabs à la robe beige que sa maîtresse avait portée la veille.

Pas de réponse. Elle se tourna vers le lit.

« Mrs Finch, reprit-elle d'une voix forte, la secouant de nouveau. C'est moi, Daley. Il est temps de se lever. De prendre votre petit déjeuner. »

Son propre appétit s'était évanoui. Elle ouvrit les rideaux en grand, dans l'espoir que la lumière s'infiltrerait dans la conscience de Mrs Finch et l'éveillerait. Dans la roseraie, quatre nouveaux boutons pointaient leur nez.

« Les roses vont être jolies, observa-t-elle. On sort au jardin, aujourd'hui ? »

Silence. Mabs poussa un soupir. Se mordant la lèvre, elle se dépêcha de descendre jusqu'aux bureau de Mr Finch. Mais, lorsqu'elle frappa à la porte, personne ne répondit.

« Bonjour, Daley ! »

Dans le vestibule, Charlie s'apprêtait à sortir.

« Papa est au travail. Il n'y a pas de problème, j'espère ?

— Non, m'sieur. J'avais juste une petite question. Je sais pas pourquoi je pensais qu'il serait là.

— Ça vaut toujours la peine d'essayer, répondit Charlie d'un ton enjoué. Bien, j'y vais. Ces journées printanières sont vraiment agréables, n'est-ce pas ?

— Oui, m'sieur. Passez une bonne journée. »

Mabs se rendit à la cuisine, où elle demanda un café fort et des toasts, espérant que leur arôme tirerait Mrs Finch de son sommeil. Elle apporta le plateau elle-même et le déposa sur une petite table près du lit.

« Du bon café ! s'exclama-t-elle. Et des toasts ! Allons, debout ! »

Mrs Finch continuait à dormir. Mabs arpenta la pièce puis s'assit et pianota du bout des doigts. Pour finir, lorsque le café et les toasts furent froids, elle les avala elle-même. Ils n'étaient pas bons, mais lui permirent de mettre de l'ordre dans ses pensées.

Tout d'abord, elle pouvait supposer qu'il ne s'agissait pas là d'un sommeil naturel. Il était fort probable que Mr Finch ait administré, encore une fois, un sédatif à sa femme – quelque incident avait dû se produire pendant ou après le déjeuner. Pourtant, il était parti travailler comme d'habitude et n'avait pas laissé de message à Mabs, ce qui indiquait qu'il n'était sans doute pas très inquiet. Ou peut-être ignorait-il qu'elle dormait si profondément.

Combien de temps pouvait-elle rester assise là à la regarder dormir ? Fallait-il appeler un médecin ? Si seulement elle avait pu voir Mr Finch, ne serait-ce qu'un instant, pour lui demander conseil. Elle pouvait se rendre au canal pour le trouver, mais elle ne voulait pas laisser Mrs Finch tout ce temps. Elle avait l'impression de se retrouver à cette époque lointaine et déroutante où elle ne savait pas se sortir des situations dans lesquelles elle se retrouvait.

Elle respire, se dit-elle avec sévérité. *Elle est vivante. Elle va se réveiller quand le médicament fera plus effet, et tu pourras tirer tout ça au clair.* Elle se résigna donc à passer une journée étrange, à guetter et attendre.

Vers 14 heures, affamée, elle partit se chercher à déjeuner.

« La maîtresse veut pas manger aujourd'hui ? interrogea Mrs Webb.

— Elle fait la sieste, répondit Mabs. Les événements d'hier ont dû la fatiguer, je crois.

— Alors mangez avec nous », suggéra Lydia.

Mais Mabs s'excusa. Elle ne supportait pas de laisser Mrs Finch seule.

Ce n'est que vers 16 heures que Mabs, qui regardait par la fenêtre, entendit un bruissement derrière elle. Elle fit volte-face. Mrs Finch se retournait, les yeux encore fermés. Mabs se rua vers elle et s'agenouilla à côté du lit.

« Réveillez-vous, murmura-t-elle. Je vous en prie, réveillez-vous enfin. Ça va, je suis là, c'est moi, Daley. »

Sa maîtresse battit des paupières et la dévisagea d'un air vaseux.

« Ça va, répéta Mabs en lui écartant les cheveux du visage. Tout va bien. »

Mrs Finch fronça les sourcils et déglutit. Mabs se leva d'un bond pour lui apporter un verre d'eau. Mrs Finch se redressa tant bien que mal.

« Oh Seigneur ! Dieu soit loué, marmonna Mabs, passant les bras sous ses épaules pour l'aider. Laissez-moi remettre les oreillers. Voilà, c'est confortable ? Dieu merci, vous êtes réveillée. Mais bon sang, qu'est-ce qui s'est passé, m'dame ? »

Mrs Finch était encore trop désorientée pour parler ; elle tendit le bras pour prendre son verre, qu'elle avala d'un trait.

« De quoi vous avez besoin, m'dame ? De nourriture ? Un pot de chambre ? Un xérès ? Comment je peux vous aider ? »

Mais l'autre femme se contenta de lui attraper la main, qu'elle tint fermement dans la sienne comme pour rassurer Mabs et la réduire au silence. La mère de Mabs faisait la même chose quand celle-ci devenait irritable. Les minutes s'écoulèrent autour d'elles. Enfin, Mrs Finch s'éclaircit la gorge et demanda d'une voix enrouée :

« Quelle heure est-il ?

— 16 h 30, m'dame. »

Mrs Finch fronça les sourcils.

« Quel jour sommes-nous ?

— Mardi, m'dame. Le lendemain de votre déjeuner chez les Westallen. Vous avez dormi comme un sonneur toute la journée. »

Sa maîtresse ferma les yeux et inspira profondément. Puis elle regarda Mabs.

« Que vais-je faire, ma chère Mabel ? Que vais-je bien pouvoir faire ? »

Mabs ne releva pas l'usage de son prénom, ni le terme affectueux, et réfléchit.

« Eh bien, m'dame, je sais que c'est pas mes oignons, mais il est temps que je vous pose quelques questions. Et que vous y répondiez. Sinon, comment vous voulez que je vous aide ? »

Le silence assourdissant fut interrompu par le bruit de la porte d'entrée qui s'ouvrit et se referma en claquant. Mabs vit le visage de sa maîtresse pâlir, un éclair de terreur dans les yeux.

« Ça va, m'dame. C'est juste Otty qui rentre de l'école. »

Mais Mrs Finch secoua la tête.

« Lucius ! » cracha-t-elle.

Mabs pencha la tête. En effet, lui parvint la voix de Mr Finch qui parlait à Mrs Webb. Puis elles entendirent des bruits de pas dans l'escalier.

« Dites-lui que je dors, ordonna Mrs Finch en plongeant sous les couvertures. Dites-lui que je me suis réveillée et que je me suis rendormie. Et, Mabel, je vous en supplie, ne me laissez pas ! »

Mabs n'eut que le temps de rajuster les couvertures et de rejoindre son fauteuil avant que la porte ne s'ouvre. Le visage de Mr Finch apparut dans l'entrebâillement.

« Ah, Daley, chuchota-t-il. Comment va mon épouse aujourd'hui ?

— Elle a beaucoup dormi, m'sieur. Ça m'a inquiétée.

— Elle n'a tout de même pas dormi tout ce temps, si ? »

Il entra précipitamment dans la pièce, l'air alarmé.

« Non, m'sieur, elle s'est réveillée tout à l'heure, à mon grand soulagement. Mais elle vient de se rendormir.

— Je vois. Et comment vous a-t-elle paru à son réveil ? Agitée ? Délirante ? Hystérique ?

— Non, m'sieur, pas du tout. Elle était juste très fatiguée et silencieuse. Ça m'a pas surpris quand elle s'est recouchée.

— Et vous a-t-elle… dit quoi que ce soit ?

— Pas un mot, m'sieur.

— Nous devrions la laisser se reposer. Venez avec moi, miss Daley. Nous pourrons discuter.

— Oh, je préfère pas la laisser, m'sieur, dans son état. On peut pas discuter ici ?

— Comme c'est louable de votre part. Mais Abigail a de toute évidence besoin de sommeil, et vous avez certainement des questions. Venez donc. »

Mabel, je vous en supplie, ne me laissez pas ! Mabs se creusa la cervelle à la recherche d'une bonne raison de rester ; en vain. Elle se leva à contrecœur.

« Très bien, m'sieur, mais je reviendrai ici tout de suite après. Tout de suite, dès que vous aurez fini avec moi. »

Elle avait parlé haut et fort à l'intention de Mrs Finch.

Tandis qu'ils descendaient l'escalier, le cœur de Mabs battait la chamade à l'idée de sa loyauté ainsi divisée. Elle mentait à Mr Finch à la demande de sa femme, et pas pour la première fois. Mabs savait que Mrs Finch souffrait de troubles de l'esprit ; elle avait été embauchée pour ça ! Et pourtant, cette lueur terrifiée dans son regard… *Ne me laissez pas.*

Mr Finch ouvrit la porte de son bureau et s'écarta pour laisser Mabs entrer. Pour une fois, ses bonnes manières l'irritèrent. C'était, à ses yeux, une conversation sérieuse de trop qui allait avoir lieu dans cette pièce.

« Qu'est-ce qui s'est passé, m'sieur ? s'enquit-elle aussitôt. J'ai pas réussi à la réveiller. J'étais tellement inquiète.

— Je suis navré, miss Daley. Vous avez dû avoir un sacré choc. Je voulais vous avertir mais je suis parti très tôt ce matin, avant 6 heures, et n'ai pas eu l'occasion de rentrer déjeuner. Malheureusement, hier, elle s'est montrée… difficile. À notre retour, elle est devenue tout à fait incontrôlable, et j'ai dû employer les gouttes du docteur Broome. Je n'aime pas y avoir recours, comme vous le savez, mais… je n'ai pas eu le choix.

— Le déjeuner a donc pas été un succès, m'sieur ? Désolée, je sais que vous en espériez beaucoup. Mais elle paraissait en pleine forme quand je vous ai dit au revoir hier. J'étais persuadée que ça se passerait bien.

— Le déjeuner en soi s'est plutôt bien déroulé. J'ai bon espoir que le capitaine investisse bel et bien un peu d'argent dans mon projet. Les Westallen sont des gens sympathiques, bien que la fille soit… peu commune. Elle est charmante, malgré tout, mais je ne crois pas qu'elle fasse une amie convenable pour ma femme. Bien trop entêtée – Abigail n'a nul besoin d'encouragements, de ce côté-là. Au cours du déjeuner, elles ont… Disons que certaines remarques inconvenantes ont été échangées et que j'en ai été mécontent. »

Mabs fronça les sourcils. Elle qui connaissait un peu Olive avait du mal à l'imaginer exercer une mauvaise influence sur une personne que ses parents avaient invitée à déjeuner.

« J'ai abordé la question lorsque nous sommes arrivés à la maison, et notre conversation a tourné au vinaigre. Abigail est devenue folle. D'où la nécessité de prendre ces mesures. Je ne peux prétendre ne pas être profondément bouleversé, pourtant vous connaissez mes sentiments à ce sujet, miss Daley. Je veux croire que nous retrouverons tous notre équilibre. Peut-être était-ce trop pour elle, trop tôt aussi, mais la tentation de me rendre à un déjeuner au bras de ma femme, comme n'importe quel couple marié…, était si grande. »

Il enfouit la tête dans ses mains avant de la relever aussitôt.

« Enfin, inutile de m'apitoyer sur mon sort. Cela restera à mes yeux un incident isolé, un revers regrettable. J'éprouve néanmoins la crainte, miss Daley, la crainte terrible que cela ne se reproduise, peut-être même souvent.

— Oh, m'sieur, chuchota Mabs, dévastée. Ça m'étonnerait.

— J'ai donc décidé de faire appel au docteur Broome, à Durham. J'ai trouvé qu'il faisait preuve d'une grande sagesse lorsqu'il s'est occupé d'Abigail. S'il pouvait lui rendre visite, ne serait-ce que brièvement, et me donner des conseils… Ma femme me manque, miss Daley. Je ne devrais pas vous confier des choses pareilles, bien sûr, et je vous prie de m'excuser. Mais je suis à bout ; cela fait si longtemps que nous n'avons pas eu une vie normale. Le pire étant que l'on ne peut la raisonner. Elle délire – elle pense que le monde entier est contre elle. Elle est capable de croire toutes sortes de choses fausses. Alors par où faut-il commencer, dans une situation pareille ? »

Par où commencer, en effet ? Mabs gravit les marches avec lenteur, profitant de ces quelques instants où elle n'était en présence ni de Mr Finch ni de Mrs Finch, des instants qui pouvaient lui laisser l'occasion d'essayer de comprendre les choses.

Elle se remémora les paroles de Mr Finch : *Elle délire – elle pense que le monde entier est contre elle. Elle est capable de croire toutes sortes de choses fausses.*

Puis celles de Mrs Finch : *Lucius ! Dites-lui que je dors ! Mabel, je vous en supplie, ne me laissez pas !*

Mabs secoua la tête pour les sortir tous deux de son esprit. Devant la porte de Mrs Finch, elle hésita. Cela devenait intolérable. Elle avait des économies pour la maintenir à flot. Elle pouvait trouver un autre travail. Elle n'avait qu'à partir… Sauf que c'était impossible, bien sûr.

« Je suis de retour, m'dame, annonça-t-elle en refermant la porte derrière elle. Je suis toute seule. »

La silhouette dans le lit remua et se redressa.

« Daley, fit Mrs Finch.

— Je suis désolée d'être partie alors que vous m'avez demandé de rester, mais je voyais pas comment lui dire non.

— Vous n'aviez pas le choix, je le sais. Et mon mari, que vous a-t-il raconté ? »

Mabs tira une chaise à côté du lit et s'y assit.

« En gros, m'dame, il m'a dit que vous vous êtes disputés hier après le déjeuner et que vous êtes devenue très agitée, alors il vous a donné un sédatif. D'après lui, vous pensez des choses qui sont pas vraies, m'dame, et à cause de ça il peut pas vous raisonner. Il dit que vous lui manquez. »

Elle ébaucha un sourire triste et grimaçant.

« Le croyez-vous ?

— J'ai aucune raison de pas le croire. Et puis je vous ai vue en colère, rappelez-vous. Parfois, je sais pas à quoi m'attendre avec vous d'un jour à l'autre.

— Mais ? Il y a un “mais”, n’est-ce pas, Mabel ? Je soupçonne qu’il subsiste au moins une miette de doute dans votre esprit.

— Plus qu’une miette, m’dame. Pour être honnête, y a la moitié d’un gâteau, mais je saurais pas expliquer pourquoi. Il est gentil, intelligent et… stable, et je lui dois tout. Mais vous… vous vous comportez comme une folle, des fois. Et pourtant, vous êtes intelligente, forte et attentionnée. Quand il parle de cette femme fragile et excitable qui sait pas où est la réalité, c’est pas vous, m’dame. »

Mabs, qui observait attentivement le visage de Mrs Finch, y vit l’expression d’une personne en pleine noyade à qui l’on jetait une corde.

« Y a qu’un problème, m’dame.

— Un seul ? »

Elles laissèrent toutes deux échapper un gloussement tremblotant.

« Y en a plusieurs, mais un seul pour lequel vous pouvez m’aider. Je connais le point de vue de Mr Finch. Oh, vous méprenez pas, il m’a jamais rien confié de privé, rien qui m’aurait mise mal à l’aise. Mais je connais les faits d’après ce qu’il m’en a raconté. Vous, vous avez jamais dit un mot.

— Je sais. Il faut que je vous en parle, à présent. C’est ce que je craignais par-dessus tout, car je redoutais que vous ne me croyiez pas. J’ai peur de vous perdre. Vous m’avez rendu la vie tolérable, Mabel, légèrement tolérable.

— Qu’est-ce qui s’est passé hier ? Qu’est-ce que vous avez dit de si terrible au déjeuner ? »

Mrs Finch regarda ses mains et poussa un soupir.

« Nous avons abordé le sujet de l'éducation d'Otty. Il va la changer d'école, vous savez.

— Quoi ? Pourquoi ? Elle adore cette école !

— Je sais. Mais, en ce qui concerne l'éducation des femmes, Lucius est… conservateur. Otty vous a sans doute parlé de son professeur, des débats, des examens. Lucius est consterné. J'ai soutenu qu'il devrait la laisser à l'académie, puisqu'elle s'y épanouit et qu'elle a déjà enduré tant de changements en si peu de temps. Olive était d'accord avec moi. Olive… n'est pas conservatrice ! Je voyais bien que Lucius était très mal à l'aise et n'allait pas revenir sur sa décision. Comme toujours. Eh bien, j'en ai payé le prix.

— Je vois… », murmura Mabs.

C'est pour ça que je devais pas lui parler des leçons de lecture ? se demanda-t-elle.

« Mabel, c'est beaucoup vous demander de voir sous un autre angle l'homme qui vous a donné un emploi, un salaire et vous a toujours traitée avec courtoisie. J'en suis navrée. Mais je vous assure que je ne délire pas et que je ne mens pas. Souhaitez-vous que je poursuive ? »

Mabs déglutit.

« Oui, m'dame.

— Alors je pense qu'il me faut commencer au tout début. »

ABIGAIL

Je viens d'une famille riche. Nous étions deux sœurs et deux frères. J'étais la plus jeune. Gâtée, sans le moindre doute. Vaniteuse, assurément. Tout le monde me disait que j'étais belle ; j'ai eu des prétendants dès mon plus jeune âge. Bien entendu, mes parents me chaperonnaient étroitement ; mes amourettes étaient toutes très adorables et innocentes. Je menais une vie… dorée. Pleine de joie.

J'ai rencontré Lucius Finch alors que je n'avais que seize ans. Il se trouvait bien au-dessous de moi sur l'échelle sociale, ce qui ne me posait pas le moindre problème. J'avais beaucoup de défauts, mais le snobisme n'en faisait pas partie. Il avait neuf ans de plus que moi et n'était pas beau. Je trouvais son empressement à me connaître un peu rebutant. Or, comme tous les jeunes hommes désiraient faire ma connaissance, je n'y ai pas attaché d'importance. Il attendait là, en périphérie de mon cercle d'amis, souvent ignoré, se frayant un passage dès qu'il le pouvait.

Mon prétendant préféré à l'époque s'appelait Emmanuel Hillier. Sa beauté était de celles qui font rêver les jeunes filles : cheveux sombres, yeux pétillants, et cætera. Il était riche et très recherché. Mais il y avait un autre homme, Jonathan Ingram, qui lui n'était pas riche. Âgé de vingt ans, il commençait à faire son chemin. Une opportunité s'étant présentée aux Indes, il devait y passer deux ou trois ans afin de bâtir sa fortune. Fortune qui lui permettrait de courtiser une jeune femme aisée. De me courtiser, moi.

J'étais agacée ! À mes yeux d'adolescente idiote, Emmanuel était le fringant héros romantique ; Jonathan, mon ami. Nous avions des discussions, nous riions… Je ne voulais pas qu'il parte. Deux ou trois ans me paraissaient alors une éternité. Je lui ai dit que je me fichais qu'il soit riche ou non, et que de toute façon j'étais trop jeune pour songer à me marier. Il a insisté : il irait, et, à son retour, je serais plus âgée et il aurait une fortune suffisante à m'offrir.

Je n'ai avoué à personne combien il me manquait. Ma vie a continué, avec des bals, des fêtes et des hommes qui tombaient amoureux de moi où que j'aille. Emmanuel est resté attentif à moi, ce qui me flattait. J'ai eu dix-huit ans. Mes dix-neuf ans approchaient. Je recevais parfois des nouvelles de Jonathan. J'étais encore trop jeune pour imaginer à quoi pouvait ressembler la vie avec un homme tel que lui, mais je la ressentais sous la forme d'une magnifique lumière tout au bord de ma conscience. Trop lointaine pour m'y fier.

Il m'arrivait encore de croiser Lucius Finch. Je ne savais vraiment pas quoi penser de ses grands yeux bleus qui me suivaient dans chaque pièce, de son comportement trop expansif, de ses petites attentions mal à propos. Pourtant, je me montrais toujours aimable envers lui lorsque je le voyais ; il essuyait déjà assez d'affronts.

Emmanuel a demandé quelqu'un d'autre en mariage, une nouvelle venue du nom de Francesca je ne sais quoi. Ma fierté en a pris un coup ; mon cœur, non. Mais le lendemain même, mon frère et ma sœur aînés, James et Charlotte, sont morts. Dans un accident de la route. Les chevaux se sont emballés, la calèche s'est retournée, et aucun des deux n'a survécu à ses blessures. Cet événement m'a détruite.

Mes parents étaient effondrés. Mon autre frère, Hedley, et moi nous sommes serré les coudes, mais nous nous retrouvions soudain à deux, au lieu de quatre. Cela ne suffisait pas. Notre maison bruyante et animée était silencieuse. Voici où je veux en venir avec ce récit : l'abandon anodin d'Emmanuel est devenu, dans mon esprit, indissociable de la mort tragique de James et de Charlotte. Je me sentais brisée à tant d'égards que mon humiliation publique ne constituait plus qu'un fragment douloureux parmi d'autres. Emmanuel ne m'importait pas, mais j'avais l'impression que si. Jonathan m'importait, mais il n'était pas là.

Alors que les autres prétendants s'écartaient par respect, Lucius Finch est passé me voir, débordant de compassion et de condoléances. Mes parents n'ont pas compris pourquoi ce moins-que-rien aux yeux de poisson et aux cheveux roux prétendait apporter son réconfort en cette période si difficile, mais ils étaient trop absorbés par le chagrin pour y voir clair.

Moins de deux mois plus tard, il m'a suppliée de l'épouser. Il s'est excusé d'avoir mal choisi son moment, jurant qu'il ne pouvait vivre sans moi plus longtemps. Il affirmait n'avoir cherché qu'à me consoler, au début ; cependant, plus il passait de temps avec moi, plus il tombait amoureux. Il ne désirait qu'une chose : m'épouser et s'occuper de moi.

J'ai tout d'abord refusé, vous pouvez le croire. Mais, Mabel, notre maison était empreinte d'une telle tristesse ! Je ne supportais pas d'y rester. Je pense que j'aurais accepté n'importe quelle demande en mariage, juste pour y échapper.

Mes parents, surpris, étaient encore trop désorientés pour réaliser ce que mon choix avait de parfaitement improbable. Hedley savait que je ne l'aurais jamais effectué en temps normal.

« Ne vous précipitez pas, m'a-t-il suppliée. La douleur s'apaisera au fil du temps. Ne prenez pas de décision que vous regretterez dans quelques années. »

Si seulement je l'avais écouté !

Dès que nous nous sommes mariés, Lucius m'a demandé si je voulais avoir des enfants. Si c'était trop tôt, il comprenait, disait-il ; il ne me pousserait même pas à avoir des relations maritales si mon chagrin demeurait trop vif. Je le trouvais fort bienveillant. L'idée d'une intimité physique avec qui que ce soit ne me tentait pas du tout, mais celle d'avoir des enfants… Avec la mort de deux frères et sœurs, j'avais hâte de fonder une nouvelle famille, de retrouver le bonheur. Je suis rapidement tombée enceinte de Charlie. Lucius était fou de joie d'avoir un fils et un héritier. Il s'est jeté tête baissée dans son travail. *Voilà*, me suis-je dit, *c'est un bon père, il subvient aux besoins de sa famille.*

Quant à Jonathan, ayant appris la nouvelle du décès de James et de Charlotte quelques semaines plus tard, il m'a envoyé une lettre que je n'ai pas voulu lire. À quoi me servait une lettre ? Je l'ai jetée au feu. Je n'ai donc pas compris qu'il avait aussitôt demandé congé pour prendre le bateau et me rejoindre en Angleterre. Non, trop fière et trop vexée, je n'en avais pas la moindre idée. Le temps qu'il arrive, j'étais déjà mariée.

Jonathan, venu rendre visite une ou deux fois aux jeunes mariés, a été reçu avec froideur par mon mari – je ne peux pas en vouloir à Lucius. Lorsqu'il s'est aperçu que la raison pour laquelle il était revenu n'était plus sienne, Jonathan est retourné aux Indes au bout de seulement trois semaines.

On dit qu'il faut un certain temps pour se remettre d'un deuil. Dans mon cas, j'ai commencé à me sentir un peu mieux trois ans plus tard. C'était comme s'éveiller d'un profond sommeil pour se retrouver dans la vie d'une autre. Je m'étais endormie en tant que miss Farrah et éveillée en tant que Mrs Finch. J'avais deux enfants et un mari au côté duquel je n'arrivais pas à croire que j'avais dormi.

J'ai alors compris que le chagrin m'avait rendue vulnérable et que j'avais, comme l'avait prédit Hedley, pris une décision que je n'aurais pas prise en d'autres circonstances. Un mauvais choix dans un moment inhabituel peut changer le cours d'une vie pour toujours. L'horrible vérité était que j'aurais préféré ne jamais l'épouser. Mais rien de tout cela, pensais-je, n'était de la faute de Lucius. Impossible de retourner en arrière, à cause des bébés. J'ai donc enfoui tout mon regret et mon dégoût, bien décidée à m'en accommoder.

Trop submergée de chagrin et prise par les bébés, j'avais à peine quitté la maison depuis mon mariage. J'ai décidé de rendre plus souvent visite à ma famille. J'ai commencé à organiser des pique-niques pour mon mari et moi ; l'art du pique-nique n'avait jamais eu aucun secret pour moi. Je voulais montrer à Lucius combien j'appréciais la patience dont il faisait preuve face à cette version de moi qu'il avait épousée, sans éclat et vide.

Voici ce qui dans mon récit devient plus difficile à croire. J'ai moi-même du mal à y croire, alors que je m'y trouvais ! Peu à peu, j'ai compris que cet autre moi, sans éclat et vide, était exactement celui qu'il voulait. Il me serait impossible de vous raconter vingt ans de mariage en une seule soirée, mais laissez-moi vous donner un ou deux exemples.

J'avais donné un dîner pour nos parents respectifs. Nous n'avions pas organisé pareil événement familial ordinaire depuis notre mariage. J'ai envoyé des invitations. J'ai discuté du menu avec la cuisinière. J'ai sorti nos cadeaux de mariage qui n'avaient pas servi depuis longtemps. Les gens avaient fait preuve de générosité ; nous avions de très belles choses. J'ai dressé la table des jours en avance, pour que tout soit parfait ; on avait toujours loué mon sens artistique. Lucius était étrangement désapprobateur.

Il m'a grondée comme… une enfant. Il a affirmé que je n'aurais pas dû les inviter sans sa permission – tel est le terme qu'il a employé. Il m'a fait la morale, me reprochant le coût du repas que j'avais commandé. Il a traité de frivolités la décoration de la table. Il a annulé les invitations, prétextant que je ne me sentais pas bien.

Je n'en revenais pas ; je n'avais rien fait d'extraordinaire. Mais ce qui s'est passé ensuite était plus étrange encore. Lorsque je l'ai interrogé, il a refermé son livre d'un coup sec et m'a regardée comme s'il avait devant lui une maison au toit percé, aux fenêtres descellées et nombre d'autres défauts. Puis il a dit – jamais je ne l'oublierai :

« J'ai lu quelque chose au sujet de la fragilité de l'état mental des femmes, due aux humeurs délicates qu'exercent les organes internes féminins sur leur cerveau. »

Oui, la façon dont vous me regardez, c'est exactement ainsi que je l'ai regardé, lui.

« Mais je n'ai fait qu'inviter nos parents à dîner », ai-je répliqué, incrédule.

« Suffisante », je ne vois pas d'autre terme pour décrire son expression, Mabel ! Il a répondu :

« Voilà, ma chère, vous confirmez mes dires. »

Vous imaginez bien que je me suis emportée.

« Mais comment ? ai-je crié. Expliquez-moi clairement, je vous prie. »

Il a prétendu que je devenais incontrôlable et que j'avais besoin de me reposer. Je n'étais pas incontrôlable, j'étais exaspérée. Et je ne voulais pas me reposer. Mais il a insisté et m'a mise au lit. J'ai capitulé, tant ma confusion était grande, et suis restée allongée là toute la nuit, furieuse.

Le lendemain matin, je lui ai de nouveau demandé ce que j'avais fait de si mal. Il ne m'a jamais expliqué, et cette question entêtante ne m'a pas quittée pendant des années. Avais-je, par inadvertance, commis quelque affreux faux pas relatif à la vie maritale ?

Je ne pouvais en être sûre ; je suis longtemps restée dans l'incertitude la plus totale.

Mon frère Hedley s'était marié entre-temps. Deux semaines plus tard, au petit déjeuner, j'ai annoncé à Lucius que je passerais voir son épouse cet après-midi-là ; elle m'avait suppliée de venir plus d'une fois. Je suis partie à 15 heures et rentrée avant 16 heures. La porte d'entrée était fermée à clef. J'ai secoué la poignée, agacée par les domestiques. Comme j'étais pressée d'utiliser les toilettes, je me suis dépêchée de faire le tour pour rejoindre la porte de service. Les domestiques étaient stupéfaits de me voir. Je leur ai expliqué la situation, qu'ils ont eu du mal à croire. Un peu plus tard, mon mari a déclaré avec le plus grand calme que c'était lui qui avait verrouillé la porte.

« Pourquoi ? ai-je demandé.

— Pour vous donner une leçon.

— Pourquoi ? ai-je répété.

— Si ce n'était pas clair, je ne vois pas comment vous le faire comprendre. »

Mabel, je serais incapable de relater les allées et venues de cette conversation désespérément déroutante. J'étais allée voir ma belle-sœur pendant une demi-heure. J'avais bu du thé. Je l'avais même prévenu de mes projets. Et, pour cela, il ressentait le besoin de me donner une leçon. Cette fois, j'exigeais des réponses.

Il a fini par craquer. Il n'était pas en colère, il n'était pas violent, mais il a « vagi », Mabel, c'est le mot qui convient le mieux. Il se lamentait que la femme qu'il avait épousée lui manquait et qu'il voulait la récupérer. Que j'étais devenue impossible et qu'aucun homme ne devrait avoir à supporter ma « tendance perverse à courir après l'hédonisme et la compagnie de gens de toutes sortes ». Puis il m'a renvoyée dans ma chambre parce qu'il ne supportait pas de me regarder. À dire vrai, je n'avais pas envie de le regarder non plus.

Peu après, j'ai découvert que j'étais de nouveau enceinte.

MABS

Mrs Finch se tut. Le récit avait dû l'épuiser ; Mabs avait mal à la tête rien qu'à l'écouter.

« J'ose pas imaginer, m'dame, fit-elle avec douceur en lui prenant la main. Je suis jamais allée à des fêtes ou des bals. J'ai même jamais eu d'amoureux.

— Jamais, Mabel ?

— Non. Enfin… il y a bien un gars qui m'a tapé dans l'œil. Bref, c'est une autre histoire, m'dame, et on est en plein milieu de la vôtre.

— Je ne vous ai pas ennuyée à mourir jusqu'à présent ? Ni fait perdre toute commisération à mon égard ?

— Ni l'un ni l'autre, m'dame, bien que ce soit difficile à digérer. Je comprendrais si ça vous fatigue d'en parler. Vous voulez boire un verre pendant qu'on continue ?

— Excellente idée, Mabel. Je vais en avoir besoin pour vous raconter la suite. Commandez-moi quelque chose de fort, je vous prie, et pour vous aussi. »

Mabs n'avait pas l'habitude de boire, mais, lorsque Betsy leur monta le brandy, elle leur en versa une bonne rasade à toutes deux. Mabel trempa ses lèvres dans son verre, fronça le nez et le posa. Mrs Finch avala le sien d'un trait et lui fit signe de lui en servir un autre, qu'elle garda au creux de ses mains. Elle ne reprit pas tout de suite son récit.

Mabs se remémora de nouveau ses propres parents, la façon dont ils se soutenaient et se réconfortaient mutuellement, se délectant d'être en compagnie l'un de l'autre et gloussant de plaisanteries qu'eux seuls comprenaient. Les regards aimants qu'ils s'échangeaient par-dessus la tête des petits quand le benjamin faisait quelque chose de drôle. En ce qui concernait Mabs, le mariage, c'était ça.

ABIGAIL

Au cours de ma grossesse ont eu lieu d'innombrables incidents. Il me poussait du doigt si je m'assoupissais devant la cheminée du salon, m'accusant d'être indolente. Il me critiquait si je mangeais trop peu, ou trop, ou de la nourriture que lui n'aimait pas manger. Quand il recevait de la visite, je parlais toujours trop peu, ou trop. Vous pouvez être sûre que je ne parlais jamais d'une façon qu'il trouvait satisfaisante.

« Sans doute irez-vous mieux après la naissance du bébé », disait-il.

Averil est arrivée, et nous a tous deux enchantés, comme Charlie et Elfrida avant elle. Nous avons peut-être bénéficié d'un mois de tranquillité. Au cours des premières semaines qui ont suivi mon accouchement, je n'aspirais de toute façon à rien d'autre qu'à la pouponner. Puis cela a recommencé. Quand mes parents sont venus voir le nourrisson, je me suis rendu compte qu'ils voyaient très peu leurs petits-enfants en règle générale. Je leur ai demandé s'il leur était douloureux de voir les bébés, si cela leur rappelait James et Charlotte.

Ils me réprimandèrent avec douceur :

« Non, ma chérie. Vous ne nous demandez jamais de venir, et nous ne voulons pas vous déranger. »

J'ai froncé les sourcils.

« Je ne vous demande jamais de venir ? Je vous ai envoyé d'innombrables invitations. »

Ils ne les avaient jamais reçues.

Alors, Mabel, qu'a-t-il bien pu arriver à mes messages, entre la table du vestibule et la maison de mes parents ? J'ai commencé à demander à ma domestique de les déposer en mains propres et... à votre avis ? Tous ont atteint leur destination. Pendant quelque temps, j'ai profité d'un déluge de visites de mes parents, puis celles-ci ont cessé. J'ai demandé à ma domestique si elle continuait à distribuer mes messages, et elle a dit oui.

Un jour, je suis tombée sur mon père dans la rue. Il s'est déclaré ravi de me voir remise sur pied. Me sentais-je mieux ? a-t-il voulu savoir.

« Mais je n'ai pas été souffrante », ai-je répondu.

Apparemment, Lucius était passé les voir pour leur demander de ne plus me rendre visite. Il affirmait que cela me perturbait et me rendait malade. Mes parents lui ont demandé pourquoi, dans ce cas, je continuais à les inviter. Uniquement par sens du devoir, leur a confié Lucius avec regret.

Il a expliqué qu'en effet, depuis plus d'un an, mon équilibre ne tenait qu'à un fil. D'après lui, il avait consulté un excellent médecin qui affirmait qu'il s'agissait d'une maladie assez courante chez les femmes très nerveuses et que le meilleur remède était le repos complet et une absence totale de stimulation, ce qui comprenait les visites. Mabel, je n'en croyais pas mes oreilles.

Je n'ai pas voulu confier à mon père que mon mari était soit un fou, soit un menteur éhonté. Maintenant que j'y pense, j'aurais dû tout lui avouer sur le moment et rentrer avec lui tant que j'en avais encore l'occasion. Mais, d'un autre côté, qu'arriverait-il à mes trois enfants, qui m'attendaient dans la maison de mon mari ?

De plus, j'avais l'esprit encore confus. Oh, croyez-moi, a posteriori, je m'en veux d'être restée si longtemps confuse. Avec le recul, tout me semble si évident. Mais avoir du recul est une bénédiction, paraît-il, et tout cela était si étrange, Mabel. Je ne cessais de me dire : *Il doit y avoir une erreur*. Refusant de reconnaître souffrir d'une démence fictive, je me suis contentée d'expliquer à papa que Lucius avait grandement exagéré le problème et que je serais toujours ravie de les recevoir.

Je me suis dépêchée de rentrer pour confronter mon époux. Nous avons eu une nouvelle dispute, ou plutôt il a recommencé à vagir, me suppliant de cesser de le torturer, m'implorant de voir qu'aucun homme ne devrait avoir à tolérer les affronts que je lui avais fait subir. Pour la première fois, j'ai compris. C'était mon mari, pas moi, qui avait un grave problème, et jamais je n'arriverais à le raisonner. Je suis partie et suis retournée dans ma chambre, où je suis restée assise à bercer Averil, le cœur battant à tout rompre.

Pour la première fois, je me rendais compte qu'il avait profité de mon chagrin et de ma vulnérabilité pour me pousser à l'épouser. Comme l'avait souligné Hedley, je ne l'aurais jamais fait dans d'autres circonstances. J'étais riche et belle, et Lucius, extrêmement ambitieux. Notre mariage lui servait de raccourci, sur le plan social, pour proclamer sa propre valeur. Cela lui ouvrait des portes qu'il n'aurait jamais franchies autrement. Grâce à moi, il a gravi les échelons, il a acquis une réputation et a gagné le respect dans le monde des hommes, où tout n'est que finance et progrès. Quant à moi, personnellement, si je me fondais dans le décor, cela lui faciliterait la vie.

Je ne suis pas née pour rester dans l'ombre, Mabel. Des années tumultueuses s'en sont suivies. J'insistais pour me joindre à lui lors d'événements mondains – j'ignore pourquoi, étant donné que je ne sais jamais où me mettre. Ses affaires tournaient rond, certes, mais ses manières restaient trop flagrantes, son désir de se frotter contre ses supérieurs tel un chat était embarrassant. Je me rebellais contre lui de toutes les façons possibles. Chaque fois que j'arrivais à échapper à sa vigilance, j'envoyais des messages aux membres de ma famille, et la jeune fille irascible en moi riait dans sa barbe quand ils arrivaient sur le seuil et qu'il ne pouvait les renvoyer. Nos disputes absurdes me poussaient à bout, au point de hurler et de briser des choses. C'était une guerre, Mabel, une guerre d'un genre bien particulier.

Puis, il a fait intervenir un allié. Le docteur Broome. À ce jour, j'ignore si mon mari lui a promis, en échange de sa complaisance, d'accéder aux cercles les plus raffinés ou s'ils sont simplement en accord parfait – diaboliquement assortis. Ils croient tous deux qu'il existe un lien direct entre les organes reproducteurs d'une femme et son cerveau, que les femmes sont, par nature, fondamentalement incontrôlables et faibles. Ils considèrent que, dans la majorité des cas, le dressage adéquat peut servir à nous dompter, nous permettant de devenir, malgré nos défauts, des membres utiles de la société. Le rôle que l'on nous autorise à jouer est servile, naturellement, mais tout aussi crucial dans le monde tel qu'il est structuré. Le docteur Broome avait déjà la cinquantaine bien entamée et avait traité de nombreuses femmes. Ce n'était pas moi qui allais le faire changer d'avis.

Il nous rendait visite de façon presque quotidienne. Il procédait à des inspections régulières des deux zones problématiques chez les femmes : le cerveau et… enfin, vous savez bien. Sentir ses vieux doigts osseux qui exploraient le contour de mon crâne, qui se glissaient sous mes jupes, c'était…

Je suis désolée. Oui, de l'eau. Merci. Me remémorer cela me replonge dans la terreur. Ma vie était un véritable enfer. Oh, je m'y opposais, bien sûr. Je m'y opposais vigoureusement. Ce qui, aux yeux de mon époux et du médecin, constituait la preuve de leur opinion. Pouvez-vous imaginer – je vous en prie, essayez d'imaginer – ce que vous ressentiriez si vous exprimiez vos volontés et que l'on vous répondait que, allons voyons, vous avez tout simplement tort. Mais ne vous inquiétez pas, voici l'homme qui saura réparer le problème, faire de vous celle que vous devriez être.

Et, lorsque vous criez – vous hurlez – que vous ne voulez pas que ce vieux bouc vous touche, que vous ne lui permettez pas de tripoter vos parties intimes, on vous assure avec regret que cela fait partie du syndrome.

J'ai bel et bien perdu la tête quelque temps. Comment pouvais-je rester saine d'esprit dans pareille situation ? Je ne pouvais pas m'enfuir, à cause des enfants. J'ignore si leur arrivée précoce était prévue par mon mari – le coup de maître d'une stratégie à long terme – ou s'il s'agissait pour lui d'un heureux hasard. Quoi qu'il en soit, à cause d'eux, je ne pouvais m'échapper.

Savez-vous qu'à notre époque si éclairée rien ne garantit qu'une femme qui divorce aura le droit de voir ses enfants ? Autrefois, c'était absolument interdit. Puis, il y a quelques décennies, a été présenté un projet de loi autorisant les femmes à « déposer une demande » pour les voir. Sans garantie que cela aboutisse. Et la mère doit prouver qu'elle est stable et méritante. Lucius avait déjà passé des années à établir que je n'étais pas saine d'esprit. Il possédait une pléthore de rapports médicaux pour le prouver. À cette époque, Charlie avait huit ans, Elfrida sept, Averil cinq. Si j'étais partie, je ne les aurais jamais revus. Ah, j'étais complètement coincée.

Il avait par ailleurs un autre atout : les gouttes magiques du docteur Broome. Au début, ils m'en administraient une dose infime, et figurez-vous que je m'en réjouissais. Elles atténuaient tout et me plongeaient dans une sorte de brouillard préférable à une conscience aiguë. Mais, par la suite, elles ont été utilisées comme une arme et une punition, avec une dose plus forte. Je perdais une demi-journée à dormir, parfois même une journée entière.

Je pensais réellement que j'allais mourir dans cette maison de Durham. Je ne voulais pas que mes enfants se retrouvent sans mère. J'ai appris que plus je me montrais docile, moins le docteur Broome venait me voir. Me contenter de rester assise dans ma chambre, de jouer avec les enfants et de regarder par la fenêtre n'entraînait pas de visite du médecin. C'est donc ce que je faisais. Tous les jours sans exception. Parfois, on me sortait et on m'époussetait comme un vieux manteau, lorsque avait lieu un événement mondain auquel Lucius ne pouvait se rendre sans moi. Je recevais alors des instructions strictes sur ce que je devais ou ne devais pas dire.

Savez-vous, Mabel, que deux hommes suffisent à envoyer une femme à l'asile ? Un mari et son médecin forment le parfait tandem. Le mien m'a laissé entendre qu'il avait en sa possession de tels documents. Le docteur Broome les avait signés sans hésitation. Il a été question d'un endroit dans le Yorkshire pour les femmes fragiles et dépravées. Je ne sais pas si vous avez entendu parler de ce genre d'institutions, Mabel, mais elles sont des plus inhumaines. Beaucoup sont dirigées par des gens comme mon mari et le docteur Broome, pour qui chaque réaction naturelle d'une femme n'est qu'une preuve de plus de son instabilité. Je devais me montrer très prudente.

J'ai commencé à compter. Mon mari m'accusait de souffrir d'un certain nombre de compulsions, mais celle-ci était la seule. Je priais pour que mes enfants fassent un mariage heureux à l'âge habituel – vingt ans, vingt et un ans. Si Averil se mariait à vingt ans, j'avais encore quinze années à tenir… Je me concentrais sur mes enfants, je lisais tous les livres que je parvenais à faire entrer en douce dans ma chambre. Je comptais les jours. Ma vie me filait entre les doigts et je passais à côté de tout.

MABS

Mabs se souvint de son brandy et s'en réjouit. Elle en avala une grosse gorgée, sans remarquer, après tout ce qu'elle avait entendu, qu'il lui brûlait la gorge. Elle se mit à pleurer en silence. Elle ne put s'en empêcher : cette histoire était trop horrible pour pouvoir la digérer avec sang-froid.

« Je vous ai bouleversée, constata Mrs Finch en posant une main sur son épaule. Je suis navrée. Voulez-vous que j'arrête ? »

Mabs secoua la tête en s'essuyant le nez d'un revers de main.

« C'est pas à vous de me réconforter. C'est vous qui l'avez vécu. J'en ai mal au cœur pour vous, voilà tout. »

Elle prit une autre gorgée de brandy et s'aperçut qu'elle avait tout bu.

« Un autre ? » proposa sa maîtresse avant de remplir son verre.

Mabs le reposa. Il était rassurant de l'avoir tout près d'elle, mais boire n'aidait en rien.

« Je suis prête maintenant. Oh, m'dame. Comment vous avez pu me cacher ça si longtemps ? »

ABIGAIL

Je n'ai raconté cette histoire que deux fois, Mabel. D'abord, à mon ancienne meilleure amie. Alors que les choses allaient vraiment très mal, nous nous sommes vues pour la première fois depuis des années à un dîner auquel Lucius avait besoin que j'assiste. J'ai pensé qu'il s'agissait là d'une occasion en or. Je l'ai entraînée dans l'office, où j'ai fait la lumière sur mon histoire, étourdie par cette chance qui s'offrait à moi de me confier à une amie. Pauvre Ella, je suppose que j'ai dû lui paraître dans tous mes états.

Elle ne me croyait pas. Ou en tout cas le prétendait-elle. Plus tard, cette nuit-là, mon époux m'a expliqué qu'il avait récemment donné à son mari un poste important dans la compagnie où il travaillait. Mon moral, déjà plus bas que bas, en a pris un nouveau coup. Ella et moi étions si proches, autrefois. Si elle pouvait m'abandonner ainsi à mon triste sort, je ne pouvais espérer que qui que ce soit d'autre me croie un jour.

J'ai donc continué à jouer le jeu et à attendre que le temps passe. De temps à autre, je devais me soumettre aux désirs physiques de mon mari. J'en haïssais chaque minute, mais, au moins, il ne s'est jamais montré brutal, et cela ne durait jamais bien longtemps. Il veillait toujours à ce que je ne tombe pas enceinte – je ne vais pas vous mettre dans l'embarras avec ce genre de détails –, et pourtant, presque dix ans jour pour jour après Charlie, Otty est née. Je devais recommencer à compter de zéro. Je l'ai aimée aussitôt, mais elle venait de prolonger considérablement ma sentence.

Une décennie, plus tard, Jonathan est rentré à Durham. Selon les rumeurs, il était immensément riche, toujours célibataire et candidat au Parlement. Je n'ai pas pensé une seconde que j'allais le voir. Mais, un après-midi, il est passé à l'improviste. Mon mari était au travail. Je me suis montrée des plus inhospitalières, terrifiée à l'idée de tout ce dont Lucius m'accuserait s'il savait que nous nous étions rencontrés. Par ailleurs, je ne voulais pas voir mon vieil et cher ami, qui incarnait comme personne tout ce que j'avais perdu. Je ne voulais pas du déluge d'émotions qu'il risquait de déclencher. Après une conversation aussi brève que tendue, il est parti.

Il est revenu une semaine plus tard, et chaque semaine qui a suivi. Je prenais des risques inouïs. Si un seul de nos domestiques en parlait à Lucius… mais ils n'en ont rien fait. Peut-être ne l'aimaient-ils pas beaucoup non plus. Nous avons rétabli nos liens d'amitié – rien de plus – réaffirmant notre cordialité, ce sentiment chaleureux que j'éprouvais en sa présence, l'impression que j'avais devant moi quelqu'un en qui je pouvais avoir confiance.

J'ai donc raconté mon histoire pour la seconde fois. Il m'a crue, Mabel, sans hésitation. Je lui ai dit que je ne quitterais jamais mes enfants, mais, s'il trouvait un moyen de sortir de cette impasse inextricable, je lui en serais reconnaissante pour l'éternité. Il s'est aussitôt mis au travail, interrogeant des avocats sur des questions de droit matrimonial, se renseignant sur les activités commerciales de Lucius dans l'espoir de trouver quelque chose de louche qui lui servirait à le faire chanter. Il l'épiait lors de réceptions mondaines ou de dîners d'affaires dans l'idée de découvrir ses faiblesses. En vain.

Charlie était alors épris de Felicia Browne, et je m'attendais à apprendre ses fiançailles d'un jour à l'autre. Elfrida cachait toujours son jeu, mais je la soupçonnais fortement d'avoir trouvé quelqu'un elle aussi. Averil, elle, ne fréquentait personne, et Otty, bien sûr, était trop jeune. Ma décision consciente restait la même : attendre mon heure sans rien faire jusqu'à ce qu'Otty grandisse. Mais, mise à rude épreuve, j'ai eu une liaison avec Jonathan. Cela vous scandalise-t-il ?

À l'époque, mon mari était souvent appelé à se rendre à Londres pour le travail ; il y restait trois ou quatre jours d'affilée. Avec le recul, je m'étonne qu'il n'ait pas demandé au docteur Broome de passer me voir quotidiennement ou embauché une dame de compagnie. Mais je crois qu'il faisait preuve de complaisance. Il savait ce que je ressentais pour les enfants, et Otty était encore si jeune. Sans doute pensait-il que j'avais baissé les bras. Et je les avais bel et bien baissés !

Jusqu'à ce que je remarque que Jonathan était prêt à travailler sans relâche pour m'aider. Jusqu'à ce que je remarque à quel point je comptais pour lui. Jusqu'à ce que j'admette que c'était l'homme que j'aurais dû épouser. J'étais une femme brisée, mais il me voyait entière ; il voyait le potentiel de ma vie, un potentiel que j'avais presque oublié.

Sur les douze mois où Jonathan est revenu dans ma vie, nous n'avons été amants que six. Il était mon roc dans une mer désolée. Il me donnait l'impression de m'être réapproprié l'existence qui aurait dû être la mienne, ne serait-ce que d'une manière étrange et fragmentée. Mais je menais deux vies à la fois – et personne ne peut faire une chose pareille.

J'attendais avec impatience que Lucius s'absente. Lorsqu'il était à la maison, il parlait des canaux, des possibilités d'évolution de carrière qu'ils offraient à un homme intelligent. Je n'y prêtais qu'une oreille distraite. Soudain, les voyages à Londres cessèrent. Il passait tout son temps à la maison, puis un jour il m'a confrontée. Il a dit qu'il était au courant de ma liaison depuis deux mois ; j'ignore comment il l'a su. Au départ, ses visites à Londres étaient en lien avec son travail à Durham. Mais, depuis qu'il avait appris mon aberration, il s'était trouvé un nouveau poste. Nous devions partir pour Londres la semaine suivante.

Le soir même, il annonçait la nouvelle aux enfants. Ils étaient effondrés. Eux qui étaient si près d'amorcer leur vie d'adultes indépendants… Toutes les personnes qu'ils connaissaient et aimaient habitaient à Durham. Et, tout cela, juste pour m'éloigner de Jonathan. Lucius leur a expliqué qu'un changement de décor serait bénéfique à ma santé déclinante, en plus de quoi une occasion en or se présentait à lui et nous apporterait une grande fortune – des raisons absurdes de déraciner toute une famille à un moment si important. Lorsque je l'ai supplié de renoncer, il a rétorqué que sa seule alternative aurait été de leur dire que nous prenions la fuite à la suite d'un scandale dont j'étais seule responsable. Il a ajouté qu'à cause de ma nature licencieuse leur monde s'écroulait autour d'eux.

Encore une fois, j'ai été prise de doutes, car j'avais après tout eu une aventure. Pendant ces quelques heures fugaces, j'avais fait passer mon bonheur avant celui de ma famille. Si quelqu'un l'apprenait, je serais blâmée, bien sûr. Lucius a toujours eu l'art de trouver les fissures de mon âme et de les exploiter, de me pousser à me remettre en question, même un tout petit peu. Mais, en réalité, il n'y avait pas eu de scandale ! Personne, hormis Lucius, n'était au courant de ma liaison. Nous aurions pu rester. Il aurait pu bannir Jonathan, m'enfermer dans ma chambre, et les enfants auraient pu poursuivre leur vie. Mais non. Il nous a éloignés avec une efficacité redoutable. En une semaine, nos affaires étaient emballées, nos domestiques congédiés. Je suis restée enfermée dans ma chambre tout du long ; impossible pour moi de prévenir Jonathan.

Visiblement, les enfants m'en voulaient, un sentiment compliqué par le fait qu'ils ne pouvaient me tenir responsable de ma mauvaise santé. Seule Otty, chère petite âme innocente, se réjouissait à l'idée d'une nouvelle aventure. D'un coup, notre vie a pris fin. Les projets de mes enfants ont été repoussés de plusieurs mois, de plusieurs années. Lucius m'a arrachée à Jonathan. Il m'a cachée avec la plus grande efficacité, à des kilomètres de là.

À notre arrivée à Hampstead, on m'a présenté cette maison entièrement équipée et décorée, aux chambres déjà attribuées et aux domestiques déjà en place. Tous sauf une. J'ai appris que l'on me fournirait une dame de compagnie, une personne qui resterait assise avec moi toute la journée. Une gardienne, en substance. J'ai alors retrouvé mon comportement d'antan, recommençant à crier, à hurler, à jeter et briser des choses. Je voulais briser mon mari, me briser moi-même, briser la vie idiote que je m'étais infligée avec une seule mauvaise décision prise alors que je n'étais qu'une jeune fille de dix-neuf ans accablée de chagrin. Mais je ne pouvais maintenir une telle rage, surtout sachant qu'elle vous affectait si défavorablement et qu'elle ne changeait absolument rien à mon sort. Je me résigne de nouveau à cette vie jusqu'à ce qu'Otty atteigne sa majorité, après quoi je le quitterai, ou du moins le tenterai-je, avec succès ou pas.

Lucius a exécuté son plan d'une main de maître. Il n'a – peut-être – fait qu'une seule erreur de calcul. Au moment de me trouver une dame de compagnie, il a effectué le choix le plus improbable. Dépenaillée et affamée, vous n'aviez aucune expérience dans ce domaine, et ne saviez même pas lire. Votre élocution était épouvantable. Oui, je suis désolée, mais nous y travaillons. Lucius ne voulait pas d'une dame de compagnie, il voulait une espionne ; voilà pourquoi il a choisi la personne la plus dépendante qu'il puisse trouver, quelqu'un qui lui serait entièrement redevable. Quelqu'un qui aurait besoin de rester dans cette maison. Vous me seriez si peu utile, une véritable source d'irritation ! Mais extrêmement utile à Lucius. Il croyait avoir choisi à la perfection. Moi aussi.

Vous, Mabel, étiez inexpérimentée, naïve et vous ne saviez pas comment vous occuper de moi. Mais, une fois remise de votre confusion, vous avez commencé à comprendre les choses par vous-même. Vous sembliez sincèrement vous préoccuper de moi ; ce n'était pas que votre travail, du moins je l'espère. Je pense que, chez vous, le changement s'est amorcé très tôt : la première fois que vous m'avez trouvée sous sédatif. Mon mari vous a donné la permission de sortir explorer, mais vous n'avez pas voulu me laisser. Oui, je vous ai entendue. Cela a marqué le début d'un grand changement pour moi.

Je sais, ma chère, qu'il n'y a rien que vous puissiez faire. Vous ne pouvez pas faire vieillir Otty de dix ans en une nuit, vous ne pouvez pas vous opposer à mon mari ni me libérer. Vous êtes une jeune fille de dix-huit ans qui a assez de ses propres problèmes pour couler un canot. Je ne vous demande rien d'autre, Mabel, que de rester auprès de moi. Je ne peux même pas vous demander de me croire ; soit vous me croirez, soit non. Mais si vous ne me croyez pas, je vous en supplie, ne dites pas à mon mari que je vous ai tout raconté.

MABS

Mabs fut incapable de dormir cette nuit-là et passa le matin suivant dans un état second. Ce que Mrs Finch lui avait raconté était impossible à croire, et pourtant elle avait l'intuition qu'elle disait la vérité. C'était sa demi-journée de congé, mais laisser sa maîtresse seule la mettait mal à l'aise. Mrs Finch insista.

« Il ne faut surtout pas qu'il devine que je me suis confiée à vous, l'implora-t-elle. Même si vous ne savez pas encore s'il faut me croire, c'est votre après-midi de congé, l'anniversaire de votre sœur. Si vous refusez tout à coup de me quitter, Lucius se doutera de quelque chose, et alors vous perdrez votre emploi, Mabel, vous le perdrez si vite que vous en aurez le tournis. Jusqu'à ce que vous décidiez que je vous mens et qu'il a raison, comportez-vous comme d'habitude, je vous en supplie.

— Très bien, m'dame, mais vous feriez mieux d'arrêter de m'appeler Mabel. C'est pas que ça me plaît pas, au contraire, mais ça montre que quelque chose a changé entre nous. Vous avez commencé à le faire qu'une fois que vous avez repris connaissance, après les sédatifs.

— Juste ciel, je ne me rendais pas compte de ce que je faisais. C'est ainsi que je vous considère, à présent, voyez-vous. Daley paraît bien trop formel, presque méprisant. Je sais que vous vous faites surnommer Mabs, mais Mabel est si joli. »

Mabs sourit.

« Ma mère m'appelait comme ça. Elle leur sonnait les cloches, aux autres, quand ils m'appelaient Mabs. Je vous vois demain matin, alors, m'dame.

— À demain, Daley. »

Peg fut enchantée de ses cadeaux et de sa petite fête de fortune ; son ravissement apaisa les angoisses de Mabs. Pourtant, au fil de l'après-midi, des questions tournoyèrent tels des carrousels dans son esprit, répétitifs et étourdissants. Mabs aurait tant voulu se confier à quelqu'un. Mais, comme toujours, c'était exactement ce qu'elle ne pouvait pas faire, une interdiction désormais multipliée par deux.

Sur le chemin du retour, Mabs se réjouit de se retrouver seule. En cette longue soirée de début d'été, il restait encore un peu de lumière et de chaleur. Une fois à Hampstead, elle alla s'asseoir sur la lande. Elle ne pouvait se résoudre à rentrer à Willoughby Walk, pas tout de suite ; et si elle voyait Mr Finch ? Leurs redoutables conversations, déjà pénibles, seraient encore plus difficiles que jamais. Elle trouva un coin d'herbe sèche où s'asseoir et contempla le crépuscule qui descendait. Non, ça ne pouvait tout de même pas être vrai. Si ?

Mrs Finch était une femme perturbée ; Mabs avait décroché son emploi pour cette raison. Mrs Finch était imprévisible, une fauteuse de troubles irascible et égoïste. Elle avait trahi son mari avec un autre homme. Sa propre fille lui en voulait terriblement. Mais cette histoire… Comment inventer une chose pareille ? Mabs ne pouvait nier que sa voix sonnait juste. Ou alors, comme l'affirmait son mari, Mrs Finch délirait-elle ?

Si c'était vrai, Mabs pouvait à peine le concevoir. Mr Finch… non pas un sauveur, mais un homme étroit d'esprit, manipulateur, froid. Mrs Finch, quasi prisonnière, sacrifiant son bien-être pour rester proche de ses enfants. Et un avenir… impossible à envisager avec sérénité. Quelle issue favorable pouvait-il bien y avoir ?

Quant à Mabs – en quoi son rôle consistait-il à présent ? N'était-elle rien d'autre qu'un pion, et si oui le pion de qui ? Avait-elle tort de continuer à travailler pour un homme qui traitait son épouse de la sorte ? Était-il fourbe de sa part de continuer à sourire à Mr Finch et de feindre que tout allait bien ? Était-ce égoïste ? Était-ce mal de ne pas lui cracher au visage ? Elle ne pouvait assurément pas abandonner Mrs Finch – mais si rien de ce qu'elle avait dit n'était vrai ?

Elle ne parvenait pas à se faire à l'idée et encore moins à décider comment agir, tant qu'il y aurait l'ombre d'un doute dans son cœur. Dans tous les cas, quelque chose clochait dans cette maison, assez pour en avoir l'estomac retourné.

Pendant trois jours, Mabs vaqua à ses occupations avec l'impression d'être coincée à l'intérieur d'un épais nuage noir. Tout lui paraissait étouffé, morne et désespéré. Lorsqu'elle tenait compagnie à Mrs Finch, elle la croyait de tout cœur. Lorsqu'elle voyait Mr Finch, elle se disait : *C'est impossible qu'il soit cet autre homme, impossible !* Elle devenait léthargique, elle avait la gorge irritée et l'esprit embrumé. Une douleur sourde se propageait dans son crâne.

« Miss Daley, lui dit un soir Mr Finch. Vous n'êtes pas dans votre assiette. Auriez-vous attrapé quelque chose ? Si c'est le cas, vous pouvez tout à fait prendre un jour ou deux afin de vous reposer et de vous remettre sur pied. »

Les larmes montèrent aux yeux de Mabs. Il était toujours aussi gentil et charmant, mais elle n'en tirait aucun plaisir.

« D'accord, m'sieur, merci », répondit Mabs d'une voix pâteuse.

Quand elle annonça à sa maîtresse qu'elle allait se coucher, celle-ci se contenta de lui décocher un regard pénétrant. Mabs regagna sa chambre, où elle resta tout l'après-midi, toute la nuit et une bonne partie du lendemain. Lydia montait à intervalles réguliers lui proposer de la soupe, mais Mabs n'avait pas d'appétit. Elle se tournait et se retournait dans son lit, les questions tourbillonnant comme des étoiles.

Des étoiles ! Retrouvant soudain sa lucidité, elle se redressa brusquement. Elle savait ce qu'elle avait à faire : parler à Olive Westallen. Certes, ce serait commettre une grave indiscrétion. Certes, cela impliquerait de raconter le secret d'une femme qui l'avait suppliée de n'en parler à personne. Mais Mabs, pour la première fois depuis son arrivée à Willoughby Walk, s'en fichait. Ce secret de famille complexe pesait plus lourd qu'un fardeau de bois ou de glace. Elle avait dix-huit ans, elle n'avait plus de mère et, pour être honnête, toute cette histoire était trop difficile à supporter seule. Elle ignorait à qui elle pouvait faire confiance à

Willoughby Walk ; en revanche, elle savait qu'elle pouvait compter sur Olive.

Il était 16 heures. L'heure idéale pour une visite. Peut-être Olive ne serait-elle pas chez elle, mais Mabs ne pouvait pas attendre. C'était la première fois depuis des jours qu'elle avait les idées claires. Elle fit sa toilette en quelques minutes puis dévala les marches. Elle s'arrêta sur le palier, se demandant si elle devait prévenir sa maîtresse qu'elle sortait. Il ne serait pas judicieux que l'on pense qu'elle partait se balader alors qu'elle était censée être malade. Mais si Mrs Finch devinait ses coupables intentions ? Non, elle se sentait incapable de lui faire face pour l'instant.

Dans le vestibule, Averil, debout devant le miroir, se touchait les cheveux et contemplait son reflet d'un air émerveillé. Elle portait une robe bleu pervenche, et ses joues constellées de taches de rousseur rosissaient de façon seyante. Lorsque Mabs surgit, toutes deux sursautèrent.

« Ah ! Miss Daley ! Mon Dieu, vous m'avez fait peur. J'étais juste en train… de me coiffer !

— Vous êtes très jolie aujourd'hui, miss, si je peux me permettre.

— Oh, Daley. »

Averil s'assit soudain sur les marches.

« Je le sens ! Je viens de déjeuner avec Toby Elias et…

— Miss ! Vous êtes amoureuse ! »

L'image du visage hâlé et du sourire rayonnant de Kip Miller lui traversa l'esprit.

« Oui ! J'espère que, d'ici peu, il… Mais je ne devrais pas vendre la peau de l'ours. Miss Daley, promettez-moi de ne pas en parler à maman ou papa ? J'aurais dû me taire, mais vous m'avez surprise en plein rêve ! »

Encore un fichu secret à garder pour un de ces satanés Finch !

« Bien sûr, miss. Même si je crois qu'ils seraient ravis de l'apprendre.

— J'en suis certaine. C'est juste que tout ceci est tellement… miraculeux ! Je n'ose en parler de crainte que cela ne parte en fumée. Je préférerais attendre qu'il me dise…

— Je comprends, miss. Bien, je dois partir. J'ai très mal à la tête et j'ai pensé qu'un peu d'air frais m'aiderait certainement.

— J'ai appris que vous étiez souffrante, en effet. Pardonnez-moi de ne pas avoir demandé de vos nouvelles. Vous sentez-vous mieux ?

— Je crois que oui. En tout cas, mes jambes paraissent moins cotonneuses. Si j'arrive à me débarrasser de cette migraine, je serai en pleine forme. »

Mabs s'échappa avant qu'un autre Finch ne vienne se confier à elle. Bonté divine, Averil espérait une demande en mariage ! Ça ferait un souci de moins pour Mrs Finch. Si elle disait la vérité. Oh, quelle plaie d'avoir à remettre en cause la moindre de ses pensées !

Mabs avait de la chance : Olive était chez elle ; ses parents et elle l'accueillirent chaleureusement. Assise par terre aux pieds de sa mère, Clover jouait avec la vieille toupie de Jem. Le capitaine voulait parler à Mabs des cargaisons de glace ; il avait à plusieurs reprises commandé un navire pour parcourir les six cents miles nautiques qui séparaient Londres de la Norvège.

« Oslo connaît des hivers systématiquement froids et secs, vous savez, et jouit d'une absence de pollution.

Voilà pourquoi la glace norvégienne est de si bonne qualité. Ils l'appellent d'ailleurs de la glace cristalline. Ce terme est-il employé sur les quais, miss Daley ? »

Mabs appréciait le fait qu'il lui parle d'égal à égal. En temps normal, elle aurait adoré discuter avec lui des heures durant, écouter ses histoires de la vie en mer – mais aujourd'hui cette fichue glace était le cadet de ses soucis ! Ayant remarqué son agitation, Olive lui proposa de se promener dans les jardins. Clover se leva aussitôt pour les suivre.

« Qu'y a-t-il ? lui demanda d'emblée Olive une fois qu'elles se retrouvèrent seules sous le ciel bleu pâle, entourées des branches de magnolia aux formes fantaisistes.

— Oh, miss ! » s'écria Mabs, enfin submergée par l'émotion.

Elle se laissa choir sur un banc d'ornement face à un parterre de lavande. Un cadran solaire était planté au milieu de ces arbustes, autour desquels des abeilles flottaient et bourdonnaient. L'atmosphère était si paisible que Mabs aurait voulu se faufiler au cœur des arbustes et y dormir un mois durant. Elle enfouit son visage dans ses mains.

« C'est trop affreux. J'ai jamais rien entendu de pire de toute ma vie. Et c'est pas peu dire. »

Elle éclata en sanglots. Elle n'avait pas pleuré depuis la mort de sa mère, et voilà qu'elle pleurait pour la deuxième fois en quelques jours.

« Clover, ma chérie, pourquoi n'irais-tu pas chercher des fées ? suggéra Olive. Par une si belle journée, elles sont certainement sorties de leur cachette, ne crois-tu pas ? Ne t'éloigne pas trop, que je te voie. »

Clover s'écarta un peu pour explorer les parterres de fleurs, assez loin pour que Mabs puisse raconter plus tranquillement sa sombre histoire. Olive s'assit à côté d'elle et posa son bras autour de ses épaules.

« S'agit-il d'un des enfants, ou de votre père ? s'enquit-elle d'une voix douce.

— Ni l'un ni l'autre. C'est les Finch. Sauf que… c'est très étrange et je peux même pas… »

Les larmes l'empêchaient de continuer.

« Allons, allons, ma chère, fit Olive. Laissez aller vos larmes, ensuite nous tirerons tout cela au clair, vous et moi. »

Quand ses larmes cessèrent enfin, Mabs eut l'impression de sortir d'un long tunnel, devant lequel Olive l'attendait patiemment. Mabs s'était écroulée à son côté ; elle se redressa et s'essuya le visage. Olive lui tendit un mouchoir. Elle retira son bras des épaules de Mabs et lui prit la main :

« Dites-moi. »

Mabs inspira profondément et bruyamment.

« Je sais même pas par où commencer. D'abord, je devrais pas vous parler. Ça plairait pas à Mr Finch et ça plairait pas à Mrs Finch. Je veux que vous sachiez que j'ai toujours été bonne et fidèle envers eux. J'ai toujours gardé pour moi ce qu'ils voulaient pas que je raconte à qui que ce soit. J'ai été… discrète et j'ai tenu ma langue et j'ai fait tout ce qu'il m'a demandé de faire le jour où il m'a embauchée. Et je voulais que leur bien à tous, il faut que vous le sachiez.

— Je le sais, Mabs. Cela saute aux yeux.

— Oui, alors vous imaginez un peu dans quel pétrin je me trouve si, moi qui suis discrète, je vous raconte leurs secrets les plus choquants.

— Un horrible pétrin, en effet.

— Oui. J'ai peur que quelqu'un soit en danger, mais pas le genre de danger qui vous tombe sur la tête ou vous écrase le pied au canal. Je sais pas quoi en penser ni quoi faire, et je suis toute seule, Olive. C'est trop pour moi.

— Alors vous avez bien fait de venir voir une amie de confiance. Si cette personne est en danger, elle aura besoin d'aide. Et, si vous êtes incapable de l'aider, quelqu'un d'autre devra s'en charger. À présent, ma chère, dites-moi ; car, pour être honnête, je ne vous ai jamais vue si tourmentée. »

Mabs lui raconta donc l'histoire de Mrs Finch telle que celle-ci la lui avait confiée, mais légèrement abrégée.

« Mrs Finch elle-même s'attend pas à ce que je la croie, conclut-elle. Soit je la croirai, soit je la croirai pas, voilà ce qu'elle a dit. Et moi, je pense que si. Sauf que ça veut dire que… que…

— Que votre bienfaiteur, l'homme de qui vous dépendez pour gagner votre vie, est un monstre. Cela réduit fortement vos chances de conserver encore longtemps ce poste prétendument idyllique que vous étiez si heureuse d'avoir décroché. Cela signifie que votre maîtresse, sur le bien-être de laquelle vous êtes censée veiller, vit un véritable cauchemar. Et cela signifie que, pour vous, l'époque où vous étiez heureuse à Willoughby Walk est révolue. Pas étonnant que votre esprit y résiste. Et si vous ne la croyiez pas ? »

Mabs sentit les larmes lui monter aux yeux.

« Je pense que ça fait plus aucun doute, maintenant. Même si je préférerais que ce soit faux.

— Bien sûr.

— Olive, il faut que je vous demande : qu'est-ce que, vous, vous en pensez ? Est-ce que vous y croyez ?

— Oh oui, répondit aussitôt Olive d'un ton égal.

— Sans hésiter, miss ? »

Elle sourit.

« J'ai toujours eu un pressentiment au sujet de Mr Finch.

— Ah bon ?

— Oui, avant même de le rencontrer. C'est d'ailleurs vous qui m'avez mis la puce à l'oreille. La première fois que je vous ai rencontrée, vous étiez si tendue, vous choisissiez vos mots avec tant de soin pour me décrire votre travail, qui paraissait certes parfait à première vue. Je me suis demandé si je vous intimidais, en raison de mon rang ou d'une sottise de ce genre. Mais lorsque, un peu plus tôt, vous m'aviez parlé de votre famille, vous étiez décontractée et chaleureuse. Rien à voir avec votre façon de me parler de vos employeurs. Personne ne devrait craindre à ce point de dire quelque chose de travers.

« Ensuite, il s'est avéré qu'il voulait rencontrer mon père. Oh, bien des hommes partagent son ambition, ce qui ne signifie pas pour autant qu'ils maltraitent leur épouse. Mais cela reste un vilain défaut. Et puis je les ai rencontrés, Mabs. Si cette femme est invalide, alors je suis mariée à dix hommes différents. Elle n'a pas les nerfs à fleur de peau, elle est intelligente. Elle ne délire pas, elle voit des vérités qu'il ne souhaite pas qu'elle voie. Et elle n'est pas faible, loin de là. Tandis que lui… eh bien, il n'avait rien d'exceptionnel – leur dissemblance en soi m'a alertée.

« Lorsqu'ils sont venus déjeuner l'autre jour, toutes mes impressions ont été confirmées. Il y avait entre eux, ma chère, une tension à couper au couteau ; cela allait au-delà de la simple dispute de couple, bien que jamais je n'aurais imaginé l'ampleur de la situation. Ce n'est pas par solidarité féminine que je me range de son côté, Mabs. Je me fie à mon instinct.

— Ah ! »

Les épaules de Mabs s'affaissèrent de quelques centimètres, et elle eut soudain une faim de loup, elle qui n'avait rien voulu avaler depuis des jours.

« Oh, Olive. Je me rendais pas compte à quel point j'avais besoin de vous l'entendre dire. Si vous m'aviez dit que c'était impossible, ou improbable, je me serais sentie si… seule.

— Car tout au fond de vous, sous votre crainte, votre confusion et la très grande étrangeté de cette affaire, vous savez que c'est vrai.

— Oui.

— Eh bien, ma chère, il ne faut jamais rester seul. Nous avons tous besoin de quelqu'un avec qui partager les joies de la vie, et quelqu'un sur qui compter en cas de besoin. La question étant : qu'allons-nous faire ? »

MABS

Ce n'était pas un problème facile à résoudre, même pour Olive Westallen. Celle-ci pensait qu'il valait mieux que Mrs Finch abandonne ses enfants sur-le-champ.

« Maintenant que je suis mère, je la comprends ! Mais, pour l'amour du ciel, ils sont plus âgés que vous, ma chère ! D'après ce que j'entends, plutôt égoïstes et gâtés. Ils se débrouilleront très bien sans leur mère. Mais il y a Otty, bien sûr. C'est une autre paire de manches… Bon, très bien, je m'aperçois que les choses ne sont pas si simples.

— Pas simples du tout, soupira Mabs. Même si Mrs Finch fichait le camp, ses enfants lui manqueraient. Si elle leur disait la vérité, est-ce qu'ils la croiraient ? Et si oui… Mr Finch ne l'accepterait pas, il se battrait ; il les retournerait contre elle.

— Oui, sans doute. Et Otty serait coincée seule avec son père pendant des années.

— Mais il adore Otty. Au moins, c'est un bon père. »

Olive haussa les sourcils.

« Mis à part le fait qu'il maltraite leur mère. Mis à part le fait qu'il les ait arrachés à leur vie de Durham pour la punir. Et, à présent, il compte changer Otty d'école afin d'en faire une tout autre fille. Je vous assure, Mabs, que je n'aimerais pas qu'Otty vive seule avec cet homme. Quoi qu'il en soit, nous ne résoudrons pas ce problème aujourd'hui. Vous devez rentrer et discuter avec Abigail. Qu'elle sache qu'elle n'est pas seule et qu'elle peut avoir confiance en vous. Ce sera pour elle un immense soulagement. Je vais quant à moi y réfléchir plus avant. »

Elles se levèrent, et Mabs fit tristement ses adieux en pensée au parterre de lavande, cette oasis de tranquillité dans une vie si compliquée.

« Merci, Olive, de tout cœur. J'aurais vraiment pas pu y faire face seule. À vrai dire, j'ai pas très envie d'y retourner.

— Je vous comprends, répondit Olive d'un air grave. Ne croyez pas que l'idée de vous savoir dans cette maison me réjouisse. Mais si vous partiez maintenant…

— C'est impossible, je le sais. Pour sa sécurité, je dois continuer comme si de rien n'était. Ça ira pour moi, du moment qu'il se doute de rien.

— Vous devrez donc jouer la comédie, ma chère. Que votre vie quotidienne soit digne de Ruth Herbert.

— Qui ça ?

— Une célèbre actrice. Vous ne devrez pas baisser la garde une seule seconde. Passez me voir chaque fois que vous aurez besoin de réconfort, et espérons que vous n'aurez pas trop longtemps à tenir.

— Est-ce que je peux venir m'asseoir ici de temps à autre ? Juste dix minutes, près de la lavande ? »

Olive parut avoir parfaitement saisi.

« Bien sûr, Mabs. Ma lavande est votre lavande.

— Merci. Au fait, Olive, vous inquiétez pas pour Clover. Angie était pareille après la mort de m'man. Ça lui passera. »

Malgré ses craintes, Mabs n'avait pu s'empêcher de remarquer que Clover était devenue collante et qu'Olive paraissait de plus en plus éreintée. Ce n'était pas facile, elle le savait.

« Merci, soupira Olive. Tout cela commence à faire… un peu trop, pour être honnête. Je ne me sens plus vraiment moi-même et je suis si fatiguée en permanence. Mais voilà, j'ai fait mon lit, comme on dit. Et je l'aime tellement. »

La nuit tombait, bleu pervenche ; Mabs n'avait pas réalisé qu'elle était partie si longtemps. Mais elle se sentait soulagée d'un fardeau. S'il y avait bien quelqu'un capable de faire l'impossible et de trouver une solution pour Mrs Finch, c'était Olive. Tout en descendant la colline, elle réfléchit à la façon dont elle allait gérer la situation au cours des heures et des jours à venir.

Une fois à Willoughby Walk, elle redressa les épaules et entra. Le vestibule brillait, accueillant comme jamais. Mabs ne pouvait se résoudre à regarder le portrait de Mrs Finch dans sa robe lilas. Elle s'approcha du bureau de Mr Finch et frappa à la porte. Si elle ne l'abordait pas maintenant, elle ne le ferait jamais. Sa gorge se noua en entendant sa voix, mais elle entra quand même.

« Bonsoir, m'sieur, lança-t-elle gaiement. J'espère que je vous dérange pas.

— Pas du tout, miss Daley. Vous sentez-vous mieux ?

— Oui, m'sieur, c'est pour ça que je suis là. Je vais me remettre au travail demain. Je suis allée prendre l'air cet après-midi, et mon crâne me fait moins souffrir. Avec une bonne nuit de sommeil, je crois que ça passera.

— Formidable ! Abigail sera heureuse de l'apprendre.

— Je me suis dit que j'irais la voir en montant dans ma chambre, m'sieur, pour la prévenir. »

Mabs avait déjà décidé de se montrer aussi docile et ouverte que possible avec Mr Finch. Qu'il donne ou refuse sa permission et s'imagine encore qu'il tirait les ficelles.

« C'est fort aimable de votre part, miss Daley. Bonne nuit. »

Mabs referma la porte derrière elle avec un énorme soupir de soulagement. *Bravo, ma petite Mabs*, se dit-elle. *Ruth Machin-Chose aurait pas fait mieux.* Mais Dieu qu'elle était contente de s'éloigner de lui. Elle en avait la chair de poule.

Puis elle entendit une voix :

« Oh, miss Daley ? »

Elle entrebâilla la porte et jeta un coup d'œil à l'intérieur.

« Oui, m'sieur ?

— Je tenais juste à vous informer que j'ai reçu de bonnes nouvelles. Le docteur Broome a repoussé quelques rendez-vous afin de nous rendre visite. Il sera là dans quatre jours. »

Mabs en eut l'estomac retourné, mais elle parvint à lui adresser un sourire radieux.

« Mon Dieu ! Ça, c'est une bonne nouvelle. Est-ce qu'il va rester dans le coin ?

— Oh, il va rester chez nous. C'est autant un ami de la famille qu'un médecin. Je demanderai à Mrs Webb de préparer la chambre d'amis. »

Mabs gravit les marches d'un pas titubant, prise de vertiges, sa migraine revenue en force. Les choses évoluaient rapidement. Elle trouva Mrs Finch assise à la fenêtre, vêtue d'une longue robe de chambre bleue. Sa maîtresse sourit en constatant que c'était elle.

« Je ne m'attendais pas à vous voir ce soir.

— Je tenais juste à vous dire que je me sens mieux, m'dame, et que je reviendrai vous tenir compagnie demain matin.

— Merci, Daley. Ces deux derniers jours ont-ils été… réparateurs ? »

Mabs entra et ferma la porte derrière elle.

« Ils m'ont aidée à y voir plus clair, et je veux que vous sachiez que je vous crois, m'dame. Je vais rester à votre côté et vous aider comme je peux. »

L'intensité du soulagement qui inonda le visage de Mrs Finch faillit la faire sursauter. Mabs s'assit sur le rebord de la fenêtre et lui prit la main.

« M'dame, j'ai deux choses à vous dire. Vous voulez d'abord entendre la mauvaise nouvelle, ou la nouvelle qui paraîtra mauvaise un instant mais qui en réalité est bonne ? »

Mrs Finch partit d'un petit rire.

« Je ne suis pas sûre de vouloir entendre ni l'une ni l'autre !

— Alors on commence par la mauvaise. Le docteur Broome arrive dans quatre jours.

— Oh mon Dieu. »

Elle ferma les yeux, et Mabs n'osait imaginer quels souvenirs et quelles craintes lui traversaient l'esprit.

« Je savais pas si je devais vous le dire…

— Merci de m'avoir prévenue. C'est mieux ainsi.

— Mais je serai là, m'dame. Je sais ce qu'il en est maintenant, et je laisserai rien vous arriver. Je sais pas trop comment on va arranger les choses, mais on réussira.

— Parfait. Et l'autre nouvelle ?

— Ah, eh ben, j'ai fait un truc aujourd'hui, m'dame. Quelque chose. Vous allez être furibonde un moment, mais si vous y regardez de plus près vous verrez que c'est une bonne chose.

— Qu'avez-vous fait, Daley ?

— Je suis allée voir Olive Westallen et je lui ai tout raconté. »

L'expression horrifiée de sa maîtresse aurait presque semblé comique si elle n'avait pas été si sincère et vraie.

« Attendez, m'dame, dites rien. Écoutez-moi. Vous êtes coincée. Vous trouvez pas de moyen de vous en sortir. Votre Jonathan non plus. Et moi, encore moins. Je peux vous apporter du réconfort, mais, franchement, ça vous sera pas utile. Je peux pas vous aider, pas vraiment. Mais miss Westallen si, peut-être. Je lui fais confiance, Mrs Finch, tout comme vous et moi on doit se faire confiance maintenant. On peut pas rester seules ; il nous faut une amie qui habite pas dans cette maison. Alors c'est pas la peine de tourner autour du pot : soit vous voulez que les choses s'arrangent, soit non. »

Mabs attendit, le cœur battant la chamade, pendant que sa maîtresse se mordait la lèvre, le souffle court.

« Comment a-t-elle réagi ? finit-elle par demander vaillamment.

— Elle vous croit aussi, m'dame. J'ai même pas eu besoin de la convaincre. Elle dit qu'elle a toujours su qu'il y avait quelque chose qui clochait chez Mr Finch.

Vous voyez bien qu'elle est plus maligne que moi. Elle est d'accord pour dire que c'est un vrai tohu-bohu, mais, si j'étais vous, je préférerais de loin que ce soit elle qui y réfléchisse plutôt que moi. Alors, vous trouvez pas que c'est une bonne nouvelle ?

— Ma chère enfant, répondit Mrs Finch. Je remercie Dieu de vous avoir menée à moi. J'avais depuis longtemps perdu confiance en Lui, vous savez. Mais que mon salut arrive par l'intermédiaire de mon mari, sous les traits d'une créature à moitié affamée, illettrée et charriée depuis les quais…, eh bien, c'est là justice poétique qui ne peut que faire allusion à la Providence. »

Mabs plissa le nez.

« Je suis pas sûre d'être votre salut, m'dame. C'est quand même pas une mince affaire.

— En effet, et je ne souhaite pas faire supporter à vos jeunes épaules un fardeau plus lourd encore. Serrons-nous les coudes et faisons confiance à Dieu et à Olive Westallen. »

OLIVE

Pas étonnant que j'aie été si réticente à rencontrer les Finch. Quelque chose en moi a dû pressentir que je deviendrais désespérément mêlée aux histoires de cette famille, et que celles-ci n'auraient rien de joyeux. Le lendemain matin, j'enfile une bonne paire de bottes et pars marcher, tôt, pendant que Clover dort et que maman est d'accord pour veiller sur son sommeil. À cette heure-ci, la lande est presque déserte ; je n'ai pas envie de papoter.

Dans l'ensemble, les lois sont une très bonne chose, me dis-je, mais des gens bien se retrouvent parfois pris dans leurs filets. Aucun système n'est parfait. Pour autant, il devrait exister une clause pour les femmes en pareille situation. L'appareil législatif devrait changer sa façon de considérer les femmes ! Qu'une femme de qualité comme Abigail Finch ait tenu si longtemps sachant que, la loi accordant avant tout importance et respect à la parole des hommes, personne ne pouvait vraiment l'aider… cela me fait sortir de mes gonds. Une fois ma fondation bâtie sur des… fondations solides (qui n'apprécie pas les calembours ?), ma prochaine cause sera « la question des femmes ».

L'histoire d'Abigail me fait frémir jusqu'à la moelle. Elle était, comme moi, intelligente, fortunée, et sans doute entourée d'une famille aimante. Pourtant, contrairement à ce que j'ai toujours cru, ces éléments ne constituent pas une protection absolue. Son destin a basculé quand elle a pris une mauvaise décision à la suite d'une tragédie. Une fois qu'elle a eu choisi d'épouser Lucius Finch, sa famille ne pouvait plus la protéger. Sa fortune est devenue la propriété de son mari. Abigail elle-même est devenue sa propriété. La même chose aurait pu m'arriver, si les circonstances m'avaient amenée à épouser un homme indigne. Je remercie le ciel et les étoiles et toutes les puissances célestes de n'en avoir rien fait, d'être encore maîtresse de ma vie.

La matinée est claire et lumineuse. Rien de mieux que ce soleil de début d'été, dont la chaleur onirique ne s'est pas encore intensifiée. Le ciel est dégagé, et les arbres sont remplis de cris de merles, de grives, de roitelets, de pinsons… Une corne d'abondance de chanteurs ailés. Très vite, je suis rouge et pantelante. La lande commence à me requinquer. Je gravis Parliament Hill à grandes enjambées et regarde tout autour de moi. Londres s'étend à mes pieds.

Là-bas se trouve Highgate, où les Blythe sont en train de vaquer à leurs occupations habituelles – comme se regarder dans le miroir, dans le cas de Rowena. Là-bas se trouve Belsize Park, où la veuve Lake purge sa peine d'une existence solitaire en compagnie de la seule domestique qui lui reste. Et là se trouve ce cher quartier de Hampstead, où Julia Morrow n'est plus seule depuis qu'elle a Jem. Je suppose que Mabs vient de par là-bas, plus loin, et Clover aussi. Pauvre Mabs. Imaginez un peu vivre dans cette maison, savoir ce qu'elle sait, devoir faire bonne figure devant cet homme ! Ça ne peut plus durer. Cela me fait penser que, en ce moment même, dans tout Londres, des femmes et des filles, riches et pauvres, intelligentes ou non, souffrent de leur situation domestique, et l'appareil législatif, qui croit en la droiture et la supériorité des hommes, se satisfait pleinement de s'en laver les mains. Il se trompe à tel point que j'en reste pantoise.

« Bonjour ! Miss Westallen, si j'en crois mes yeux ! »

Je fais volte-face et aperçois Mr Lionel Harper qui grimpe à grand-peine la pente ouest de Parliament Hill.

« Juste ciel ! Mr Harper ! Quelle surprise. Comment allez-vous ?

— Très bien, merci. Quelle matinée splendide.

— En effet. Et vous êtes bien matinal.

— Je commence le travail à 9 heures. Si je tiens à m'emplir les poumons et à voir la nature, je dois le faire soit très tôt, soit très tard. »

Il vient se poster à côté de moi pour admirer la vue.

« Vous promenez-vous souvent sur la lande avant le travail ?

— La lande ou Regent's Park. Je m'étonne de ne pas vous avoir croisée avant – bien que je ne vous aurais sans doute pas reconnue avant la semaine dernière.

— Je sors rarement si tôt. D'habitude, je préfère commencer ma journée de façon plus paisible, avec du thé et un bon livre. Mais, ce matin, il faisait trop beau pour résister.

— Eh bien, je suis heureux de vous voir. »

Il me sourit et semble effectivement très heureux. Il se peut que je rougisse légèrement ; j'espère qu'il pensera que c'est à cause de la montée.

« Mon commis vous a envoyé les clefs, je crois ?

— Oui. Merci encore, Mr Harper. J'ai inspecté les lieux, qui sont fort satisfaisants.

— J'en suis ravi. Vos projets avancent-ils bien ? »

Je lui apprends la dernière bonne nouvelle en date, une donation de cinq cents livres de la part d'une dame fortunée qui souhaite les voir servir à la formation professionnelle de jeunes femmes. Je constate avec plaisir que Mr Harper hoche la tête d'un air approbateur. Tant d'hommes aiment cantonner les femmes à la sphère traditionnelle et estiment que seules certaines professions conviennent aux travailleuses qui doivent gagner leur vie. Gouvernante, infirmière, dame de compagnie… Pour ce que cela a apporté à Mabs !

Submergée par un flot de bonne humeur, provoqué je pense par une conversation qui n'a rien à voir avec les Finch, je me laisse aller à des confidences.

« Vous savez, Mr Harper, je me considère comme une femme rationnelle, et je sais que ce que je m'apprête à vous dire vous paraîtra étrange, mais il m'arrive parfois, à certains tournants de ma vie, d'utiliser des cartes divinatoires. »

Je me prépare à être raillée ou traitée avec condescendance.

« Comme c'est intéressant, répond Mr Harper avec enthousiasme. Vous référez-vous au tarot, miss Westallen ?

— Non, il s'agit d'un jeu de cartes oraculaires, semblable à celui de Lenormand, mais plus ancien et anglais.

— Fascinant. J'imagine que les illustrations en elles-mêmes doivent stimuler la pensée créative. Vous servez-vous parfois du *Yi Jing*, cet ancien texte divinatoire chinois ?

— Ah, le *Livre des changements* ! Non, bien que je m'en sois déjà servie. J'ai une cousine qui ne jure que par cet ouvrage. Et vous ?

— Il m'a été d'une aide précieuse lorsque j'ai monté mon entreprise, et chaque fois que j'ai pris une nouvelle direction. J'ai conscience qu'à notre époque il est plutôt dédaigné, mais son influence perdure depuis plus de deux millénaires. Les gens affirment que nous sommes plus rationnels aujourd'hui, mais je n'en suis pas sûr. Je pense que nous avons beaucoup à apprendre des civilisations antiques, les Égyptiens, les Chinois – mais que nous sommes trop orgueilleux pour admettre que d'autres peuvent nous enseigner quoi que ce soit. »

Le vent plaque une mèche de cheveux contre mon visage. Je la retire de ma bouche et la coince derrière mon oreille.

« Exactement ! Quelle arrogance de prétendre que science et divination sont incompatibles, d'être incapable d'accepter deux vérités divergentes et d'affirmer que, par conséquent, il n'en existe qu'une !

— Nous avons beaucoup en commun, miss Westallen. Mais je vous ai interrompue. Vous me parliez de vos cartes.

— Oui. Je les ai tirées au sujet de la fondation. Avec un résultat troublant : je n'ai tiré que des cartes d'extrêmement bon augure. Vous avez fait un investissement judicieux ! ajouté-je en riant.

— Je n'en doute pas miss Westallen, j'ai été bien aise de vous revoir. Je dois partir à présent, sans quoi je risquerais d'arriver en retard – un précédent regrettable si je dois servir de tuteur dans le cadre de votre fondation. Me permettriez-vous de vous rendre visite un jour, afin que nous puissions discuter plus avant ? Malheureusement, je ne quitte presque jamais le travail avant 18 heures, ce qui, socialement parlant, n'est pas le moment le plus approprié pour une visite.

— Mais bien sûr ! J'aimerais que vous m'en disiez davantage sur la façon dont le *Yi Jing* a affecté vos décisions commerciales. Il est rare de rencontrer une personne qui se serve de ce genre d'outil d'une façon si intelligente. Nous ne sommes pas une famille des plus protocolaires, Mr Harper, passez donc au moment qui vous conviendra le mieux. Mes parents soutiennent ardemment la Fondation Westallen et seraient heureux de rencontrer un de ses mécènes. Ma mère est fort absorbée par l'organisation du bal de lancement du projet dans la haute société. Peut-être souhaiteriez-vous y assister avec votre épouse ?

— Je ne pourrais m'exprimer au nom de mon épouse, puisque je n'en ai pas. Mais je serais enchanté. »

Qu'un homme si admirable ne soit pas marié m'étonne un peu et me réjouit aussi, bien que cela devrait me laisser indifférente. Je ne peux bien évidemment pas penser au mariage, sachant ce qui est arrivé à Abigail, et maintenant que j'ai Clover ! Je dois protéger son avenir ainsi que le mien, et, s'il faut en croire papa, elle serait de toute façon un obstacle à ce genre de perspectives. Malgré tout, c'est de bien meilleure humeur que je regagne Polaris House, un sourire aux coins des lèvres. La danse de l'attirance est intemporelle et irrésistible. Du moment que je ne prends pas d'initiative irrévocable, je ne vois pas pourquoi je ne pourrais pas m'amuser un peu.

MABS

Mabs partit voir Olive avant le petit déjeuner, mais se vit annoncer que celle-ci se promenait sur la lande. L'endroit étant trop vaste pour partir à sa recherche, Mabs laissa donc un mot expliquant l'imminence de la visite du docteur Broome.

Puis les heures s'écoulèrent avec lenteur. Mabs et Mrs Finch sursautaient au moindre petit bruit. Bien qu'elles ne soient pas d'humeur à sortir, elles continuèrent leurs balades quotidiennes, afin de maintenir un semblant de normalité et de soulager la pression de l'attente. Le temps était magnifique, le ciel sans nuage. Les étendues de lande étaient préférables aux rues et aux maisons.

Le deuxième jour, elles croisèrent Olive et marchèrent avec elle un moment. Cette dernière serra Abigail dans ses bras, puis leur changea les idées en parlant de la Fondation Westallen ; ses projets prenaient rapidement forme. C'était indéniable : sa présence avait quelque chose d'exaltant, même si elle soulignait malheureusement le contraste avec leur sombre secret et leur retenue étouffante.

« Je ne dirai rien de votre situation délicate avant d'avoir des faits irréfragables à rapporter, déclara Olive au moment des adieux. Je ne vois pas l'intérêt pour vous d'entendre la moindre de mes pensées d'ici là. Je vous avertirai dès que j'aurai quelque chose de positif à vous communiquer, pas avant. En attendant, il vous faut garder le moral par tous les moyens possibles.

— Je comprends, répondit Mrs Finch qui, le visage d'une pâleur spectrale, serra la main d'Olive. Vous êtes très bonne. »

Elles rentrèrent à la maison d'un pas morose.

Le quatrième jour, elles ne purent s'empêcher de s'interroger sur l'arrivée du docteur Broome et sursautaient chaque fois que l'on frappait à la porte. Mais il n'arrivait pas. Le cinquième jour fut pire. Lorsqu'elles entendirent Mr Finch rentrer à 19 heures, Mabs ne put plus le supporter.

« Je vais parler à mon employeur, m'dame, annonça-t-elle. Je fais que mon travail. »

Elle s'empressa de descendre au bureau avant qu'il ne soit occupé à dîner ou à faire de la paperasse.

« Ah, miss Daley, lança-t-il lorsqu'elle fit son apparition. Il y a quelques jours que je ne vous ai pas vue. Tout se passe bien ?

— C'est justement ce que je me disais, m'sieur, que ça faisait quelques jours, répliqua Mabs qui, debout sur le seuil, s'efforçait d'avoir l'air décontracté. Je vais pas vous embêter, m'sieur, je voulais juste vous dire que ces derniers temps ont été très calmes et paisibles. On a fait de belles promenades sur la lande. Rien de très intéressant à vous raconter, m'sieur, mais je suppose que c'est ce que vous espériez.

— En effet, miss Daley, voilà qui est fort encourageant. Merci.

— De rien, m'sieur. Tant que je suis là, vous avez besoin de rien ?

— Rien qui ne me vienne à l'esprit, non. J'espère que votre famille et vous-même vous portez bien ?

— Oui, m'sieur, merci. »

Mabs se tourna pour partir.

« Au fait, m'sieur, le docteur arrive quand ? Celui qui vient de Durham ?

— Ah oui, j'aurais dû vous en parler. Eh bien, c'est fichtrement surprenant, Daley. Oh, veuillez excuser mon langage. C'est très surprenant, devrais-je dire. Entrez un instant et fermez la porte, voulez-vous ? »

Mabs s'exécuta, les entrailles tordues par tout ce à quoi cette chose « très surprenante » pouvait bien faire allusion.

« Je l'attendais hier, expliqua Mr Finch, se frottant le front et y laissant une marque rouge. Et puis, ce matin, j'ai reçu cette lettre – il agita un morceau de papier à lettres couleur crème – dans laquelle il m'annonce avoir pris sa retraite ! Bien sûr, il doit avoir soixante-dix ans maintenant. Mais nous correspondions régulièrement ces derniers temps, et jamais il n'a mentionné pareil projet. Sans compter qu'il a promis de me rendre visite il y a quelques jours seulement. Comment a-t-il pu changer d'avis de façon aussi soudaine ? Pourtant, dans sa lettre, il affirme avoir acheté une petite propriété au bord de la mer à Scarborough. »

Mabs avait autant envie de rire que de pleurer. Il lui fallut retenir ses émotions comme dans un poing serré pour les dissimuler.

« Quel dommage, m'sieur. Enfin, tant mieux pour le docteur. Au moins, Mrs Finch va mieux, elle est bien stable.

— Oui. J'aimerais trouver un médecin qui partage les mêmes idées, en cas de rechute, ce qui n'est pas facile. Ce ne sont pas les médecins qui manquent, mais quant à trouver le bon… Bref, il s'agit pour l'instant de maintenir l'équilibre d'Abigail. Protégeons-la de toute interaction sociale.

— Très bien, m'sieur. »

Une fois écarté le danger imminent de la visite du docteur Broome, le calme retomba sur la maison. Mr Finch passait de nouveau de longues heures au bureau. Mabs et Mrs Finch tuaient le temps grâce à la lecture et aux promenades sur la lande, et sortaient aussi occasionnellement un peu plus loin : au zoo de Londres ; au théâtre pour voir une séance matinale d'un spectacle de Gilbert and Sullivan ; en balade le long de l'Embankment. Mrs Finch ne connaissait pas du tout Londres, et Mabs n'avait jamais vu la ville sous cet angle. Elles ne mentionnèrent pas ces aventures à Mr Finch.

Mrs Finch continuait de travailler sur l'élocution de Mabs, l'interrompant sans scrupule afin de corriger la moindre de ses erreurs. Parfois, malgré l'immense gratitude que Mabs éprouvait à son égard, cela l'agaçait bel et bien. Elle aurait aimé pouvoir finir une phrase. Sous cette tutelle aussi vigilante, Mabs ne pouvait cependant pas nier que son élocution changeait plus vite qu'elle ne l'aurait jamais imaginé.

Otty paraissait pâle et pensive depuis quelque temps. Sa mère et Mabs lui demandèrent à maintes reprises ce qui lui posait problème, mais Otty affirmait qu'elle allait bien. Après l'école, elle se joignait parfois aux deux femmes pour des sorties, et une petite étincelle réapparaissait alors dans son regard. Mabs gardait un œil sur elle mais ne lui posait plus de questions ; d'après son expérience, Otty lui parlerait quand elle serait prête, pas avant.

Bien qu'elles ne rendissent aucune visite, elles croisèrent toutefois Olive à plusieurs reprises sur la lande, où cette dernière put leur expliquer les raisons du départ inattendu à la retraite du docteur Broome.

Consciente que chaque minute comptait, Olive avait parlé à son père.

« C'est ainsi que les secrets s'ébruitent, je sais, dit-elle, remarquant l'air effrayé de Mrs Finch, mais rassurez-vous, mon père n'est pas un homme comme les autres. Son sens de la justice est sans égal. Jamais, jamais il ne vous trahirait, ma chère. Il s'est aussitôt rendu à Durham pour trouver le docteur Broome, et a intercepté ce monstre abject alors qu'il préparait ses valises pour venir ici. »

Le capitaine Westallen n'avait pas eu le temps de trouver des preuves à l'encontre du médecin. Mais le docteur Broome l'ignorait. Le capitaine ne portait aucun signe de son grade et il s'était présenté sous un pseudonyme, prétendant conduire une enquête pour l'Ordre des médecins à la suite de plusieurs plaintes d'anciennes patientes et même d'un ou deux de leurs maris. Il avait apporté un épais dossier, priant pour que le médecin n'exige pas de le consulter. Mais il était parvenu à donner suffisamment de détails précis des fautes médicales que celui-ci avait commises. Le docteur Broome avait si mauvaise conscience qu'il n'avait pas remis en cause ces accusations, se contentant de supplier, de se repentir et de se trouver des excuses.

Le capitaine était resté de marbre.

« Mon père est le meilleur des hommes, ajouta Olive, mais aussi le plus autoritaire. En cas de besoin, il sait se montrer parfaitement impitoyable. »

Le médecin serait traîné devant les tribunaux, avait-il expliqué. Son nom serait terni dans le pays tout entier. Il serait inculpé et passerait ses années de retraite dans une cellule humide et crasseuse.

« Un homme qui a tant abusé de son statut professionnel ne fera pas long feu au milieu de criminels et de malfaiteurs, avait observé le capitaine. Pour un homme de votre âge, cela ne pourra que précipiter votre fin dans des conditions lamentables. »

Le médecin avait supplié et s'était encore justifié. Il jurait avoir été encouragé et menacé par des maris peu scrupuleux. Cela faisait longtemps qu'il avait abandonné ce genre de pratiques. Il avait compris ses erreurs. Il était désolé, vraiment désolé. Ses yeux bleus avaient larmoyé, et son vieux corps avait été secoué de sanglots. Le capitaine n'avait pas témoigné une once de compassion.

« Pensez aux femmes que vous affirmiez traiter, l'avait-il exhorté. Pensez à ce que vous avez fait.

— Je regrette ! Je regrette tout ! N'y a-t-il pas un moyen de me faire pardonner ? Un moyen d'éviter cette fin affreuse ? »

Le capitaine demeura longtemps impassible, continuant de rappeler au médecin ses actes monstrueux. Puis, il parut se radoucir. Il existait bien un moyen permettant au médecin d'échapper à la justice.

« Quoi donc ? » voulut savoir le docteur Broome. Tout, il ferait tout.

Si, et seulement s'il prenait immédiatement sa retraite et n'allait pas rendre visite aux Finch à Hampstead. Aucune question ne lui serait posée, aucune enquête ne serait menée.

Si les Finch apprenaient quoi que ce soit à ce sujet, l'enquête serait confiée à la justice. S'il « traitait » une autre femme, l'enquête serait confiée à la justice. S'il s'avisait jamais de conseiller un collègue ou un époux, l'enquête serait confiée à la justice. Le médecin avait acquiescé. Sa carrière était finie.

« Votre père est très bon, dit Mrs Finch d'une voix rauque qui trahissait ses larmes. Se donner tant de peine pour moi alors qu'il ne me connaît même pas, ou si peu. Olive, comment pourrais-je jamais lui montrer ma gratitude ?

— C'est inutile. Papa est un grand philanthrope. Je suppose qu'il peut tout aussi bien aider une amie et une voisine que la masse anonyme. Il a écarté le danger imminent, mais vous vous trouvez toujours dans une situation très délicate. Vous pourrez nous remercier une fois que cela sera résolu !

— J'aurais aimé que tout ce que votre père a dit soit vrai, Olive, commenta Mabs. Après ce qu'il a fait, j'aurais aimé qu'il y ait une enquête sur le docteur et qu'il soit humilié et traîné par les tribunaux et tout le reste.

— Traîné devant les tribunaux, corrigea distraitement Mrs Finch.

— Ma chère Mabs, répliqua Olive. Chaque chose en son temps. »

OTTY

Ce dimanche, le petit déjeuner à la table des Finch est fort étrange. Papa est irritable, je suis malheureuse, et maman est présente. Elle nous rejoint toujours pour le déjeuner, le dimanche, mais rarement plus tôt. Charlie, en revanche, a disparu de la circulation. Elfrida rumine, comme toujours ces temps-ci, sauf lorsqu'elle reçoit du monde et se montre alors aussi charmante qu'une marguerite. Averil est toute rouge. Ses mains ne cessent de s'agiter sur la table tels des papillons blancs, puis elle change d'avis et les pose sur ses genoux. Est-elle de nouveau au régime ?

« Averil, ma chérie, qu'y a-t-il donc ? s'enquiert maman lorsque ma sœur renverse le sel, les nerfs à fleur de sa peau constellée de taches de rousseur. Vous paraissez agitée. »

Ma sœur tourne vers elle ses yeux brillants.

« En effet, maman, mais tout va bien. D'ailleurs, j'ai une nouvelle mais préférerais attendre que Charlie nous rejoigne afin de vous l'annoncer à tous.

— Comme c'est intrigant. J'aimerais qu'il se dépêche, dit maman. Avez-vous vu Charlie ce matin, Lucius ? »

Papa grogne un non. Je le regarde avec tristesse. Je ne lui ai pas parlé convenablement depuis notre grand désaccord. Nous avons, bien sûr, échangé des bonsoirs et des bonjours et des pourrais-je avoir les poivrons. La fin du trimestre approche à toute vitesse. Edina et moi redoutons le jour où il me faudra quitter l'académie.

J'ai toujours adoré papa. Je l'ai toujours trouvé aimable, gentil et tout ce qu'un père devrait être. Mais nos deux dernières discussions ont remis en question ma famille entière ! Pourquoi Elfrida est-elle toujours d'aussi mauvaise humeur ? Pourquoi sommes-nous ici ? Et pourquoi papa est-il si dur avec maman ? Ce matin, par exemple. Elle est descendue dans une jolie robe couleur de ciel matinal. Elle tente de faire la conversation et de rendre le repas agréable. Si elle est aussi malade que cela et qu'il est si inquiet pour elle, de telles matinées ne devraient-elles pas remonter le moral de mon père ?

Mabs et maman ont remarqué que je suis malheureuse, mais comment me confier à elles ? Papa les traite toujours si bien. Comment pourrais-je me plaindre de lui sans paraître gâtée ? Et s'il s'avérait qu'elles sont d'accord avec lui concernant mon éducation ? Dans cette maison pleine de monde, je me sens seule.

Maman adresse quelques remarques à Elfrida, qui répond de façon si laconique qu'elle en devient vraiment grossière !

« Bon sang, Freds ! m'écrié-je. Qu'est-ce qui ne va pas chez toi ? Tu n'étais pas comme ça, avant ! »

Elfrida a l'élégance de rougir et de présenter ses excuses. Averil tend le bras vers le pichet d'eau avant de s'apercevoir que son verre est déjà plein.

Désireuse de les voir tous se comporter comme une famille normale, je poursuis :

« Et où est Charlie ? Il n'est jamais en retard, et j'ai envie d'entendre la nouvelle d'Averil. Puis-je aller le chercher ? »

Maman jette un coup d'œil à papa, qui hausse les épaules. J'aimerais parfois que papa et Elfrida s'en aillent.

« Pourquoi pas ? accepte maman. Montez vite, Otty, et demandez-lui de se dépêcher. »

Je grimpe à l'étage et frappe à la porte de Charlie, mais personne ne répond. J'entre, m'attendant à trouver les rideaux tirés et Charlie encore endormi. Or, à ma grande surprise, les rideaux sont ouverts ; la fenêtre entrouverte laisse passer l'air frais. Je fronce les sourcils. Peut-être est-il parti se promener. C'est la brise agitant une feuille de papier pliée sur le lit qui me fait remarquer la lettre. Au recto a été griffonné : *Famille*. J'en fais partie, donc je la lis. Et je n'en crois pas mes yeux.

Je redescends à toute vapeur en hurlant :

« Maman ! Papa ! Il est parti ! »

Je me précipite dans la salle à manger, et quatre paires d'yeux surpris me regardent.

« Otty ! Pourquoi tous ces cris ? demande papa. C'est fort disgracieux !

— Tant pis ! Charlie est parti ! »

Je lui colle la lettre sous le nez. Il commence à lire tandis que les autres gigotent, piqués par la curiosité. Papa termine sa lecture – la lettre est courte – et la tend à maman.

« Lisez-la à voix haute ! » supplie Elfrida.

Maman s'exécute.

Mes chers parents, Freds, Averil et Otts,

Je suis parti à l'aube. Felicia et moi ne supportons plus d'être séparés. Sa famille, qui trouve que nous sommes trop jeunes et que je ne suis pas assez noble, reste opposée à notre union. Je crois qu'ils étaient heureux de nous voir quitter Durham. Mais les mois passés loin l'un de l'autre n'ont fait que renforcer nos sentiments. Sachez que notre fugue n'a rien à voir avec vous. Vous êtes tous formidables et nous aurions voulu que vous assistiez à notre mariage. Ce sont ses proches qui sont difficiles. Nous nous esquivons donc, et la prochaine fois que je vous verrai j'amènerai Mrs Charles Finch. Ne vous inquiétez pas ! Tout est arrangé.

Affectueusement, C.

« Enfin ça alors ! lance Elfrida, l'air perdu. Ça alors ! »

J'ai soudain de la peine pour elle. Charlie et elle ont toujours été très proches. Je m'étonne qu'il ne lui ait pas parlé de ses projets. J'imagine son tiraillement. À l'évidence, elle souhaite son bonheur, mais elle doit aussi se sentir blessée. Qui aurait cru Charlie capable d'un acte si calculé ? Je suis assez fière de mon frère.

« Ça alors ! » murmure Averil, faisant écho à Freds.

Son visage est empourpré.

« Ça alors ! » répète-t-elle, comme si nous n'avions aucune autre expression à disposition ce matin. Puis elle ajoute :

« Il a bien choisi son moment ! »

Quant à maman, si je devais deviner ses sentiments à l'expression de son visage, il me faudrait m'y reprendre à quarante fois, j'abandonne donc et regarde papa.

« Mauvaise tactique, Charlie, dit-il, se levant et jetant sa serviette sur la table. Les Browne lui chercheront des noises, et il ne verra pas un penny de leur fortune. Comme s'il n'y avait pas des centaines de beaux partis à Hampstead.

— Oui, mais… Charlie aime Felicia, remarque Freds d'une voix douce. Il n'a jamais eu d'yeux que pour elle.

— Je vais dans mon bureau, répond papa. Ne me dérangez pas avant le déjeuner, je vous prie. »

Il nous quitte à la hâte.

« Mais papa… commence Averil. Oh, il est parti. »

Elle paraît si déçue que je me lève et la serre dans mes bras, puis fais un câlin à Freds, même si elle peut parfois être pénible, puis un à maman. Je sens son cœur battre la chamade à travers son corsage.

« Et vous, maman, qu'en pensez-vous ? demandé-je. Pensez-vous que ce soit une bonne chose ?

— Oui, répond-elle aussitôt. Ils ont toujours formé un couple charmant et seront heureux ensemble. Ne vous inquiétez pas, Elfrida, vous les verrez bientôt, soyez-en sûre. Charlie ne s'installerait jamais bien loin de vous. »

Freds hoche la tête d'un air reconnaissant.

« Et Averil, poursuit maman. Ma pauvre chérie. Vous aviez une nouvelle à nous apprendre, et à présent Charlie est parti et papa s'est enfermé pour le restant de la matinée. Préférez-vous attendre le déjeuner ou nous l'annoncer maintenant ?

— Maintenant, Avs ! la supplié-je.

— Vraiment ? »

Elle nous regarde tour à tour, et maman l'encourage d'un signe de tête. Elfrida elle-même parvient à avoir l'air engageant.

« Eh bien voilà. »

Averil prend une profonde inspiration, les yeux brillants, le visage rouge, et sourit.

« Je suis fiancée.

— Quoi ? » crions-nous toutes trois à l'unisson.

Elfrida lui attrape la main gauche pour l'inspecter : pas de bague.

Averil glisse sa main dans le col de son joli corsage pêche et en tire une chaîne en or, à laquelle pend une bague en or dotée du diamant le plus énorme que j'aie jamais vu ! Elfrida, ne voulant pas casser la chaîne, se penche si près que son nez touche presque la poitrine d'Averil.

« Qui ? » veut savoir cette dernière.

Je constate qu'elle aussi est impressionnée par ce bijou.

Averil défait la chaîne et passe la bague à maman.

« C'est Toby Elias, déclare-t-elle. Il m'a fait sa demande hier soir. Cela faisait des jours que j'attendais. Il passera tout à l'heure voir papa pour lui demander la permission – il veut tout faire dans les règles –, mais je ne pouvais plus attendre. Peut-être valait-il donc mieux que papa ne soit pas là. »

Elle est essoufflée, et maman a les larmes aux yeux. Je crois savoir pourquoi. C'est moi, le bébé, à présent, mais pendant longtemps Averil a occupé cette place. Comme Charlie a toujours été amoureux et qu'Elfrida est une vraie dame, on peut croire qu'Averil est jeune et un peu idiote. Mais la voilà à présent, digne, fière et si heureuse que je me sens moi aussi un peu larmoyante. Nous la serrons toutes dans nos bras et lui adressons des paroles douces et solennelles – même Freds.

OLIVE

Alors que je parcours le domaine en compagnie de Clover, profitant de cette matinée ensoleillée, maman vient me chercher.

« Olive ! lance-t-elle de l'autre côté du court de tennis. J'ai des nouvelles, ma chérie ! »

J'agite la main et m'approche d'elle.

« Pompon ! » piaule Clover en chemin, montrant du doigt un bourdon, un de ceux qui sont si gros et duveteux qu'ils semblent flotter plutôt que voler.

Maman nous attend près de la fontaine en pierre. Au milieu des eaux, une statue de Diane bande son arc.

« Quelles nouvelles, maman ? demandé-je en l'embrassant.

— Merci, ma chérie. Eh bien voilà. Agatha vient de m'annoncer ses fiançailles. Elle m'a donné son préavis !

— Agatha ? Vous voulez dire Anne ?

— Non, bien que je comprenne votre surprise. C'est Anne qui a eu une ribambelle de galants depuis que nous la connaissons.

— Et à présent le Colin d'autrefois. Néanmoins… Agatha ? Mais qui donc ?

— Un certain Mr Dean, apparemment. Un drapier de Primrose Hill. Il la courtise depuis six mois, et elle n'en a pas pipé mot. Mais elle semble heureuse et a pris sa décision, nous devrons donc nous adapter, ma chérie. Il nous faudra leur acheter un cadeau de fiançailles et chercher une nouvelle domestique.

— Maman ! m'exclamé-je. Une domestique de la trempe des Daley ?

— C'est en effet ce que je me disais, répond-elle avec un sourire. Quoi qu'il en soit, cela nous évitera d'avoir à publier une petite annonce. Quelle sœur Daley aviez-vous en tête, Olive ?

— Jenny, l'aînée. L'aînée après Mabs, pour être exacte. De l'avis général, elle est douce, intelligente et mûre pour son âge – elle a quinze ans. Leur foyer étant très mal éclairé, ses yeux lui causent des soucis. Nous lui fournirons sans doute des lunettes.

— Parfait. Je vous laisse donc prendre les dispositions nécessaires.

— Je m'occupe de tout, maman ! Ce sera formidable d'annoncer à Mabs une autre bonne nouvelle. Maman, avant cela, j'aimerais discuter avec vous d'une dernière intrigue.

— Cela ne me surprend pas le moins du monde. »

Maman fait parfois preuve d'une grande ironie.

« De quoi s'agit-il ? »

Je lui explique mon idée tandis que nous regagnons la maison, et elle soupire puis me donne sa bénédiction. Elle propose d'emmener Clover prendre son bain, car ma fille a la peau chaude et collante, et ses mains débordent de pétales de rose.

« Puisqu'elle a décimé ma reine Louise, autant qu'elle disperse ses pétales dans l'eau du bain, propose maman, qui a toujours de si jolies idées.

— Ce serait charmant, n'est-ce pas, ma chérie ? »

Je me penche pour embrasser Clover sur la tête.

« Tu serais une vraie princesse ! »

À mon grand soulagement, Clover y consent.

Je trouve Agatha, que je félicite chaleureusement, puis regagne mon bureau avec l'intention de jeter un coup d'œil aux comptes de la fondation. Mais la situation d'Abigail Finch m'empêche de me concentrer. Bien que je répugne à l'embêter davantage, je vais très bientôt devoir demander à mon père de m'aider de nouveau. Il ne partage pas mon ardeur à me mêler des affaires des autres, mais je n'ai trouvé aucune solution élégante. J'ai imaginé une multitude de plans complètement fous : Abigail feindrait de se retirer dans un sanatorium, mais mènerait en réalité une vie d'une simplicité rustique au cœur des montagnes suisses – le sanatorium ne servant que d'adresse au moyen de laquelle elle pourrait correspondre avec ses enfants ; Abigail et Otty s'enfuiraient dans la nuit, changeraient de nom et iraient vivre incognito dans le sud de la France ; je contacterais Jonathan pour qu'Abigail et lui puissent prendre la clef des champs et mener une vie bigame tandis qu'Otty compléterait son éducation dans le grenier de Polaris House. Je suis consciente que tous ces plans méritent d'être légèrement affinés.

Heureusement, Anne me sauve de mes pensées en venant m'annoncer que j'ai de la visite. C'est Mabs, qui arrive à point nommé.

« Quelles sont les nouvelles, Mabs ?

— J'en ai beaucoup à vous donner ! »

Elle commence à me raconter qu'Averil Finch s'est fiancée et que Charlie Finch est parti se marier en douce. Il y a des épousailles dans l'air, en quantités impressionnantes. Sans doute à cause des brises estivales.

« Cela fait donc à Mrs Finch deux raisons de moins de rester auprès de son époux, observé-je.

— C'est la première chose à laquelle j'ai pensé, répond Mabs. Plus que deux jeunes Finch et une seule qui compte vraiment – Otty, bien sûr.

— Eh bien, Otty n'est pas près de se marier. Je dois admettre que je n'ai toujours pas de solution, Mabs. En revanche, j'ai de bonnes nouvelles sur un tout autre sujet.

— Quoi donc ?

— Allons nous promener dans le jardin. Mieux vaut vous l'annoncer au soleil plutôt que dans un vieux bureau étouffant. »

Une fois dehors, je lui explique qu'Agatha s'en va et que nous aimerions offrir le poste à Jenny. Elle n'en revient pas. Elle fond en larmes, mais ce sont de toute évidence des larmes de joie.

« Je suis désolée, sanglote-t-elle, s'essuyant le visage. Chaque fois que je viens ici, je pleure ! C'est juste que… Jenny… ici ! De toutes les maisons du quartier ! S'il y a bien un endroit sur terre où je sais que j'aurai plus besoin de me faire de mouron pour elle, c'est ici. Merci, Olive, merci. Faut pas vous sentir obligée de le faire parce que vous me connaissez, hein ? Si vous préférez choisir quelqu'un d'autre, je vous en voudrai pas. Je *ne* vous en voudrai pas.

— Taratata. J'espère seulement qu'elle pourra commencer aussitôt que possible pour qu'Agatha puisse la former avant la fin de son préavis. Nous lui fournirons des lunettes afin que sa vue n'empire pas et, bien entendu, elle touchera un très bon salaire. Je parlerai à papa avant de vous donner tous les détails, mais vous savez qu'elle sera en de bonnes mains. Par ailleurs, j'aimerais qu'Angeline vienne aussi.

— Angeline ? Vous voulez dire Angie ?

— Oui. Pour tenir compagnie à Clover.

— Olive, c'est impossible ! Vous êtes trop bonne ! Vous faites ça pour moi, pas vrai ?

— Non, je vous assure. Écoutez. »

Nous arrivons au niveau du banc d'ornement où nous nous sommes assises l'autre jour, près de la lavande.

« Venez, asseyez-vous. Ayons une conversation plus joyeuse que la dernière fois que nous nous sommes retrouvées à cet endroit. Je ne le fais pas pour vous, je vous le jure. Si cela vous rend service, tant mieux. Clover est trop solitaire, toujours entourée d'adultes, et en particulier de moi ces derniers temps. La plus jeune personne qu'elle connaisse est Otty ! Une ou deux dames de mon entourage ont des petites filles, mais elles m'ont clairement fait comprendre qu'elles ne voyaient pas d'un bon œil les mères célibataires ni les fillettes qui viennent d'un milieu comme celui de Clover.

— Oh, Olive ! C'est affreux ! Je suis vraiment désolée.

— Je m'en soucie comme d'une guigne, Mabs ! Même si cela ne m'arrange pas pour Clover. Avoir une amie de son âge lui ferait tant de bien ! Dès l'instant où vous m'avez parlé de votre famille, j'ai pensé qu'Angie serait une parfaite compagne pour elle, mais j'ai hésité à vous le proposer, car elle est trop jeune pour s'installer seule dans une grande maison qu'elle ne connaît pas. Mais si Jenny vient, Angie pourrait l'accompagner, non ? Elle aurait sa grande sœur sous le même toit. Soyez certaine, ma chère, que je la traiterai exactement comme je traite Clover. Je ne l'appellerai pas ma fille, car elle a déjà un père et le souvenir d'une mère qui l'aimait tendrement. Elle n'a pas besoin d'un parent. Mais elle a besoin d'une éducation, de soins et d'opportunités, et ce sont là des choses que je me ferai une joie de lui apporter… Clover Westallen et sa compagne, Angeline Daley. Cela sonne bien, ne trouvez-vous pas ? »

Mabs se jette à mon cou et sanglote encore sur mon épaule. La pauvre petite sera aussi fripée qu'un raisin sec quand j'en aurai fini avec elle.

MABS

Le mercredi, Mabs rentra escorter ses sœurs vers leur nouvelle vie. À présent, elle s'inquiétait pour Peg : deux de ses sœurs se retrouvaient prises en charge d'un seul coup tandis que Peg restait à Mushroom Court, où elle jouait le rôle de mère pour Matty pendant que son père et son frère travaillaient. Mais il le fallait : jamais ils ne trouveraient d'endroit plus adapté à la petite Angie. Mieux valait qu'une des aînées reste sur place avec les garçons plutôt que l'enfant de quatre ans. Malgré tout, sachant que Peg aimait l'élégance et les choses féminines plus que n'importe lequel d'entre eux, cela paraissait cruel.

« Ton tour viendra, Peg, déclara Mabs en l'attrapant par les bras et en plongeant ses yeux dans les siens au moment de partir. Je te le promets. Et ça sera parfait. »

Peg hocha la tête, mais Mabs remarqua les larmes derrière son sourire tandis qu'elle leur disait au revoir d'un geste de la main. *Il faut que je fasse quelque chose pour lui remonter le moral*, se dit Mabs. *Et vite !*

Elle ne s'inquiétait pas pour Jen ni même pour Angie, bien que celles-ci s'apprêtent à vivre un changement soudain et radical. Elle les conduisit à Polaris House en calèche, car Angie avait de trop petites jambes pour marcher jusque-là, et redécouvrit la maison d'Olive à travers leurs yeux en arrivant. Adoucis par le soleil de la fin d'après-midi, ses oriels, sa tourelle et ses toits pointus paraissaient plus magiques que jamais. Le pouce d'Angie se glissa dans sa bouche.

« C'est là qu'on va vivre ? chuchota Jenny. Oh mon Dieu. »

Mabs les fit entrer et les présenta à Olive, rayonnante dans une robe en soie prune qui bruissait et brillait. Le mobilier opulent mettait brutalement en lumière l'apparence déguenillée de Jen et d'Angie. *Elles ressemblent à des épouvantails*, songea Mabs en les regardant avec tendresse. Puis Mrs Westallen apparut avec Anne pour emmener les filles prendre un bain chaud et changer de vêtements tandis que Mabs se dépêchait de retourner auprès de Mrs Finch.

Elle ne les revit que le dimanche suivant, qui était la Pentecôte. Comme une immense fête foraine se tenait sur la lande, les Daley de Mushroom Court – tous sauf papa – se rendirent enfin à Hampstead. Mabs se réveilla tôt pour les rejoindre à mi-chemin. Alors qu'elle traversait la maison sur la pointe des pieds, elle remarqua que la porte de la chambre d'Otty était entrouverte.

Mabs frappa doucement. Par l'entrebâillement, elle vit Otty assise sur son lit dans sa chemise de nuit blanche, parfaitement immobile. Elle frappa de nouveau puis entra.

« Otty ? Vous allez bien ? »

Otty se tourna vers elle d'un air hagard et hocha la tête.

« Est-ce que vous êtes souffrante ? Je peux faire quelque chose pour vous ? »

Otty esquissa un petit sourire et secoua la tête.

« Je vais bien. Je n'ai pas bien dormi cette nuit.

— Rien de pire qu'une mauvaise nuit. Vous devriez aller à la fête foraine tout à l'heure, nous retrouver, les enfants et moi. Les fêtes sur la lande sont très amusantes, d'après Olive. Elle dit que les gens l'appellent 'Appy 'Ampstead, comme dans la chanson.

— Oui, peut-être. Merci, Mabs.

— On pourrait se retrouver à la porte de Spaniards Road à midi ? Ça vous donnera amplement le temps de venir. Je parie qu'un peu d'air frais et de divertissement vous remettra d'aplomb en un rien de temps.

— Très bien. Passez-leur le bonjour de ma part. »

Lorsque Mabs vit Jenny et Angie, elle eut du mal à en croire ses yeux. Jenny avait un uniforme, bien sûr, mais ce jour-là elle portait une tenue qu'Olive lui avait trouvée, d'après la façon dont Mabs avait décrit son teint et sa silhouette. Sa couleur d'un bleu-gris poudreux faisait ressortir le bleu des yeux de Jenny, tandis que ses couches de coton et de mousseline convenaient parfaitement au temps. L'adolescente avait chaussé une petite paire de lunettes rondes qui effaçaient la tension de son visage. Angie portait une robe en tarlatane à carreaux rouges et noirs avec de petites chaussures noires qu'elle agitait sans cesse, pointant les orteils, comme ébahie par son élégance. Peg était désormais la seule sœur encore vêtue d'une vieille robe loqueteuse et tachée. Mabs fut donc soulagée d'avoir fait preuve de prévoyance lorsque Jenny lui tendit un paquet emballé dans du papier.

« C’est pour toi, ma puce, fit Mabs, le tendant à son tour à Peg.

— Qu’est-ce que c’est ? » interrogea Peg.

Une robe à fleurs en mousseline vert et blanc glissa du paquet quand elle l’ouvrit.

« Allez, dépêche-toi d’aller te changer derrière ces buissons, lança Mabs avec un grand sourire. Je l’ai fait faire en un seul morceau pour qu’elle soit facile à enfiler. Faudrait pas que tout Hampstead te voie en sous-vêtements !

— Mais, mais… comment ? voulut savoir la pauvre Peg, serrant la robe dans ses poings comme si on risquait de la lui retirer à tout moment.

— J’ai demandé à Olive de te commander une robe pendant qu’elle s’occupait de celle de Jen. Je l’ai payée, même si elle était pas d’accord. J’allais quand même pas te laisser être la seule à rien porter de joli pour cette occasion.

— Oh mon Dieu, Mabs. T’es la meilleure sœur au monde ! » s’écria Peg, qui plongea derrière les buissons et se dévêtit avec une rapidité étonnante.

Une fois sa sœur parée de ses nouveaux atours, Mabs lui arrangea les cheveux et dégagea sa chaîne en argent et son fer à cheval pour qu’ils soient visibles.

« T’es la reine du bal, Peg », lui dit-elle en l’embrassant.

La fête foraine s’avéra aussi amusante qu’Olive l’avait promis. La lande grouillait de gens venus de tout Londres afin d’échapper à la foule citadine. Des couples dansaient au son de la musique jouée par des tourneurs d’orgue de Barbarie qui décochaient des sourires espiègles aux filles qui passaient. Il y avait aussi des tours à dos d’âne, à l’idée desquels Matty se mit à sauter, mu par une telle euphorie que Mabs s'obligea à ignorer la mine réticente et sous-alimentée des ânes pour ne pas priver son frère de ce plaisir. Elle s'efforça de regarder son sourire ravi plutôt que les côtes saillantes de la pauvre bête sous son tapis de selle blanc et crasseux.

Il y avait des chamboule-tout, des cordes à sauter, des stands qui vendaient des glaces et des bonbons. Derrière ces stands, des enfants braillaient : « Glaces ! *Hokey pokey !* » Olive avait expliqué à Mabs que le terme « *hokey pokey* » venait de l'italien *O che poco* – oh si peu –, car ces glaces à la vanille agrémentées de petits morceaux de caramel ne coûtaient qu'un penny. La nuit précédente, Mabs avait sorti un peu de ses précieuses économies afin de gâter les enfants. C'était tout un art : il fallait trouver l'équilibre entre ses grands projets d'avenir et le fait que les petits plaisirs quotidiens étaient aussi importants et, finalement, les seuls sur lesquels on pouvait vraiment compter.

Mais cet amour de Jem avait apporté son argent. Jenny avait reçu son salaire pour ses trois premiers jours de travail (de toute évidence en raison de la prévenance d'Olive plutôt que de son fonctionnement habituel), et Angie tenait un minuscule porte-monnaie contenant un shilling : « un cadeau de Clover ». Ainsi, à eux tous, les Daley étaient, pour une fois, parés pour une journée inoubliable.

À midi, ils attendirent à la porte mais Otty n'arrivait pas. Peut-être Mr Finch avait-il insisté pour qu'elle déjeune avec la famille ; à la réflexion, Mabs aurait dû proposer un horaire plus tardif. Ou alors peut-être avait-elle attrapé quelque chose. Quoi qu'il en soit, Mabs savait qu'il n'était pas juste de sa part de demander aux enfants de faire le pied de grue. Au bout de trois quarts d'heure, ils renoncèrent.

Le temps que Jem remporte une noix de coco, que Matty effectue deux tours à dos d'âne, que Nicky et Peg dansent jusqu'à l'étourdissement et que tous achètent des bonbons à emporter chez eux, il était 17 heures. La lande ne désemplissait pas, mais Matty et Angie tenaient à peine debout, et Mabs commençait elle aussi à fatiguer. S'amuser demandait beaucoup de travail !

« C'était le plus beau jour de ma vie », dit Matty entre deux bâillements de lion.

Il ne pouvait assurément pas parcourir à pied les huit kilomètres qui les séparaient de Saffron Hill, mais, puisqu'ils avaient glorieusement dépensé tout leur argent, Mabs allait de nouveau devoir piocher dans ses économies. Après avoir dit au revoir à Jenny, Angie et Jem, les autres traînèrent leurs pieds endoloris jusqu'à Willoughby Walk. Peg et les garçons poussèrent des cris d'admiration devant la beauté du lieu de travail de Mabs.

Ils attendirent dans la rue pendant qu'elle se dépêchait de monter au grenier. La maison semblait étrangement silencieuse, songea-t-elle en s'agenouillant et en glissant son bras sous le lit. Elle ne trouvait pas sa tirelire ; celle-ci devait être hors d'atteinte. Elle passa sa tête en dessous du lit pour voir où elle se trouvait, et le carrousel de sa vie s'arrêta de tourner d'un coup sec. La tirelire n'était pas là.

Pendant un moment, Mabs resta agenouillée par terre, les yeux rivés sur une toile d'araignée et un gros mouton de poussière. Mais pas de tirelire. Prise d'une panique glaciale, Mabs chercha partout, même dans les recoins les plus improbables, parfaitement consciente que la tirelire avait disparu. Elle ne pouvait pas avoir disparu. Dans cette boîte reposaient tous les rêves qu'elle nourrissait pour sa famille.

Mabs se souvint que Peg et les garçons l'attendaient dehors. Nauséeuse, elle redescendit d'un pas lourd. Elle frappa à la porte de sa maîtresse, se demandant si celle-ci pourrait l'éclairer. Personne ne répondit, mais elle entra quand même. Pas de Mrs Finch. En plus de quoi son lit était fait avec plus grand soin qu'habituellement. Mabs fronça les sourcils ; quelque chose clochait. La pièce était trop silencieuse, trop… vide, bien que tous les meubles et objets décoratifs soient à leur place. Elle remarqua un espace sur l'étagère, comme si deux ou trois livres avaient été retirés. Dans la penderie aussi il y avait un espace vide, de la largeur de trois ou quatre robes. Mrs Finch avait-elle fait du tri ? Si c'était le cas, elle ne s'était pas débarrassée de grand-chose.

Doublement déconcertée, Mabs descendit au rez-de-chaussée, où elle aperçut Mrs Webb.

« Oh, Mrs Webb, est-ce que je pourrais vous emprunter un shilling s'il vous plaît ? supplia-t-elle. Ça m'embête de vous demander ça, mais j'ai promis aux enfants qu'ils rentreraient en calèche, et mon argent…, eh bien, il a disparu ! Je vous rembourserai.

— Je suis navrée pour vous, répondit la gouvernante d'un air grave, je sais que vous avez travaillé dur pour cet argent. Mais cela ne me surprend pas.

— Comment ça ? Vous croyez quand même pas que Lydia ou Betsy l'auraient pris, si ?

— Lydia ou… Oh non, Mabs. Vous n'êtes donc pas au courant ?

— Au courant de quoi ?

— Tenez, voici votre shilling…, ensuite, vous feriez mieux d'aller dans le bureau. Ils y sont tous. »

Avec l'impression croissante de vivre un cauchemar, Mabs donna le shilling aux enfants, qu'elle salua d'un air absent. Ils étaient trop fatigués et étourdis de joie pour le remarquer. Après quoi Mabs se rendit directement dans le bureau de Mr Finch.

Mrs Webb avait raison : ils étaient tous là sauf Mrs Finch. Otty, assise par terre dans un coin, se tenait aussi immobile qu'une statue. Averil était affalée sur la banquette du bow-window, et Elfrida, gracieuse et droite, bouillonnait de fureur près de la porte. Leur père arpentait la pièce, les mains derrière le dos.

« Qu'est-ce qui s'est passé ? » interrogea Mabs.

Elle s'approcha aussitôt d'Otty et s'agenouilla pour prendre ses mains glacées dans les siennes.

« Elle s'est enfuie avec son amant, cracha Elfrida. Celui dont je vous ai parlé. Il s'est débrouillé pour la trouver et l'a incitée à partir.

— Celui dont vous lui avez parlé ?! répéta Mr Finch, stupéfait. Juste ciel, Daley, vous ne m'en avez rien dit.

— Je l'ai suppliée de garder le secret, intervint Elfrida. J'aurais dû me taire, mais j'étais bouleversée à Noël, et Daley s'est montrée si bienveillante et… cela m'a échappé.

— Miss Daley est une amie fidèle pour toute la famille, rétorqua Mr Finch. Mais comme c'est embarrassant. Et contraire aux convenances.

— Et moi, je n'arrive pas à croire que vous nous ayez caché une chose pareille, Elfrida ! lança Averil. Vous saviez que maman avait eu une… une liaison, et vous ne nous en avez pas parlé ? Otty est trop jeune, bien sûr, mais Charlie ou moi ?

— Quel intérêt ? demanda Elfrida. C'était une sinistre histoire, à cause de laquelle nous avons dû quitter Durham ; ça n'avait rien d'un sujet de conversation réjouissant.

— Mais… mais… », reprit Mabs.

Elle se leva, car des crampes lui serraient les jambes, tenant toujours la main d'Otty.

« Comment ? Que… ?

— Hier soir, soupira Mr Finch. Je suis allé la voir ce matin, et elle avait disparu. Elle n'a rien emporté d'autre qu'un petit sac et a laissé un mot expliquant qu'elle ne supportait pas de vivre avec moi ; qu'elle était partie avec… lui.

— Jonathan, grimaça Elfrida.

— J'ai du mal à y croire, observa Averil à mi-voix. Je sais que maman avait des soucis, mais elle a toujours été si gentille envers nous, et je sais qu'elle nous aime. Pourtant, d'après papa, elle ne nous a pas mentionnés. Il a brûlé le mot, bien sûr.

— Je n'aurais pas supporté de le relire, répondit-il, frémissant. De regarder ce message que je redoutais depuis des années, pour être honnête. »

Mabs ignorait que penser de toute cette histoire. Elle qui avait passé la journée de la veille avec Mrs Finch aurait juré que sa maîtresse ne cachait pas de secret. Comment Jonathan avait-il pu apparaître et l'enlever du jour au lendemain ? Bien entendu, Mrs Finch ne serait pas partie sans un mot pour ses enfants. Et pourtant… quelle autre solution s'offrait à elle ? Olive elle-même n'en avait pas trouvé.

Elle regarda Mr Finch. Soit il disait la vérité, soit il était le meilleur acteur de toute l'Angleterre. Il y avait là, comme toujours dans cette famille étrange, une véritable énigme. Si les choses n'étaient pas ce qu'elles semblaient, alors Mrs Finch courait peut-être un danger, et seule Mabs en savait assez pour avoir conscience de cette possibilité. Elle se sentait engourdie, et Otty, à son côté, paraissait dans le même état. Elle n'avait pas ouvert la bouche.

« Je n'ai pas la moindre idée de l'endroit où ils ont pu aller, reprit Mr Finch. Je ne sais pas par où commencer à chercher.

— Pour quelle raison voudriez-vous la chercher ? s'indigna Elfrida.

— Freds ! s'exclama Averil. Il s'agit de notre mère !

— Et alors ? Elle nous a montré combien nous comptions à ses yeux ! »

Son refus de pardonner était glacial… jusqu'à ce qu'il se mette à fondre. Puis des larmes coulèrent sur son visage, et tout son corps commença à trembler.

« Notre propre mère nous a abandonnés ! »

Mabs assistait à la scène, horrifiée. Voir Elfrida perdre ainsi son sang-froid était éprouvant. Averil, bouche bée, fixait sa sœur. Otty ne réagit pas du tout, les yeux toujours dans le vague comme une âme en peine. Mr Finch tapota l'épaule d'Elfrida d'un air absent, marmonnant :

« Pauvre enfant. Mon Dieu, mon Dieu. »

Une fois Elfrida calmée, Mabs s'éclaircit la gorge.

« Euh, m'sieur ? J'imagine que vous êtes pas au courant, mais ma tirelire a disparu.

— Votre tirelire ?

— Oui, m'sieur. La boîte dans laquelle je garde ma paye. Toutes mes économies depuis mon arrivée ici. Je la garde sous mon lit.

— Je ne sais rien à ce sujet. Vous voulez dire… qu'elle a volé tout votre argent ?

— Oh non, m'sieur ! Mais… il a disparu. J'espérais qu'il y aurait une explication logique.

— Oh, Abigail, Abigail. »

Il secoua la tête et se laissa choir à son bureau.

« Je suis navré, miss Daley. Je sais qu'elle vous tenait en haute estime.

— Vous croyez que Mrs Finch m'a pris mon argent, m'sieur ?

— Quelle autre explication y aurait-il ? Elle avait sans doute besoin de monnaie pour s'enfuir. Mais enfin, voler sa fidèle dame de compagnie, vous, miss Daley, qui avez fait preuve d'une patience d'ange… »

Mabs déglutit. Mrs Finch savait mieux que quiconque qu'elle avait amassé une jolie somme dans sa chambre du grenier. Mais elle savait aussi mieux que quiconque à quoi l'argent devait servir. Elle s'était toujours intéressée de près à Jenny et aux autres. Elle avait été si heureuse d'apprendre que Jem et les filles avaient trouvé d'excellents postes. Jamais elle n'aurait fait une chose pareille. De plus, Jonathan était un homme riche et couronné de succès ; pourquoi aurait-elle eu besoin des économies d'une domestique ?

Otty se mit à trembler.

« S'il y a rien que je puisse faire pour vous aider, m'sieur, dit Mabs, j'aimerais sortir pour m'éclaircir les idées. Je pourrais m'occuper de miss Ottilie ? Vous voulez aller prendre l'air, Otty ? »

Otty secoua la tête.

« Juste ciel ! Ottilie, pardonnez-moi, ma chérie. J'avais oublié que vous étiez encore là. Vous êtes trop jeune pour tout ceci ; ce doit être très choquant pour vous. Miss Daley, pourriez-vous raccompagner Otty à sa chambre ? Et dois-je vous rappeler que la confidentialité est de la plus haute importance ?

— Bien sûr, m'sieur. Allez, venez, Otty, vous ne pouvez pas rester assise ici toute la nuit. »

Otty n'opposa aucune résistance lorsque Mabs l'aida à se lever et entreprit de l'éloigner du bureau. L'atmosphère qui y régnait, Elfrida et son maelström d'émotions et les commentaires de son père ne pouvaient que lui être néfastes.

« Au fait, miss Daley ?

— Oui, m'sieur ?

— Je… Cela signifie que vous devrez nous quitter, je le crains. Il ne fait nul doute à mes yeux que ma femme ne reviendra pas. Naturellement, je n'ai donc plus besoin d'une dame de compagnie. Je suis vraiment navré, miss Daley, vous nous avez été d'une aide inestimable. Mais mes finances sont telles que je ne peux continuer à…

— Je comprends, m'sieur. Quand voulez-vous que je parte ?

— Je vous paierai encore un mois, bien sûr. Vous aurez besoin de temps pour trouver une autre solution. Et vous partirez avec de très élogieuses recommandations. Je regrette sincèrement que mon épouse vous ait mise en porte-à-faux alors que nous avons tous tant d'estime pour vous. »

MABS

Mabs entraîna Otty dans les escaliers et l'installa dans sa chambre. Elle tira les rideaux, occultant la nuit tombante et l'aida à enfiler sa chemise de nuit.

« Au lit, ma puce, voilà, bien au chaud. À quoi vous pensez, Otty ? Vous avez envie d'en parler ? »

Otty secoua la tête, l'air hagard. Cela surprit Mabs. Qu'Otty soit sous le choc, certes, mais c'était une petite fille si passionnée et pleine de vie. Mabs se serait plutôt attendue à des larmes, à des questions, à de la fureur.

« Ça va aller, ma chérie. Je sais que ça fait très mal, mais les humains sont des créatures extraordinaires. Rien n'est insurmontable. Et je m'occuperai de vous, je vous le promets.

— Mais vous ne serez pas là. »

C'étaient les premières paroles qu'Otty prononçait de toute la soirée ; elles rappelèrent à Mabs son propre départ imminent de Willoughby Walk. Son renvoi, pour être exact. Elle ne voulait pas y penser pour l'instant.

« Je pourrai rester un petit moment. D'ici là, je vous assure que vous vous y serez habituée. Et nous resterons amies, je vous reverrai, nous pourrons discuter. »

Mabs était parfaitement sincère, mais son futur poste lui en laisserait-il l'occasion ? Où allait-elle finir, d'ailleurs ? Hampstead lui manquerait tant, et Olive et Otty, et le personnel bienveillant et cette charmante maison. Mrs Finch allait lui manquer ! Elle ne voulait pas y penser pour l'instant.

« Je vais vous chercher quelque chose pour vous remettre du choc, Otty. Restez là, bien au chaud. Je reviens tout de suite. »

Mabs courut à la cuisine, où Mrs Webb, Mrs Derring, Lydia et Betsy étaient assises sans rien faire autour de la grande table récurée.

« Eh bien, disait Lydia au moment où Mabs entrait. C'est un sacré coup de théâtre.

— J'ai toujours su qu'elle était bizarre, commenta Betsy.

— Venez vous joindre à nous, Mabs, proposa Mrs Webb. Nous ne savons pas quoi en penser, à vrai dire. Nous n'arrivons pas à nous concentrer sur nos tâches.

— J'ai une bonne tourte au gibier si vous avez faim, ajouta Mrs Derring.

— Je reviendrai tout à l'heure, ça me ferait plaisir. Mais, pour l'instant, je m'occupe d'Otty. La pauvre petite a pas décroché deux mots pendant tout ce temps. Je m'inquiète pour elle. Je pourrais avoir du brandy, Mrs Derring, et un peu de chocolat chaud ? Et des toasts beurrés, si c'est pas trop vous demander ? Elle a besoin de quelque chose de réconfortant pour l'aider à redescendre sur terre.

— Quelle garce égoïste, maugréa Mrs Derring, se mettant au travail. Laisser une si gentille petite.

Douze ans ! Les parents font parfois vivre de ces choses à leurs enfants… »

Mabs attendit, adossée aux fourneaux, dont la chaleur la réconfortait. Cette pièce lui avait toujours paru si normale. Il lui arrivait d'envier aux autres la simplicité de leur rôle. Elle avait toujours été entre les deux, ne faisant pas partie de la famille mais mêlée à leurs histoires. Il était peut-être temps de changer de travail, en effet.

« Est-ce que vous avez jamais pensé… Vous vous êtes déjà demandé si… commença-t-elle avant de s'interrompre.

— Quoi ? » fit Betsy.

Difficile pour elle, qui avait toujours fait preuve de discrétion, de rompre les habitudes, mais elle allait partir, de toute façon.

« Est-ce que vous vous êtes déjà demandé si c'était lui ?

— Si c'était lui qui quoi ? s'enquit Mrs Derring, cessant de mélanger le chocolat pour regarder Mabs.

— Ce qui clochait entre eux. Ou même… ce qui clochait chez elle. Vous croyez vraiment que c'est elle… la méchante ?

— Eh ben ça alors, murmura Lydia. Bets et moi, on a toujours pensé que vous étiez copains comme cochons, avec Mr Finch. Pas vrai, Bets ? Vous dites qu'il a préparé un mauvais coup ?

— J'en sais rien, Lydia. Mais des fois… je me pose des questions.

— Ce n'est pas toujours facile d'être marié, remarqua Mrs Webb d'un air inquiet. Il y a sans doute des torts des deux côtés, et je dois dire que j'ai de la peine pour la pauvre femme, même maintenant. Mais Mr Finch…

enfin, il a toujours été un employeur exemplaire, c'est tout ce que je sais.

— Oui, soupira Mabs. Oui, c'est vrai. Alors vous croyez pas qu'il nous cache quelque chose ? »

Mrs Derring disposa le brandy, le chocolat chaud et les toasts sur un plateau.

« Comme quoi ? Si elle ne s'est pas enfuie avec un amant, où est-ce qu'elle peut bien être ?

— Vous pensez que Mr Finch se serait débarrassé d'elle ou quelque chose dans ce genre ? demanda Betsy. Quand même pas !

— Non, bien sûr. J'ai juste un peu de mal à y croire, voilà tout. Merci, Mrs Derring. J'apporte ceci à Otty et je reviens, d'accord ?

— Ma vieille grand-mère avait un dicton, déclara soudain Mrs Derring. "Un ange dans la rue, un démon à la maison." Ça signifie que la personne la plus charmante qui soit à l'extérieur se fait bien voir du monde entier, mais que, derrière les portes closes, c'est une autre histoire.

— Oui, répondit Mabs, prenant le plateau. Ma mère le disait aussi.

— Allons, Mabs, et revenez vite, conclut Mrs Webb. Vous aurez bien besoin d'un petit remontant, vous aussi. »

Otty ne réagissait toujours pas. Comme sa mère autrefois. Mabs insista pour qu'elle boive le brandy, puis l'aida à manger une première tranche de pain grillé, ne cherchant pas à lui donner la deuxième, avant de la laisser siroter son chocolat chaud.

« J'ai besoin de prendre l'air, ma puce, dit-elle. Ensuite j'irai manger un bout à la cuisine. Je remonterai après. Si vous êtes encore éveillée, on pourra parler et, si vous dormez, je dormirai ici avec vous. Vous ne serez pas seule ce soir. »

Mabs redescendit à la hâte ; toutes ces allées et venues lui donnaient l'impression d'être une balle rebondissante. Dehors, le ciel était bleu marine ; d'immenses gouttes de pluie s'écrasaient sur le trottoir et sur sa peau. La luminosité de la fête foraine laissait place à un déluge estival. Alors qu'elle commençait à regretter qu'il soit trop tard pour parler à Olive, elle entra en collision avec une silhouette pressée : sa sœur Jenny.

« Mabs ! Où tu vas à une heure pareille ? Je venais justement te voir – j'ai une terrible nouvelle. »

Comment est-ce qu'elle sait ? se demanda Mabs.

« C'est miss Clover, poursuivit Jenny. Elle s'est éloignée, et miss Olive l'a perdue dans la foule de la fête foraine. Olive est folle d'inquiétude ; elle voulait que je te tienne au courant.

— Oh, Seigneur ! »

Tétanisée, Mabs songea qu'elle allait devoir se débrouiller seule. Il ne fallait pas embêter Olive au sujet de Mrs Finch ce soir. Puis les paroles de sa sœur la frappèrent : Clover avait disparu. Elle était en danger. La reverraient-ils un jour ?

« Oh mon Dieu, Jenny ! Non !

— Je sais. Ça me fend le cœur. Une si gentille petite. Et miss Olive l'aime tellement…

— À qui le dis-tu. Je peux faire quelque chose ?

— Non, toute la famille est partie à sa recherche, les domestiques aussi, et la police. Miss Olive voulait juste que tu le saches. Je ferais mieux d'y retourner, Mabs. On t'en dira plus dès qu'on aura des nouvelles. »

Jenny s'éloigna d'un pas pressé sous une pluie désormais battante, et Mabs rentra à la maison.

C’en était trop. Mrs Finch disparue. Clover perdue. Son argent envolé… Mabs sentit sa tête tourner et les battements de son cœur s’accélérer. Elle s’obligea à respirer profondément. Elle ne pouvait rien faire pour Olive ce soir. Et Olive ne pouvait rien faire pour elle. Si la disparition de Mrs Finch cachait une autre réalité, il n’y avait plus que Mabs pour le découvrir. Elle ne voyait pas d’issue. Ce qui ne signifiait pas qu’il n’en existait pas, se semonça-t-elle.

Chaque chose en son temps. Elle devait manger, prendre soin d’elle. Puis elle irait s’asseoir avec Otty, comme promis. Et dormir, si elle y parvenait. Ce seraient les prochaines étapes, les seules qui soient à sa portée.

OLIVE

Je n'oublierai jamais cette journée, aussi longtemps que je vivrai. La pire de toutes. Rentrer à la maison sans Clover allait à l'encontre de tous mes souhaits les plus chers. Mais je devais dire à mes parents ce qui s'était passé, demander de l'aide. Je devais rapporter cette épouvantable histoire et son impossible résultat… Si l'on ne retrouve pas Clover, je voudrai mourir.

J'aime cette petite fille avec chaque fibre de mon être. Malgré cela, elle a glissé entre mes doigts. Mes parents répètent que ce n'est pas ma faute ; certes, je ne vois pas à quel moment un manque de prévoyance de ma part aurait causé sa disparition. Cela ne change pas le fait que deux vies risquent d'avoir été détruites.

Peut-être n'étais-je pas censée devenir mère. Peut-être ma volonté de fer m'a-t-elle menée sur cette voie alors que j'aurais dû laisser le destin décider. Mrs Jacey m'a appris la semaine dernière que Gert avait fugué. Imaginez un peu ! Une enfant de onze ans, seule dans la ville. Je me suis sentie à la fois affligée en entendant cette nouvelle et soulagée que Clover soit auprès de moi, en sécurité. À présent, les deux petites se retrouvent dans la nature et en danger.

Papa a organisé une battue pour Clover sans perdre une minute. Il a recruté tous les domestiques sauf Jenny, qui doit rester à la maison avec sa petite sœur au cas où – pitié ! – quelqu'un ramènerait Clover pendant notre absence. Il est possible, je suppose, qu'une âme charitable repère une petite enfant en train d'errer, seule, et lui vienne en aide. Clover est peu bavarde et très timide envers les inconnus, mais elle connaît notre adresse.

Ils sont donc tous partis, et j'en ferai de même une fois que je me serai reposée et que j'aurai avalé quelque chose, malgré l'acidité brûlante qui tourbillonne au creux de mon estomac. Mais il est vrai que j'ai parcouru la lande le ventre vide des heures durant et que l'horreur de la situation m'a affaiblie. Je ne pourrai pas aider Clover si je m'effondre dans un fossé ; je m'efforce donc d'attendre d'avoir repris des forces, comme convenu, avant de m'aventurer de nouveau sous la pluie cinglante.

Le temps était clément lorsque Clover et moi nous sommes mises en route de si bonne humeur. Nous sommes sorties à midi après un petit déjeuner tardif, munies d'un panier de pique-nique rempli de ce que Clover préfère. Panier que j'ai abandonné sur la lande. Quelque Londonien affamé a sans doute profité du festin, et je lui souhaite de s'être régalé. Nous avons passé une heure environ à nous amuser, à regarder les danseurs, à danser nous aussi une petite gigue, à inspecter les stands aux couleurs vives. Un artiste silhouettiste travaillait sous un châtaignier immense, et j'ai promis à Clover que nous lui demanderions de lui découper son portrait. Mais de nombreuses personnes faisaient déjà la queue, et nous avions faim, nous avons donc étalé notre couverture de pique-nique non loin de là et décidé de commencer par déjeuner.

Nous nous sommes assises comme d'habitude, côte à côte, sans le moindre espace entre nous. Je ne l'ai pas quittée des yeux une minute. Elle n'a pas été victime de pickpockets ni de voleurs d'enfants ni d'aucune sorte d'infamie, si ce n'est, peut-être, son passé. C'est la seule explication à mes yeux. Nous venions juste de déballer nos premiers sandwichs, quand un tourneur d'orgue de Barbarie s'est mis à jouer une joyeuse mélodie. Clover, débordant de bonheur, s'est levée d'un bond et a commencé à danser joliment. Je suis restée vigilante :

« Reste sur la couverture, ma chérie », ai-je lancé avant de me lever moi aussi.

Un garçon d'une douzaine d'années qui passait par là s'est alors arrêté pour la regarder. Il était déguenillé au possible, très sale et maigre comme un clou. Il tremblait, de faim ou à cause de quelque maladie. Il ne m'a pas paru malveillant, seulement pitoyable ; il ne regardait pas Clover de façon mal intentionnée mais avec le plus grand intérêt. J'ai malgré tout rappelé Clover à moi, et elle est venue sur-le-champ. Je lui ai pris la main tout en m'adressant au garçon :

« Bonjour, lui ai-je dit. Puis-je t'aider ? »

J'étais prête à lui donner mes sandwichs.

Clover s'est alors retournée et l'a vu ; c'est là que tout a basculé ! L'expression de son visage a changé aussitôt, et ma fille, si calme et docile, qui pleure peu, parle peu et a presque toujours le sourire, a poussé un cri. Un cri haut perché, perçant et terrifié. Et puis elle s'est enfuie.

Elle a arraché sa main de la mienne et s'est enfuie en un clin d'œil, fonçant dans la foule si dense, si vaste que je l'ai immédiatement perdue de vue. Je ne me suis jamais déplacée avec une telle rapidité. J'étais propulsée à travers la cohue par quelque force supérieure. Mais elle avait disparu. J'ai crié son nom et hurlé :

« Trouvez ma fille ! Trouvez ma fille ! »

Je me suis arrêtée pour regarder tout autour de moi, plissant les yeux dans l'espoir d'apercevoir un éclair d'organdi jaune soleil entre tous les noceurs qui me dévisageaient. En vain. J'ai couru encore, sans savoir si j'allais dans la bonne direction. Puis je suis revenue en courant, songeant qu'elle allait peut-être se calmer et rebrousser chemin pour me chercher. Mais, comme elle ne revenait pas, j'ai fait venir l'agent de police, à qui j'ai décrit Clover dans les moindres détails, soulignant à quel point elle est précieuse à mes yeux.

Il m'a expliqué que, dans une foule pareille, les recherches seraient inutiles et m'a dit de rentrer chez moi et de laisser les professionnels s'en occuper. Hors de question ! Pourtant, il avait raison : il y avait des milliers de personnes autour de nous. Trouver Clover parmi elles serait aussi simple que de trouver un caillou précis dans un océan déchaîné. Malgré cela, j'ai couru, couru, criant son nom jusqu'à ce que ma voix n'émette plus qu'un coassement rauque. Tous les quelques mètres, je m'arrêtais pour demander aux noceurs s'ils avaient vu une petite fille de quatre ans aux cheveux couleur miel, vêtue d'une robe jaune vif. Personne ne l'avait vue. Ce n'est que des heures plus tard que j'ai fini par admettre ma défaite et que je suis rentrée à la maison d'un pas traînant pour apprendre aux autres l'épouvantable nouvelle, accablée par la possibilité que je ne reverrais peut-être jamais ma fille. Ces dernières semaines, au cours desquelles Clover s'accrochait de plus en plus à moi, m'ont paru si difficiles. Je regrette amèrement chaque soupir, chaque pensée réticente. Ça n'aurait pas dû me déranger, pas une seconde. Est-ce là ma punition ?

Papa s'est montré fort rassurant ; il a échafaudé une multitude de scénarios dans lesquels Clover nous revient saine et sauve. Et il a raison, ils sont tous possibles. Mais il en existe aussi tant à l'issue tragique. Et à présent, en prime de mes craintes, il semblerait que Dieu ait décidé d'envoyer le deuxième déluge. Les trombes d'eau sont inimaginables. Et Clover qui ne porte rien d'autre qu'une robe d'été ! Une fois que la nourriture a gagné mes jambes et que le brandy a légèrement engourdi mon horreur, je m'enveloppe dans un manteau puis sors dans le noir et sous la pluie pour chercher ma fille.

MABS

Otty dormait déjà lorsque Mabs se glissa dans sa chambre. *Tant mieux*, se dit-elle. Cela ferait le plus grand bien à la pauvre enfant. Il y avait une méridienne dans la pièce, Mabs prit donc des couvertures et un oreiller et s'y pelotonna. Sa tête lui faisait l'effet d'une canalisation bouchée.

Étonnamment, elle s'endormit. Puis, grâce à la magie de la nature, elle s'éveilla et s'aperçut que son esprit n'était plus obstrué. La pluie, qui s'était changée en orage de chaleur, s'écrasait contre la fenêtre tel un océan contre la proue d'un navire. Le tonnerre grondait et un étrange éclair zébra le ciel… Mabs jeta un coup d'œil à Otty, mais celle-ci dormait encore.

L'horloge indiquait 5 heures du matin. Mabs avait dormi six bonnes heures – un miracle, au vu des circonstances. Même s'il y avait encore beaucoup de choses qu'elle ignorait, elle s'était réveillée avec la certitude que Mrs Finch ne s'était pas enfuie avec Jonathan. Et qu'elle n'avait pas pris son argent. Assise en tailleur sur la méridienne, enveloppée dans ses couvertures, Mabs scrutait l'obscurité.

En réalité, songea-t-elle, toute cette histoire se résumait à l'éternelle question : fallait-il faire confiance à Mr Finch ou à Mrs Finch ? Et la réponse était toujours la même. Oui, Mrs Finch avait toutes les raisons du monde de s'enfuir après tant d'années d'abnégation. Mais elle n'abandonnerait pas Otty. Par ailleurs, Mabs eut soudain la certitude que sa maîtresse ne l'abandonnerait pas non plus, et certainement pas sans la prévenir. D'ici quelques semaines, Averil serait mariée. Après le chemin qu'elle avait parcouru, et sachant l'amour qu'elle portait à ses enfants, Mrs Finch ne manquerait cela pour rien au monde. Si elle avait bel et bien prévu de partir avec Jonathan – et qui pourrait lui en vouloir ? –, ce ne serait pas pour tout de suite. Elle aurait attendu après le mariage. Elle en aurait parlé à Mabs, aurait pris des mesures pour s'occuper d'Otty.

Mabs fit claquer ses ongles contre ses dents tout en réfléchissant, non pas avec une tête embrumée par la fatigue comme la veille au soir, mais avec une grande lucidité. Les paroles de Betsy lui revinrent en mémoire.

Vous pensez que Mr Finch se serait débarrassé d'elle ou quelque chose dans ce genre ?

Il était sans doute beaucoup de choses, mais Mabs espérait qu'il n'avait rien d'un meurtrier. Pourtant, son histoire présentait des lacunes. Selon lui, Mrs Finch avait laissé un mot – or personne d'autre n'avait vu ce mot, car il disait l'avoir brûlé. Selon lui, elle avait volé l'argent de Mabs pour prendre la fuite, mais elle avait disparu dans la nuit de samedi ou dimanche au petit matin. Or Mabs avait sorti son argent pour le compter samedi soir, juste avant d'aller au lit. Elle avait pris quelques sous pour la fête, les avait mis dans sa poche et avait rangé la tirelire. Donc, si Mrs Finch l'avait effectivement volée, elle aurait dû entrer en douce pendant que Mabs dormait. Mabs n'avait pas le sommeil lourd. Il était plus probable que quelqu'un ait pris l'argent pendant la journée alors qu'elle se trouvait à la fête foraine – mais Mrs Finch avait déjà disparu.

Elle réfléchit à tout ce qu'elle savait. Mr Finch aimait contrôler sa femme. Même s'il se montrait prévenant, il voulait qu'elle mène une vie chiche et limitée. Or, ces derniers temps, Mrs Finch s'ouvrait à de nouveaux horizons. Mabs avait réussi ce dont Mr Finch ne l'aurait jamais crue capable. Et il n'aimait pas cela. Il avait appelé son vieil ami le médecin afin d'augmenter les doses du médicament qui réprimait son épouse. Mais ses projets avaient été contrecarrés, et le médecin n'était pas venu. Alors, s'il ne pouvait pas la droguer et la torturer jusqu'à la soumission, que lui restait-il à faire ?

Vous pensez que Mr Finch se serait débarrassé d'elle ou quelque chose dans ce genre ?

Puis Mabs se souvint de ce que Mrs Finch lui avait dit un jour : *Savez-vous, Mabel, que deux hommes suffisent à envoyer une femme à l'asile ? Un mari et son médecin forment le parfait tandem. Le mien m'a laissé entendre qu'il avait en sa possession de tels documents. Le docteur Broome les avait signés sans hésitation...*

Mabs sentit son sang se glacer dans ses veines. Était-ce donc ça ? Cela lui permettrait de se débarrasser de son épouse une bonne fois pour toutes, non ? Il s'assurerait ainsi que plus jamais elle ne dirait quoi que ce soit de scandaleux devant d'autres personnes. Et il pourrait rejeter la faute sur elle.

Je ne sais pas si vous avez entendu parler de ce genre d'institutions, Mabel, mais elles sont des plus inhumaines.

Mabs déglutit.

Il a été question d'un endroit dans le Yorkshire pour les femmes fragiles et dépravées.

L'avait-il emmenée là-bas ? Pourtant, Mrs Webb avait affirmé qu'il avait passé la journée de dimanche à la maison. Mabs l'avait vu le samedi soir. Elle ignorait à quelle distance se trouvait le Yorkshire exactement, mais elle doutait qu'il ait pu faire l'aller-retour en quelques heures. Ces fameux documents d'internement s'adressaient-ils à une institution en particulier ? Ou étaient-ils généraux, si bien que Mrs Finch aurait pu être emmenée n'importe où ? Mabs n'en avait pas la moindre idée. Elle était complètement dépassée et avait plus que jamais besoin d'Olive, mais ne pouvait pas encore lui parler – peut-être pas avant longtemps si on ne retrouvait pas Clover.

Mabs se leva, se réjouissant d'avoir gardé ses habits de la veille ; la maison s'éveillerait dans quarante-cinq minutes. Sans bruit, elle descendit au rez-de-chaussée. Tout était calme et tranquille à l'intérieur, tandis que la pluie martelait les fenêtres et les murs. Aucun son ne provenait du bureau de Mr Finch, aucune lumière ne filtrait. Elle ouvrit la porte et s'arrêta, puis entra et alluma une bougie. Aussi vite et méthodiquement que possible, elle feuilleta les papiers sur le bureau, sans vraiment s'attendre à trouver quoi que ce soit d'accablant là, à la vue de tous. Puis elle fouilla les tiroirs. Le dernier était verrouillé. Elle ne trouvait pas la clef. Elle jeta un coup d'œil à l'horloge. 5 h 30. Ce serait juste.

Si quelqu'un se réveillait tôt, tourmenté par les événements de la veille…

Elle s'approcha de la porte et l'entrouvrit. Le vestibule dormait encore. Elle continua ses recherches, de plus en plus frénétique, renversant des choses et s'efforçant de les replacer avec soin. Il ne devait pas deviner que l'on s'était introduit ici. Mabs avait besoin de rester le plus longtemps possible à Willoughby Walk pour Otty.

Alors qu'elle s'apprêtait à abandonner pour le moment, son regard se posa sur un petit soliflore en cristal, posé sur le rebord de la fenêtre de l'autre côté de la pièce. Elle s'avança d'un pas pressé et le souleva. Un léger cliquetis se fit entendre. À l'intérieur se trouvait une clef minuscule. Mabs la récupéra en renversant le vase, puis elle consulta l'horloge. 5 h 40. Elle courut jusqu'au bureau et ouvrit le dernier tiroir. Une liasse de dossiers reposait sur une boîte. Elle les sortit et les feuilleta à la hâte – rien sur les asiles. Il était l'heure de partir. Elle se disposait à les ranger dans le tiroir, quand elle remarqua que la boîte lui paraissait étrangement familière. C'était sa tirelire. Et elle était pleine d'argent.

Elle hésita. Si Mr Finch remarquait que l'argent avait disparu, il saurait que quelqu'un était entré. Serait-il plus sûr de le laisser sous son nez ? Mais rien ne garantissait qu'il le garderait là. Non, l'argent était à elle, elle l'avait gagné honnêtement, jusqu'au moindre penny. Mabs le fourra dans ses poches, replaça la boîte vide et les dossiers, et verrouilla le tiroir. Elle remit la petite clef dans le vase et quitta la pièce. Puis elle se rendit à la cuisine – étrange à voir, ainsi plongée dans l'obscurité – et se prépara du thé. Dieu, qu'elle en avait besoin !

Jusqu'à présent, elle n'avait rien découvert qui puisse aider Mrs Finch. Mais elle avait récupéré ses économies. Cela prouvait par ailleurs que Mr Finch mentait. Mabs monta son thé dans la chambre d'Otty, s'allongea sur la méridienne et souffla la bougie.

MABS

Plus tard ce matin-là, Mabs se rendit à Polaris House. Otty était encore au lit, réveillée mais toujours muette. Elle avait mangé son petit déjeuner, ce qui était déjà bien. Hors de question pour elle d'aller à l'école.

Mr Finch était à la maison, il arpentait le vestibule, ruminait dans son bureau, jouait à la perfection le rôle du mari déserté. Lorsque Mabs lui annonça où elle allait, il lui jeta un regard si perçant qu'elle crut, l'espace d'un instant, qu'il avait découvert son vol – si l'on pouvait qualifier de vol le fait de reprendre quelque chose qui vous appartenait. Mais il se contenta de répondre :

« Pas un mot de cette histoire aux Westallen, miss Daley. Cela ne regarde que nous – c'est une véritable honte.

— Bien sûr, m'sieur. Je veux juste savoir si miss Clover a été retrouvée. »

Elle s'empressa de sortir avant qu'il ne change d'avis.

La première chose qu'elle fit en arrivant à Polaris House fut de demander à voir sa sœur. Elle confia tout son argent à Jenny.

« Garde-le pour moi, ma belle. Je peux pas t'expliquer ça maintenant. »

Les Westallen se trouvaient dans le petit salon. Mabs fut choquée par l'apparence d'Olive, son teint blême et sa mine dévastée.

« Mabs, vous êtes venue ! »

Elle serra Mabs dans ses bras et se mit à pleurer.

« Oh, Olive. Vous ne l'avez pas encore trouvée ? »

Olive secoua la tête.

« Pas encore, non, intervint le capitaine Westallen. Mais ce n'est qu'une question de temps. Je vais ressortir dans quelques minutes. Merci d'être venue, miss Daley, nous vous en sommes reconnaissants.

— Je pouvais pas ne pas venir. Je suis tellement désolée. Est-ce que je peux faire quelque chose ? N'importe quoi ? »

Olive secoua de nouveau la tête.

« Non. Nous sommes déjà nombreux à chercher. À présent, nous nous relayons, trois ou quatre à la fois, car la fatigue se fait sentir. Mais comment pouvons-nous nous reposer ?

— J'en sais rien. Je vous comprends. Pauvre petit ange. Comment a-t-elle… à moins que vous préfériez ne pas avoir à raconter une nouvelle fois ? »

Olive soupira.

« Je préférerais ne plus jamais avoir à y penser, mais je veux que vous soyez au courant, Mabs.

— J'y retourne, annonça le capitaine, jetant un coup d'œil par la fenêtre. Au moins, la pluie s'est arrêtée. Un vent favorable est toujours porteur d'espoir.

— Je devrais y aller moi aussi, papa.

— Restez d'abord pour parler avec Mabs. Nous couvririons plus de terrain si nous ne restons pas ensemble.

— Je vous accompagne, James », dit Mrs Westallen qui, songea Mabs, avait le teint fort gris.

Ils n'avaient pas dû dormir plus de dix minutes à eux tous.

« Non, Margaret, vous avez passé la nuit sous la pluie ! Vous êtes rentrée trempée. Vous n'êtes même pas allée vous coucher !

— Me coucher ! Je vous en supplie, James, laissez-moi faire un dernier tour, pour ma propre satisfaction. Je me reposerai cet après-midi. Au revoir, ma chère Mabs. »

Elle quitta la pièce ; un instant plus tard, ils entendirent la porte d'entrée.

« Ce n'était pas une question, soupira son mari, lui emboîtant le pas.

— Ils sont si bons, gémit Olive. Je suis atterrée de causer tant de soucis à tous. Mais surtout pour ce qui arrive à Clover, bien sûr. »

Elle expliqua alors à Mabs comment Clover et elle s'étaient retrouvées séparées.

« Heureusement qu'Angie est allée à la fête foraine avec vous et pas avec nous, conclut Olive, sans quoi j'aurais pu la perdre elle aussi !

— Eh bien c'est pas le cas et vous y êtes pour rien. Écoutez, Olive, je sais pas où est Clover. Mais ça ira. Je le sens.

— Ah oui ? Moi, non. Enfin, j'ai toujours pensé que j'avais une foi solide. Mais les malheurs arrivent bel et bien en ce monde, c'est un fait. Il n'y a aucune raison de supposer que je serais épargnée. Vous savez, Mabs, quand je vois un manque, je cherche à le compenser, quand je vois un besoin, je cherche à le combler. J'essaie de tout réparer pour tout le monde et je me sens si fière et puissante, mais quand il s'agit de ma propre petite fille… je ne sers à rien. Ni l'argent ni l'intelligence ne me ramèneront Clover.

— N'ayez pas peur, Olive. Il faut… continuer à chercher, et vous la trouverez. Je le sens, même si je saurais pas l'expliquer.

— Mais… après toute une nuit dehors, seule ? Dans ce déluge ? Croyez-vous vraiment qu'elle aurait survécu ?

— Oui. »

Mabs hocha fermement la tête. Elle était sincère. Elle était habitée par une conviction qui l'étonnait elle-même et voulait qu'Olive la ressente aussi.

« N'abandonnez pas. Je *sais* qu'elle va rentrer. D'ailleurs, rien ne vous dit qu'elle était dehors toute la nuit. Peut-être qu'un inconnu lui a offert un abri et qu'ils sont en chemin au moment où je vous parle !

— J'y ai songé. On a tendance à imaginer quelles sortes de personnages affreux auraient pu la trouver, je m'efforce donc de me rappeler qu'il y a de bonnes gens aussi. Mais, s'ils l'ont trouvée hier soir, pourquoi ne pas l'avoir ramenée immédiatement ?

— Peut-être qu'il était trop tard. Ou peut-être que Clover était trop bouleversée pour leur indiquer où elle habite. J'ai déjà vu ça, vous savez, au canal, en cas d'accident, ou de mort… Des fois, quand les gens viennent d'avoir une peur bleue, ils hurlent et bredouillent et disent des choses épouvantables. Mais, des fois, ils deviennent silencieux et immobiles, et il leur faut du temps pour en sortir. »

Comme Otty, maintenant.

« Oh, Mabs, vous êtes solide comme un roc. Vous avez raison, bien sûr. Je ne gagnerai rien en imaginant le pire. Pourriez-vous venir avec moi ? Pensez-vous qu'Abigail puisse se passer de vous quelque temps ? Vous me remontez le moral quand il commence à faiblir.

— Oh, Olive. »

Mabs était désespérément tiraillée.

« J'aimerais vous aider, plus que tout, mais je voudrais pas laisser Otty seule trop longtemps.

— Pourquoi ? Qu'est-ce qui ne va pas ?

— Elle est… souffrante. Elle a mal au ventre. Pauvre petite. Je lui ai promis que je rentrerais très vite.

— Pourquoi est-elle seule ? Que s'est-il passé, Mabs ? Que me cachez-vous ?

— Rien du tout. »

Olive plissa des yeux.

« Je sais que je n'ai pas dormi et que mon cerveau n'est pas aussi agile que d'habitude, mais vous mentez très mal, Mabs. Vous le savez aussi bien que moi.

— Vous inquiétez pas pour ça, Olive ! s'écria Mabs au bord du désespoir. Vous avez déjà assez de soucis. Je vous raconterai une fois que Clover sera rentrée saine et sauve. Mais Otty est malade, et je dois rester avec elle aujourd'hui. »

À son grand soulagement, Olive était trop désemparée pour lui tenir tête.

« Naturellement, il vous faut veiller sur Otty. Pauvre enfant.

— Allez-y, Olive. Allez chercher Clover. Et dès qu'Otty ira mieux on viendra toutes les deux pour vous aider. »

Tout en parlant, Mabs et Olive se rendirent dans le vestibule pour prendre leur manteau.

« Bien, fit Olive une fois sur le seuil avec une détermination désespérée. Je pars à sa recherche. »

Son regard était si plaintif que Mabs en eut le cœur fendu.

Mabs redescendit la colline. Quelque chose la tracassait ; quelque chose concernant Otty, immobile et silencieuse. De quoi s'agissait-il ? C'est alors qu'elle comprit. En raison des événements dramatiques de la veille, elle avait complètement oublié le dimanche matin, quand elle était joyeusement partie rejoindre sa famille. Elle s'en souvenait, à présent. Alors qu'elle s'apprêtait à sortir, elle avait vu Otty, assise dans son lit, les yeux dans le vague. Mabs l'avait invitée à la fête foraine. Otty lui avait paru fort étrange. L'état dans lequel elle se trouvait ne datait pas du moment où elle avait appris la nouvelle du départ de sa mère ! Il datait d'avant.

« Oh mon Dieu ! s'exclama Mabs, s'arrêtant net, sous les yeux interrogateurs d'un gentleman qui passait par là. Otty sait quelque chose. »

MABS

Mabs avait vu assez de gens cruellement endommagés par la vie pour savoir comment les tirer d'une stupeur comme celle qui frappait Otty. Mieux valait qu'ils en sortent seuls, mais, si Otty savait quelque chose susceptible d'aider sa mère, Mabs ne pouvait attendre plus longtemps. Après tout ce que cette femme avait subi ces vingt dernières années, Mabs ignorait si elle pourrait supporter une horreur de plus.

À Willoughby Walk, la première personne qu'elle vit était la dernière à qui elle voulait parler : Mr Finch.

« Ont-ils trouvé la petite ? demanda-t-il.

— Non, ms'ieur, mais tout le monde la recherche. »

Il hocha la tête et s'éloigna, au grand soulagement de Mabs. Elle se précipita dans la chambre d'Otty et la trouva dans le même état qu'elle l'avait laissée.

« Très bien, ma grande, dit-elle avec douceur. Il faut qu'on se remette à parler, toutes les deux, parce qu'on a des choses importantes à se dire. »

Elle s'assit sur le lit et replia la couverture pour prendre les pieds d'Otty dans ses mains. Ils étaient glacés, ce qui ne surprit pas Mabs ; elle les frotta tout en parlant.

« Vous devez me dire ce qui vous tracasse. Je sais que vous êtes au courant de quelque chose et j'ai besoin que vous me le disiez pour que je puisse l'aider. Je sais aussi que vous êtes très fâchée contre elle, mais il faut pas se fier aux apparences. »

Otty se redressa brusquement, ses pieds glissant des mains de Mabs, ses cheveux noirs lui tombant sur les yeux.

« Je le sais, Mabs, chuchota-t-elle. Ce n'est pas contre maman que je suis fâchée !

— Alors quoi ? Otty, vous pouvez me faire confiance.

— Mais c'est si affreux, Mabs, que vous risqueriez de ne pas me croire !

— Si. Vous imaginez pas les choses que j'ai dû croire depuis que je suis arrivée ici… J'ai eu du mal à vous les cacher, pour être honnête, mais votre maman pensait que c'était préférable.

— Promettez-vous de me croire ?

— Oui.

— Maman ne s'enfuirait jamais. C'est papa, Mabs. Il… il ment ! »

Sur ce, Otty fondit en larmes.

« Allons, allons, murmura Mabs en la serrant dans ses bras, soulagée que l'orage ait enfin éclaté. Je sais. Ça va aller. »

Otty finit par reprendre sa place ; elle s'essuya le visage sur un drap et écarta de ses yeux le rideau de ses cheveux. Elle avait repris des couleurs, et son regard paraissait triste et effrayé, ce qui valait mieux, pensa Mabs, qu'un regard vide.

« Mabs, dit-elle, cela fait des semaines que je veux vous parler mais je ne le pouvais pas… Est-ce mal de… de ne pas aimer son papa ? Cela fait-il de vous une méchante personne ?

— Non, ma puce. Y a rien de mal à ça. On veut aimer nos parents plus que tout parce que ce sont nos parents et qu'on est là grâce à eux. Mais, parfois, les choses changent. Parfois, on voit des choses qui sont pas justes. C'est très déroutant mais ça veut pas dire qu'on est méchant.

— Exactement ! C'est déroutant ! Mabs, j'ai toujours adoré papa !

— Je sais, ma puce.

— Mais dernièrement…, eh bien, nous avons eu des désaccords. Il va me changer d'école.

— Oui, votre maman m'en a parlé.

— Et il ne veut pas me laisser aller à l'université ! Il affirme que cela nuit aux femmes d'être instruites, mais je crois qu'il a tort, Mabs, vraiment. Regardez Olive ! J'ai essayé de le comprendre, Mabs. Je me suis rappelé que c'était mon papa, et qu'il essaie juste de faire ce qu'il y a de mieux pour moi. Mais, à présent, je sais qu'il… »

Les larmes montèrent de nouveau aux yeux d'Otty, qui prit une grande inspiration, le souffle tremblant. Le choc n'avait donc pas été causé par la disparition de sa mère, mais par la découverte que son père n'était pas du tout celui qu'elle croyait.

« Qu'il est mauvais », reprit-elle à mi-voix.

Eh bien, songea Mabs, *sa maman voulait la protéger de cette réalité, mais elle l'a comprise toute seule.*

« Je suis au courant, ma puce. »

Otty poussa un gros soupir de soulagement.

« Alors je peux vous raconter. Je me suis réveillée au milieu de la nuit. La nuit de samedi. Il était 1 heure du matin. J'ignore ce qui m'a réveillée, mais c'était étrange. Je me suis approchée de la porte et je l'ai entrouverte, et j'ai vu de la lumière dans le couloir. J'ai entendu maman et papa qui discutaient. J'ignore pourquoi je ne suis pas sortie pour leur demander ce qui se passait. Ils portaient leurs vêtements de voyage, et maman avait un sac ; ils parlaient de Charlie et de Felicia. Papa disait qu'ils avaient besoin d'elle. Je ne voulais pas que maman s'en aille, mais elle avait l'air si grave et ils étaient si pressés qu'en un rien de temps ils avaient disparu. Je suis allée à la fenêtre et je les ai vus monter dans une calèche.

« Et ils sont partis ! Après quoi, je n'ai pas pu me rendormir. Je savais que maman me manquerait, surtout si je devais bientôt changer d'école. Et je n'arrêtais pas de songer combien il était étrange qu'ils partent ainsi en pleine nuit, mais si Charlie les avait fait appeler… J'ai eu très peur que Felicia ou lui soient tombés malades.

« Le lendemain matin, lorsque vous m'avez demandé d'aller à la fête foraine, je n'avais pas dormi et j'attendais que papa vienne expliquer la situation. Mais j'ai attendu toute la matinée. J'ai vu Averil et Freds à midi et, de toute évidence, elles n'étaient au courant de rien. Enfin, l'après-midi, papa nous a demandé de le rejoindre dans son bureau. Il avait l'air si grave que j'étais persuadée qu'il allait nous annoncer la mort de Charlie ou de Felicia. C'est alors qu'il nous a annoncé que maman s'était enfuie avec un… un amant ! »

Otty fronça les sourcils, perplexe.

« Mais je les ai vus partir ensemble, de mes propres yeux. Si maman avait effectivement un… un ami, je ne crois pas que papa la mènerait à lui, si ? Mais pourquoi mentirait-il ? Pourquoi inventer une chose aussi horrible au sujet de maman ? Pourquoi, Mabs ?

— Pauvre chérie, Dieu vous bénisse… »

Mabs prit Otty dans ses bras et la berça un moment, se demandant ce que Mrs Finch aurait voulu qu'elle dise à sa fille.

« Et puis, ajouta Otty, indignée, il a affirmé qu'elle a volé votre argent, mais jamais elle n'aurait fait une chose pareille. Et puis il vous a renvoyée et a dit que c'était sa faute à elle. Et surtout : où est maman ?

— Je ne sais pas. Mince alors, Otty, il y a tellement de choses que j'aimerais vous expliquer – ça fera beaucoup à digérer ! Je crois que, quand votre maman rentrera, elle voudra vous en parler elle-même. Je vous promets de vous expliquer ce que je peux, mais d'abord j'ai besoin de faire tout mon possible pour la trouver. Je suis… un peu inquiète à son sujet.

— Que croyez-vous qu'il lui soit arrivé ?

— Il me semble que ça a un rapport avec ce que votre papa a dit sur les femmes et l'éducation. Beaucoup d'hommes pensent que, si on utilise trop notre cerveau, ça nous rend un peu cinglées. Vous savez qu'il prétendait que votre maman était malade ? Eh bien, elle l'est pas. C'est une femme très intelligente, et il y a absolument rien qui cloche chez elle, à part ce qu'il lui a fait. Otty, je crois qu'il l'a envoyée à l'asile. Mais j'en suis pas sûre, et ce serait comme chercher une aiguille dans une botte de foin.

— Comment ose-t-il ? Je m'en vais lui dire que je sais qu'il ment. Je lui dirai que je les ai vus hier soir. Je l'obligerai à nous révéler où elle se trouve !

— Non, Otty, surtout pas ! Il avouera jamais, et jamais il nous laissera la retrouver à moins que ça l'arrange. C'est un homme très malin, votre papa. Honnêtement, si vous voulez aider votre maman et si vous voulez que je reste ici pendant encore un mois, comme il l'a promis, vous devrez faire semblant de rien savoir. Ce sera horrible et difficile, j'en ai conscience ; ça fait déjà un moment que je fais semblant aussi, et c'est la pire chose que j'aie jamais faite – et c'est pas peu dire. Mais ne crachez pas le morceau, Otty, ou Dieu sait de quoi il serait capable.

— Très bien. De toute façon, nous ne discutons pas beaucoup en ce moment. Je veillerai à l'éviter. Peut-être retournerai-je à l'école ou irai-je rendre souvent visite à Olive.

— Ma puce, vous vous rappelez que je vous ai parlé de Clover ?

— Non, que se passe-t-il ?

— Je me disais bien que ça vous avait échappé. Elle a disparu aussi. Elle s'est perdue à la fête foraine hier. Olive est folle d'inquiétude et tout le monde la recherche. Il faut pas la déranger.

— Oh, pauvre Clover ! Elle est si petite ! Oh, Mabs, comme vous devez me trouver égoïste. Nous devons partir à sa recherche, nous aussi. S'il vous plaît ? Je ne souhaite plus rester dans cette maison. »

Mabs hocha la tête.

« Un peu d'air frais vous fera pas de mal. Et, à vrai dire, j'ai très envie d'aider Olive. Quand votre papa retournera au travail, je fouillerai son bureau de fond en comble au cas où il y aurait des papiers que j'avais pas vus et qui nous indiqueront où est votre mère. »

Otty sauta du lit.

« Je vais vous aider. »

OLIVE

Cela fait désormais plus d'un jour entier que Clover et moi avons été séparées. Quand je songe à tout ce qui peut arriver à une petite fille de quatre ans en vingt-quatre heures ! Malgré l'optimisme fortifiant de Mabs, je ne peux pas m'empêcher de m'imaginer les choses les plus sombres.

Mabs a réapparu avec Otty en début d'après-midi. La chère enfant était pâle mais déterminée ; la voir m'a fait du bien. Mabs ne m'a toujours pas raconté le dernier épisode des contes de la famille Finch, et je ne peux prétendre que je le regrette ; je ne pense qu'à Clover. Les recherches ont été vaines. Papa et maman sont revenus les premiers. Maman avait l'air très fatiguée, et papa insistait pour qu'elle se repose. Puis, comme Otty était épuisée – rien d'étonnant à cela, après une maladie –, Mabs l'a raccompagnée aussi. Puis les domestiques sont rentrés un par un.

Je rentre donc, moi aussi, lasse et affligée, les pieds douloureux. Je ne cesse de voir des éclairs de jaune partout. J'avais toujours cru qu'il s'agissait d'une couleur peu commune, mais, aujourd'hui, elle est omniprésente.

Je vois Clover du coin de l'œil toutes les deux minutes, mais, lorsque je regarde, c'est un pissenlit ou le ballon d'un enfant. C'est un panneau au-dessus de la fenêtre d'une couturière, ou un rideau dans une salle à manger. J'arrive à Polaris House sans ressentir le plaisir habituel ; ce n'est pas chez moi si Clover ne s'y trouve pas. Je laisse le portail ouvert au cas où elle reviendrait.

Je remonte tant bien que mal l'allée, et Jenny m'accueille à la porte.

« Je peux vous apporter quelque chose, miss Olive ? Une boisson chaude ? Quelque chose à manger ?

— Un bain, s'il vous plaît, Jenny. Je ne veux rien d'autre qu'un bain chaud.

— Votre mère a dit la même chose quand elle est rentrée. Elle est au lit maintenant, Dieu merci. J'espère que vous en ferez de même, miss.

— Oui, acquiescé-je, désespérée. Je suppose que je n'ai pas le choix. »

Je salue papa, puis plonge dans la baignoire, où je sens l'eau brûler l'intérieur glacé de mes os. Tout luxe est parfaitement futile quand un si grand chagrin règne dans votre cœur. Aucun plaisir ne peut être pris quand un être aimé disparaît.

Je vais embrasser maman mais elle dort déjà. Enfin, je grimpe dans mon lit. La vue de la méridienne où dort habituellement Clover me fait fondre en larmes. Il y a longtemps que je lui ai acheté un vrai lit, mais elle préfère celui-ci. Avec toutes ces nuits difficiles qu'elle a passées, je commençais à désespérer qu'elle dorme jamais dans sa propre chambre. La câliner pendant son sommeil m'a d'abord paru être un privilège, avant de devenir pénible ; j'avais hâte de m'étendre et de bouger à mon gré, de dormir suivant mon propre rythme.

Aujourd'hui, je donnerais tout ce que je possède pour la serrer de nouveau dans mes bras. Je sanglote longtemps, agonisante de peur. Je me souviens de cette nuit où, il n'y a que huit mois de cela, elle a dormi pour la première fois dans ma chambre. Tout était si étrange à l'époque, alors qu'à présent elle est la seule qui compte. Je voulais un enfant en partie pour me protéger quand mes parents mourront. Mais rien ne nous protège de la perte de ceux que l'on aime, je le sais maintenant. Personne n'échappe à sa part de chagrin.

Pendant un instant, je pense à mes cartes, mais je ne peux me résoudre à les utiliser. Il s'agit d'un jouet de femme riche qui envisage telle ou telle nouvelle voie pour son propre divertissement. C'est une question de vie ou de mort, et je ne les laisserai pas en décider.

Ce bon bain chaud m'a permis de faire une petite pause, de retrouver une paix relative. Je vais en profiter pour me reposer si je le peux et me vider l'esprit. Je tire les couvertures au-dessus de ma tête et ferme les paupières, priant pour un peu de calme, priant pour Clover.

Je dors.

Et, soudain, j'ouvre les yeux. Il fait sombre, nous sommes au milieu de la nuit. Je me redresse. Qu'est-ce qui m'a réveillée ? Clover est-elle rentrée ? Maman va-t-elle frapper à ma porte à tout moment, tenant ma petite par la main ? Mais, à l'intérieur, rien ne bouge, bien que la pluie soit de retour, qui martèle impitoyablement la fenêtre. C'est sans doute cela qui m'a dérangée. Je m'approche de la fenêtre et parcours des yeux le jardin, cette charmante étendue protégée où j'ai eu le privilège de grandir. Je pose le front contre la vitre froide et gémis. Si c'est là pour moi la fin de la maternité, la douleur s'atténuera-t-elle un jour ?

Je ferme les yeux, et les événements me submergent de nouveau. La journée sur la lande, Clover qui crie et disparaît dans la foule. *Qui était ce garçon ?* Quelqu'un de son passé, sans doute ; pour qu'elle réagisse ainsi, il ne pouvait en être autrement. Pourtant, il ne lui voulait pas de mal, j'en suis sûre. Peut-être lui a-t-il simplement fait penser à un endroit, à une époque. Il s'apprêtait à parler quand elle a déguerpi.

Comme elle était sûre d'elle, ce jour-là chez Mrs Jacey. Gert, emplie de fureur, avait sans la moindre logique saboté ses meilleures chances, tandis que Clover, plus de deux fois plus jeune, s'était montrée calme et déterminée. Je revois son petit poing qui serrait ma jupe verte, son visage sérieux. *J'aimerais que tu sois ma maman à moi.* Que Dieu me pardonne, je n'ai pas été à la hauteur.

Je lève la tête et contemple d'un air sombre les torrents de pluie. Alors que je me dispose à retourner me coucher, quelque chose attire mon attention dans le jardin. Une lueur ; une petite lumière feutrée qui est à peine là. À travers les trombes d'eau et l'obscurité dense, je l'aperçois parfois, et parfois non. Oh, Seigneur ! Est-ce l'âme de Clover ? Est-elle morte ? Est-elle revenue au seul endroit sur terre où elle était heureuse ?

Je scrute la nuit. Disparue. C'était mon imagination, rien de plus. Au moment où je me détourne… là revoilà ! Minuscule ! À peine visible. On dirait qu'elle vient de la serre. Pourquoi l'âme de Clover hanterait-elle la serre ? Si la situation n'a rien de surnaturelle, comment pourrait-il y avoir une lumière dans le jardin ?

J'allume une lampe-tempête et descends au rez-de-chaussée. Dans le vestibule, je mets un des pardessus de papa, assez grand et lourd pour couvrir ma chemise de nuit. J'enfile ma bonne grosse paire de bottes et sors sous la pluie. Comme c'est étrange de parcourir le domaine à cette heure, au beau milieu d'un orage. Je ne le reconnais plus. Ce n'est plus le territoire des hommes, mais celui des animaux et des êtres venus d'autres mondes : fées, dryades. Fantômes, peut-être.

Cette altérité me désoriente. Je compte sur ma lampe-tempête qui n'émet qu'une lumière vacillante et ballotte dans ma main tandis que le vent me secoue. Enfin, j'atteins la serre, où je vois parfaitement la lumière qui m'a attirée de ma fenêtre. À présent, elle s'agite et danse mais brille sans disparaître. Je ne crois pas que ce soit une âme. Je crois que c'est une bougie.

Je fronce les sourcils. S'il y a une bougie dans la serre, je suppose que quelqu'un l'accompagne. Pourquoi quelqu'un voudrait-il s'asseoir dans notre serre à la lueur d'une bougie ? Il est possible qu'un vagabond, ayant trouvé le portail déverrouillé, ait voulu s'abriter de la pluie. Les vagabonds ont-ils l'habitude de transporter des bougies ? Si c'est bel et bien un vagabond, je ne devrais sans doute pas l'approcher seule. Je devrais aller chercher papa. Mais si, à notre retour, la bougie et son propriétaire avaient disparu ? Alors je ne saurai jamais… Or, je dois savoir. J'ouvre la porte et entre.

Le courant d'air froid éteint aussitôt la bougie, mais ma lampe brûle encore et, baignée dans sa douce lueur, je vois une femme endormie vêtue d'une robe bleu nuit. Elle est mince, avec des cheveux sombres qui reposent en longs rubans sur son visage. Elle est allongée sur le côté à même le chemin en pierre. Son bras entoure, d'un geste protecteur, un autre petit dormeur qui… *Mon Dieu !* J'avance de quelques pas. Ma main étouffe un cri. J'aperçois une cascade de boucles couleur miel et, sous le manteau qui la couvre, un éclat de jaune.

« Clover ? »

Ma voix, incrédule et désespérée, brise le calme si fragile de ce tableau, et la petite fille se redresse d'un coup. C'est ma Clover, en effet.

« Maman ! » crie-t-elle, les yeux pleins de joie et de larmes.

Elle se lève d'un bond puis hésite, ce qui me brise le cœur.

« Êtes-vous fâchée ?

— Bien sûr que non ! m'exclamé-je, lui tendant les bras. Ma chérie, je t'aime. Oh, Dieu merci, tu es revenue. »

Et elle court enfin vers moi.

Je tiens son petit corps aussi fort que je peux me le permettre sans la suffoquer ou l'écraser. Je sens ses bras m'agripper tout aussi fort, et mon cœur s'emballe et palpite jusqu'à retrouver son rythme normal.

« Oh, Clover, murmuré-je. Tu es rentrée, tu es rentrée. »

Après maintes embrassades et maints pleurs, mon attention se reporte sur la femme endormie par terre. Je suis stupéfaite qu'elle dorme encore malgré tout notre tintamarre.

« Qui est-ce ?

— Une gentille dame, répond Clover.

— Je suis heureuse de l'apprendre, mais je suis sûre qu'elle serait beaucoup mieux dans un lit. »

Évitant ses jupes éparpillées et ses cheveux, je m'approche pour la secouer doucement par l'épaule.

« Excusez-moi. Voulez-vous entrer ? »

Elle s'éveille lentement et gémit.

« Oh, miss Westallen, déclare-t-elle. Je vous présente mes excuses. »

Elle s'assoit avec raideur, et je pousse un cri de surprise. C'est Abigail Finch.

Les histoires peuvent attendre. J'ignore où était Clover ou pourquoi Abigail est là. J'ignore comment leurs chemins se sont croisés et pourquoi, une fois arrivée à Polaris House, elles ont décidé de passer la nuit dans la serre. Ma curiosité sera satisfaite demain matin. J'ai obtenu la seule chose dont j'avais désespérément besoin : le retour de Clover.

Nous nous hâtons de rentrer à la maison. Abigail tient la lampe tandis que je porte Clover dans mes bras, ses jambes enroulées autour de ma taille, ses petites chaussures boueuses rebondissant sur mon postérieur. Clover et Abigail sont mouillées et tremblantes. Je décide de laisser maman et papa dormir. Je m'inquiète pour eux après les efforts physiques que leur ont demandés ces deux derniers jours ; ils ne sont plus tout jeunes. S'il n'y avait que Clover, je m'occuperais d'elle moi-même. Comme nous avons une invitée inattendue, je réveille Agatha, car elle nous quitte bientôt, alors qu'Anne et Jenny devront nous supporter encore longtemps, les pauvres.

À nous deux, nous faisons couler deux bains chauds dans la cuisine, afin de nous éviter de perdre du temps à porter l'eau là-haut. Par ailleurs, cette pièce est toujours agréable en raison de la chaleur résiduelle des activités de la journée. Je cours chercher des serviettes, des chemises de nuit, des robes de chambre et des pantoufles, de sorte qu'elles puissent sortir de l'eau dans la décence et le confort le plus total.

« Mon Dieu, quelle expérience unique, murmure Abigail qui, de sa baignoire, contemple les fourneaux et les poêles en cuivre accrochées au mur. Je vous suis tellement reconnaissante, miss Westallen, vous n'imaginez pas à quel point.

— Je vous en prie, appelez-moi Olive. De telles cérémonies ne sont plus d'actualité entre nous, n'est-ce pas ? Je n'ai aucune question à vous poser, sauf une. Avez-vous faim ou soif ?

— Les deux.

— Et vous, ma petite demoiselle ? » demande Agatha.

Clover hoche la tête avec emphase, ses cheveux mouillés pendant devant ses yeux.

« Dieu vous bénisse, petit ange, dit Agatha, déposant un baiser au sommet de son crâne. Je n'aurais pas pu partir heureuse si on ne l'avait pas retrouvée, miss », ajoute-t-elle à mon intention, entreprenant de préparer un festin de minuit. Ou plutôt un festin de 2 heures du matin, pour être exacte.

Une fois les baigneuses sèches et chaudement emmitouflées, nous nous asseyons toutes les quatre autour de la table. Ce n'est pas le moment d'avoir une conversation révélatrice, mais celui de profiter d'être ensemble et à l'abri. Nous nous attaquons à la tourte au poulet avec de l'eau froide pour faire passer le tout, suivie d'une génoise à la mélasse accompagnée de crème afin de fêter l'événement. Je ne sais pas pour les autres, mais je n'ai mangé qu'un seul repas depuis que Clover a disparu. Soudain, je suis affamée.

« Oh, ma robe de mariée… », soupire Agatha avant de dévorer son dessert.

Le festin terminé, je demande à Agatha d'accompagner Abigail jusqu'à une chambre d'amis. Abigail nous supplie de ne mentionner sa présence ici à personne en dehors de cette maison. Elle s'est donc enfuie. Nous la rassurons.

« Merci, soupire-t-elle en me disant bonne nuit. Je vous expliquerai tout demain matin, je vous le promets. »

Puis j'emmène ma fille dans notre chambre, où son lit restera inoccupé pendant une nuit encore, car je ne supporterais tout bonnement pas de la lâcher. Nous grimpons dans le mien, et elle enroule ses bras autour de moi, nichant sa tête au creux de mon cou. Maintenant que Clover m'est revenue, tous mes sens sont de retour, et je suis de nouveau capable de sentir le confort de mon lit, la chaleur et la douceur, les merveilleux oreillers. Il y fait bon et chaud, et nous dormirons bientôt profondément. Si demain matin papa se réveille avant nous, il se demandera pourquoi il y a de petites traces de boue sur son pardessus.

OTTY

Depuis que Mabs m'a tirée de ma stupeur hier, j'aurais presque préféré qu'elle m'y laisse ! L'innocence de mon enfance s'est envolée. Mon père n'est pas celui que je croyais – si loin de là, d'ailleurs, que je le déteste. C'est une chose difficile. Et qui sait si je reverrai jamais ma maman ? Que se passera-t-il si Mabs doit partir et que maman n'est toujours pas revenue ? Je n'aurais jamais cru que ma vie deviendrait si vite insupportable.

Hier, nous sommes allées sur la lande pour chercher Clover, en vain. Le monde est un endroit terrible et dangereux, d'où les gens que j'aime disparaissent chacun leur tour. Demain, ce sera peut-être Mabs, le jour suivant Averil, pour autant que je sache.

Nous avons prié pour que papa aille travailler aujourd'hui, afin que nous puissions fouiller son bureau en quête d'indices, mais papa n'est même pas allé se promener. Il reste dans son bureau tel un dragon dans une grotte, sortant de temps à autre pour arpenter le vestibule et cracher du feu. Certes, il n'y a pas de flammes, mais il ne cesse de regarder par la fenêtre comme s'il cherchait quelque chose ou quelqu'un, et il soupire copieusement. Il a une mine affreuse, les yeux injectés de sang et les cheveux ébouriffés ; je ne douterais pas une seconde de son histoire si je ne savais de source sûre qu'il ment.

Vers midi, je reçois un message d'Olive. Je le reconnais aussitôt à son papier à lettres et à son écriture.

Très chère Otty,

Clover nous est revenue saine et sauve, Dieu merci. Je dois vous voir, Mabs et vous, dès que possible. Je ne saurais trop insister sur le fait que vous devez venir aussi vite que possible. La nouvelle que j'ai à vous annoncer vous réjouira plus que tout.

J'attends votre arrivée avec impatience,
OW

P.S. : portez une belle robe !

La nouvelle qui me réjouirait plus que tout, bien sûr, serait d'apprendre le retour de maman, mais Olive ignore qu'elle a disparu. Néanmoins, n'importe quelle bonne nouvelle serait une merveilleuse bénédiction. Je me rends à la cuisine pour montrer le mot à Mabs. Nous nous embrassons, rions et pleurons, et Mrs Derring dit qu'elle est « ravie que la petite ait été trouvée ». Elle emballe la moitié d'une fournée de biscuits au citron dans du papier sulfurisé en guise de cadeau de bienvenue pour Clover, ce qui est très gentil de sa part, puis nous courons nous changer.

Mabs se précipite au grenier, deux marches à la fois. Je tends la main vers ma tenue de promenade habituelle avant de me souvenir que je dois porter quelque chose de joli. C'est étrange. Clover et Olive m'ont vue cent fois dans ma tenue de promenade, aussi pratique, grise et inintéressante soit-elle. Pire encore, dans mon uniforme de l'Académie pour jeunes filles ! Que leur importe comment je m'habille ? Je contemple ma robe bleu pâle ornée de dentelle couleur crème. C'est celle que maman préfère, et sa vue me rend triste. Mais je décide tout de même de la porter, pour créer un lien avec ma mère. Je me brosse les cheveux et les attache avec un ruban bleu. Je suis encore très pâle.

Mabs revient au galop.

« Oh, vous êtes très jolie, remarque-t-elle. Vous êtes prête ? On y va ?

— Oui et oui. Mabs ? Pensez-vous que le message d'Olive a quelque chose d'étrange ? »

Mabs le relit et hausse les épaules.

« Pas vraiment. Enfin, il est un peu autoritaire, mais elle est surexcitée, vous croyez pas ? Vous *ne* croyez pas ?

— Oui. Mais… tous ces passages soulignés… Et elle paraît si pressée ! Clover ne va pas bouger de la maison, si ? Olive ne la laissera jamais s'éloigner d'elle après ce qui s'est passé. Et pourquoi dois-je porter une belle robe ?

— Je suppose qu'elle veut qu'on soit d'humeur festive. Vous êtes adorable, Otty. Vous voyez des indices cachés partout. Mais ce n'est pas en restant plantées là qu'on saura de quoi il retourne. »

Elle a raison, naturellement ; nous nous mettons donc en route au pas de course et arrivons à Polaris

House tout essoufflées. Mabs sonne à la porte et remet de l'ordre dans mes cheveux ébouriffés. Ce geste tendre me donne envie de pleurer.

« Merci d'être mon amie, Mabs, dis-je d'une voix étouffée. Je ne sais pas ce que je ferai quand vous serez partie.

— Allons, il faut pas s'inquiéter pour ça, parce qu'on va tout arranger et que vous me perdrez jamais. Et je suis honorée d'être votre amie. D'ailleurs, vous êtes comme une sœur pour moi, c'est vous dire à quel point je vous aime. »

Personne ne m'a jamais dit une chose que j'avais à ce point besoin d'entendre.

« Je vous aime aussi, Mabs. »

Je la prends dans mes bras, me décoiffant de nouveau.

C'est Olive en personne qui ouvre la porte avec un sourire immense et éclatant. Puis Clover accourt du vestibule et se précipite sur moi. Je me penche pour la câliner puis l'examine de près. Elle semble bien se porter, malgré ses aventures ; d'ailleurs, toutes deux ont l'air radieuses.

« Alors, vous étiez où comme ça, jeune demoiselle ? demande Mabs à Clover. On était morts de peur !

— Vous aurez le temps de poser des questions plus tard, déclare Olive, les yeux scintillants tel le soleil sur un étang. Mais, d'abord, nous devons aller au petit salon. Venez, ne perdez pas une minute. Otty, allez-y en premier. »

Mabs et moi échangeons un regard perplexe. Je me dirige vers le petit salon. Et je m'arrête si brusquement que les autres me rentrent dedans. Car là, sur le seuil, vêtue d'une robe couleur bronze que je n'ai jamais vue, se tient ce qui me réjouit plus que tout : ma mère.

« Maman ? »

Ma voix est tremblante et enfantine. On me donnerait à peine six ans.

« Otty, ma chérie ! »

Maman s'avance vers moi. Je me rue sur elle, et elle m'étreint de toutes ses forces. Je m'abandonne à ses bras. Elle sent la lavande, un parfum délicieux, frais, plein d'espoir ; je n'ai aucune envie de la lâcher.

Derrière moi, j'entends Mabs s'exclamer :

« Oh mon Dieu ! Ça alors ! »

Nous obstruons la porte, si bien que les autres ne peuvent passer. Je reste agrippée à maman tandis que nous entrons dans la pièce.

« Oh, m'dame », dit Mabs d'une voix basse et tremblante.

Maman m'embrasse le dessus du crâne, dégage ses bras et serre Mabs contre elle.

« Plus maintenant. Appelez-moi Abigail, car vous n'êtes plus ma dame de compagnie mais l'amie la plus fidèle qui soit. Ma chère Mabel, étiez-vous très inquiète ?

— Horriblement inquiète, m'dame. Désolée, il faut que je m'habitue. Abigail. Je vous dis pas comme j'ai eu peur. On essayait de découvrir où vous étiez partie. Et vous voilà chez Olive… »

Maman rit, et je me rends compte que c'est un son magnifique que je n'avais pas entendu depuis très longtemps.

« Je suis enfin libre. Non pas aux yeux de la loi, mais dans mon cœur, et tout le reste en découlera. Venez, asseyons-nous. Je suis encore fatiguée. »

Elle s'assoit sur un long sofa ; même s'il y a suffisamment de place pour moi sur ce siège, je grimpe sur ses genoux. Puis Clover grimpe sur *mes* genoux, et le fait de voir trois personnes assises l'une sur l'autre paraît si ridicule que tout le monde éclate de rire. Olive sonne la cloche pour demander du champagne et du gâteau, et tout est parfait. Pour la première fois depuis fort longtemps, tout est absolument parfait.

Au bout d'un moment, Olive se met à rire, scrutant d'un air contrit le fond du verre qu'elle vient de vider pour la seconde fois – je n'ai pour ma part eu droit qu'à un petit verre :

« Peut-être aurait-il fallu attendre un peu avant de prendre le champagne, remarque-t-elle. J'ignore comment nous pouvons exiger qu'Abigail nous expose un récit cohérent, mais, ma chère, nous mourons d'envie de savoir. Tout ! Pouvez-vous enfin nous raconter ?

— Oui, répond maman, se redressant un peu et m'ôtant de ses genoux. Je suis navrée, ma chérie, mes jambes sont tout engourdies. »

Clover nous a déjà quittés pour jouer avec Angie. Je m'assois à côté de maman sur le canapé et me colle à elle. Elle pose tour à tour son regard anxieux sur moi puis sur Mabs.

« Ça va aller, m'dame Abigail », la rassure Mabs.

Il va lui falloir du temps pour s'y habituer – elle a déjà mis si longtemps à appeler Olive Olive !

« Otty connaît une bonne partie de l'histoire. Pas les détails – j'ai pensé que c'était à vous de les lui raconter –, mais elle sait que son père est responsable de votre disparition. Et elle sait qu'il est… louche. Elle a compris beaucoup de choses toute seule.

— Oh, ma chérie. »

Maman passe son bras autour de moi et m'attire contre elle.

« Je suis désolée. Votre père et vous avez toujours été si proches. Et je suis désolée de ne pas avoir été une bonne mère pour vous depuis notre arrivée à Hampstead, mais tout cela va changer à présent, je vous le promets. »

ABIGAIL

Votre père m'a réveillée le – quel jour était-ce ? Samedi soir ? Il m'a dit qu'il avait reçu une lettre de Charlie quelques heures plus tôt mais qu'il avait oublié de l'ouvrir. Apparemment, Charlie annonçait qu'ils étaient mariés, de retour à Londres et que Felicia était gravement malade. Charlie me suppliait de les rejoindre.

« Nous devrions y aller tout de suite, a proposé Lucius. Si quelque chose lui arrivait, nous ne nous le pardonnerions jamais. »

J'ignore pourquoi je ne me suis pas douté qu'il mentait. Peut-être parce que j'étais à moitié endormie, ou parce que cela me paraissait fort plausible. Felicia n'a jamais été une jeune fille robuste, et la fatigue d'un long trajet et d'une fugue la mettrait à rude épreuve. Tout en sautant du lit et en jetant quelques affaires dans un petit sac de voyage, j'ai imaginé le pire. J'avais également hâte de les revoir – mon fils, ma belle-fille – et de leur venir en aide.

Pendant la première partie du voyage, je ne pensais qu'à Felicia, priant pour que Charlie ne termine pas veuf à l'âge de vingt et un ans. Au bout d'un moment, je me suis rendu compte, d'après un ou deux repères aperçus dans l'obscurité, que nous nous dirigions vers le sud, à travers Londres. Lucius avait mentionné que Charlie et Felicia logeaient quelque part au nord de Londres, j'en avais la certitude. Non, non, m'a-t-il assuré, je l'avais mal entendu : ils se trouvaient dans le Kent. Dès lors, j'ai commencé à me poser des questions.

J'ai exigé de voir la lettre que Charlie avait envoyée ; Lucius a affirmé l'avoir laissée sur son bureau.

« Vous vous souvenez de leur adresse ? » ai-je demandé.

Il a répondu oui. De quelle maladie Felicia souffrait-elle ? ai-je voulu savoir.

« Une fièvre », a-t-il dit. C'est alors que j'ai su.

« Lucius, vous m'emmenez à l'asile, n'est-ce pas ? »

Il a répondu :

« Oui, ma chère, je le crains. Dans un lieu réputé à Dartford. Je regrette d'avoir à prendre cette mesure, mais à présent que vous sortez dans notre quartier et que vous parlez sans réfléchir à des gens comme les Westallen, vous menacez tout ce que j'essaie de construire. Je préfère me débarrasser du fardeau dès maintenant, tant que je garde encore un semblant de contrôle sur ma famille. Charlie est parti, d'une façon fort peu judicieuse. Averil est fiancée à un homme qu'elle connaît à peine, et Otty devient de plus en plus ingouvernable jour après jour. »

Inutile pour moi de m'emporter comme je le faisais habituellement. Je me suis tue et j'en ai profité pour réfléchir. Je ne savais pas trop où se trouvait Dartford. Peut-être dans le Surrey ou dans le Kent – un de ces endroits pas trop éloignés de Londres. Je savais que je n'aurais qu'une seule occasion de m'échapper, et ce n'était assurément pas le moment ; la calèche roulait vite. J'ai pensé à ce que j'avais emporté : des vêtements et des livres, rien d'autre. J'ai glissé la main dans la poche de ma jupe. Il y avait une pièce, juste une, une bougie à moitié utilisée et une pochette d'allumettes, que j'avais gardées là depuis mes nuits agitées à Durham.

Je ne devais pas penser à l'asile. Cela m'aurait paralysée de peur. Je ne pensais qu'à une chose : vers qui me tourner si je parvenais à m'échapper. Pas vers vous, Mabel, puisque vous vivez sous le même toit que mon mari. Il ne restait que vous, Olive. Je répugnais à faire appel à une personne que je connaissais si peu, mais je savais que vous m'abriteriez.

J'ai tenté de deviner combien de kilomètres nous avions déjà parcourus ; lorsque la calèche a commencé à ralentir, j'ai songé que j'avais bien jaugé la distance de Dartford à Londres. J'ai attendu le bon moment ; il me fallait user de la plus grande précision. J'ai aperçu un grand bâtiment sombre qui se dressait au bout d'une rue. Il dégageait quelque chose de tragique, et j'étais décidée à ne pas faire partie de son histoire.

La calèche s'est arrêtée. Lucius en est sorti.

« Permettez-moi, ma chère », a-t-il dit, sans doute à l'intention du conducteur.

Ou peut-être cherchait-il encore à se convaincre qu'il était un époux attentionné qui agissait dans mon intérêt. Il a fait le tour du véhicule. Lorsqu'il s'est retrouvé presque à mon niveau, je me suis ruée sur la porte par laquelle il était sorti et je me suis mise à courir. J'ai laissé mon sac ; je ne me suis pas retournée.

Je l'ai entendu me crier après et appeler le conducteur à l'aide. Le quartier n'était pas particulièrement salubre, si bien que je me suis retrouvée dans un labyrinthe de ruelles étroites, idéales pour y disparaître. J'ai tourné à droite, puis à gauche, puis encore à droite, me perdant dans la ville sans aucune logique, si ce n'est celle de rester hors de vue de mes poursuivants. Depuis qu'il est un homme d'affaires prospère, Lucius a pris de l'embonpoint, alors que la peur me rendait aussi agile qu'une biche. Quant au conducteur, pourchasser une épouse fugueuse qui n'était pas la sienne ne l'enthousiasmait peut-être pas. Je me suis vite retrouvée seule, et je n'entendais plus rien d'autre que mon propre cœur battant dans mes oreilles. Les maisons tout autour étaient mitoyennes mais dotées de petits jardins, je me suis glissée dans l'un d'entre eux. Fort heureusement, la nuit était sèche, je me suis alors cachée derrière des groseilliers, où j'ai attendu plusieurs heures.

À l'aube, je suis sortie des buissons et j'ai secoué mes vêtements, terrifiée à l'idée d'être découverte. J'ai marché, marché, sans savoir dans quelle direction j'avançais, jusqu'à ce que je tombe sur un cours d'eau. Il était large, rapide et sale, et j'avais espoir qu'il s'agissait de la Tamise, sachant qu'en ce cas cela me faciliterait beaucoup la tâche.

J'ai marché toute la journée, assaillie par le doute, ignorant si j'avais pris le chemin le plus direct ou même la bonne direction. Je n'osais demander – malgré mes beaux habits, je commençais à être fort décoiffée, et je savais que ce genre de mélange risquait d'attirer l'attention. Oui, Olive, je sais ce que vous vous dites. Pourquoi n'ai-je pas hélé une calèche, vous laissant payer la course à mon arrivée ? J'aurais dû, bien sûr. Mais je n'ai pas l'habitude de me faire aider des autres, ni d'avoir des amis. Le fait que je sois allée vers vous était déjà en soi un grand pas en avant pour moi.

Dans l'après-midi, j'ai dû m'arrêter pour acheter du pain et de la confiture, sans quoi je me serais effondrée. Je buvais un peu d'eau dès que je passais devant une fontaine publique, et, quand je me suis trouvée incapable d'avancer sans nourriture, j'ai descendu quelques marches jusqu'à une de ces petites plages de galets qui ponctuent la Tamise, afin de rester hors de vue des passants. J'ai mangé la moitié de mon pain et de ma confiture avant de reprendre ma route. À la tombée de la nuit, je me suis cachée dans un autre jardin.

Puis la pluie s'est mise à tomber. Ces averses torrentielles que vous avez reçues ici aussi. Je me suis faufilée aussi loin que possible sous mon abri de feuilles, mais rien n'y a fait. Le matin, j'étais trempée et glacée. Je ne pouvais pas me permettre de tomber malade ; je devais rentrer à Hampstead. J'avais à ce moment-là une allure encore plus étrange : raide, débraillée, les pieds douloureux, toujours cramponnée à mon pain et à ma confiture. Quand je me suis aperçue que j'étais de nouveau à Londres, mon soulagement a été immense. Je me démarquais moins ; la ville abrite toutes sortes de gens étranges, n'est-ce pas ? Je me suis sentie assez à l'aise pour demander mon chemin à deux reprises. Je voyais Lucius à tous les coins de rue, mais il s'agissait chaque fois d'un inconnu.

Ce n'est qu'une fois arrivée à la lande que j'ai vraiment su où je me trouvais. C'était déjà le soir, et la foule commençait à quitter les lieux. Je me souvenais que Mabel avait mentionné la fête foraine de la

Pentecôte. Je ne savais pas exactement comment me rendre à Polaris House, car je n'y étais allée qu'une fois. Me retrouver à l'extérieur avec mon mari après tant de temps m'avait paru si étrange que je n'avais pas fait attention au trajet. Comme je savais au moins que la maison était en haut d'une colline, j'ai commencé à longer le bord de la lande. La fatigue, la faim et la peur m'ayant affaiblie, j'ai préféré m'arrêter pour me reposer avant de décider de la marche à suivre.

Je me suis mise à couvert dans un petit bosquet d'arbres – la pluie avait cessé, même si je sentais qu'elle ne tarderait pas à reprendre. Je me suis reposée et j'ai tenté de sortir de mon étourdissement afin d'être assez forte pour continuer ; je n'avais nulle envie de passer une troisième nuit dehors. C'est alors que j'ai entendu un enfant pleurer. Je me suis levée et j'ai suivi le son, et j'ai trouvé une toute petite personne vêtue d'une robe jaune cachée aussi loin dans les buissons que je l'avais été la veille.

J'ai soulevé les branches et je l'ai implorée de me laisser l'aider. Elle paraissait épuisée, sale et terrifiée. Je sais à présent qu'elle avait passé vingt-quatre heures seule sur la lande. Épouvantable ! Elle ne s'est pas enfuie – Dieu merci, car je n'aurais pas eu la force de la pourchasser. Je l'ai encouragée à sortir et, une fois assises, nous avons confirmé que nous étions toutes deux perdues. J'ai promis de l'aider. Je lui ai demandé son nom, et elle a répondu une chose étrange, Olive :

« Je ne suis pas Nellie, je suis Clover. »

Il sera toujours temps de comprendre plus tard, ai-je songé. Quoi qu'il en soit, le prénom de Clover me disait quelque chose. Elle était terriblement réservée

– j'ai eu des difficultés à la faire parler tout court – mais lorsque je lui ai demandé :

« Pas Clover Westallen ? », elle s'est illuminée d'un coup !

« Oui, ma maman est Olive Westallen et j'habite à Polaris House », a-t-elle répondu.

Vous imaginez mon étonnement. Le sien aussi, lorsque je lui ai expliqué que je me rendais moi aussi à Polaris House !

Je lui ai donné ce qu'il me restait de pain et de confiture, et nous sommes parties, main dans la main, l'espoir retrouvé. Naturellement, nous ne connaissions pas le chemin. Clover était fort contrariée.

« Maman m'amène ici ! » a-t-elle crié.

Il n'y avait personne à qui demander – la pluie s'était remise à tomber, abondante. L'orage nous a désorientées encore plus. Nous avons réussi à rejoindre les rues de Hampstead, mais rien ne nous paraissait familier !

Puis, Clover a reconnu la maison d'un voisin grâce à la guirlande de fleurs estivales, tristement abîmées par la pluie, qui ornait sa porte. À partir de là, elle connaissait le chemin. À mon grand soulagement, le portail était ouvert. De toute ma vie, jamais je n'ai été aussi heureuse d'arriver quelque part. La seule ombre au tableau était Clover. Elle a commencé à pleurer, à hurler même, et a refusé tout net d'aller à la maison. Elle était dans tous ses états, bouleversée, et incapable de m'expliquer pourquoi. Je ne pouvais pas la porter – elle ne me laissait pas l'approcher. Mais je n'osais pas la laisser pour aller frapper à la porte. Et si elle s'enfuyait ? Ne comprenant pas sa détresse, j'ignorais ce qu'elle était capable de faire.

Nous étions dans une impasse, plantées là sous la pluie battante, épuisées et à cran. J'ai aperçu la serre, et Clover a accepté d'y entrer. Il y faisait sec et plutôt bon ; nous aurions pu trouver pire endroit où nous reposer. Je me suis souvenue de la bougie au fond de ma poche, priant pour que la boîte d'allumettes ne soit pas vide ou humide. Ce n'était pas le cas. J'ai allumé la bougie, j'ai pris Clover dans mes bras, et nous avons fini par nous endormir. Un peu plus tard, nous avons été réveillées par Olive.

MABS

Lorsque Abigail eut terminé son récit, un grand silence se fit. La joie, les embrassades et les rires n'étaient plus qu'un souvenir. À présent, Olive paraissait pensive, et Abigail épuisée – pas étonnant qu'elle ait attendu que tout le monde soit réuni ; qui voudrait raconter une histoire pareille deux fois ? Otty était blottie contre sa mère, un million de pensées s'amoncelaient dans ses yeux sombres.

« On aurait dû s'en douter, m'dame, remarqua Mabs, abasourdie. Le docteur qui venait pas, le départ de Charlie et bientôt celui d'Averil… Forcément, il a voulu reprendre le contrôle. Oh là là, j'aurais dû y penser.

— Mabel, ma chérie. Je n'y ai moi-même pas pensé, alors que je vis avec cet homme depuis bien trop longtemps. »

Elles retombèrent dans le silence, mais, lorsque 16 heures sonnèrent à l'horloge, Mabs se mit à rassembler ses pensées éparpillées. Elle songea qu'elles ne pouvaient pas rester là, en si bonne compagnie, jusqu'au coucher. L'idée de retourner à Willoughby

Walk porta un coup à son moral qui ici, à Polaris House, était aussi gonflé qu'un ballon. Mais il lui fallait bien redescendre sur terre. D'une façon ou d'une autre, la vie qu'elle avait construite avait pris fin. Et elle ignorait à quoi ressemblerait le prochain chapitre.

« Qu'est-ce qu'on fait maintenant ? s'enquit-elle. Et Otty ? Je la laisserai pas si elle doit y retourner.

— Vous devez rester ici toutes les deux, déclara aussitôt Olive.

— Non, répliqua Mabs. Du moment que je sais qu'Otty est avec vous, je vais rentrer chez moi. À Saffron Hill. »

Les autres protestèrent haut et fort, mais Mabs leva la main pour les arrêter.

« Écoutez, dit-elle. C'est pas ce que vous croyez, je baisse pas les bras ni rien. Vous deux, vous avez nulle part où aller. Moi, si. C'est pas le luxe, mais je serai avec ma famille. Au moins, c'est une vie simple. Je sais lire et écrire maintenant, grâce à vous, m'dame… Abigail. Je sais de quoi je suis capable – je pars pas pour de bon. »

En réalité, Mabs n'avait aucune envie de quitter Hampstead, mais c'était la bonne chose à faire. Elle voyait qu'Olive avait déjà hâte de lui trouver une nouvelle vie, or ce n'était pas de son ressort mais de celui de Mabs. Sa maison à elle était pleine d'amour ; on ne pouvait pas en dire autant de Willoughby Walk.

Il lui fallut un certain temps pour convaincre Olive, mais Mabs persista et, enfin, elles se préparèrent à contrecœur à se rendre à Willoughby Walk. *Pour la dernière fois*, s'étonna Mabs, un peu triste malgré tout.

Elles passèrent toutes les trois voir Mr Finch pour lui annoncer que Clover était revenue. Mabs se réjouissait vivement de la présence d'Olive ; elle ne savait pas si elle aurait été capable de faire face à son employeur seule. Olive prit des nouvelles de son épouse comme si elle n'était au courant de rien, ce à quoi il répondit qu'Abigail dormait. Mabs pouvait presque sentir Otty grincer des dents derrière elle. Olive le pria de la saluer de sa part, puis lui demanda l'autorisation d'accueillir Otty quelques jours à Polaris House. « Seulement si sa mère peut se passer d'elle, bien sûr, ajouta-t-elle. Mais je vous en saurais un gré infini. Clover sollicite sa présence et, après la frayeur que j'ai eue, je ne veux rien lui refuser. »

Au soulagement de Mabs, Mr Finch accepta d'un air distrait. Son teint habituellement rougeaud était pâle ; peut-être craignait-il que sa femme égarée n'apparaisse d'un instant à l'autre et ne mette en pièces le mythe qu'il avait perpétué à son égard. Otty alla boucler ses valises pendant qu'Olive attendait dehors, soi-disant pour profiter du soleil, mais en réalité pour permettre à Mabs de parler à Mr Finch sans avoir à feindre que Mrs Finch était à la maison. À présent qu'elle se retrouvait seule avec lui, Mabs éprouvait une peur inexpliquée.

« Excusez-moi, m'sieur. Je me disais que vous avez eu la gentillesse de me proposer de rester un mois, mais, maintenant que Mrs Finch est partie et qu'Otty a plus besoin de moi, ça me paraît pas correct de rester. J'ai pensé que je pouvais faire mes bagages et rentrer aujourd'hui, m'sieur, si ça vous dérange pas. »

Il la remercia du même air préoccupé.

« C'est tout à fait sensé ; vous êtes fort prévenante, comme d'habitude. Je suis navré que les choses se soient terminées ainsi. Laissez-moi vous payer ce que je vous dois pour cette dernière semaine. »

Il fouilla dans sa poche à la recherche de monnaie.

« Merci, m'sieur. J'espère que tout finira par rentrer dans l'ordre. Je vous souhaite bonne chance. »

Puis elle sortit en trombe du bureau et se précipita à l'étage comme s'il risquait de l'empêcher de partir. Après avoir supporté la situation si longtemps, elle avait hâte de quitter cette maison. Elle possédait si peu d'affaires qu'il ne lui fallut que deux minutes pour les ranger, mais chacune était un souvenir. Le sac orné de perles qu'Otty lui avait offert à Noël. La robe couleur crème d'Averil qu'elle avait portée à la fête le jour où Elfrida avait divulgué son secret avec tant de fureur. Le manteau et les gants que Mrs Finch lui avait donnés quand elles avaient commencé leurs promenades.

Mabs avait ressenti un grand soulagement lorsqu'elle avait fui le bureau, l'antre de Mr Finch. En revanche, les sentiments qu'elle éprouvait en parcourant du regard sa chambre sous les combles étaient, eux, bien plus complexes. Impossible d'oublier ce qu'elle avait ressenti lors de son arrivée ici : son émerveillement face au luxe que représentaient à ses yeux des serviettes ou une chemise de nuit. Dans le vestibule aussi, elle s'arrêta, contempla pour la dernière fois le portrait d'Abigail, jeune et éblouissante, la damoiselle que Lucius Finch avait prise au piège en la manipulant et en se jouant de sa vulnérabilité. Elle se souvenait de la première fois qu'elle avait mis les pieds dans cette maison, seulement huit mois auparavant ; comme elle lui avait semblé majestueuse ! Elle secoua la tête, stupéfaite de la tournure qu'avaient prise les choses, puis sortit. Olive et Otty l'attendaient au bout de la rue.

« Tout s’est bien passé ? demanda Olive.

— Oui. »

Mabs haussa les épaules. Avec un soupir, elle regarda une dernière fois la maison à la jolie porte bleue, autrefois sa maison de rêve, à présent tout autre chose.

OLIVE

Nous nous rendons jusqu'à la grand-rue, où je hèle une calèche pour Mabs ; Abigail Finch a assez marché pour nous tous ces derniers temps.

« Mabs, l'imploré-je alors que la calèche s'arrête devant nous. Revenez sur votre décision, je vous en prie. Restez avec nous, ne serait-ce que pour quelques jours. Il y a encore tant à discuter, et vous allez me manquer. »

La séparation me paraît cruelle, moi qui viens tout juste de récupérer Clover. J'aimerais rassembler les gens que j'aime dans un même lieu et m'occuper d'eux. Mais Mabs est indépendante.

« Vous me manquerez aussi. »

Sa voix tremble un peu ; elle prend ma main et la serre fort dans la sienne.

« Vous toutes. Mais c'est la bonne chose à faire. Je dois décider de la suite. Et je viendrai vous voir bientôt.

— Très bien », soupiré-je.

Je sais reconnaître une personne décidée quand j'en vois une.

« Je tâcherai de vous trouver un poste digne de vous. »

Mabs nous serre dans ses bras tour à tour, Otty et moi. Aucune de nous ne souhaite la lâcher, et le conducteur piaffe d'impatience. Puis la voilà partie.

De retour à Polaris House, l'ambiance est un peu étrange. Maman, qui souffre encore d'un mauvais rhume et d'une légère fièvre, est au lit. Le docteur Stickland est passé et a promis que cela passerait et n'aurait pas de conséquences. Je sens l'absence de Mabs ; elle avait beau ne pas être là tous les jours, savoir qu'elle ne pourra plus venir nous rendre visite ou que je ne la croiserai plus dans la rue me perturbe. J'espère qu'elle ne se contentera pas de quelque poste qui ne requiert ni ne mérite sa force de caractère et sa compassion. Je me demande si elle se rend compte de ses propres qualités.

Abigail est soulagée d'avoir de nouveau sa fille à son côté – je sais ce qu'elle ressent ! Je suis pénétrée d'une profonde gratitude pour l'aide qu'elle a apportée à Clover – et j'ai beaucoup de questions à lui poser. Quelle peut bien être la version de Clover ? Étant donné son âge et son manque de vocabulaire, je me demande si je le saurai un jour.

Pendant qu'Otty et Abigail se promènent dans le jardin, absorbées par une conversation à cœur ouvert, je m'en vais arracher Clover de la partie de puces féroce et chaotique qu'elle dispute avec Angeline et me blottis avec elle sur son siège préféré, la banquette du bow-window.

« Ma chérie, pourquoi t'es-tu enfuie ? » interrogé-je d'une voix douce, écartant de son visage une mèche de cheveux.

Elle se raidit aussitôt ; je déteste savoir qu'il y a des choses dans sa vie qui la font réagir ainsi.

« N'aie pas peur, je t'en prie, ma pauvre petite. Je ne suis pas fâchée contre toi. Mais je suis ta mère et j'ai besoin de savoir. J'ai eu si peur, vois-tu, quand j'ai cru t'avoir perdue. Pourquoi as-tu voulu échapper à ce garçon à la fête foraine ? Dis-le-moi, Clover. Je te promets que tu ne risques rien. »

Ses immenses yeux sombres glissent de mon visage pour regarder dans le vide. Je ne l'ai jamais vue si détachée. Elle ne parle pas. Je ne veux pas la presser, risquer de la rendre muette pour de bon. Peut-être devrais-je attendre quelques années avant de lui en parler, mais, d'ici là, ces événements auront sans doute été repoussés tout au fond de sa mémoire, et je ne le saurai jamais. Je vais essayer une dernière fois, me dis-je.

« Le connaissais-tu ? L'avais-tu déjà vu ? »

Clover hausse les épaules, ce qui au moins est en soi une réponse.

« Quand tu es rentrée avec Abigail, pourquoi n'as-tu pas voulu venir à la maison ? Croyais-tu que je serais fâchée ? »

Elle m'adresse un hochement de tête emphatique.

« Pourquoi, ma chérie ?

— Parce que je n'ai pas le droit de m'enfuir.

— Oui, c'est vrai. Mais c'est seulement parce que c'est dangereux et que je tiens tellement à toi. T'est-il déjà arrivé de t'enfuir ? Cela t'a-t-il causé des ennuis ? »

Clover hoche la tête d'un air triste.

« Des claques », chuchote-t-elle, levant vers moi ses yeux pleins de larmes.

Je la serre contre moi.

« Ah, je vois. Mais c'est terrible, ma chérie. Jamais je ne te donnerai de claques. Quoi que tu fasses, même si tu fais des bêtises, je veux que tu saches que tu peux venir à moi, d'accord ? Je te promets de ne jamais te donner de claques. Tu comprends ? »

Clover acquiesce.

« C'est bien. Abigail a dit que lorsqu'elle t'a demandé ton nom, ce soir-là sur la lande, tu as répondu que tu étais Clover, pas Nellie. Est-ce là le nom que tu portais, avant que nous ne nous rencontrions ? »

À présent, ses yeux sont rivés sur mon visage, et j'ose à peine respirer de crainte de dire quelque chose de travers. C'est un peu comme se tenir parfaitement immobile dans l'espoir qu'un oiseau sauvage s'approche. Elle fronce les sourcils, donnant l'impression de réfléchir à ce qu'elle va répondre.

« Ce que tu pourras me dire ne changera rien, la rassuré-je. Rien ne changera jamais mon amour pour toi. Jamais on ne te séparera de moi. Ceci est ta maison et tu t'appelles Clover. Tu es ma fille. Ce qui a pu t'arriver avant est terminé. »

À ces mots, elle s'effondre, le front contre ma poitrine, et j'embrasse sa tête et caresse son dos. Il s'agit d'un oui tacite, je le sens. Elle s'appelait Nellie. Je repense à ma visite à Harlow Place. Je me souviens du garçon maigre et tremblant sur la lande. J'imagine une vie si terrible que le moindre rappel la pousse à s'enfuir, une mère qui la battait pour s'être trop éloignée.

« Ce garçon était-il méchant avec toi, quand tu étais encore Nellie ? » murmuré-je.

Sans lever les yeux, elle secoue la tête.

« Mais il te rappelle cette époque, n'est-ce pas, ma chérie ? »

Elle acquiesce.

« Qui était-il ? »

Clover me regarde. On frappe à la porte, et Anne annonce Mr Harper. Juste ciel ! J'ai failli oublier Mr Harper. J'ai l'impression qu'il appartient à une autre vie. Il choisit bien son moment ! Eh bien, tant pis. Clover en a assez, de toute façon. Sa joie de vivre se fane sous le poids des souvenirs. Comme ce doit être difficile pour un si petit être de concilier deux vies si différentes.

« Promets-moi de ne plus jamais t'enfuir, murmuré-je, déposant un nouveau baiser dans ses boucles.

— Promis », chuchote-t-elle.

C'est le seul mot que j'avais besoin d'entendre. Malgré tout, je m'efforce d'ancrer le visage du garçon dans ma mémoire – au cas où je pourrais lui venir en aide.

« C'est bien. Alors pourquoi n'irais-tu pas terminer ta partie avec Angeline ? »

Aussitôt, Clover s'illumine et descend d'un bond. Je crois que je n'en saurai jamais plus, mais, au moins, je la comprends un peu mieux à présent. Je rejoins mon bureau où m'attend Mr Harper, prenant note de reporter le bal. Je veux que maman soit en pleine forme et qu'elle puisse en profiter. Heureusement que je n'ai pas encore envoyé les invitations chez l'imprimeur.

Dans l'état émotionnel où je me trouve, je vois et sens tout ce qui m'entoure de façon bien plus intense que d'habitude. Les couleurs me semblent plus vives depuis quelques jours, mes priorités plus claires, mes sentiments resplendissent. Je suis heureuse de voir Mr Harper et je suis d'humeur à croquer la vie à pleines dents. Avant même qu'il ait eu le temps de m'adresser la parole, j'ai traversé la pièce et je lui serre la main. Il paraît agréablement surpris.

« Miss Westallen. Je suis ravi de vous revoir. J'ai été fort occupé par mon travail cette dernière semaine, sans quoi je serais passé vous rendre visite plus tôt. Heureusement, le mois prochain sera plus calme. J'espère que je ne vous interromps pas.

— Pas du tout. Voudriez-vous aller dans le petit salon prendre un rafraîchissement ? Si vous étiez venu quelques jours plus tôt, vous auriez été fort mal accueilli, car la maison Westallen a traversé un moment tumultueux. Nous revenons tout juste à la normale.

— Vous m'en voyez navré. Que s'est-il donc passé, miss Westallen ? Et oui, un rafraîchissement serait le bienvenu, merci.

— Oh, Mr Harper. Dimanche, ma fille a disparu. Elle n'a que quatre ans. Nous sommes partis à sa recherche une bonne partie de la nuit et tout le lendemain, et vous savez quelles pluies terribles nous ont frappés. Elle est de retour à présent, saine et sauve, Dieu merci, mais ma pauvre maman est revenue trempée et est souffrante depuis… »

Je m'interromps, remarquant l'expression étrange de Mr Harper. On dirait qu'il a une pastille coincée dans la gorge.

« Mr Harper, vous allez bien ? »

Il tousse.

« Parfaitement, merci, miss Westallen. Je… euh… Je suis désolé pour votre mère et lui souhaite un prompt rétablissement. Mais, euh… vous ai-je bien entendu ? Vous avez bien dit que votre fille avait disparu ?

— Dieu du ciel ! Ne vous ai-je donc jamais parlé de Clover ? C'est vraiment extraordinaire, Mr Harper, et cela vaut mieux pour vous, car j'ai l'habitude d'ennuyer les gens à mourir à son propos. Je suis une mère comblée, voyez-vous !

— Ah ! Me suis-je donc trompé ? Aurais-je dû vous appeler Mrs Westallen ? Non, attendez, vous êtes la fille du capitaine… »

J'éclate joyeusement de rire et abrège ses souffrances.

« Miss Westallen me convient parfaitement, Mr Harper. Clover est adoptée. J'ai pensé qu'il était fort peu probable que je me marie un jour, voyez-vous, mais je désirais être mère. J'ai choisi Clover dans le foyer pour jeunes filles de Belsize Park. Ou peut-être serait-il plus juste de dire que c'est Clover qui m'a choisie, mais, quoi qu'il en soit, nous sommes faites l'une pour l'autre.

— Vous ne pensiez pas vous marier… alors vous avez adopté un enfant, répète-t-il.

— C'est exact. Non que je sois opposée au mariage à l'avenir, si la bonne occasion se présentait », ajouté-je en guise d'encouragement.

Oh, Olive ! Quelle aguicheuse !

« Eh bien, ce serait fort peu probable à présent, n'est-ce pas ? »

Je me rends alors compte qu'il est scandalisé. Malgré l'admiration manifeste qu'il éprouve à mon égard, ses éloges des femmes intellectuelles, son intérêt pour les questions ésotériques…, il est conventionnel, et il y a des choses qu'il ne tolère pas. Eh bien, tout le monde a ses limites. Mr Finch ne tolère pas qu'une femme ait dans son esprit une seule pensée qu'il n'ait pas approuvée ; en comparaison, Mr Harper ne se débrouille pas si mal.

« Vraiment, Mr Harper ? Et pourquoi cela ? rétorqué-je d'un ton neutre.

— Enfin, bon sang ! C'est une démarche fort… inhabituelle. Je doute qu'un homme accepte l'idée d'épouser une femme célibataire avec enfant. Surtout une enfant pareille, qui vient d'un milieu incertain. »

Je sens littéralement les poils de mon cou se hérisser et je réprime un grognement. Il parle de *mon* enfant !

« Le milieu d'où vient Clover n'a rien d'incertain. Je me suis renseignée. Elle est née dans un quartier pauvre, dans une famille fort défavorisée. Citronnade ?

— Oh, je ne peux pas rester boire un verre, euh… je suis seulement venu m'enquérir de l'avancée de l'association caritative.

— Elle avance très bien.

— Formidable ! Alors je dois partir, une affaire urgente. Bonne journée à vous et euh… bon rétablissement à votre mère. »

Il se rue hors de la pièce comme un chien surpris. Je me lève avec un joli sourire, jusqu'à ce que j'entende la porte se refermer derrière lui. Puis je me laisse choir dans mon fauteuil. Ainsi soit-il. J'avais nourri quelques espoirs concernant Mr Harper. Ressentir cette lueur d'excitation qui n'existe qu'entre un homme et une femme, une lueur bien trop rare dans ma vie, avait quelque chose… d'éclairant.

Je me souviens de papa, me demandant : *Qui voudrait d'une femme qui s'encombrerait d'un tel fardeau ? C'est trop peu conventionnel.* Sans doute a-t-il raison.

Mais Clover n'a rien d'un fardeau pour moi ; à mes yeux, elle est un charmant bouclier, détournant de mon chemin les hommes aux faibles convictions et aux idées absurdes afin qu'ils puissent se diriger dans une autre direction.

« Adieu, Mr Harper », murmuré-je en me levant de nouveau.

MABS

Malgré sa détermination à être indépendante, le cœur de Mabs se serra tandis que la calèche se frayait un chemin au cœur de Saffron Hill. Elle s'arrêta assez loin de Mushroom Court – les véhicules ne pouvaient y accéder –, au grand soulagement du conducteur. Elle qui avait eu si hâte de quitter Willoughby Hall peut-être tombait-elle de Charybde en Scylla ? Mabs baissa la tête et pressa le pas.

Peg et Matty étaient stupéfaits et ravis de la voir, surtout lorsqu'ils apprirent qu'elle allait rester un moment. Ils avaient beaucoup de questions à lui poser, mais Mabs les fit attendre le retour de p'pa et de Nicky. Elle ne voulait pas tout expliquer deux fois.

Peg fut horrifiée et fascinée par l'histoire des Finch. P'pa s'inquiétait surtout pour la perte de son salaire. « Juste au moment où on s'en sortait bien », gémit-il. Mabs aurait trouvé cela agaçant en temps normal, mais, comparé à Mr Finch, son père lui paraissait merveilleux. Elle se contenta donc de le serrer dans ses bras et de le rassurer.

« Puisque t'es là, tu vas retourner au quai ? » demanda-t-il.

Mabs faillit éclater de rire devant un tel manque d'imagination. Certes, le temps était clément, et l'argent avait si longtemps été sujet d'inquiétude que cela créait un besoin compulsif de continuer d'en gagner coûte que coûte. Mais Mabs savait que, si elle retournait au canal, elle serait trop épuisée pour penser à quoi que ce soit et que la vie finirait par l'engloutir. Alors tout ce qu'elle avait fait n'aurait servi à rien. Tout comme elle avait résisté à la tentation de rester chez Olive, elle résista à la pression des inquiétudes paternelles.

Il était étrange d'être de retour à Mushroom Court : l'exiguïté des lieux ; les odeurs déconcertantes ; les cris qui vous réveillaient en sursaut au beau milieu de la nuit. Ne pas avoir un vrai lit, les voisins soupçonneux qui ne vous adressaient pas la parole. Se sentant mal à l'aise dans sa nouvelle robe, refusant de porter l'ancienne et ne possédant plus d'uniforme, Mabs ne savait même pas comment s'habiller. Elle prit donc l'habitude de porter le vieux pantalon et la vieille chemise de p'pa qu'elle mettait autrefois pour besogner. Il était plus difficile de rester propre, ici, mais elle s'y efforça, transportant l'eau depuis la pompe quelques rues plus bas, corvée que le beau temps rendait supportable. Passer du temps avec sa famille, l'aider, papoter et rire de nouveau avec les siens avait quelque chose d'agréable. D'étrange aussi, la moitié d'entre eux étant partis.

Dès le début, Mabs eut envie de rendre visite à Olive ; tout le monde lui manquait, et elle ne pouvait s'empêcher de se demander comment elles allaient. Pourtant, elle ne pouvait laisser Olive tout arranger pour elle. Sans doute finirait-elle par lui demander de l'aide. Mais, avant, Mabs avait besoin de savoir ce qu'elle voulait.

Il était difficile de penser ici, comme toujours ; cet endroit la compressait et empêchait les idées de germer. Elle sortait donc faire de longues promenades, lors desquelles elle vagabondait souvent le long du canal ; elle espérait au fond d'elle apercevoir Kip Miller. Elle empruntait chaque jour le chemin de halage, réfléchissant à sa situation, traversant parfois la clameur d'un quai, marchant parfois longuement en silence, sans autre interruption que le clapotis et les ondulations provoqués par le passage d'une barge.

Elle n'aurait pas de mal à chercher un poste de dame de compagnie ou de domestique. Mrs Finch lui donnerait d'élogieuses recommandations, et Olive aussi ; toute recommandation portant le nom des Westallen lui permettrait de décrocher un travail. Mais en avait-elle envie ? Mabs n'avait encore jamais eu le luxe de se poser cette question. À proprement parler, elle ne l'avait toujours pas, et pourtant... elle avait des économies, de l'expérience et de bons amis qui avaient de l'estime pour elle... Elle songea qu'elle s'en était plutôt bien tirée ces huit derniers mois et qu'il en serait sans doute de même pour son prochain poste. Cela lui donna confiance. Elle se prit à rêver des possibilités qui s'offraient à elle.

Un après-midi, elle se retrouva au quai où elle avait travaillé. Attentive à ne pas bloquer le passage, elle fit un petit état des lieux de son histoire personnelle : les puits à glace, les berlines de charbon, les tas de bois de charpente. Elle regarda les dragueurs traîner avec lassitude des seaux dans l'eau afin d'en retirer la vase qui s'y accumulait et empêchait les barges les plus lourdes d'avancer. Revisiter l'endroit où elle s'était sentie si malheureuse, si démunie, et réaliser combien les choses avaient changé du tout au tout avait quelque chose de positif. Reconnaissant le tampon distinctif de *Rose's*, le fabricant de sirop de citron vert, sur une pile de caisses en bois, Mabs garda l'œil ouvert au cas où Nicky serait dans les parages. Bientôt, elle l'aperçut, un pied sur le quai, l'autre sur le côté d'une barge, en train de charger des caisses.

« Oh, Nicky », gémit-elle, se cachant les yeux.

Alors qu'elle s'apprêtait à lui crier de monter sur la barge, elle se rappela qu'ici il n'était pas son petit frère mais un manœuvre. Nicky, tout comme elle-même, tenait à trouver sa propre voie. Mabs s'efforça de regarder de nouveau, de voir les choses à travers les yeux d'une personne extérieure. Il faisait bon ce soir-là, et le quai était plus attrayant que jamais, avec l'eau qui brillait dans la lumière déclinante du soleil et cette atmosphère de début d'été qui vous mettait toujours de bonne humeur. Des rires et des plaisanteries flottaient dans l'air ; la fin de la journée de travail approchait. Nicky riait, lui aussi, se penchant et soulevant avec une telle aisance que Mabs elle-même fut obligée d'envisager le fait que l'endroit lui convenait.

Une fois toutes les caisses chargées et les deux pieds de Nicky fermement plantés sur le sol, Mabs l'appela.

« Mabs ! s'écria-t-il, accourant vers elle. Ça c'est une surprise ! Quoi de neuf ?

— Je me promène et je réfléchis, répondit Mabs, comme d'habitude. J'ai pensé que je pourrais aller dire bonjour à p'pa.

— Pas la peine. Il paraît qu'il est plus là. Y s'est barré tôt, c'est pas difficile de deviner pourquoi.

— Il va pas garder son travail bien longtemps s'il continue comme ça, soupira Mabs. Je vais devoir lui parler encore une fois.

— En fait, Mabs, je m'en suis occupé. J'ai parlé avec Ducky, son contremaître. Comme il en a ras le bol de p'pa, j'ai proposé qu'on échange. Je vais bosser au charbon à partir de demain. Je sais que la paye est moins bonne, mais au moins je boirai pas la bière, pas vrai ? Et l'argent que je gagnerai, je le ramènerai à la maison. P'pa pourra bosser au citron, où il sera payé plein pot et où y a pas de bière à l'œil. Ducky a demandé à mon contremaître. Lui, il s'en fout de savoir qui déplace son sirop, du moment que c'est fait. »

Mabs regarda fixement son petit frère.

« T'es sacrément intelligent, constata-t-elle. Je l'ai toujours dit, non ? Comment t'as eu cette idée ? »

Nicky haussa les épaules.

« Ça paraît logique.

— C'est vrai ! T'es un brave garçon, Nicky. Et je sais que tu connais la chanson, mais tu mérites mieux que ça. »

Au lieu de lever les yeux au ciel, Nicky prit un air grave.

« Tu sais quoi, Mabs, je le sais. Y a plus de place à la maison maintenant que les autres sont partis, mais c'est toujours pas plus beau qu'avant. Ça me réjouit pas de me casser le dos à transporter ce charbon et de pas rapporter une pleine paye. C'est juste le moindre mal, vu comment p'pa se comporte. Pour l'instant, ça va. Il fait bon, j'aime bien être dehors. Mais je te promets un truc, Mabsy : quand l'hiver arrivera, j'aurai trouvé une autre solution. »

Il est adulte, pensa Mabs. *Encore si jeune, mais déjà un véritable adulte.*

« D'accord, mon grand, dit-elle, sentant ses épaules s'alléger d'un poids. Je te laisse t'en charger. »

Mabs se promena le long du chemin de halage, s'éloignant de l'agitation. Les derniers rayons obliques du soleil étaient vraiment beaux à présent. Elle mit la main en visière pour regarder la lumière déclinante et vit des hommes qui déchargeaient des berlines pleines de sacs de charbon qu'ils portaient jusque dans la cour du Black Pony. Une barge remplie de bois remontait le fleuve, ses flancs décorés de roses et de châteaux aux couleurs vives, l'immense cheval brun penchant la tête dans son harnais.

Mabs s'aperçut qu'elle se trouvait à l'endroit exact où Lou lui avait parlé du poste à Hampstead l'automne précédent. Il y avait là la borne frontière sur laquelle Lou s'était posée. Mabs s'assit et fronça le nez. Lou avait raison : ce n'était pas confortable.

Les rêves qui prenaient racine en elle étaient énormes. Elle avait beaucoup réfléchi, ces derniers temps, à ce qui rendait la vie à Hampstead si particulière à ses yeux. Elle voulait poursuivre son éducation, elle voulait vivre dans un endroit magnifique et elle voulait être proche de ses amis. Cela ne la dérangerait pas de travailler de nouveau comme dame de compagnie, ou comme domestique ou quelque chose dans ce genre, mais pas pour toujours. À terme, elle ne voulait dépendre de personne d'autre, ni pour sa maison ni pour son mode de vie. Et elle voulait faire quelque chose dont elle se sentirait fière, comme Olive et la

Fondation Westallen. Tout cela n'était pas pour demain, elle en avait conscience. Mais il fallait bien former des projets, non ?

« Joli trône ! » fit une voix derrière elle.

Mab se retourna et vit Kip Miller. Il souleva son chapeau et sourit.

« Eh bien, eh bien, miss Daley, quelle surprise de vous trouver ici. »

Mabs se sentit rougir.

« Bonjour, Mr Miller. Comment ça va ?

— Je me porte comme un charme. Je suis encore monté en grade. Maintenant, je suis commis. Vous êtes encore habillée comme un garçon. Vous avez pas repris la besogne, quand même ?

— Non, jamais, répondit Mabs en se levant et résistant à l'envie de frotter son derrière douloureux. Rien ne vous arrête, Kip Miller, je suis impressionnée ! De manœuvre à commis en quelques mois seulement. Il semblerait que j'aie pris le chemin inverse. Mon travail s'est terminé, alors je rentre quelque temps à la maison. Mais je trouverai bientôt autre chose.

— J'en doute pas une seconde. Je suis sûr que vous pourrez faire tout ce que vous entreprendrez. Et qu'est-ce que vous faites là ? Vous espériez me voir, je suppose ? »

Mabs fit la grimace.

« Prenez pas vos désirs pour des réalités ! J'échafaude de grands projets, et, pour une raison ou une autre, ça m'a paru l'endroit idéal. Voilà des jours que je marche et que je réfléchis. Et vous, l'écriture ?

— Ça se passe bien ! J'ai trouvé un cours pour les travailleurs, une fois par semaine. Je saurais pas vous dire la différence entre un point-virgule et une virgule, mais mon orthographe s'améliore.

— Tant mieux. Apprendre me manque. À mon ancien travail, ma maîtresse m'apprenait à lire et à écrire. J'aimerais continuer.

— Vous devriez. Vous êtes trop bien pour finir ici. Et moi, je suis trop bien pour rester, même en tant que commis. On va aller loin, vous et moi, miss Daley ! Si on allait au salon de thé à Clerkenwell, un jour ? Je serais curieux de voir ce que vous devenez, et vous avez une dette envers moi, vu que je vous ai sauvé la vie. »

Mabs lui adressa un grand sourire.

« Vous aviez dit "Pas la peine de me remercier" !

— C'est vrai. Vous avez raison. Alors, qu'est-ce que vous en dites ? Pas parce que vous avez une dette, mais juste parce que ça vous plairait ? »

Mabs le dévisagea avec attention.

« Peut-être bien que ça me plairait », lança-t-elle avant de s'éloigner.

MABS

Deux mois plus tard...

Mabs s'empressa de rentrer, serrant dans ses bras un paquet emballé dans du papier cartonné. C'était une journée caniculaire d'août, ensoleillée et sans nuages, exactement le genre de temps qu'Olive avait espéré. Ce soir avait lieu le bal de la Fondation Westallen. Chaque fois qu'elle y pensait, Mabs sentait son estomac faire de petits bonds. Son tout premier bal ! La seule chose qui gâchait son plaisir était que Lou ne serait pas là. Mabs avait demandé à Olive si elle pouvait l'inviter, ce à quoi Olive avait bien sûr répondu oui, mais les Blythe refusaient de donner une soirée de congé non planifiée à leurs domestiques. C'était désespérément injuste.

Hampstead semblait sonné par la lumière éblouissante de l'après-midi. Le soleil brillait si haut dans le ciel que les commerçants gardaient leurs stores à moitié fermés et que les reflets sur le trottoir étaient aveuglants. Mabs transpirait. Il lui faudrait se plonger dans un bain d'eau froid à son retour, sans quoi elle serait dans un drôle d'état ce soir.

Elle fut soulagée de se retrouver à l'ombre de Covenant Row, et encore plus de profiter de la fraîcheur du vestibule. Elle gagna sa chambre à la hâte, pressée de déballer la robe et de la défroisser avant que quelqu'un la voie. Après quoi elle l'accrocha à la porte de la penderie avant de retirer ses vêtements humides et de se glisser dans le bain d'eau fraîche qui l'attendait.

Puis, elle essuya l'eau de son visage afin de regarder dehors. Sa chambre, située au rez-de-chaussée, donnait sur le jardin. Les rideaux diaphanes étaient tirés, mais, par une petite ouverture, elle pouvait voir une liane indolente de saule et une grappe de roses jaune vif. Elle ferma les yeux et sourit. En août dernier, elle travaillait au canal. Même dans ses rêves les plus fous, jamais elle n'aurait imaginé une vie pareille.

Mabs était allée voir Olive très peu de temps après sa dernière promenade sur les quais. Elle savait enfin ce qu'elle voulait, mais ignorait comment y parvenir. Les paroles de Kip lui avaient remonté le moral et l'avaient aidée à viser haut : *Je suis sûr que vous pourrez faire tout ce que vous entreprendrez.*

Revoir Olive avait été merveilleux. Elles s'assirent ensemble sur le banc près des massifs de lavande et, tout d'abord, Mabs voulut avoir des nouvelles d'Abigail qui, aussitôt appelée à les rejoindre, prit Mabs dans ses bras en guise de remerciement sincère et silencieux.

Cette même semaine où Mabs se trouvait à Saffron Hill à former ses projets d'avenir, Abigail était restée à Polaris House. Elle s'était reposée de ses épreuves, avait passé du temps avec Otty et avait beaucoup réfléchi à sa vie passée, et sans doute à ce à quoi celle-ci pourrait dorénavant ressembler. À présent qu'Otty connaissait la vérité sur son père, cela changeait tout. Abigail ne pouvait plus rester mariée à Lucius Finch.

Lorsqu'elle avait annoncé sa décision aux Westallen, tous l'avaient accueillie favorablement. Le capitaine avait immédiatement fait appel à son avocat et à son médecin, deux hommes intègres et raffinés. Il était évident que, ainsi livré à lui-même, Mr Finch ne céderait sur aucun front. Il refuserait le divorce, monterait les enfants contre Abigail, retarderait les choses, brouillerait les pistes et ferait tout son possible pour qu'Abigail reste liée à lui. La seule stratégie était d'anticiper.

Le docteur Stickland avait fourni une lettre attestant qu'Abigail était parfaitement saine d'esprit, et l'avocat, Mr Popplethwaite, un document déclarant qu'elle bénéficiait de solides arguments pour demander le divorce et la garde des enfants en raison des mauvais traitements qu'elle avait subis. Le capitaine Westallen avait obtenu de l'asile de Dartford les papiers prévus pour l'internement de Mrs Finch ; ceux-ci prouvaient que l'histoire de Mr Finch, selon qui son épouse s'était enfuie avec son amant, n'était que calomnie. Armés de ces témoignages, le capitaine et Abigail s'étaient rendus à Willoughby Walk.

« J'aurais aimé être une petite souris pour voir ça ! » remarqua Olive.

Cette seule idée fit frissonner Mabs.

Lucius Finch avait commencé à supposer, ou à espérer, que sa femme avait connu une fin prématurée dans les rues de Dartford. Imaginez son horreur lorsqu'il l'avait vue entrer dans leur maison, accompagnée par l'homme qu'il vénérait le plus au monde ! Il avait aussitôt commencé à parler au capitaine Westallen des troubles mentaux dont souffrait son épouse.

Le capitaine l'avait assez vite interrompu. Mabs se doutait qu'il avait été magnifique !

« La véritable histoire de Mrs Finch est bien connue chez nous, à Polaris House, avait-il déclaré. Elle est sous ma protection et le restera jusqu'à ce que des mesures appropriées soient prises. C'est là que vous intervenez, mon cher ami. »

Abigail les avait laissés débattre des détails et avait gagné la cuisine. Derrière la porte, elle avait entendu Betsy s'écrier :

« Je vous assure, Lyds, c'est le capitaine Westallen ! C'est avec lui qu'elle s'est enfuie ! Je les ai vus ! »

Incapable de réprimer tout à fait son rire, Abigail était entrée et s'était assise à table. Toutes les domestiques se trouvaient là, perplexes et embarrassées. Elle leur avait alors révélé le strict minimum, assez pour juguler les rumeurs ridicules. Puis elle les avait remerciées pour leurs bons et loyaux services et s'était excusée d'avoir été une maîtresse de maison si distante. Mrs Derring lui avait servi une tasse de thé des Indes léger, exactement comme elle l'aimait. Une demi-heure plus tard, tout étant arrangé à la satisfaction du capitaine, ils avaient quitté Willoughby Walk et remonté la colline.

Lucius Finch avait accepté d'accorder le divorce à sa femme. En réalité, il n'avait pas vraiment eu le choix. Les documents qu'avait obtenus le capitaine Westallen étaient accablants. Si cette affaire était rendue publique, Mr Finch n'aurait plus aucun avenir, et son instinct de survie surpassait son besoin de tout contrôler. Il ne remettrait plus les pieds au canal ; le capitaine Westallen y avait veillé. Et il ne travaillerait plus jamais à Londres. D'ailleurs, il ne lui restait plus qu'une possibilité : le capitaine avait bien voulu le recommander pour un poste subalterne dans un petit chantier naval en Afrique du Sud. À la mention d'un pays si lointain et difficile, le visage rougeaud de Mr Finch avait pâli, et celui-ci avait imploré son interlocuteur de lui permettre de se rendre en Irlande ou au pays de Galles. Mais ce serait l'Afrique du Sud ou la disgrâce devant les tribunaux.

Par ailleurs, alors que la loi ne comprenait aucune clause financière au profit des femmes divorcées, le capitaine avait convaincu Mr Finch que, au regard des nombreux « malentendus » entre Lucius et Abigail au fil des années, un seul et unique règlement les libérerait tous deux. Sans cela, rien ne garantirait même le poste en Afrique du Sud. Mr Finch aurait ainsi tout juste les moyens de payer son voyage à l'étranger et de vivre chichement jusqu'à toucher son premier salaire. Son poste et son mode de vie seraient fort modestes en comparaison de ce à quoi il était habitué, mais pour un homme de sa trempe, avait assuré le capitaine sur un ton quelque peu ironique, l'Afrique du Sud représenterait une terre pleine de promesses.

La dernière condition concernait la garde des enfants. Charlie était déjà un homme marié. Le temps que le divorce soit finalisé, Averil aussi serait mariée, et Elfrida aurait vingt et un ans. Ne restait plus qu'Otty. Bien entendu, Mr Finch pourrait l'amener en Afrique du Sud. Mais était-ce juste envers la fillette ? Un tel pays convenait-il à une enfant comme Otty ? Elle finirait dévoyée, sans nul doute. Par ailleurs, s'occuper d'une fille de douze ans ne serait-il pas une contrainte immense, empêchant Mr Finch de se montrer à la hauteur de son nouveau poste ? Les femmes divorcées obtenaient rarement la garde de leurs enfants plus âgés, on n'y pouvait rien. Mais, si le père donnait son consentement, ce serait facile. On lui accorderait le droit de visite, bien sûr, s'il passait un jour par l'Angleterre. Mr Finch avait accepté en grinçant des dents.

« Capitaine Westallen, vous êtes un faiseur de miracles, avait déclaré Abigail tandis qu'ils approchaient de Polaris House. Je peine à croire tout ce que vous avez fait pour moi.

— Un peu de chantage, un peu de coercition et une stratégie rigoureuse y sont pour beaucoup », avait-il répondu en riant.

Le mariage d'Averil avait eu lieu deux semaines plus tard. Son père y avait assisté, puis avait quitté le pays le lendemain. C'était la dernière fois qu'Abigail et Lucius apparaissaient ensemble en public, et il n'y avait pas eu la moindre ombre au tableau. Charlie et Felicia étaient là, et tous les jeunes Finch avaient souhaité bonne chance à leur sœur pour sa vie conjugale et à leur père pour sa nouvelle aventure. Averil et Elfrida, plutôt perplexes, elles qui avaient été détrompées sur le fait que leur mère les avait quittés pour rejoindre un amant, n'avaient pas vraiment compris la tournure qu'avait prise la vie de leurs parents. Mais elles avaient leur propre vie à mener et s'accommodaient assez bien de voir leur père et leur mère passer au second plan.

Elfrida était retournée vivre à Durham ; elle avait été invitée à loger dans la famille d'une très bonne camarade d'école. Abigail et Otty avaient décidé de rester à Hampstead, cette première étant désormais persuadée qu'il s'agissait d'un endroit idéal pour recommencer à zéro. Otty était ravie de garder sa place à l'académie.

Elles louaient une maison, plus petite que celle de Willoughby Walk et plus éloignée de la lande, mais pas de beaucoup. Par nécessité financière, leur maisonnée était fort réduite. Afin de préserver leur capital et d'économiser pour l'éducation d'Otty, elles avaient choisi de prendre une locataire. Cette locataire était Mabs. Pour un si modeste foyer, les trois dames n'avaient vraiment besoin que d'une domestique, et cette domestique était Peg, bien que ce soit un poste purement nominatif, car chacune participait aux différentes tâches. Le seul autre membre de la maisonnée était un jardinier, qui s'occupait des roses. C'était Matty. Car Mrs Finch avait désormais une pleine roseraie charmante et débordante de vie, tout le contraire de l'ancienne. Mabs songeait parfois que Hampstead lui-même était comme une roseraie, et que toutes les femmes formidables qu'elle y avait rencontrées – Olive et Julia Morrow, sans compter Abigail et Otty – étaient des roses qui s'épanouissaient avec obstination, qu'importent les obstacles sur leur chemin. Elle aussi, d'ailleurs.

Rien ne lui faisait plus plaisir que la façon dont tout s'était arrangé. P'pa et Nicky habitaient à présent une chambre meublée dans un quartier bien plus attrayant. P'pa avait une amoureuse. Il buvait encore trop, de temps à autre, mais c'était à Daphné de s'en préoccuper. Nicky jurait encore qu'il s'arrêterait de besogner avant l'hiver. Mabs n'en doutait pas.

Un coup frappé à la porte la fit sursauter. Elle n'était plus rouge et en sueur mais fripée comme un raisin de Corinthe.

« Je suis dans le bain, lança-t-elle.

— C'est moi, Peg ! Tu as ma robe ?

— Oui ! Je sors dans une seconde, ma belle ! »

Mabs sortit de la baignoire, attentive à ne pas faire déborder l'eau, et s'enveloppa dans une robe de chambre qu'Abigail lui avait offerte pour son dix-neuvième anniversaire le mois précédent. Elle était en satin bleu pâle à galons roses, et Mabs l'aimait plus que tout ce qu'elle possédait. Puis elle gagna la chambre de Peg.

« La voilà ! »

Déjà, après seulement un mois de cette nouvelle vie, Peg avait perdu son expression pincée, et ses cheveux bruns commençaient à briller. Son sourire qui laissait percevoir ses dents du bonheur était plus éclatant que jamais, mais plus souvent sincère, plutôt que forcé et courageux. Depuis qu'elle menait une plus belle existence, elle pouvait se permettre de céder à sa coquetterie : elle bouclait ses cheveux et portait chaque jour le médaillon en argent que Mabs lui avait offert. Par ailleurs, elle s'assurait toujours que sa chambre avait un petit vase plein de roses fraîches.

« Merci, Mabs, souffla-t-elle. T'es la meilleure sœur au monde ! Elle est très jolie. »

Elle avait raison, songea Mabs en regardant Peg qui tenait la robe devant son corps. La couleur rappelait les massifs de lavande dans le jardin d'Olive. Aux yeux de Mabs, cette couleur représenterait toujours l'espoir. La robe avait des manches courtes et un col rond, ainsi qu'une ceinture en rubans de satin qui tombaient de la taille comme des serpentins. L'ourlet était brodé de chélidoines jaunes.

« Allez, essaye-la ! »

Mabs ne put s'empêcher de sourire tandis que sa sœur se déshabillait et se glissait avec précaution dans sa nouvelle robe. Bien entendu, elle avait emmené Peg chez la couturière afin que celle-ci prenne ses mesures, mais elle ne lui avait pas parlé de la coupe, du tissu ni même de la couleur. Mabs elle-même n'aurait jamais imaginé à quel point elle lui irait à ravir, à la fois féminine et colorée, exprimant à la perfection la vraie nature de Peg.

« Elle est parfaite, annonça Peg en faisant onduler ses hanches et virevolter sa jupe devant le miroir. Véritablement, absolument parfaite. Je l'adore, Mabsy, merci. »

Mabs sourit et sortit de la chambre. Inutile de proposer à sa sœur de la coiffer, Mabs n'y connaissait rien. Avant de partir, Peg coifferait tout le monde. Depuis son arrivée à Hampstead, elle avait découvert les magazines, et copiait à présent avec aisance les dernières coiffures à la mode. Mabs retourna dans sa chambre, où elle enfila la robe couleur crème qu'Averil lui avait donnée. Elle ne voyait pas l'intérêt de dépenser de l'argent pour une nouvelle robe alors qu'elle aimait encore beaucoup celle-ci. Elle s'était tout de même offert une nouvelle paire de chaussures, des escarpins crème à petits talons, ornées d'un nœud à l'avant.

Bientôt, Mabs, Otty et Abigail se retrouvèrent côte à côte devant le grand miroir de la chambre de Mrs Finch, tandis que Peg allait et venait comme une institutrice, brandissant une collection de roses telle une canne.

« Oh, Mabs ! s'écria Otty. Vous êtes magnifique !

— C'est vrai, renchérit Peg avec un sourire. Je serai jamais la beauté de la famille, mais je me débrouillerai avec ce que j'ai.

— Ma chère Peg, la tança Abigail, vous êtes une très jolie fille, et vous avez encore le temps de changer. Et elles ont raison, Mabel, vous êtes vraiment très belle. Mr Miller en tombera à la renverse. »

Mabs rougit. Kip était la seule personne qu'elle voulait pour cavalier au bal, même si elle se demandait si un homme aussi modeste que lui, qui travaillait encore comme commis, possédait un smoking. Il se trouva que si.

« Faut parer à toutes les éventualités, remarqua-t-il. Dans la vie, quand de bonnes choses se présentent, il faut être prêt. »

Ce qui résumait une bonne partie de ce qu'elle aimait chez Kip Miller.

« Bien, fit Peg. *Lady's Vanity* affirme que les fleurs fraîches sont la parure parfaite pour les événements estivaux. J'ai pensé qu'on pourrait toutes porter des roses – pour montrer qu'on est une… »

Elle s'interrompit. Difficile de définir les liens qui unissaient les filles Daley et les Finch. Peg était la domestique et Mabs la locataire, mais il ne s'agissait là que de simples formalités qui ne décrivaient pas vraiment leur vie commune sur Covenant Row.

« Une famille, compléta Abigail. Quelle idée charmante, Peg.

— Donc, comme les roses sont assez grandes, poursuivit Peg, il y a certaines coiffures que je ne peux pas faire. »

Elle paraissait agacée, comme si c'était leur faute, car elles n'avaient pas la tête assez grosse.

« Et on peut pas toutes avoir la même. Mais j'ai quelques idées, alors vous inquiétez pas. Bon, évidemment, on a pas de roses parme, alors je porte du jaune pour aller avec ma broderie. Otty, jaune pour vous aussi, pour aller avec votre jolie robe. Mabs, crème pour toi. Et pour Mrs Finch c'était pas évident. Une robe verte… mais pas de rose verte, forcément ! Alors j'utilise un ruban vert et j'y glisserai une rose rouge pour que vous soyez comme nous.

— Vous avez pensé à tout, Peg. Quelle extraordinaire ingéniosité ! Vous pourriez gagner beaucoup plus dans une maison raffinée, ne pensez-vous pas ?

— Et pourquoi j'irais faire une chose pareille ? »

Peu de temps après, elles se rendraient au bal, leur calèche ralentissant sur le chemin de graviers qui menait au Picardy Room, qui d'après la mère d'Olive était *le* lieu à la mode au nord de Londres. Dans un bruit de ferraille, le véhicule franchit le portail derrière lequel s'étendait un vaste parc bordé de balustrades et entouré de saules. Otty, qui se penchait par la fenêtre, sursauta brusquement. Mabs l'agrippa d'un geste machinal.

« Qu'y a-t-il, ma chérie ? s'enquit sa mère.

— Oh, rien. J'ai cru voir un loup. Mais je me suis trompée, bien sûr.

— Un loup, railla Peg. À Londres. Ça m'étonnerait.

— Mince alors ! s'écria Mabs lorsqu'elles sortirent. C'est pas un petit lieu de rien du tout, ça ! »

En effet, le Picardy était une salle de réception immense, devant laquelle de larges marches blanches s'étiraient jusqu'à la majestueuse entrée voûtée.

Je parie que Lou voudrait pas les récurer, celles-là ! pensa Mabs. Il y avait une vaste terrasse des deux côtés, où des invités s'étaient déjà éparpillés pour boire du champagne et profiter des derniers rayons du soleil.

Peg, les yeux écarquillés, ne soufflait mot. Otty sautillait sur place comme une petite fille. Seule Abigail semblait blasée, redevenue l'Abigail d'autrefois, d'avant son mariage, d'avant tout le reste, et les entraîna à l'intérieur d'un pas assuré.

Elles gravirent lentement les marches, tenant leur ourlet. Des valets de pied en livrée les accueillirent et vérifièrent leur nom sur une liste longue de plusieurs pages. Dans l'immense vestibule en marbre, une domestique leur proposa du champagne sur un plateau en argent, et Olive accourut pour les saluer.

« Oh, mais vous êtes superbe ! » s'exclama Mabs.

Il était si rare de voir Olive porter autre chose que du brun ou du vert foncé, ou se préoccuper de ses cheveux. Ce soir-là, elle avait revêtu une robe indigo ; le taffetas d'un bleu d'encre violacé intense brillait. Un magnifique collier de diamants scintillait sur ses clavicules ; ses cheveux avaient été coiffés et bouclés par une main experte et parsemés de pierres qui étincelaient comme des étoiles.

« Comme des étoiles dans le ciel nocturne ! ajouta Mabs, se rendant soudain compte que cela convenait parfaitement à l'occasion. Olive, vous devriez porter cette tenue tous les jours ! »

Olive rit, une main posée sur son estomac.

« Ma chère Mabs, j'en mourrais ! Je n'ai jamais été aussi mal à l'aise de ma vie entière. Pourtant, vous savez, je suis assez satisfaite du résultat… Mais regardez-vous ! Vous êtes toutes si ravissantes. »

Pendant qu'elles se mêlaient aux autres, Olive accueillit d'autres invités ; ceux-ci affluaient comme du grain se déverse d'un sac. Au bout d'une demi-heure, Mabs, qui pouvait à peine bouger, se fraya un chemin vers la terrasse pour aspirer des goulées d'air. La lumière commençait à s'adoucir. Il ne faisait pas encore noir, mais la chaleur était plus supportable.

Penchée sur la balustrade, Mabs contemplait le domaine. Il était agréable d'avoir un moment à elle. Chaque fois qu'Olive la présentait, annonçant : « Mabs Daley, directrice adjointe de la Fondation Westallen », elle avait envie de regarder autour d'elle pour voir qui était cette personne si importante et chanceuse.

Lorsqu'elle avait revu Olive pour la première fois depuis qu'elle était retournée à Saffron Hill, elle lui avait confié le fruit de ses délibérations.

« J'ai besoin de gagner de nouveau de l'argent dès que possible, je le sais. Mais je veux pas me précipiter sur la première occasion venue. Je veux continuer à apprendre, Olive, même s'il s'agit juste de lire dans ma chambre après le travail. Je veux devenir véritablement indépendante, comme une institutrice, ou une commerçante, ou… ou un homme ! Je veux accomplir quelque chose qui aura un impact, comme vous le faites. Je sais que ça n'arrivera pas du jour au lendemain, mais ma prochaine étape devra me laisser poursuivre cet objectif.

— Eh bien, ma chère, avait répondu Olive. Ce sont là de belles et nobles aspirations. Vous n'avez tort que sur un point. Cela peut bel et bien arriver du jour au lendemain. »

Mabs avait froncé les sourcils.

« Ça m'étonnerait, Olive. Il me faudrait beaucoup de temps pour me former au genre de travail auquel je pense.

— En effet, mais, voyez-vous, j'aimerais vous proposer un travail.

— Olive ! C'est impossible ! Votre maison n'a plus besoin de personnel !

— Certes, mais je ne veux pas vous embaucher comme domestique, je veux vous embaucher à la fondation. Mabs, vous me regardez comme si j'avais perdu la tête. Écoutez-moi. Lorsque j'ai lancé la Fondation Westallen, Mr Miles m'a dit que je détesterais m'occuper de sa gestion quotidienne et de tout ce que cela implique. Il a dit que mon génie – enfin, le mot "génie" n'est pas de lui mais de moi – se trouvait ailleurs. Il avait raison. Néanmoins, il faut bien planifier des événements, organiser la paperasse, compter l'argent ; voilà pourquoi j'ai décidé d'employer une directrice.

— Vous avez effectivement perdu la tête ! l'interrompit Mabs. Je peux pas être votre directrice, je saurais pas par où commencer !

— Bien sûr que non, ma chère, vous ne me serviriez pas à grand-chose à l'heure actuelle, rétorqua Olive d'un ton patient. J'ai trouvé un directeur, un gentleman du nom d'Alexander Glastone. Le miraculeux Mr Miles me l'a recommandé. Il sait comment faire les choses, des plus terre à terre aux plus ambitieuses. Il m'a fort impressionnée. Cependant, il y a un problème.

— Lequel ?

— Il a cinquante-six ans et s'apprêtait à prendre sa retraite. Il ne cherchait pas à se lancer un nouveau défi à cette étape de sa vie, et j'ai dû faire preuve de beaucoup de persuasion. Il a fini par céder, non sans m'avertir qu'il ne pourrait m'offrir qu'un an, deux tout au plus. Vous savez comme le temps file, ma chère – bientôt, il me faudrait lui trouver un remplaçant. Puis il a suggéré que je recrute son successeur dès à présent, afin qu'il puisse le former, s'assurant ainsi que toute son expertise ne disparaisse pas au moment de son départ.

« La fondation ne peut pas avoir deux directeurs à plein temps. Ce poste n'est donc que de trois jours par semaine, pour un salaire modeste. Le genre de travail que pourrait faire un commis, peut-être, mais dans le but de prendre la relève de Mr Gladstone dans un an ou deux. C'est une solution parfaite et élégante, Mabs. Vous apprendriez le travail tout en le faisant, de la personne la plus qualifiée pour vous l'enseigner. Vous êtes actuellement insuffisamment instruite, mais vous disposeriez des autres jours de la semaine pour y remédier. Ma chère, vous ne pouvez pas refuser ! »

Mabs en avait eu le souffle coupé, à tel point qu'elle ne parvint qu'à dire :

« Est-ce qu'une femme peut être commis ? Ou directrice ? »

Olive avait grogné, sans daigner répondre à cette question.

Mabs prenait donc des cours pour adultes proposés par un tuteur local. Elle était la seule femme. Elle travaillait au côté de Mr Gladstone depuis maintenant un mois et, tous les soirs, elle se couchait fatiguée et heureuse, la tête pleine de nouvelles connaissances. Elle n'avait encore jamais participé à un projet qui évoluait chaque jour, où les idées de tous étaient les bienvenues. Elle savait que c'était une occasion en or.

Sentant qu'on lui touchait légèrement l'épaule, elle fut ramenée au moment présent. Elle se retourna ; c'était Kip Miller. Ses cheveux fauves qui reflétaient la lumière de cette fin de journée rappelèrent à Mabs la paille transformée en or du nain Tracassin. Son smoking bleu nuit et la flûte de champagne qu'il tenait à la main lui donnaient un air distingué. C'était presque un tout autre Kip, hormis son sourire qui n'avait pas changé le moins du monde.

« Vous êtes venu ! s'exclama Mabs. C'est extraordinaire, non ?

— Une expérience unique, pour sûr. Merci de m'avoir invité. Vous êtes très belle, Mabs », ajouta Kip d'un air sérieux.

Mabs prit soudain conscience de sa robe scintillante et des roses crème qui ornaient ses cheveux blonds ; le regard de Kip lui coupa le souffle.

« Merci. Vous voulez que je vous présente des gens ?

— Je vous suis ! » répondit le jeune homme avec un grand sourire, sur quoi ils retrouvèrent leur cordialité naturelle.

Mabs le mena à l'intérieur. À travers la foule, elle aperçut les parents d'Olive ainsi que Peg et Jenny. Il y avait là Abigail, qui discutait avec des personnes que Mabs ne connaissait pas. Otty était introuvable ; Mabs se demanda où elle pouvait bien être. Elle présenta Kip à ses sœurs, puis s'excusa pour aller voir Olive. Organiser un événement pareil devait être épuisant !

Elle se dirigea vers l'entrée, d'où des invités ne cessaient d'arriver.

« Vous allez bien, Olive ? Je peux vous aider ? »

Olive lui sourit, les yeux pétillants.

« Ah ! Mabs, c'est plutôt réussi, ne trouvez-vous pas ?

— Plutôt réussi ! s'exclama Mabs, parcourant la foule du regard. Olive, on va lever assez de fonds pour toutes nos idées. Le plus difficile sera de décider par où commencer ! Je crois que votre mère a dû inviter tout Hampstead ! »

Olive éclata de rire.

« Oh non, ma chère. Elle a invité tout Londres ! »

OTTY

J'ai bien failli tomber de la calèche en voyant Jill debout près du portail. J'ai fourni quelque ridicule excuse, prétextant que j'avais vu un loup (Un loup ! Franchement, Otty !), et, bien que le bal soit fabuleux, je n'ai plus qu'une envie depuis mon arrivée : échapper à l'agitation et essayer de la trouver. L'occasion se présente enfin de m'éclipser, et je traverse en courant l'étendue d'herbe qui mène à la grille.

Ce n'est pas comme si je n'avais pas vu Jill depuis des mois. Je n'ai pas encore parlé d'elle à maman, mais je le ferai. Avec toutes les épreuves que maman a traversées et avec le divorce, je ne voulais pas qu'elle s'inquiète pour moi. Mais Mabs vit de nouveau avec nous en tant que locataire, ce qui fonctionne à merveille : elle m'emmène parfois retrouver Jill au canal. Nous papotons une bonne heure au bord de l'eau après son travail, et Kip ou Nicky sont toujours dans les parages, à garder un œil sur nous. Il est merveilleux de pouvoir de nouveau vivre pleinement notre amitié plutôt que de la garder au fond du cœur. Nous nous sommes raconté tout ce qui nous était arrivé ce printemps et cet été, et sommes plus proches que jamais. J'ai parlé à Jill du bal, bien sûr, mais je n'aurais jamais cru qu'elle apparaîtrait de la sorte.

« Pssst ! Otty Finch ! »

Je fais volte-face. La voix provient d'un saule qui, non loin de là, pleure près d'un étroit ruisseau presque asséché par la chaleur du mois d'août. Je me fraye un chemin entre ses rameaux tombants et trouve Jill assise dans l'herbe, vêtue de ses habits de tous les jours.

« Jill ! Qu'est-ce que vous faites ici ? Tout va bien ?

— Oui, ça va, Otty, ça va. Désolée de vous avoir fait sursauter. Je voulais pas vous gâcher la soirée. Je voulais juste… voir. »

À cet aveu, sa voix baisse un peu et elle paraît mélancolique ; cela lui donne l'air plus jeune que d'habitude. Elle a toujours été la plus sage de nous deux, celle qui sait comment sont les choses et semble capable de les accepter. Ce soir, je remarque pour la première fois la profondeur de ses désirs.

« Ma mère aimait les beaux tissus, dit-elle. Notre maison en regorgeait, comme un arc-en-ciel.

— Était-elle couturière ?

— Non, ma chère. C'était une beauté. »

Je digère cette information. Peut-être que, là d'où elle vient, sa mère était la dame qui commandait ses robes aux couturières. Jill n'a jamais beaucoup parlé de sa famille. Je ne sais toujours pas vraiment ce qu'elle fait ici.

La dernière fois que je suis allée la voir, alors que nous rentrions à la maison, j'ai aperçu un visage familier dans la rue. La peau sombre, les cheveux relevés en chignon, l'air méchant. Je n'ai pas pu m'empêcher de crier :

« Maggie ! »

Elle s'est arrêtée et m'a fusillée du regard.

« Ah, c'est vous.

— Comment allez-vous, Maggie ? Cela fait longtemps que je ne vous ai pas vue.

— Continuons comme ça. Et je m'appelle pas Maggie, mais Marguerite. La seule raison pour laquelle je me fais appeler Maggie, c'est parce que vous, les Blancs, vous êtes incapables d'accepter que quelqu'un comme moi porte un nom de dame. »

Je n'avais pour ma part pas d'avis sur la question. Je lui ai dit que je trouvais le prénom de Marguerite très joli et qu'à partir de maintenant je l'appellerais ainsi. Puis elle a ajouté une chose qui m'a surprise.

« Au fait, Jill, c'est pas son vrai nom non plus. »

Sur ce, elle s'est éloignée de façon théâtrale.

Mabs m'a regardée en haussant les sourcils.

« Sympathique ! » a-t-elle remarqué.

Tel est l'effet que Marguerite produit sur les gens.

Mais, depuis cette histoire, je me pose des questions sur Jill. Si elle se fait appeler Jim au travail pour ne pas que l'on découvre que c'est une fille, et que Jill est le prénom qu'elle utilise pour que les gens ne croient pas qu'elle est trop raffinée, alors quel est son vrai nom ? Qui est-elle ? Au vu de la tristesse dans son regard, ce soir n'est pas le moment idéal pour lui poser la question.

« Oh, Jill. Je déteste parfois ce monde dans lequel nous vivons. Je suis vraiment désolée de n'avoir pas pu vous inviter.

— Vous avez pas à vous excuser, Otty Finch. C'est pas vous qui avez créé ce monde et c'est pas votre fête. Est-ce que vous voyez des gens à la peau brune, ici ? Non.

— J'aurais dû parler de vous à Olive. Les gens les plus riches de Londres sont là, Jill, mais il y a aussi des domestiques. Toutes sortes de gens. Je suis certaine qu'elle aurait accepté que vous veniez.

— Et j'aurais eu belle allure, rétorque Jill, attrapant tristement le tissu de sa robe grise entre le pouce et l'index. De toute façon, j'aurais pas pu dire oui. Mais, Otty, j'aimerais savoir… pourquoi est-ce que vous lui avez pas parlé de moi ? Est-ce que vous avez honte ?

— Non, Jill, je suis fière d'être votre amie. Je craignais qu'elle ne dise que nous ne devrions pas être amies.

— Oui, probablement.

— Eh bien, moi, je ne le crois pas. J'admire tant Olive. Je l'adore. Quand papa a dit… des choses déplaisantes au sujet de tes semblables…, eh bien, cela m'a choquée, bien sûr, mais… cela ne m'a pas vraiment surprise. Il est comme beaucoup de gens. Olive, non. Si elle devait affirmer qu'il n'y a pas de place pour toi ici, ou que les nègres sont différents dans leur cœur ou leur esprit… je ne le supporterais pas, Jill. Cela changerait ce que je ressens pour elle, et je ne supporterais pas de revivre une chose pareille avec quelqu'un que j'aime.

— Je comprends. Vous voulez garder vos illusions.

— Je ne crois pas que ce soient des illusions. Mais je n'ai pas le courage de les mettre à l'épreuve pour le moment. »

C'est vrai. Depuis que je suis arrivée à Hampstead, j'ai perdu mon papa. Pire encore, j'ai appris que l'homme que j'aimais n'a jamais vraiment existé. Olive peut réussir tout ce qu'elle entreprend. J'ai toujours envie de lui ressembler quand je serai grande. Si elle non plus n'est pas la personne que je croyais, j'aurais l'impression d'être une boussole sans aimant, et je ne suis pas assez forte pour y faire face.

Jill me prend la main.

« Vous tenez beaucoup à ce que les gens que vous aimez me voient telle que vous me voyez. À ce que le monde soit plus juste.

— Oh que oui !

— Otty, vous n'êtes encore qu'une jeune fille. Mais, un jour, vous grandirez, et vous serez aussi intelligente et importante que votre miss Westallen. Peut-être qu'alors vous changerez le monde.

— Vous croyez vraiment ? Ça me plairait, Jill, ça me plairait beaucoup.

— Oui, je le crois. Otty, je suis venue pour une autre raison. J'ai des nouvelles. J'ai trouvé un nouveau travail, à Plymouth. Je pars après-demain. Je voulais vous l'annoncer. C'est dans une belle maison, la paye est bonne, la dame a l'air gentille. Elle sait d'où je viens. Ce sera plus sûr et plus raffiné que ma vie sur le canal. C'est une bonne chose pour moi.

— Alors je suis très heureuse pour vous, Jill. Elle aura de la chance de vous avoir, et je suis contente de savoir que vous ne travaillerez plus sur les quais. Oh, Plymouth ! Pensez-vous que vous reviendrez par ici ? »

Jill fronce les sourcils.

« Un jour. Peut-être.

— Comme vous allez me manquer, Jill ! Nous qui commencions tout juste à nous fréquenter de nouveau… À présent, je ne vous reverrai plus. Je sais que je ne peux pas vous demander de rester. Mais vous serez si loin.

— Vous savez quoi, Otty ? On pourra s'écrire. Voilà ma nouvelle adresse. »

Elle me tend un bout de papier que j'examine avant de le ranger dans mon sac.

« On se verra beaucoup moins. Mais on peut s'écrire aussi souvent qu'on veut. Ça aussi, c'est un progrès. »

Je souris, rassurée de ne pas la perdre pour de bon.

« Je suppose que oui. Merci, Jill. Je vous écrirai demain pour que vous receviez une lettre dès votre arrivée.

— J'en serai ravie. On sera toujours amies au fond de notre cœur, Otty, vous vous souvenez ?

— Je m'en souviens.

— Mais, pour l'heure, allez profiter de votre fête pour que vous ayez quelque chose à me raconter dans votre lettre. Comme ça, je quitterai Londres un peu plus heureuse d'avoir vu mon amie dans une jolie robe avec des roses jaunes dans les cheveux. »

Je tends la main vers les roses que Peg a épinglées. Retenant ma respiration, j'en libère une. Si je gâche ma coiffure, Peg va me tuer. La fleur se détache, et je la donne à Jill, qui la coince derrière son oreille avec un grand sourire.

« Peg a dit que nous devions toutes porter des roses ce soir. Elle, maman, Mabs et moi. Parce que nous sommes une famille. À présent, vous en avez une aussi. »

Jill se lève et regarde une dernière fois la grande salle de réception argentée, les dames vêtues de robes somptueuses sur la terrasse et la pelouse.

« Merci, Otty Finch. Je suis fière de la porter. »

Elle serre ma main dans la sienne et s'éclipse.

OLIVE

J'accueille les invités les uns après les autres, bien que certains ne soient pas encore arrivés. L'un d'eux est Mr Harper. Je ne l'ai pas vu depuis le jour où il a appris l'existence de Clover. J'espère qu'il viendra, car c'est un mécène ; je veux m'assurer que Mr Gladstone et Mabs pourront continuer à faire appel à lui. J'aimerais qu'il s'intéresse encore à la fondation, même s'il ne voit pas d'un bon œil la femme non conformiste qui l'a créée.

Une autre personne que je cherche des yeux – inutilement, car j'ignore à quoi il ressemble – est Jonathan Ingram, le grand amour d'Abigail. Oui, je me mêle encore des affaires des autres. J'ai cherché ses coordonnées le mois dernier et lui ai écrit pour lui expliquer tout ce qui s'était passé. J'ai joint à ce courrier un mot pour les parents d'Abigail, demandant à Mr Ingram s'il aurait l'amabilité de le leur confier.

Par ailleurs, j'attends avec anxiété l'arrivée des Blythe. C'est étrange. J'ai envie de les voir parce que, s'ils ne venaient pas, ce serait un terrible affront.

Peu m'importe qu'ils insultent ma famille (après tout, nous avons l'habitude), mais je n'aimerais pas qu'ils méprisent la fondation. En même temps, je n'ai pas envie de les voir parce que..., eh bien, ils sont épouvantables !

Voilà pourquoi je hante le vestibule tel Banquo au festin. J'ai conscience que je ne peux passer la soirée ici à accueillir chaque invité, mais je ne veux pas manquer l'arrivée de ces quelques personnes. Une fois qu'elles seront toutes là, j'irai rejoindre mes amis et boire des litres de champagne.

Puis j'aperçois une femme que j'ai invitée sans penser qu'elle viendrait : Mrs Zenobia Lake, la veuve solitaire de Belsize Park. J'ai également invité l'unique domestique qui lui reste, Bertha, mais Mrs Lake est seule.

« Juste ciel, Mrs Lake ! »

Je la rejoins au pas de course et prends ses deux mains dans les miennes.

« Comme c'est gentil à vous d'être venue. »

Ma vieille amie, la reine déchue de Hampstead, me dévisage d'un air morose.

« Olive, je ne me serais déplacée pour personne d'autre. Je n'ai pas assisté à un bal depuis plus de vingt ans. Nous savons toutes deux que ma fortune s'est volatilisée et que je vous suis aussi utile pour lever des fonds qu'un parapluie en mousseline de soie. Mais, si ma présence donne à cet événement ne serait-ce qu'un peu de prestige, alors je suis prête à souffrir. »

C'est encore une reine. Regardez-la ! Elle porte une robe d'un bleu intense ornée de nœuds couleur crème, au style en vogue trente ou quarante années plus tôt.

Ses cheveux, blancs comme du lait et encore très fournis, sont relevés au-dessus de sa tête, et, bien qu'elle s'appuie sur une canne, elle a l'air déterminé.

« Je suis tellement honorée de vous recevoir. »

Je regarde autour de moi et constate avec ravissement que Mabs est encore dans les parages. Je les présente l'une à l'autre, gardant en permanence un œil sur la porte. Mabs emmènera Mrs Lake voir mes parents et lui trouvera une chaise.

Presque aussitôt, Mr Harper arrive. Il fait une de ces têtes en me voyant toute parée d'indigo et de diamants !

« Ça alors, miss Westallen ! s'exclame-t-il tandis que je lui serre la main. Vous êtes… Mon Dieu, quelle belle femme vous êtes.

— Merci, Mr Harper », dis-je d'un ton léger, comme si je recevais ce genre de compliment vingt fois par jour.

J'en ai reçu beaucoup ce soir, d'ailleurs.

« Je suis très heureuse que vous soyez venu.

— Oh, je n'aurais raté cela pour rien au monde. C'est sans doute l'événement de la décennie. Et pour une cause si louable.

— Quel plaisir de vous l'entendre dire ! Nous sommes honorés de votre implication, qui je l'espère se poursuivra. »

Il y a sur son visage une drôle d'expression. Pas de l'embarras – il est trop sûr de lui pour cela – mais plutôt la conscience de ce qui s'est passé entre nous.

« Je vous le promets. Je crois très fort à ce que vous essayez de faire. »

Puis son expression s'intensifie. Son admiration est évidente.

« D'ailleurs, miss Westallen, je regrette d'avoir dû partir si vite lors de ma dernière visite. Me permettrez-vous de revenir vous voir et de goûter à la fameuse citronnade ?

— Je comprends tout à fait, Mr Harper. »

En effet. Le monde est ce qu'il est et il nous façonne. Il ne changera pas du jour au lendemain. Pourtant, j'hésite. J'aime bien Mr Harper, je l'ai toujours bien aimé. Et il y a quelque chose d'admirable chez un homme capable de revenir sur ses positions, de reconnaître qu'il a pu avoir tort. Mais devrais-je sérieusement envisager une personne qui a réagi comme il l'a fait au sujet de Clover ?

« Qu'en pensez-vous ? insiste-t-il.

— Miss Westallen, bonsoir ! »

Une voix retentissante nous interrompt. Je sursaute et me retourne. Les Blythe sont enfin là. Le clan entier !

Voici Malvern Blythe, le vieil ami de mon père devenu son ennemi, et son épouse aux couleurs vives. Tous deux se dressent, pleins de suffisance, et me fixent d'un regard froid. Voici les trois fils : Felix, Crispin et Ignatius. Tous de beaux jeunes hommes arborant un éventail d'expressions qui vont de plaisante à affable. Ils me saluent d'une poignée de main cordiale tandis que leurs parents restent à l'écart, droits comme des piquets, comme si tout contact physique avec un Westallen risquait de les faire fondre. Et voilà Rowena Blythe, qui regarde autour d'elle de ses yeux pétillants, et mon cœur se serre. Je n'y peux rien. Je pensais que j'étais belle, ce soir. Mais, à présent, j'ai l'impression que ma robe est terne, que mes diamants ne sont qu'un vain effort pour paraître jolie. Je me trouve trop grande, ma voix trop grave, je me sens trop tout.

Elle, c'est une rose. Elle porte une robe rose de la couleur du sucre filé. Sa peau est d'une brillance satinée. Ses interminables cheveux dorés tournoient autour de sa tête telle de l'écume, ornés de perles. Ses yeux sont d'un bleu éclatant, son visage aussi délicat que celui d'un chat. Elle est la féminité incarnée. Nous nous serrons la main, et elle m'adresse un sourire engageant.

« Je suis heureuse de vous revoir, miss Westallen, déclare-t-elle. Deux fois en moins d'un an ! C'est là une bonne chose, je trouve.

— Un plaisir, miss Blythe, rétorqué-je, cherchant à lui rendre son sourire. Vous êtes tous les bienvenus.

— Nous avons été si impressionnés par ce que la fondation cherche à entreprendre. Mon père aimerait faire un don substantiel. »

Cela ne me surprend pas ; le contraire aurait été terriblement mal vu.

« Je vous en saurai fort gré, monsieur », dis-je, m'efforçant de lui sourire malgré les bouffées d'hostilité qui se dégagent de lui.

Je dois détourner le regard. Qui se tient à côté de moi ? Le versatile Mr Harper, bien sûr.

Il contemple Rowena d'un air que j'ai déjà vu. Non pas comme il m'a regardée moi, avec admiration et un plaisir empreint d'intérêt. Non, Mr Harper est perdu. C'est un homme délirant d'insolation. C'est Icare. Je résiste à l'envie de lui attraper le bras et de m'y accrocher, afin de l'empêcher d'être aspiré par le champ gravitationnel de Rowena.

« Permettez-moi de vous présenter Mr Lionel Harper, lancé-je d'un ton précipité. C'est un des mécènes de la Fondation Westallen – notre tout premier, à vrai dire – et il a déjà fait tant de choses pour nous. »

Je nomme tous les Blythe et m'écarte doucement du petit groupe tandis qu'ils entament une conversation polie.

Mon amie Julia Morrow apparaît, escortée par un Jeremiah Daley très élégant dans son costume. Je sens le regard désapprobateur de Maude Blythe à la vue de la divorcée. Nous papotons un moment, après quoi je risque un coup d'œil par-dessus mon épaule. Les Blythe s'éloignent, mais Rowena se retrouve derrière eux pendant que Lionel Harper lui parle avec le plus grand sérieux. Elle le regarde d'un air inexpressif, et je n'imagine tout simplement pas ce qu'une jeune beauté de la haute société pourrait bien avoir en commun avec un homme d'affaires aussi intelligent que Mr Harper. Mais il est vrai que Rowena Blythe donnerait envie à Hélène de Troie d'aller se cacher dans une pièce obscure. Je ne crois pas que je doive réfléchir à accepter ou non que Mr Harper me rende visite.

Le flot d'arrivées s'est nettement amenuisé. Je ne vois pas trace de Jonathan Ingram, mais je n'ai aucune envie de rester plantée là toute la nuit et de manquer ma propre fête. Je ressens soudain l'envie irrépressible de serrer mes parents dans mes bras.

Je passe une joyeuse demi-heure avec maman et papa, Mabs et Kip, Abigail et Otty, Mr et Mrs Miles, Julia et Mrs Lake… Mon Dieu ! Tout le monde ! Puis je fais le tour de la salle. Rowena Blythe est en train de parler avec un autre beau parti à la mine amoureuse.

Je m'arrête. Elle a le même air inexpressif qu'avec Mr Harper. Moi qui croyais qu'elle ne comprenait rien à ce qu'il lui racontait, je me suis peut-être trompée. Il me semble à présent que ce regard inexpressif est peut-être de l'ennui. Je n'avais jamais cherché à imaginer ce que l'on peut ressentir lorsque tant d'hommes s'éprennent de vous si instantanément et ardemment – c'est là un problème qui ne risque pas de m'arriver –, mais, maintenant que j'y réfléchis, ce doit être un peu agaçant. Être acculée par un prétendant après l'autre… Peut-être Rowena ne souhaite-t-elle que rire et échanger des ragots avec ses amis.

Sur un coup de tête, je tâte le terrain en m'arrêtant pour les saluer. Elle me présente avec beaucoup d'enthousiasme, comme si j'étais sa planche de salut.

« Comment se porte votre adorable fille, miss Westallen ? s'enquiert-elle. Quelle enfant charmante. Est-elle ici ce soir ? »

Le gentleman s'excuse, et Rowena pousse un soupir de soulagement.

« Merci, dit-elle.

— Je vous en prie. »

Je me demande si elle ne rêve à présent que d'aller rejoindre les autres belles plantes. Si c'est le cas, ni l'une ni l'autre ne savons comment prendre congé. Je décide donc de lui répondre :

« Clover va très bien, merci, miss Blythe. Oui, elle est ici avec sa petite compagne. Il me semble que, la dernière fois qu'elles ont été aperçues, elles cherchaient des fées sur la terrasse.

— Comme c'est adorable. Puis-je la voir ? Je doute qu'elle se souvienne de moi, mais j'adore les enfants. »

Eh bien, vous avez le choix de pères potentiels, me dis-je. L'intérieur de ma tête est parfois un endroit si grossier !

« Mais certainement. Voudriez-vous m'accompagner sur la terrasse ? »

Rowena hoche le menton et m'emboîte le pas – les événements ont pris une tournure étrange ! En effet, les filles sont en train de confectionner des guirlandes de jasmin sous l'œil attentif d'Otty. Toute la soirée, elles ont été surveillées par quelqu'un que j'aime. D'abord mes parents, puis Jenny ; après Jenny, Mabs ; après Mabs, Otty. L'espace d'un instant, mon cœur s'emballe devant leur innocence, devant le fait qu'elles sont si bien protégées. Et, pour la millième fois, je pense à Gert, toujours portée disparue et vivant je ne sais quelle vie je ne sais où. Elle n'était pas censée devenir ma fille, c'est certain, mais je prie encore pour elle. Je prierai toujours pour Gert.

« Miss Blythe, voici miss Ottilie Finch, une jeune amie à moi. Vous vous souvenez de ma fille, Clover, bien sûr. Et voici sa compagne, miss Angeline Daley.

— Oh, que vous êtes mignonnes ! » s'exclame Rowena, s'accroupissant pour être à leur niveau.

Ses envoûtantes jupes roses balayent la poussière de la terrasse – j'aurais pensé que ce genre de chose la dérangerait. Puis elle lève les yeux vers Otty et s'excuse.

« C'est si impoli de ma part ! Je suis ravie de vous rencontrer, miss Finch. »

Otty lui adresse une jolie courbette. Rowena bavarde un instant avec les filles pendant que je discute avec Otty. À brûle-pourpoint, la voilà qui me pose une drôle de question.

« Que pensez-vous des gens de couleur, Olive ? »

D'abord perplexe, je me dis qu'elle parle peut-être des gens qui portent du rouge à lèvres ou qui colorent leurs cheveux de façon artificielle – bon nombre de personnes de ces deux catégories sont présentes ce soir. Puis je m'aperçois rapidement qu'elle parle d'étrangers à la peau sombre.

« Ce que je pense d'eux ? m'étonné-je. Eh bien, la même chose que de tout le monde. Certains sont épouvantables, d'autres sont merveilleux, et le reste quelque part entre les deux. »

Elle semble extrêmement soulagée.

« Et en connaissez-vous ? » demande-t-elle.

Je réfléchis à sa question. Pour une raison que j'ignore, je vois bien que ce sujet lui tient à cœur.

« Je dois avouer que non. J'en ai rencontré deux ou trois, avec lesquels j'ai eu de brèves conversations. Mais ce n'est pas la même chose que de connaître quelqu'un, si ? »

Au moment même où je parle, j'ai la tête qui commence à tourner. La société est ainsi faite que les gens comme moi – pour ce que cela veut dire – ne croisent jamais le chemin de ce groupe de personnes, n'est-ce pas ? Tout comme la séparation entre riches et pauvres, les lois à l'égard des hommes ou des femmes, les convenances entre maîtres et domestiques. Étrange.

« Et croyez-vous qu'ils soient exactement comme nous ? Au fond d'eux, j'entends ?

— Mais oui, ma chérie. Je sais que beaucoup pensent le contraire, mais, franchement, comment pourrait-il en être autrement ? Pourquoi me posez-vous ces questions ? »

Otty me décoche un sourire radieux et se jette à mon cou.

« Je le savais ! exulte-t-elle contre mon épaule. Je le savais. Oh, Olive, vous êtes formidable.

— Oui, ma chérie, en effet », la taquiné-je tandis qu'elle se décroche.

Je crois savoir de quoi il s'agit. Elle a dû être témoin de quelque acte méchant ou irrespectueux envers un nègre. Comme si l'innocence de la pauvre enfant n'avait pas été assez brisée dernièrement.

« Otty, le monde est un endroit très étrange. Souvent, les gens… ne sont pas très gentils. Je crois que vous le savez mieux que quiconque. Mais nous devons nous efforcer d'être les meilleurs possible, et de faire tout ce qui est en notre pouvoir pour rendre ce monde meilleur quand nous en avons l'occasion. Nous devons accepter le fait que les choses ne soient pas parfaites, sans nous laisser démoraliser par cette notion. »

Rowena se lève. Les filles ont glissé des brins de jasmin dans ses cheveux.

« Merci, miss Westallen. Ce sont deux merveilleuses fillettes. Vous avez beaucoup de chance. »

Ce n'est pas là la Rowena que je pensais connaître. Mon irritation envers elle s'évanouit.

« C'est vrai. Merci. »

Les enfants ont arraché une quantité excessive de jasmin pour leur « maison de fées », mais je jette un coup d'œil à Otty, dont le regard est bien plus âgé aujourd'hui que la première fois que je l'ai rencontrée, et je n'ai pas le cœur de les gronder. Encore combien de nuits s'assiéront-elles pour guetter des fées, se couvrant du parfum des fleurs sans se soucier de rien ?

Combien d'autres petits enfants donneraient n'importe quoi pour être à leur place ?

Quelqu'un appelle Rowena.

« C'est Verity, dit-elle d'un air réticent. Je devrais aller lui parler. Bonne soirée, miss Westallen, et bonne chance. »

À cet instant, j'ai presque l'impression que je pourrais l'aimer. Sornettes.

Otty affirme qu'elle est heureuse de rester auprès des enfants ; je retourne donc à l'intérieur. L'orchestre a entamé une valse. Des danseurs tournoient sur la piste tel un kaléidoscope coloré. En périphérie, des groupes de personnes discutent, rient et boivent du champagne. Je remarque un homme grand que je ne connais pas, debout sur le seuil entre le vestibule et la salle de bal. Il a des favoris sombres et un visage rendu plus beau encore par son expression à la fois ironique et chaleureuse. Il a la peau fortement hâlée d'un homme qui a vécu à l'étranger. Alors que j'observe une caractéristique après l'autre, je me rends compte qu'il s'agit sans doute de Jonathan Ingram.

Je me dirige vers lui sans le quitter des yeux, heurtant plusieurs personnes au passage. Tandis que je traverse la salle en m'excusant, je vois son regard se poser avec une intensité fort particulière. Il a bien sûr repéré Abigail, qui est en train de parler à Julia. Captivée, je le regarde s'approcher d'elle, se frayant avec grâce un passage dans la foule. Abigail et Julia éclatent de rire, puis Abigail se retourne et l'aperçoit. Le rire s'évanouit sur ses lèvres, ses joues rougissent, et ses yeux se délectent de lui. Jamais je n'oublierai l'expression de son visage. Jonathan arrive à sa hauteur et lui prend les mains.

Je me dirige vers eux, mais ils s'éloignent, non pas en direction de la terrasse, où la plupart des amoureux se retrouvent, mais du vestibule. Une fois là-bas, Mr Ingram montre quelque chose du doigt. Je vois un couple de personnes âgées qui attendent anxieusement avec un autre couple de l'âge d'Abigail.

Cette dernière m'aperçoit et tend la main vers moi. Elle est pâle et stupéfaite.

« Olive, annonce-t-elle d'une voix qui ne semble plus vraiment connectée à son corps. Voici Jonathan Ingram. Et là-bas ce sont… mes parents. Mon frère Hedley. Et son épouse, Lavinia. »

Sa voix se brise, et mon amie se jette dans les bras de sa mère.

« Miss Olive Westallen, je suppose, avance Mr Ingram d'une belle voix grave. Merci mille fois. »

Je lui adresse un grand sourire.

« Mr Ingram. Il n'y a vraiment pas de quoi. Mais, si le cœur vous en dit, vous pouvez toujours faire un don. »

Il rit. Je l'aime bien. Nous allons le revoir souvent ; je n'ai pas besoin de mes cartes divinatoires pour le savoir.

La soirée touche à sa fin. Les invités commencent à partir, bien que beaucoup d'entre eux soient encore là. Le bal est un succès éclatant. J'ai prononcé mon discours, qui a été très bien reçu ; de nombreuses promesses de don ont été faites pour venir en aide aux nécessiteux et distribuer de l'espoir. J'ai accordé une centaine de danses et me suis aperçue dans une douzaine de miroirs. Je ne suis pas trop grande, ma robe n'est pas trop sombre et mes diamants pas trop tapageurs. Ce n'est pas la beauté de Rowena qui m'a brièvement fait de l'ombre, c'est ma propre jalousie. Mais il existe bien des façons d'être belle, tout comme il existe bien des façons d'être bon, ou méchant, ou drôle. Il y a de la place pour tous dans ce monde vaste et magnifique.

REMERCIEMENTS

J'ai écrit une grande partie du *Manoir aux roses* durant le confinement, et je suis immensément reconnaissante à la Force qui m'envoie des histoires de m'avoir transmis celle-ci. Elle m'a fourni l'échappatoire idéale à la pandémie, et j'espère qu'elle permettra aux lecteurs de se réjouir et de s'évader eux aussi. La vie a changé du tout au tout en 2020, et je n'aurais pas pu y faire face sans les personnes les plus chères à mon cœur, même si c'était à distance : mes incroyables parents et mon formidable compagnon. Maman et papa, vous êtes les meilleurs. Et Phil, qu'aurais-je fait sans toi ? Je vous aime tous très fort.

Le Manoir aux roses parle essentiellement de l'amitié au féminin, de la façon dont nous nous surprenons et nous glorifions, de la façon dont nous nous soutenons aussi, puisqu'un individu seul ne peut tout faire à la fois. C'est assurément le cas dans ma vie, je remercie donc du fond du cœur tous mes amis, qu'ils vivent loin ou près de moi. Vous savez qui vous êtes et combien vous comptez à mes yeux. Des gens exceptionnels. Merci également aux femmes et aux hommes du passé qui sont sortis des sentiers battus, qui ont ouvert leur cœur et leur esprit afin de faire de notre société un endroit plus juste envers les femmes.

Un GRAND merci à mes premiers lecteurs, qui ont affronté un brouillon difficile à manier, ont aimé mes personnages et mon histoire et m'ont motivée à écrire et à polir… Jane Rees, Marjorie Hawthorne, Beverley Rodgers et Gill Paul. Je ne saurais décrire à quel point vos encouragements m'ont aidée à traverser ces étapes préliminaires. (Merci également à Gille pour la visite guidée de Hampstead !)

Merci par ailleurs à mes amis auteurs. Je pense que notre communauté a quelque chose de magique et qu'il est merveilleux de pouvoir partager les joies et les épreuves de la vie d'écrivain avec des personnes qui comprennent ce que je fais et me souhaitent bonne chance dans cette aventure. Vos messages et votre présence comptent énormément pour moi. Et merci à ceux qui m'ont fourni de superbes citations pour *Le Manoir aux roses*.

Une mention toute particulière aux membres du groupe de Historical Fiction avec lesquels j'ai si souvent partagé un cocktail sur Zoom le vendredi soir pendant le confinement : Gill Paul, Jenny Ashcroft, Dinah Jefferies, Liz Trenow, Eve Chase, Hazel Gaynor et Heather Webb. Nous aurons assurément l'occasion de prendre le thé à l'avenir…

Un énorme merci à toute l'équipe de Pan Macmillan et surtout à ma divine éditrice, Caroline Hogg, qui a cru de tout cœur à mon écriture et à mon histoire, et qui est en plus une personne vraiment adorable. Je l'ai su dès notre premier croissant ! Toute l'équipe de

Pan Mac a été formidable, y compris Gillian Green, Rosie Wilson, Rebecca Needs, Anna Shora, Mairead Loftus, Lucy Hale et Kinza Azira. Merci aussi à Neil Lang pour sa couverture somptueuse, à Lorraine Green pour ses corrections et à Natalie Young pour sa relecture. Et merci à ma collègue de travail Lucinda Riley.

Merci à tous les bloggers, à tous les critiques et à la communauté de lecteurs de Twitter qui partagent cet amour des livres qui nous permet d'avancer. Ce que vous faites nous touche beaucoup, nous autres auteurs, et interagir avec vous est un véritable délice.

Enfin, merci à tous mes lecteurs. Tout ceci est pour vous, et vous êtes formidables.

BIBLIOGRAPHIE

J'ai pioché dans bien des sources afin de créer le monde du *Manoir aux roses*. Voici celles qui ont été particulièrement instructives et/ou m'ont particulièrement inspirée :

Robert Bard : *Hampstead and Highgate Through Time*, Amberley Publishing, Stroud (2015)

Benson Bobrick : *The Fated Sky: Astrology in History*, Simon and Schuster, New York (2005)

Judith Flanders : *The Victorian City*, Atlantic Books, London (2012)

Malcolm J. Holmes : *Hampstead to Primrose Hill*, The History Press, Stroud (2009)

Lucy Lethbridge : *Servants*, Bloomsbury, London (2013)

Joyce Marlow (Ed) : *Suffragettes: The Fight for Votes for Women*, Virago Press, London (2000)

Michael Patterson : *Life in Victorian Britain*, Robinson, London (2008)

Tracy Rees
L'Oiseau
des neiges

Amy, abandonnée enfant, reçoit quatre lettres qui lui dévoileront peut-être la vérité sur son histoire...

Aurelia Vennaway, 8 ans, héritière d'une riche famille aristocratique du comté de Surrey, découvre lors d'une promenade dans les bois un nouveau-né bleu de froid. Malgré l'hostilité de ses parents, elle réussit à les convaincre de recueillir l'enfant, qu'elle baptise Amy Snow.

À ses 18 ans, on découvre à Aurelia une maladie qui lui laisse peu de temps à vivre. Avant de mourir, elle laisse pour Amy une série de lettres qui vont conduire la jeune orpheline aux quatre coins de l'Angleterre. Avec, à chaque étape, une énigme à résoudre qui lui dévoilera petit à petit son histoire et changera peut-être le cours de sa vie...

Retrouvez toute l'actualité de Pocket sur : **www.pocket.fr**

La photocomposition de cet ouvrage
a été réalisée par
GRAPHIC HAINAUT
76, rue de Nancy
59100 Roubaix

Imprimé en Espagne par
Liberdúplex
à Sant Llorenç d'Hortons (Barcelone)
en mars 2023

POCKET – 92, avenue de France, 75013 Paris

S32912/01